KB139075

당신의
봄이고
싶다

당신의 봄이고 싶다

초판 1쇄 찍은 날 | 2016년 12월 2일
초판 1쇄 펴낸 날 | 2016년 12월 15일

지은이 | 이아현
펴낸이 | 예경원

편집 | 유경화

펴낸곳 | 예원북스
등록번호 | 제396-2012-000132호
등록일자 | 2012. 7. 25
YRN | 제1-0172호

주소 | 경기도 고양시 일산동구 호수로 646-24 위너스 21-Ⅱ 206A호 (우) 10401
전화 | 031-819-9431 팩스 | 031-817-9432
http://cafe.naver.com/yewonromance
E-mail | yewonbooks@naver.com

ISBN 979-11-5845-275-9 03810

Goldline Romance Story

이아현
장편 소설

당신의
봄이고
싶다

LINE
GOLD

CONTENTS

0. 눈이 왔다

"빌어먹을."

아이가 입고 있는 옷은 근처의 중학교 교복이다. 하지만 내뱉는 욕설은 세상을 다 산 노파의 것처럼 구수하다.

시발, 이렇게 될 줄 알았지.

내 인생에 희망은 개뿔!

아이는 속으로 저주받은 제 인생에 대해 욕설을 내뱉으면서도 뜀박질을 멈추지 않는다. 자신의 두 눈으로 확인하기 전까지 담임에게 들은 이야길 믿을 수가 없다. 아니, 반쯤 받아들였지만 희망으로 부풀었던 가슴에 바람을 빼기 위해선 직접 두 눈으로 확인해야 했다.

아이는 그렇게 한참 달렸다. 수중에 가진 돈이 없었으니 대중교통을 이용할 수 없어 인생의 가장 큰 비극 중 손가락 안에 꼽히는 일을 확인하는 순간에도 튼튼한 몸뚱아리를 움직여야 했다.

허억. 허억.

숨이 턱 끝까지 차오른다.

하지만 아이는 아직도 빌어먹을 이 상황을 이해해 보려 애를 쓰고 있었다.

아저씨, 그러게 내가 아무 여자나 잡아서 결혼하라고 했지?

그랬으면…….

그 순간 아이의 눈에서 눈물이 주룩주룩 쏟아졌다. 갑자기 죽어버린 자에 대한 슬픔이 아니다. 어떻게 해도 벗어날 수 없는 고아원과 비참한 제 인생이 불쌍해서 울었다. 자신을 위해 울어줄 사람이 없으니 스스로 울고, 스스로 위로를 해야 한다. 초등학교를 졸업하면서 누군가가 자신을 돌아봐 주길 바라는 마음과도 안녕을 고했다. 세상은 혼자 사는 것이다.

이대로 죽어버리면 더 편할 텐데, 자신을 위해 슬퍼해 줄 사람 하나 없는 세상 따위 미련도 없는데 화가 나서 죽을 수가 없었다. 그리고 그 마음은 지금 더 확고해진다.

저 멀리 병원이 보였다. 이제 막 장례가 끝난 것인지 검은 차 주위에는 사람들이 와글와글 모여 있었다.

아이고! 아이고!

곡소리는 계속되었다. 살아생전 믿기지 않을 만큼 착했던 사람이니 그만큼 슬퍼해 줄 사람도 많았다.

걸음을 멈춘 소녀가 멀리 보이는 운구차에 눈물을 거칠게 닦아냈다. 하지만 그 자리에 곧바로 눈물이 줄줄 흘렀다. 평소라면 자존심이 강한 아이는 남들에게 보일세라 빠르게 지워냈겠지만 오늘은 달랐다. 눈물을 닦을 여력도 없다.

아이의 시선은 제일 앞에 선 사람이 들고 있는 영정 사진으로 향했다. 얼굴은 땀과 눈물로 엉망이었다.

가족이 아니어서 장례식에도 참석하지 못했다. 아니, 듣지도 못했다. 말이 좋아 양녀였지 남이나 다름없었다.

"구질구질한 인생에서 꺼내준다며! 그러니까 아빠라고 부르라며!"

영정 사진을 보자마자 원망의 말부터 쏟아졌다. 이제 불행은 끝이라며, 성인이 되면 자신과 함께 살자고 말했다. 미혼이니 날 입양할 수는 없다고 이해까지 시켰었다. 그런데 이게 뭐란 말인가.

남잔 허무하게 죽었다. 그것도 스스로 목숨을 끊었다. 유일하게 믿었던 어른은 또다시 자신의 뒤통수를 힘껏 휘갈겼다.

"뭐가 이래? 거짓말쟁이!"

망할 인간.

자살할 거면 그런 희망 따윈 심어주지 말았어야지!

원하는 공부도 실컷 하게 해주고, 하고 싶은 일 다 하게 해주겠다고 약속을 하지 말았어야지!

욕지기가 치밀었다. 평소에도 한 성격 했던 터라 이번에도 죽일 마음은 없는 것인지 제 속에 있는 것들을 시원하게 털어낸다.

소녀가 허리를 잡더니 바닥에 시원하게 침을 뱉었다.

캬아악, 퉤!

원망이 차오른 시선이 하늘을 향한다.

"하늘에서 내가 사는 모습 똑똑히 지켜봐! 내가 앞으로 시궁창에 구르게 된 데엔 당신도 일조하는 거니까!"

소녀가 한참이고 패악을 부리듯 외쳤다. 생각 같아서는 당장 뛰어가 관에서 남자를 꺼내 바닥에 내팽개치고 싶기까지 했다. 그럴 정도로 소녀의 분노는 머리까지 치밀어 올라 주체할 수 없을 지경에 이르렀다.

얼마나 그러고 있었을까.

하늘에서 몽글몽글 눈이 내렸다. 솜 같은 눈은 만지면 포근할 거 같았으나 실상은 차갑다. 머리에 눈이 닿고 녹길 반복하다가 결국 쌓인다. 몸은 얼음장처럼 차가워졌고, 눈의 온도와 비슷해졌다. 그대로 모든 게 얼어붙어 버린 것 같다.

그사이 운구차가 빠져나갔다. 하지만 소녀의 발은 얼어버리기라도 한 듯 가까이 다가가지 못한다. 오늘이 아저씨와 마지막이란 걸 알면서도 멀찍이서 그 모습만 바라본다.

남잔 자신의 가족이 아니다.

자신의 가족이 될 뻔한, 무책임하고 나쁜 어른이다.

그 사실을 소녀는 뼛속 깊이 새겼다. 그가 자신에게 보낸 호의는 모두 거짓이었고 허상이라고. 결국 타인을 믿고 의지하다가 상처받은 것은 자신이었다. 늘 그렇듯 자신에게 어른의 따뜻한 보살핌은, 그런 행운은 오지 않았다.

이제 그만 몸을 돌려야 하는데 소녀는 그 자리에 서 있었다. 교실에 외투를 두고 와 몸이 오들오들 떨리기까지 했다. 차라리 이 자리에서 죽어버리면 좋을 텐데. 끈질기고 억센 몸뚱아리는 거친 기침만 내뱉을 뿐이었다.

콜록! 콜록!

몇 번 기침을 내뱉은 소녀가 몸을 돌렸다. 그러자 언제부터 자신에게 향해 있었는지 모를 서늘한 시선과 눈이 마주친다. 너무 빤히 보는 바람에 자신 역시 아는 사람인가 싶어 소녀가 미간을 좁히며 남자를 보았다.

하지만 저렇게 생긴 인간은 자신의 주위에 없었다. 그러니까 태생부터 고귀할 것 같은 인간 말이다.

소녀의 시선이 자연스럽게 명찰로 향했다.

—김태준.

태준은 어른과 소년의 사이, 그 어디쯤에 있었다. 몸은 꽤 크고 다부져 성인의 것이었지만 뽀얀 피부와 아직 순수한 눈망울은 세속의 때를 전혀 타지 않았다.

이름 세 글자와 함께 학교 이름이 적혀 있는 것을 본 순간 아이의 얼굴이 날카롭게 변했다. 다른 여자아이들이라면 아이돌 연예인처럼 잘생긴 얼굴에 뺨부터 붉혔겠지만 소녀는 다르다. 눈망울에 스며든 것은 떨림과 설렘이 아닌 분노였다.

소녀의 모습에도 태준은 무심히 고개를 돌린다.

무시.

그것만으로도 속이 뒤틀리는 일이었으나 소녀에겐 그리 중요하지 않았다.

"여긴 왜 왔어? 왜, 너희 아버지 때문에 사람이 죽었다고 하니까 조금은 미안해? 그래서 여기까지 찾아와서 지켜보는 거야? 아니, 확인하고 싶었던 거야? 그 사람이 정말 죽었는지?"

"……뭐?"

몸이 천천히 돌아서더니 놀란 눈망울이 소녀를 향했다. 표정은 마치 어떻게 알았냐고 묻는 것 같다. 소녀는 연신 씩씩거리며 화를 주체하지 못했다.

연좌제가 폐지된 지 수십 년이 흘렀다. 태준에게 화를 내서는 안 된다.

하지만 소녀는 하루아침에 모든 희망과 꿈이 바스러져 버린 상황에서 평소처럼 똑똑하게 굴 수가 없었다.

총명한 눈동자가 분노로 일렁였다.

"내 인생에 네 아빠가 똥을 뿌렸으니까 지옥에나 떨어지라고! 네 아버지도! 너도!"

"……."

분노로 인한 것인지 아니면 추위로 인해 몸을 떠는 것인지는 몰랐다.

하지만 태준은 비쩍 마른 다리가 달달 떨리는 것을 보았다. 까만 스타킹을 신고 있었지만 몇십 년 만의 한파였기에 아무런 도움도 되지 못하는 모양이다.

곤란하다는 듯 그의 눈매가 굳어졌고, 곧 망설임 없이 자신이 입고 있던 코트를 벗어 내민다.

가진 게 많은 놈이어서 그런가?

척 보아도 값비싸 보이는 코트를 내미는 손엔 망설임이 없었다.

"감기 걸려."

멀뚱멀뚱 코트를 바라보던 소녀가 이내 받아 들었다.

못 받을 것도 없었다. 이 코트를 자신이 입는다면 소년이 추위에 떨게 될 테지만 곧 있으면 생길 가족을 무참하게 빼앗아간 놈의 아들이었으니 상관없다. 그러면서 호의를 베푼 아이에게 독설을 멈추지 않는다.

"이거, 나한테 준 걸 후회할걸?"

후회하게 만들어주리라, 반드시.

알량한 자존심까지 굽혀가며 인생 2막을 시작하려는 자신의 앞길을 완벽하게 막아버린 대영그룹 김 회장의 아들. 그 아들이 내미는 호의를 원래의 소녀라면 무시해야 했다.

하지만 소녀는 좋은 향기가 나는 코트를 어깨에 걸쳤다. 무시하기엔 지금 당장 얼어 죽을 것 같았다. 되돌아갈 길도 걱정이 된다. 자신은 살아 있으니까. 희망이 무너져도 배가 고프면 먹고 잠이 오면 잘 것이며, 추위를 타는 한낱 인간이니까. 오늘 저녁부터 당장 독하게 교과서와 문제집을 붙잡을 것이고, 과외까지 받으며 자신의 자리를 위협하는 아이들의 코를 납작하게 만들 것이리라. 자신의 명줄은 지독하게 이어질 테니 더더욱 독하게 이 거친 세상을 살아가야 한다.

"차라리 오늘 내가 얼어 뒈졌으면 좋았을 거라고 생각할 거야."

"……미안하다."

"미안? 지금 미안이라고 했어? 그래. 나도 네가 지옥에 떨어지고 난 후에 그 알량한 사과 해줄게."

소녀의 눈매가 날카로워졌다.

태준은 감히 우러러볼 수 없을 만큼 저 높이 떠 있는 태양 같은 존재였다. 대영그룹은 대한민국을 좌지우지하는 기업이었고, 태준은 회장의 총명한 아들이었다.

그렇게 많이 가졌으면서.

그들은 더 욕심을 내며 자신의 가족이 될 뻔한 사람이 애지중지하고 있던 것까지 무지막지하게 빼앗았다. 그리고 죽게 만들었다. 자신의 미래를.

앞섶을 단단히 여민 소녀는 무심한 눈길로 아무런 말도 하지 못하는 태준을 노려보았다.

"제발 불행해져라. 제발!"

나보다 더!

저주하고 더 저주하리라.

자신은 보잘것없는 어른이 되고, 눈앞의 남자는 아주 번듯한 기업 회장님이 되시겠지만.

그래서 자신의 저주는 씨알도 먹히지 않겠지만 소녀는 살아 있는 한 계속 빌고 또 비리라 다짐했다.

눈이 내렸다.

길가에 소복이 눈이 쌓였다.

더럽게도 추운 날이다.

코끝이 시리고 몸이 얼얼해질 때까지 눈 하나 깜짝하지 않는 태준을 바라보던 소녀가 몸을 돌렸다.

'그런데…… 어떻게 복수를 하지?'

제 1 장

여전히 겨울에
머물러 있었다

다시 만나

무거운 침묵이 내려앉은 널찍한 거실 한구석. 꽤 고급스러운 원목 테이블은 특이하게도 창가에 자리 잡고 있었다.

테이블 위엔 겉면에 불어로 뭐라고 적혀 있는 와인 세 병이 놓여 있었다. 세 병 모두 코르크 마개가 열려 있는 상태였고 모두 바닥까지 비운 채다.

이것만 보았다면 휴일을 맞이한 집주인이 지인들을 불러 좋은 시간을 가졌나, 생각할지도 모르겠다. 하지만 테이블 위에 놓인 와인 잔은 하나였고 곁들여 먹으려고 내놓은 안주들은 거의 손도 대지 않은 채 비쩍 말라 있었다. 과음을 하는 바람에 미처 치우지 못한 모양이다.

그때 방문이 열리고 한 여자가 나왔다. 벨벳 퍼플 잠옷은 움직일 때마다 빛을 머금고 조금씩 다른 색으로 변해 마치 살아 있는 것 같았다. 아니, 적어도 푸석푸석한 얼굴의 여자보단 생명력이 느껴졌다. 새하얀 얼굴 위에 옹기종기 모여 있는 이목구비는 살아 있는 사람의 것보단 단백질 인형처럼 무감했다.

해가 중천에 뜬 시간에 겨우 일어난 여자는 곧장 부엌으로 가 시원한 물부터 들이켰다.

꿀꺽. 꿀꺽.

목울대가 몇 번이나 더 움직이고 나서야 잔을 내려놓은 그녀는 엉망이 된 거실을 보며 미간을 좁힌다.

"도대체 얼마나 마신 거야."

머리를 붙잡은 여자가 테이블 위 꼴을 보고 나서야 인상을 쓴다. 술이 사람을 잡아먹는다더니 취한 와중에 마지막으로 딴 와인은 한국에서는 구할 수 없는 아주 값비싼 것이었다. 나중에 분위기 제대로 잡고 마시려고 아껴둔 것이었는데 취한 도중에 마셔 무슨 맛인지 기억도 안 났다.

지난밤에 먹어치운 와인을 보던 여자가 한숨을 푹 내뱉으며 의자에 앉았다.

메마른 작약 한 송이가 무의미하게 화병에 꽂혀 있다. 그리고 그 옆엔 경제 잡지 하나가 펼쳐진 채 덜렁 놓여 있었다. 하지만 펼쳐져 있는 페이지는 지난밤, 그녀가 보고 또 보았던 면이었다. 지금까지도 그녀를 뒤숭숭하게 만들고 있는 주인공이었다.

신은 인간이 견딜 수 있을 만큼의 시련만 준다고 한다. 하지만 자신을 지켜보고 있는 신은 어쩜 윤소람이란 인간은 한도 없이 시련을 이겨낼 수 있을 거라 믿고 있을지도 모르겠다고 생각했다.

그렇지 않는다면 안 그래도 지랄 같은 인생에 이런 똥을 투척할 수야 없다. 아직도 수면제를 먹지 않으면 편히 자지 못하는 날이 이어지고 있는데도 굳이 끔찍한 겨울날을 떠올리게 만드는 남자를 자신의 앞에 데려다 놓는 걸 보면 자신을 지켜보는 신은 아마도 '악마'일 것이다. 자애로운 양반이었다면 이토록 궁지로 몰아넣을 순 없다.

그녀가 술김에 먹은 수면제를 보았다. 얼마나 입에 털어 넣었는지 반 정도가 비어 있었다.

의자에 등을 기댄 여자가 눈을 감았다.

"……당신, 나보다 불행해? 아니지? 그렇지?"

잡지가 답을 해줄 리도 없건만 여자 고저 없이 물은 후 답을 기다렸다.

예쁘다는 말보단 단아하고 고아한 분위기가 흐르는 여자가 메인 카메라를 바라보고 있다. 사실은 그 옆에 있는 프롬프터를 보고 있는 것이었으나 시청자들은 아마 자신과 눈을 마주하고 있는 것이라 착각을 할 것이다.

큐시트는 뉴스에 들어오기 전에 완벽하게 숙지했던 터라 여자 막힘없이 뉴스 내용을 전하고 있었다.

"올해 몇 번째인지도 모르겠습니다. 또다시 아동학대가 일어났습니다."

인천에서 아동학대를 당하던 아이가 기적처럼 살아 있는 상태로 발견됐다. 그 후 교육청에서 결석 아동을 조사하는 과정에서 부모의 손에 죽어간 아이들이 뒤늦게 발견됐다. 피해자 아이들은 대부분 경기도에서 발견되었으나 오늘 경상도에서 추가 피해 아동이 나타났다. 마치 걷잡을 수 없는 전염병 같았다.

아이는 죽었다. 어른의 보살핌을 받지 못해 비참하게 살다가 소리 없이 사라졌다.

뉴스를 전달하는 아나운서는 냉철하고 또박또박한 목소리로 사실만 전달해야 한다. 아무리 화가 나는 뉴스라 하더라도 감정이 비치면 그건 방송 사고다.

하지만 어찌 된 일인지 여자의 어조가 조금 흥분해 올라갔다. 뉴스를 전달하는 아나운서와 앵커도 사람이었으니 당연한 반응이었다.

"입양 기관에서 아이를 입양할 때 부모는 사랑으로 키우겠다고 약속했습니다. 하지만 아이는 입양된 지 3년 만에 사망한 채로 발견이 되었고, 그사이 아이를 구할 수 있는 기회는 몇 번이나 있었습니다. 김종현 기자입니다."

정면을 향해 있던 시선이 아래로 떨어졌다. 잘 참았다. 안도의 한숨이 흘러나왔다.

화면이 넘어간 순간, 그녀의 앞으로 물이 슥 건네졌다. 고개를 돌린 소람이 놀란 얼굴로 박 앵커를 보았다.

그가 자신을 걱정스러운 눈으로 바라보자 소람은 말간 눈으로 고개를 끄덕였다. 감사하다는 눈빛이었으나 물을 마시진 않았다. 생방송 도중에 물을 마시지 않는다는 걸 선배인 그도 알고 있었지만 작은 위로 같은 거였다.

여자의 눈빛이 화면으로 향했다. 취재기자는 이번 사건에 대해 자세히 전하고 있었다.

아이를 사랑으로 키우겠다고 약속했던 양부모는 아이를 입양한 지 6개월 만에 아동학대로 신고를 당했다. 하지만 법적 근거를 들어 아이를 빼앗을 수 없었던 기관은 모니터링만으로 아이를 살피고 있다가 결국 이런 사달이 일어났다.

양부모는 아이가 죽을지 몰랐다는 개소리를 하고 있었고, 결국 아동학대 치사, 감금 등으로 처벌을 받을 것 같았다. 살인죄를 검토했지만 증거 불충분으로 결국 죄는 낮아졌다.

뉴스는 집중 취재 이후 다음으로 넘어갔다. 살인사건 몇 건과 정치 기사가 이어졌고, 곧 기상일보로 긴장감 가득한 생방송이 끝났다.

박 앵커와 소람이 동시에 고개를 숙이는 것으로 8시 뉴스가 끝났다. 하지만 소람은 자리에서 일어나지 못했고, 박 앵커는 걱정스러운 눈으로 그녀를 내려다본다.

"괜찮아?"

물음에 소람은 애써 웃었다. 어설프고 불안한 미소다. 괜찮지 않다는 뜻이다.

하지만 박 앵커는 별말 없이 어깨를 두드린 후 고개를 돌린다. 최근 들어 이어진 아동학대 소식에 우울해진 건 마음씨 착한 윤소람뿐만이 아니다. 사회 전체가 충격에 빠졌고, 자신의 옆집 아이는, 이라며 의심의 눈으로 보았다.

아직은 그것이 긍정적인 변화인지 부정적인 변화인지 몰랐으나, 사회는 조금씩 변하고 있었다.

"수고하셨습니다."

"윤소람 아나운서도 수고 많으셨어요!"

사소한 일을 하는 스태프에게도 인사를 한 소람은 아나운서실로 돌아오고 나서야 뻐근한 턱을 손가락으로 꾹꾹 눌렀다. 하도 웃었더니 입에 경련이 일 것 같았다.

아침 8시에 출근해 9시까지 촘촘하게 이어지던 일정이 끝났다. 평소라면 조금은 여유를 부리며 화장과 옷을 다시 한 번 살핀 후 주차장으로 갔겠지만 오늘은 다급하게 짐을 챙겨 밖으로 나간다. 약속 시간에 맞추려면 조금은 서둘러야 했다.

한창 맛있는 식당들이 생겨 북적이는 이태원의 한 식당 거리.

따뜻한 조명과 깔끔한 실내가 마음에 드는 이탈리아 전문 레스토랑은 최근 음식 프로에 나와 스타 쉐프가 된 사람이 운영하는 곳이었다. 예약을 한 후 족히 두 달은 기다려야 했지만, 윤소람에게만은 예외였다.

오픈된 조리대 앞에서 위풍당당한 군주처럼 진두지휘하고 있는 남자에게 은밀한 미소를 보인 소람이 고개를 끄덕였다.

"소람 씨, 오셨어요? 일행분은 안에 계세요."

남자의 이마에 땀이 송골송골 맺혀 있었다. 음식을 조리하고 있는 공간과 외부 공간이 널찍하게 뚫려 연결되어 있었지만 온도 차가 큰가 보다. 자신의 일에 최선을 다하는 사람은 멋있다.

"네, 늘 감사합니다."

"소람 씨가 자주 오시니 제가 고맙죠."

섬세한 손은 주문지를 들고 있었지만 올곧은 시선은 오롯이 그녀를 향한다.

집안도 좋고, 성격 또한 훌륭한 남자는 그녀에게 지대한 관심을 가지고 있었다. 미혼의 남성 중 그녀에게 관심 없는 사람이 있겠냐마는 남자의 감정은 그들보다 좀 더 명확했다.

하지만 새하얀 얼굴이 순한 웃음을 짓는 것을 보며 무작정 다가갈 수가 없는 게 안타까울 뿐이다. 여잔 서른둘의 성인이었지만 매사 조심스러웠다. 단정한 차림만 봐도 그랬다. 노출이 거의 없었고, 몸매의 곡선을 언뜻 보여주는 수준이었다.

그녀가 충동적인 관계를 가지지 않는 것처럼 보였기에 좀 더 신중하게 접근해야 한다는 것을 남잔 안다.

남자를 향해 고갯짓으로 인사를 건넨 소람이 가벼운 걸음을 옮겼다. 그녀가 걸음을 옮길 때마다 여기저기서 웅얼거리는 소리들이 들렸다.

'야, 윤소람 아니야?'

'어? 진짜네?'

방금 전까지만 해도 8시 뉴스를 진행하던 소람이 눈앞에 나타나자 신기한 모양이었다. 그녀를 알아본 사람들이 노골적인 시선을 보낸다. 이럴 때면 동물원의 원숭이가 된 기분이 들었지만 그것 역시 직업에서 오는 단점이다. 입사한 지 10년이나 되었기에 이젠 많은 것을 포기했고 받아들였다.

그녀는 아나운서로 직장인이었지만 유명세는 여느 연예인 못지않았다. 더욱 이미지까지 좋아 간혹 사인과 사진을 요청하는 경우도 있다.

오늘도 마찬가지였다. 다가온 남자가 사진을 요청하자 그녀는 수줍게 고개를 끄덕이며 이에 응했다. 한 명이 다가오자 그다음엔 좀 더 많은 사람들이 모여들었다. 시끄럽지 않도록 빠르고 신속하게 사진을 찍은 그녀는 오히려 감사의 인사를 전하며 구석에 마련된 룸 테이블로 향한다.

문을 열고 안으로 들어가자 방금 전까지만 해도 해사하게 웃고 있던 웃음이 사라졌다. 경련이 인 표정으로 소람이 조심성 없게 자리에 앉았다.

"알아봤어?"

"뭐야. 보자마자 본론부터 꺼내는 거야? 맛있는 거 사준다며!"

정아는 이용만 당하는 것 같아 불만이 가득한 얼굴로 외쳤다. 그러자 소람은 손을 휘휘 젓는다. 원하는 것이 있으면 무엇이든 시키라는 뜻이었다.

정아가 직원을 불러 트러플 파스타 코스와 연어 스테이크 코스를 주문했다. 연어는 소람을 위한 것이었다. 그녀의 취향이라면 정아만큼 알고 있는 사람도 없었다.

음식이 나오기 전 정아가 건넨 종이 뭉치를 내려다보는 시선이 진지하다. 아니, 뭉치 제일 앞 클립으로 끼워진 사진을 바라보는 눈빛이 그토록 진중하다. 하지만 그녀는 곧 심드렁한 표정을 지었다. 마치 남자를 처음 보는 것 같은 반응이었지만 소람은 이 남자의 얼굴을 이미 알고 있다. 그

것도 얼굴에 점이 어디에 있는지 알 수 있을 만큼 보고 또 보았던 얼굴이
었다.

"여자깨나 울리겠네."

"뭐, 나도 처음에 김태준 얼굴 봤을 때 그 생각부터 했거든? 근데 생각
보다 깔끔해. 연애 기간도 적당한 수준이고."

그 말인즉 얼굴값은 하지 않는다는 말이다.

그럼 나한테 불리한데.

소람의 얼굴이 일그러졌다.

진탕 놀아난 남자가 접근하기 더 쉬울 것이다. 신중한 남자는 재미없
을뿐더러 간혹 무섭다. 더욱 남자는 속을 꿰뚫어 볼 듯 날카로운 눈동자
까지 가졌다.

사진을 보자 악다구니를 쓰며 복수를 하겠다고 했던 중2 겨울이 떠오
른다. 지금 생각해 보면 어이없을 만큼 희망으로 부풀었던 가슴이 한순간
처참하게 무너졌던 그날의 일이.

자신에게 새로운 가족이 되어주겠다고 말했던 남잔 쉰둘의 미혼이었
다. 꽤 그럴듯한 중견 회사를 경영하던 남자는 사업가보단 기술자였고,
사람 좋은 미소를 늘 달고 다니던 이다.

어릴 적엔 지금보다 더 날카롭고 마음을 숨길 줄 몰랐던 자신을 보며
어른들은 칠색 팔색을 했다. 하지만 그 남잔 달랐다.

소녀는 다섯 평 남짓한 공간에 열 명의 아이들이 끼여서 자야 하는 환
경도, 자신을 부모 없는 고아라며 손가락질하는 사회도 싫었다. 이 사회
에서 살아가기 위해선 이를 악물고 더 독해져야 했다.

사람은 믿을 것이 못 돼. 언제 뒤통수를 칠지 모르니 늘 조심해야 한
다. 인간은 영악하고, 잔인해.

감당할 수 없는 사춘기가 찾아왔다.

그런 자신에게 손을 내밀어주던 남자다. 입학 당시 중고를 지원받아 낡아 빠진 교복을 본 남자는 안쓰러워했고, 총명한 머리를 어른들을 골탕 먹이는 곳에 사용하지 말고 자신을 위해 사용하라고 했었다.

어디 그게 쉽나?

받은 만큼 되돌려줘야 하는 성격이기에 처음엔 남자의 호의를 비웃었다. 미성년자에게 군침을 흘리는 변태로 봤었다.

하지만 모난 자신도 남자가 보내는 따뜻한 햇살에 곧 녹았다. 사람을 처음으로 믿기로 했고, 그 순간 모든 것이 부서졌다.

장례식장 앞에서 봤던 다소 유약해 보이던 소년은 남자가 되어 돌아왔다.

잘 모르는 여자애가 실컷 저주를 해 겁이라도 먹은 건가?

소년은 장례식이 끝난 후 얼마 되지 않아 유학을 떠났고, 성인이 되어서도 돌아오지 않았다. 그러다 남자를 다시 만난 것은 새벽 라디오 원고에서였다.

"대영그룹 후계자 구도에 본격적으로 변화가 일어날 것 같습니다. 오늘 2시, 뉴욕 지사에서 근무 중이던 김태준 본부장이 급거 귀국……."

그날따라 조금 늦게 들어가 원고를 미리 숙지하지 못했다. 안 그래도 목소리가 흔들리거나 원고를 씹을까 봐 걱정을 했는데 남자의 이름을 듣는 순간 어린 마음에 수도 없이 되새겼던 끔찍한 감정이 되살아났다. 그리고 자신은 화려한 투피스 정장이 아닌 누가 입었을지 모르는 교복을 물려받아 입어 보잘것없었던 중2 윤소람으로 순식간에 돌아가 버렸다. 2초의 침묵이 흘렀지만 방송 사고까지는 아니었다. 지금 생각해도 기적에 가까운 일이었다.

그때 당시처럼 요즘도 머릿속엔 온통 '김태준' 그 남자뿐이었다.

이젠 어엿한 성인이 되었고, 남들은 부러워하는 직업과 돈도 가지고 있었다. 하지만 이 남자에 비하면 하잘것없이 작은 것들뿐이었다.

영악한 머리가 바쁘게 돌아갔다. 그리고 내린 결론은 중2 눈이 많이 내리던 겨울과 서른두 살이 된 아나운서 윤소람이 유일하게 가지고 있는 것은 건강한 몸뚱이뿐이라는 사실을 깨달았다.

"결혼할 생각이란 말이지."

친구에게 받아낸 자료를 툭툭 두드리던 소람이 눈을 반짝였다.

혼자 행복하시겠다? 그렇게 둘 수야 없지.

어렸던 윤소람이 느꼈던 감정을 이 남자 '라도' 똑똑히 느껴야 한다. 그래야 공평하지 않은가.

거기에다가 이 남자가 멀쩡하게 살아가는 모습을 가만히 지켜보고 있을 만큼 자신은 성격이 좋지 못했다. 적어도 자신만큼은 불행해져야 하지 않을까. 열다섯 어린 나이 때처럼 무작정 이 남자에게 복수를 하겠다고 부르짖진 않아도 적어도 이 남자가, 이 남자를 둘러싼 대영이 성공가도를 걷는 건 도저히 보고 있지 못하겠다.

"그것도 뭐 찌라시지. 확실한 건 아무것도 없어. 한국에 들어온 지도 얼마 안 됐고."

"갑자기 한국에 왜 들어왔겠어? 사업적 결합과 동시에 후계자 싸움에 뛰어들려고 온 거겠지. 조선 시대의 왕들이 그러했던 것처럼 기업에서도 안정적인 후계자를 만들고 싶을 거야. 그건 후계자가 될 사람도 마찬가지지. 자신이 가진 권력을 제 씨에게 물려주고 싶은 욕구는 병신 같지만, 지난 역사가 증명하니까."

"뭐, 그런 의견이 지배적이긴 해."

시니컬한 말에 정아는 고개를 끄덕였다. 그 이야기라면 이미 이 바닥에 파다하다. 경제부 기자들은 이미 그에 대한 특집 기사를 준비 중이었으나 정아는 눈앞의 오랜 친구 때문에 기사를 준비하는 대신 남자의 뒷조사를 해야 했다. 왜 생전 안 하던 부탁을 해오는 것인지 속뜻까지 알 수는 없었지만.

"그런데 김태준한테 관심을 보이는 이유가 뭐야? 너도 취집하게?"

"취집 같은 소리 하고 있네."

짜증스러운 음색으로 자신의 마음을 여과 없이 보인 소람은 그녀가 건네는 두 장짜리 A4 용지를 받아 들었다. 자신이 특별히 부탁한 내용들이 자세하게 적혀 있었다.

김태준은 한국을 떠난 후로 엘리트 코스를 밟았다. 중간에 한국에 들어와 군입대를 했던 시간을 제외하고선 그들이 사는 세상에서 일반적으로 통용되는 코스를 꾸준히 밟았고, 사회에 나와서도 성공적으로 자리 잡았다.

하지만 그건 소람에게 중요하지 않았다. 이 남자가 얼마나 대단한 대학을 나왔든, 가진 재산이 얼마든 그게 자신과 무슨 상관이란 말인가?

원하는 것은 그가 가진 '틈'이었다. 자신이 비집고 들어갈 수 있을 정도의 아주 작은 틈을 발견해야 했다.

김태준의 취향을 보던 소람이 미간을 좁혔다. 그가 만났던 여자들 중에선 미래가 촉망되는 화가도 있었고, 미국에서 가장 크다는 로펌에서 일하고 있는 변호사도 있었다. 대학교수도 있었고, 연구원도 있었다.

이 남자, 무식한 여자는 견디질 못하나 보네.

소람이 재미있다고 웃은 후 다음 장으로 넘겼다. 그 순간 소람의 얼굴에 쩌적 금이 간다.

"뭐야. 이 새끼 변태야?"

"쉿쉿! 윤소람 아나운서님, 욕지거리 좀 하지 마시죠?"

"그럼 이걸 보고 욕도 하지 말라고? 뭐? 섹스할 때 신음 내지르는 여자를 싫어해? 그럼 자위를 하라고 해. 왜 여자랑 몸을 섞어."

말쑥한 슈트를 입고 있는 그는 금욕적인 모습이었다. 넓은 어깨와 두툼한 팔뚝은 남자의 몸이 끝내주게 좋다는 것을 언뜻 말하고 있었으나 벗겨보지 않는 이상은 모른다. 하지만 뭇 여성이라면 190㎝에 육박하는 키와 탄탄하고 위협적일 만큼 큰 몸, 그가 가진 재력에 군침을 흘릴지도 모른다. 물론 그의 성적 취향을 모를 때 말이다.

침대 취향을 보자 이 남자가 변태라는 정의를 내렸다.

"자, 자위……."

"순진한 척할래? 여자 신음 소리가 싫다고? 그럼 저만 즐기겠다는 건데, 이런 새끼는 자위를 해야지. 왜 여자랑 자? 누가 봐도 이건 배설에 목적이 있는 거야."

부드럽게 짓고 있는 거짓 웃음과 날카로운 눈매를 바라보던 소람이 심드렁한 얼굴로 읊조리자 참다못한 정아가 그녀의 입을 틀어막으며 텅 빈 룸을 빠르게 시선으로 훑는다. 당연히 아무도 없는 공간이었지만 누군가 그녀의 실체를 알아차릴까 봐 걱정하는 모습이었다.

"윤소람 아나운서님. 이미지를 생각해! 네가 힘들게 세워왔던 거! 누가 들으면 어쩌려고 이래?"

"으읍? 읍!"

"놓아줄 테니까, 제발 그 입 좀 다물어. 알겠어?"

정아의 타박에 소람이 하는 수 없이 고개를 끄덕였다.

알았다는 고갯짓에 정아가 손을 놓아준다.

내 이름 앞에 오는 수식들이야 많다.

태생적인 핸디캡을 이겨내고 이 자리까지 온 여자.

결혼하고 싶은 방송인 1위.

틈틈이 봉사활동을 다니며 이미지 좋은 아나운서.

하지만 그 무엇도 날 정확하게 수식해 줄 수 있는 건 없었다.

난 고아였지만 명확하게 말하면 남들보다는 더 잘사는 수준이었고, 결혼은 생각이 없으며, 방송 이미지까지 생각해 힘든 봉사활동을 떠날 만큼 영악했다.

세상살이, 염치와 싸가지만 없으면 무서울 것이 없었다. 타인에게 자신의 모습을 완벽하게 보여줄 필요도 없다.

바르고 고운 말을 써야 하는 아나운서가 사실은 가끔 입에 걸레를 문 건 아닐까 생각이 들 만큼 거친 욕지거리를 내뱉을 수 있다는 사실도, 착하고 선해 보이는 웃음 뒤엔 놀라운 계산이 있다는 것도 세상 사람들은 모른다. 아니, 자신의 주위에 있는 사람들 역시 거의 몰랐다.

그리고 알고 있는 사람 역시 그녀가 입을 열어 온갖 음담패설을 쏟아낼 때면 기겁을 하고 만다. 지금의 정아처럼.

똑똑.

노크 소리와 함께 음식이 들어왔다. 코스 요리였지만 먹음직한 음식들이 한꺼번에 놓여졌다. 적당히 분위기를 달궈줄 수 있는 와인까지 놓이자 소람의 눈에 의아함이 머문다.

"와인은 주문 안 했는데……."

"쉐프님께서……."

깨끗한 슈트를 입고 있던 남자가 설명하려던 찰나다. 문이 열리더니 막 와인을 선물한 남자가 들어왔다.

남잔 시종일관 웃고 있었다. 그는 대화를 능숙하게 이끌어갈 줄도 알며 상대의 호의를 얻는 방법도 알고 있었다. 하지만 문제가 있다면 그보다 윤소람의 레벨이 더 높다는 것이다.

"금요일인데 정아 씨와 데이트하시는 겁니까?"

그의 물음에 소람은 답을 하기도 전에 뺨을 발그레 물들였다. '그러게
요'라고 답하는 그녀는 수줍어하는 20대 초반의 여성처럼 보였고, 남자
는 탐스러운 복숭아 같은 뺨을 보며 턱을 움찔 떨었다.

"이런, 죄송합니다. 두 분 식사하셔야 하는데, 제가 시간을 너무 많이
빼앗았군요. 그럼 즐거운 시간 되십시오."

침을 꼴깍 삼킨 남자가 다소 빠른 걸음으로 룸을 나선다. 그가 나서자
이성의 관심에 부끄러워하던 여자는 온데간데없고, 심드렁한 표정으로
와인을 들이켜는 노파 같은 여자만 남았다.

순식간에 표정을 바꾼 그녀를 보며 정아가 '내숭', 짧게 말했다. 하지
만 비난하는 기색은 없다. 같은 고등학교를 다니면서부터 연을 이어왔기
에 이런 친구라는 건 지겹도록 인식했다. 그것이 이젠 그녀 나름대로 방
어기제라는 걸 알고 있다.

얼굴만 한 와인 잔을 내려놓은 소람은 음식엔 관심이 없는지 구석 부
분만 조금 먹은 연어를 한쪽으로 치워두었다.

"아깐 점잔 빼라며?"

"점잔 빼라고 했지, 남자 홀리라고는 안 했다?"

표정엔 불만이 가득했다. 마치 자신의 탓은 아니라는 표정이다. 그 생
각에 정아도 일부분 동의했다. 남잔 소람을 꿀단지라고 생각을 한다. 겉
면에 꿀이 조금 묻어 있으니 당연히 안에도 꿀이 들었을 거라고 예상만
했다.

그래서 그녀는 그들의 니즈를 채워주고 있을 뿐이다.

정숙하고 아름다운 여인.

CBM 간판 아나운서는 깨끗하고 우아한, 청초한 여자였다.

"김태준은 왜? 정말 접근하게? 이 데이터를 토대로?"

"기왕이면 딱 맞춤형 여자면 좋잖아."

타인이 자신을 어떻게 바라보는지 생각을 하며 그에 맞춰 살아가는 친구였으나 기본적으로 사람에 대한 관심도가 낮았다. 그런 소람이 처음으로 남자에게 관심을 보이는 것도 이상했는데, 뒷조사 수준의 정보를 원한다고 해서 한 번 더 놀랐다.

정말 취집이라도 가려는 것일까?

생각하던 정아가 고개를 저었다. 아무리 CBM 간판 아나운서라 해도 고아가 그 집안에 입성할 수는 없을 터다. 염세적일 정도로 현실주의적인 그녀는 그런 꿈 따위 애초에 꾸지도 않을 것이다.

소람은 자신의 속에 있는 생각들을 밖으로 꺼낼까, 고민했다. 다른 이들이었다면 절대 이야기를 해주지 않았겠지만 정아는 달랐다. 그녀는 마음을 터놓을 수 있는 유일한 친구였다.

생각의 끝에 닿은 소람은 다른 사람이 보지 못하도록 뒤집어놓았던 종이 뭉치를 보았다. 소람은 그 속에 있던 내용을 모두 외우기라도 한 것처럼 낮고 고아한 목소리로 막힘없이 말했다.

"침대에선 신음도 내뱉지 않고 목석처럼 굳어 있는 여자. 무향에 가깝고, 늘 깔끔하고 단정한 차림에 똑똑하고 지적인 여성."

신음성이 싫다고 한다. 향수는 더더욱 끔찍하게 싫어한다고 했다. 노출이 있는 의상을 입고 다니는 여잔 값싼 여자 취급하는 것 같고, 무식한 여자는 죄악이라는 듯 만났던 여자들은 죄다 커리어 우먼에 가방끈이 긴 사람들뿐이었다.

"술은 적당히 마시는 건 괜찮지만 흐트러질 정도는 안 되고, 외로움을 참고 견딜 줄 알며 기분 나쁜 일이 있더라도 닥치고 있어주는 여자."

침대에서도 술을 마신 후에도 자제력을 잃은 여잔 싫은 모양이다. 일이 바쁜 사람이었으니 소소한 이벤트 따위 즐길 시간 또한 없을 테니 자신이 없어도 홀로 잘 지낼 수 있는 그런 여자. 그런 여자를 그는 원했다.

연애를 하기 위해 여자를 만나는 것이 아니었다. 그는 자신의 욕구를 배출해 줄 수 있는 여잘 원했고, 사랑을 기대하지 않는 사람을 원했다.

이기적인 새끼.

눈이 내리던 밤, 소년에 가까웠던 그를 만났다. 몸이 얼어붙을 것 같은 살벌한 바람이 부는 날이었다.

대영그룹에선 자살까지 내몬 남자의 죽음 따위 관심에 두지 않았다. 아니, 관심을 두었을지는 모르나 제3자의 일처럼 생각했을 것이다.

하지만 김태준은 달랐다. 굳이 장례식장까지 찾았다. 고등학생이었지만 어떠한 책임감을 느꼈을지도 모른다.

하지만 소녀는 몰랐다. 그가 어떤 마음으로 그곳에 서 있었는지 모른다. 자신은 묻지 않았고, 그는 굳이 말해주지 않았다.

그날 그에게서 받았던 코트는 아주 컸다. 아빠 옷을 빼앗아 입은 아이 같을 정도로 우스꽝스러웠다.

그곳에서 났던 옅은 드라이클리닝 냄새와 차가운 바람 냄새는 아직도 기억이 났다. 그리고 소년이 짓던 표정도.

증오했다. 겨우 손에 넣었다고 생각했던 걸 빼앗겨 버린 기분이다. 그것도 강제로 손가락이 벌려져서.

눈앞의 소년도 참 미웠더랬다.

그래서 이런 시시한 여자를 취향이라고 말하는 남자를 곁에서 지켜보고 싶어졌다. 이 남자가 만약 행복하게 살고 있는 것이라면 자신이 불행했던 만큼 바닥으로 끌어내릴 것이고, 불행한 생을 살았다면 큰소리로 폭소할 것이다.

어딘가 삐뚤어져 버린 채로 자라 버렸으니 어른답지 못하다 욕을 하더라도 제 마음대로 할 것이다.

그럼 긴긴 불면의 밤들이 조금은 짧아질 것 같다.

널찍한 거실의 한 면은 화려한 벨벳 벽지가 발려 있었다. 집주인의 취향이 엿보이는 부분이었는데, 그 말고도 곳곳에 놓인 기념품들 역시 하나같이 원색의 화려한 물건들뿐이었다.

혼자 살기에는 지나치게 넓은 아파트엔 윤소람, 그녀 혼자 살고 있었다. 지긋지긋한 고아원을 벗어날 땐 혼자 살면 마냥 좋을 줄 알았는데 사람 소리 하나 들리지 않는 공간은 두렵게 다가왔다. 덕분에 집 곳곳엔 블루투스 스피커가 놓여 있었고, 쉴 새 없이 BGM 같은 음악이 조용히 흘러나왔다.

샤워를 마친 여자가 종종걸음을 옮겨 드레스룸으로 향한다. 옷장에 걸린 대부분의 옷은 화려한 집과는 달리 단아한 것들뿐이었다. 하지만 제일 밑의 칸에 있는 속옷은 달랐다. 남들에게 보이지 않는 속옷은 그녀의 취향껏 화려하고 천 조각이 한참 부족한 것들이 대부분이었다.

소람은 습관적으로 엉덩이가 훤히 드러나는 호피 무늬 속옷 세트를 꺼냈다가 다시 집어넣었다.

"아니지, 아니야."

이건 김태준의 취향이 아니다. 그는 침대에서 원숙한 여자보단 풋내나는 여자를 선호할 것이다. 그러니 관계 도중에도 목석처럼 있는 여자가 좋다고 하는 거겠지.

오늘 그와 만날 수 없을지도 몰랐으나 그녀는 완벽히 김태준의 취향이 될 생각이었다. 소람은 생각할 것도 없다는 듯이 자신의 속옷함에 있는 것 중 가장 무난하고 순진해 보이는 것으로 골랐다.

출근을 하는 사람처럼 색이 거의 없는 화장과 옷으로 단단히 중무장한 소람이 밖으로 나왔다. 살구색에 가까운 투피스와 어울리는 핸드백을 집어 든 소람이 막 외출 준비를 마쳤을 때였다.

딩동―

초인종이 울리자 그녀가 걸음을 멈췄다. 막 너무 높지도 않으면서 촌스럽지도 않은 구두가 뭐가 있을까, 고민하던 찰나였다.

걸음을 옮겨 인터폰을 보자 정아가 서 있었다. 따로 약속을 하지 않았던 터라 의아한 마음에 문을 열었다.

"……너 정말 할 거야?"

완벽한 화장을 보며 정아가 물었다. 퇴근을 하고 돌아온 상태의 화장이 아니었다.

잔소리를 듣긴 귀찮았지만 어쩔 수 없다는 듯 소람이 시큰둥하게 답했다.

"그럼 정말 해야지. 가짜로 해?"

"아니, 일단 동조는 해주지만…… 괜찮겠어?"

괜찮지 않은 건 또 뭐란 말인가.

괜찮지 않아 포기할 거면 자신은 진즉에 죽어야 했다. 빌어먹을 세상이라고 가운뎃손가락이나 세워준 후에 보잘것없었던 소녀는 가루가 되어 사라졌을 것이다. 남들의 손에, 사회의 차가운 칼바람에 사그라져 가기 전에. 그걸 최소한의 자존심이라 자위하며.

하지만 자신은 악착같이 살았다. 팔자대로 살기 싫어 악을 쓰며 버둥거렸고, 자신에게 주어진 일이 있다면 독하다는 소릴 들을 정도로 최선을 다했다.

이번 일 역시 마찬가지다. 어쩌면 자신의 삶의 원동력이 되어준 남자에게 접근하기로 마음먹었으니 후회하는 일 없이 자신이 할 수 있는 일은 다 할 거라고 마음먹었다. 이 멍청한 계획의 본질부터 후회하게 될지도 몰랐지만 현재로선 딱히 마음에 걸리는 문젠 아니다.

정아가 여전히 걱정스럽다는 듯 바라보았다. 평소와 다름없이 단아한 모습이었지만 미세하게 신경 쓴 티가 났다. 장난으로 여겼던 일이 진심이었다는 걸 이제야 깨닫는다.

"응원해 달라는 말은 안 하겠는데, 방해는 하지 마."

소람이 고집스럽게 말했다. 이렇게 대책 없이 굴 땐 누구도 그녀를 말릴 수 없다. 한 번 해야 한다면 하는 성미였기에 여기까지 왔다. 만약 그녀가 평범한 여자 정도의 멘탈을 가지고 있었다면 진즉에 바스러지고 말았으리라.

소람이 구두를 골랐다. 살구색 원피스는 그녀가 출퇴근을 할 때 입는 옷 중에서 조금 화려한 축에 속했다. 언뜻 살결이 비쳤고, 치마 길이 또한 무릎 위로 살짝 올라왔다.

구두는 조금 얌전한 게 좋겠다.

사람들에게 보이는 것과는 달리 소람은 과하다 싶을 정도로 화려한 것이 취향이다. 어릴 적 색 바랜 것들밖에 가질 수 없었으니 돈을 번 후론 한이라도 풀 듯 평소엔 입을 수 없을 만큼 기이학적인 무늬의 것들만 사 들였다.

출퇴근용 힐을 놓아둔 곳을 둘러보는 눈이 신중했다. 옷이 화려한 축이었으니 구두는 조금 얌전한 것으로 고를 모양인지 손에 닿는 것들은 민무늬에 코가 동그란 것들뿐이다.

"지금 가?"

"클럽에 언제 나타날지 모르잖아. 꾸준히 다녔어."

굽이 5cm밖에 되지 않는 구두를 꺼냈다. 굽과 밑바닥이 연분홍빛인 구두는 구입한 지 얼마 안 된 새것이었다.

구두를 신고 거울을 확인해 본 소람이 만족스러운 미소를 지었다. 발

뒤꿈치가 조금 아프긴 했지만 이 옷에 어울리는 구두는 굽이 모두 높았다. 발이 아프더라도 참는 게 좋을 것 같았다.

"뭐? 그러고 가게?"

"당연하지."

클럽에 가기엔 지나치게 얌전한 옷이었다. 누가 보면 선보러 가는 줄 알겠네.

정아가 굽슬굽슬 컬이 들어가 있는 머리카락을 보았다. 친구는 단단히 마음먹은 듯 머리색 또한 조금 톤이 다운되어 있었다.

"나 남자 꼬시러 가는 거 아니야. 김태준 꼬시러 가는 거지."

아주 자신만만한 목소리다. 마치 세상엔 자신이 꼬시지 못할 남자가 없다는 듯 단정하는 것 같았다.

"그런데 무슨 일이야?"

"아, 맞다. 이거 주려고 왔지. 간 떨려서 집엔 못 두겠더라."

"결혼식은, 괜찮았어?"

"눈 돌아가게 화려하더라. 우린 사는 세계가 달라, 라고 말하는 것 같더라니까?"

재벌 3세의 결혼식에 취재차 다녀온 정아가 고개를 절레절레 저었다. 높은 천장에 달린 크리스털에서 쏟아진 은은한 빛은 몽환적이기까지 했고, 1,000명은 수용할 수 있는 식장엔 싱싱하고 아름다운 꽃들로 장식이 되어 있었다.

한 쌍의 부부가 새로운 출발을 알리는 날이었지만, 그것보단 양 그룹의 정정함만 확인한 것 같았다.

기죽지 않기 위해 소람에게 가방까지 빌려갔지만 소용이 없었다. 태생이 다르다는 걸 다시 한 번 깨닫기만 한 자리였다.

악어가죽으로 만든 화려한 가방을 받아 든 소람이 뒤돌아 드레스룸으로 향했다. 그녀의 뒷모습을 바라보던 정아가 굳이 할 필요 없는 말이라는 것을 알면서도 한마디 내뱉었다.

"너, 그런데 그 허무맹랑한 계획대로 하다가 정말 그 남자를 좋아하게 되면 어쩔래?"

정아가 결혼식을 떠올리며 말했다. 그곳에 서 있는 윤소람이라. 그림처럼 어울리긴 했으나 그럴 일은 없다. 앞서 말했던 것처럼 태생이 달랐으니까.

그러니까 괜히 다가갔다가 그 남자에게 홀려 괜히 소람만 상처받을 수도 있다. 더욱 그녀는 대한민국 사람이라면 대부분 알고 있다는 CBM 간판 아나운서였다. 참한 이미지였기에 괜한 구설수에 휘말리면 단순한 해프닝 정도론 끝나지 않을 것이다. 사실만을 전달해야 하는 아나운서에게 요구되는 양심과 도덕성, 소명은 연예인보다 높았다.

소람은 생각에 잠긴 듯 말간 눈으로 정아를 보았다. 그러다 조금의 시간이 흘러 헛웃음을 내뱉으며 답한다.

"너무 허무맹랑한 이야기라 답할 가치도 못 느낀다. 조심히 가."

개소리라고 일갈하고 싶은 걸 겨우 참은 표정이었다.

하지만 어찌 된 일인지 불안한 감정은 정아의 마음속에 모락모락 피어났다.

그 남자 끝내주게 잘생겼던데.

아무리 취향이 변태 같고, 남성 갱년기 같은 모습이라 하더라도 그 정도 외모의 남자에게 빠져들지 않는 여자가 과연 있을까?

정아는 단연코 없다고 답할 수 있었다.

"진짜 걱정돼서 그래! 선배 말로는 보는 것만으로도 임신할 것 같다고 했단 말이야!"

혹 드레스룸에 들어간 그녀가 못 들을까 싶어 정아가 언성을 높였다.

그러자 참다못한 소람이 안에서 꽥 소리친다.

"개소리할 시간 있으면 집에 가서 자! 너 다크서클 끔찍해!"

정아가 고개를 홱 돌려 신발장 거울 벽을 보았다.

"헉!"

다크서클! 기미!

얼굴을 만지작거리던 정아가 울상을 지었다.

그의 일상은 정해진 시간표대로 움직인다.

새벽 5시 기상. 살고 있는 오피스텔 지하에 있는 센터로 가 운동으로 하루를 열었다. 체력이 없으면 아무것도 못한다는 걸 젊은 시절 불도저라고 불린 아버지를 보며 뼈저리게 깨달은 후로 하루도 빼놓지 않고 두 시간씩 유산소 운동과 근력 운동을 번갈아가며 하고 있었다.

7시 30분, 집으로 돌아온 그는 가벼운 아침을 먹은 후 8시까지 사무실로 향한다. 부지런한 본부장 때문에 괜히 밑에 있는 직원들도 출근 시간이 아닌 8시까지 집합해 오전 내내 업무 보고와 회의에 시달린다. 조그마한 의문이라도 있으면 계속 질문을 해대는 통에 점심시간이 되면 모두 진이 빠져 버리지만 남잔 눈 하나 깜짝하지 않고 오후 일정을 소화해 냈다.

점심 약속은 대부분 외부 업체와 잡혀 있었고, 남잔 오전 내내 회의를 진행하느라 팔까지 걷어붙인 셔츠에 주름이 생긴 게 마음에 들지 않는다는 듯 여분의 옷으로 갈아입는다. 사무실을 나서는 그는 아침에 출근했을 때와 같은 깔끔한 모습이었다.

차차 어마어마한 권력을 손에 쥘 오너가의 젊은 남자는 주위에서 혀를 내두를 만큼 완벽하게 자기 관리를 하고 있었다. 덕분에 늘 잡지에서 튀어나온 것처럼 흐트러짐 없는 모습으로 사람들 앞에 섰고 위에 군림했다.

그건 회장이 건강상의 이유로 자리를 비우면서부터는 더욱 견고해졌다. 대영은 이제 완벽하게 김태준의 관리 통제하에 움직였다.

간혹 지치기도 했지만 타인에게 티를 낼 순 없다. 그의 행동 하나에 회사 주식은 널을 뛴다. 그의 아래에 있는 직원이 국내에만 수만이고, 그들의 가족까지 합치면 수십만의 사람들이 자신의 손끝 하나에 생계가 위협받기도 했다.

그건 생각만으로 목을 죄여 간혹 셔츠 목덜미를 손가락으로 잡아당기기도 했지만, 그건 모두가 퇴근한 사무실에 홀로 남았을 때뿐이다. 그는 남들 앞에선 날 선 셔츠와 넥타이를 빈틈없이 꽉 조인 모습으로 존재해야 한다.

남동생이 둘이나 있었으나 모두 자신이 하고 싶은 일을 하며 살아갔다. 덕분에 막중한 책임감은 그의 삶 전반을 짓누르고 있었다. 그리고 그건 지금 그가 검토 중인 이 문제 또한 당연히 거쳐 가야 하는 사업 중 하나였다.

사락— 사락—

종이 넘어가는 소리가 다소 신경질적이다. 걷어 올린 팔에 언뜻 보이는 팔뚝에 혈관이 돋을 만큼 힘껏 넘겼으니 그런 소리가 나는 게 정상적이지만 남잔 그조차도 마음에 들지 않는 모양이다.

신경질적인 얼굴은 반듯하게 펴져 있다면 근사하다는 말이 저절로 나올 만큼 잘생겼다. 차가운 인상이긴 했지만 그럴듯한 미소를 짓지 않아도 뭇 여성들이 반할 것 같았다.

그건 교복 같은 드레스셔츠에 가려진 몸 또한 마찬가지다. 어느 누군가가 본다면 다소 위협적이라고 느낄 법도 했으나 떡 벌어진 어깨는 남성적이었고, 단단한 허벅지 역시 오랫동안 신경 써서 가꾼 태가 났다.

마치 잡지 속 모델 같았다. 살인적인 스케줄을 소화해 내기 위해 꾸준히 운동을 했다가 부수적으로 생겨 버린 것이지만.

탁. 탁.

굵은 손가락이 책상을 탁탁 두드렸다. 남자가 집중할 때 으레 하곤 하는 습관이었다. 그만큼 그는 종이에 적힌 글자들을 신중한 눈으로 보고 또 보았다. 누군가가 보면 아주 중요한 임원을 뽑기 위해 신중을 가하는 것처럼 보였다.

하지만 아니다. 남자가 보고 있는 것은 결혼할 대상들이 적힌 종이였다. 그것들은 마치 이력서처럼 보였다. 증명사진도 함께 첨부되어 있었다.

냉철한 눈동자가 차갑게 빛났다. 그가 보고 있는 여잔 대운기획의 차녀였다.

올해 스물한 살의 어린 나이도 마음에 들지 않았지만 그것보다 더 문제는 성적이 좋지 않아 도피성 유학을 떠났다는 대목이었다. 남들보다 좋은 환경에서 태어난 이들은 짊어져야 할 삶의 무게가 달랐다. 그들에게 있어 '무식'은 죄였다.

쯧, 그가 혀를 차며 더 읽어볼 필요도 없다는 듯 다음 상대를 보았다.

서른둘. 그와는 세 살 차이여서 딱이었지만, Woo.Media는 그에게 아무런 도움도 되지 않았다. 대영그룹 주식을 꽤 가지고 있긴 했으나 거기까지다. 이 정도 이익을 얻기 위해 결혼이란 큰 사업을 진행하기엔 자신의 손해가 더 커 보였다.

누구라도 그가 지금 결혼할 상대를 고르고 있다는 걸 알 수 없을 정도로 표정은 차가웠고, 머리도 서늘하게 식어 있다. 빠르게 계산을 하던 남자가 마음에 들지 않는다는 듯 손톱으로 책상을 내려쳤다.

딱. 딱.

이 바닥에서 그에게 도움이 될 법한 혼기 찬 여잔 그리 많지 않았다. 즉, 남자에게 선택지가 많지 않다는 뜻이다. 앞에 본 다섯 명의 여자는 죄다 마음에 들지 않았고, 마지막 여자까지 마음에 들지 않는다면 자신의 인생에 결혼은 없을 거라 단정 지었다. 부러 도움도 되지 않는 짐 따위 떠안고 싶지 않았으니까.

그는 적당한 대상이 없자 반쯤 포기하며 마지막 종이를 보았다. 눈에 가장 먼저 들어온 것은 감정이 그득한 눈망울이었다. 사랑을 받고 자란 태가 나는 얼굴엔 생기가 흘러넘쳤다.

조가연.

Do그룹이라…….

남자가 뒤늦게 떠오른 여자의 존재에 턱을 쓰다듬었다.

Do는 재계 서열 15위의 그룹이었으나 현금과 부동산으론 이 바닥에서 따를 자가 없었다. 선대가 사들인 금싸라기 땅으로 지금의 주인인 조 회장이 꽤 그룹 태가 나게 만들어놓았다고 들었다.

덕분에 아직도 80년대를 벗어나지 못한 그룹은 조 회장의 독단으로 모든 일이 결정되었다. 후계자도 없었고, 2인자도 없어 다음 세대가 걱정이 된다고들 입방아를 찧지만 큰 위험부담이 없는 사업만 하고 있어 병신 칠푼이가 회장으로 앉아도 망할 가능성이 희박했다.

거기에다가 최근에 조 회장이 제조업을 제외하고선 대부분의 사업을 정리했다고 들었다. 모두 딸을 위한 배려였다. 그의 결혼 상대로 이만한 대상은 어디에도 없을 것 같았다.

—특이 사항 : 바깥출입이 거의 없음.

"이거 참 마음에 드네."

대영그룹 내에서도 조 회장은 대주주에 속했다. 그건 대영그룹의 선대 회장과 조 회장의 친분 때문이었다.

사업 초기에 엄청난 투자를 하면서 받아낸 것들이었기에 양가 모두 득을 보는 장사였고, 선대 회장이 죽은 현재에도 두 그룹은 꽤 친밀한 사이였다.

자리에서 일어난 그가 굳은 얼굴로 걸음을 옮겼다. 묵직한 시선은 어디 하나에도 정착되지 않은 채 정처 없이 떠돈다.

깔끔한 사무실은 그의 취향 그대로였다. 바닥엔 먼지 하나 없었고, 그건 그가 신고 있는 구두 바닥 역시 마찬가지다.

밖에서 신는 신발인데도 먼지 정도만 묻어 있던 구둣발이 사무실 여기저기에 향할 때다.

그의 걸음이 커다란 원목 책상 앞으로 되돌아왔고, 곧 아무렇게나 놓여 있는 휴대전화를 집어 들었다.

몇 번의 통화음이 들렸고, 곧 상대가 전화를 받은 듯 음이 끊겼다. 하지만 상대는 모르는 번호였기 때문일까. 가벼운 인사도 건네지 않는다.

"안녕하십니까, 김태준이라고 합니다."

그가 나지막한 목소리로 자신의 정체를 밝혔다. 그러자 전화 너머에선 자신의 존재를 들은 적이 있다는 듯 알은척을 해온다.

[이 시간에 어쩐 일이시죠.]

그녀의 물음에 태준은 망설임 없이 본론부터 꺼냈다.

"혹 결례가 되지 않는다면 다음 주 주말에 만남을 청해도 되겠습니까?"

지나치게 딱딱한 목소리.

마치 사업 파트너에게 연락을 하는 것 같았으나, 그는 그녀 역시 이에 별로 신경 쓰지 않으리라 단정했다.

간단한 약속을 잡고 전화를 끊은 그가 손목시계를 확인했다. 아홉 시가 조금 넘은 시각이었다.

평소 같으면 집으로 돌아가 출장의 여독을 풀었을 것이다. 시차가 반대인 유럽에서 돌아온 지 겨우 15시간밖에 되지 않았으니까.

하지만 쉽게 잠이 오지 않을 것 같아 그는 벗어두었던 솔리드 컬러 재킷을 집어 들었다.

교복처럼 단정한 흰색 드레스 셔츠와 블랙 쓰리피스 슈트는 금욕의 상징인 신부나 수도승 같았다. 검은색 스트레이트 팁 구두까지 평범했다. 하지만 어찌 된 일인지 머리부터 발끝까지 무채색의 컬러였으나 심심하게 느껴지지 않았다.

다시 한 번 시계를 본 그가 불 꺼진 복도를 걸었다.

오늘도 가장 마지막으로 퇴근하는 건 김태준, 그였다.

클럽 A는 회원제로 운영되고 있는 고급 바였다. 주로 언론에 이름이 오르내리면 곤란한 사람들이 회원권을 구입했는데 사생활 노출을 꺼리는 톱스타부터 정재계에서 한가락 한다는 인물들까지 다양했다.

그건 이곳에서 있었던 일이 절대 밖으로 새어나가지 않는다는 한 가지 원칙 때문이었다. 덕분에 결혼의 유무와 상관없이 오늘도 침대를 데워줄 상대를 찾는 하이에나들이 모여들었다. 다양한 직업을 가진 사람들이었으나 하나같이 입은 무거워 가벼운 만남을 즐기기엔 적당한 이들이 오늘도 상대를 찾기 위해 눈을 반짝인다.

분위기는 이런 그들의 심리를 반영하듯 어두침침하고 몇몇의 스탠드 조명만이 앞을 밝히고 있었다.

미묘한 분위기의 음악이 흘렀다. 재즈 음악은 끈적거리는 여성의 음색 때문인지 유혹적이었지만 한편으로 다소 쓸쓸한 분위기이기도 했다. 클럽 A를 운영하는 주인장의 취향으로, 옆 룸과의 대화가 들리지 않을 만큼 적당한 소음이 되어주었다.

사람들의 시선이 바텐더 앞에 있는 한 남자에게로 향해 있었다. 은은한 조명 때문일까. 술을 마시고 있으면서도 절제된 모습의 남잔 눈길을 끌 만큼 멋졌다.

여자들이 넓은 등판을 핥듯이 보았다. 이미 머릿속에선 가볍게 언더록 잔을 쥐고 있는 커다란 손이 자신을 더듬고 있는 모습을 상상하고 있었다. 감정을 숨기는 남자일수록 침대에서의 간극 때문에 더욱 섹시해 보이는 법이다. 하지만 쉽게 그에게 다가가는 사람은 없었다. 아무도 다가오지 말라는 아우라 때문이다.

도통 속을 알 수 없는 표정으로 술잔만 기울이는 그를 바라보던 바텐더가 반쯤 녹은 얼음 통을 갈아주며 물었다.

"걱정이 있으신가 봅니다."

한 달에 두어 번, 혼자 와 술잔을 기울이는 그는 이제 제법 단골이라고 부를 법했다. 더욱 술에 흐트러져 진상을 부린 적도 없었고, 마지막엔 거금을 팁으로 척척 내놓는 그는 바텐더의 입장에선 최고의 손님이었다.

바텐더의 말에 굳어 있던 턱이 움찔거렸다.

"선택지가 좁아서 고민입니다."

"……많이 좁습니까?"

이야기의 주어 대신 질문을 던진 바텐더는 곧 그가 고개를 끄덕이는 것을 보며 입을 다물었다. 평소엔 가벼운 인사만 주고받고 오래 대화를 나눠본 적이 없었다. 하지만 오늘은 말상대가 필요한 표정이어서 물었더니 태준은 자신의 예상대로 기분 나쁜 기색 없이 답해주었다.

"이미 결론이 내려진 문제이고, 대상만 골라야 하는 거라 오히려 쉽기도 합니다."

"표정은 복잡해 보이시는데요?"

"……결정한 일은 번복한 적이 없는데, 이번엔 조금 불안해서 그럽니다."

"도대체 뭐가……."

"후회할 거 같아서요."

그의 말에 바텐더가 고개를 끄덕였다. 아주 신중하게 결정해야 하는 문제라는 판단에 더 이상 질문을 해선 안 된다는 생각이 들었다.

때마침 출입구 쪽에서 한 여자가 해사하게 웃으며 다가왔다. 살구색 시폰 원피스를 입은 여자는 사람들의 이목을 끌 만큼 미인이었다.

하지만 바의 손님들이 단순히 그녀의 외모 때문에 술렁이는 것은 아니다. 그녀가 윤소람이기 때문이다.

최근 그녀가 클럽 A에 드나든다는 소문이 회원들 사이에서 알음알음 퍼졌다. 덕분에 그녀가 출입하기 시작하면서부터 남자 손님들이 늘어 바텐더도 그녀에게 감사하던 찰나였다. 물론, 이런 사실을 순진하게 웃고 있는 소람에게 말할 수는 없겠지만.

"안녕하세요."

"소람 씨 오셨어요? 오늘도 혼잡니까?"

그녀가 태준과 한 자리 떨어진 곳에 앉았다. 하지만 시선을 잡아끄는 남자를 미처 못 봤다는 듯 시선은 오직 바텐더를 향해 있었다. 여잔 마치 친구를 만난 것처럼 반가운 기색이 역력한 표정이었다.

"대화 상대가 필요한데 함께 떠들어줄 사람이 없네요. 인생 헛살았나 봐요."

"에이, 인기 많으시잖아요?"

바텐더가 장난스럽게 묻자 순진한 여잔 당혹감이 가득한 얼굴로 뺨을 붉혔다.

소람은 자리에 앉자마자 날벼락을 맞은 얼굴로 고개를 절레절레 저었다. 그 모습이 꽤 어여뻐 천하의 김태준도 잠시 그녀를 바라보기까지 했다.

"아, 아…… 그건."

"소람 씨에겐 농담도 못하겠습니다. 그렇게 당황하시면 제가 나쁜 사람이 된 것 같잖아요."

윤소람.

여잔 태준도 알고 있는 인물이었다. 아무리 바빠도 뉴스는 빼놓지 않고 시청을 하고 있었다. 가끔 여의치 않을 때도 있었지만 메인뉴스 아나운서인 그녀를 그가 모를 린 없었다.

"늘 마시던 걸로 드리면 되나요?"

"네."

고개를 끄덕인 소람의 앞에 도수가 낮은 칵테일이 놓였다. 하지만 그조차도 입술을 적시는 정도다.

그의 지긋한 시선을 느낀 것일까. 앞에 놓인 잔을 바라보던 여자가 고개를 돌려 태준을 보았다. 미간을 지그시 모으는 것을 보니, 잘 안 보이나 보다. 그의 등 뒤로 이 바에서 가장 큰 조명이 있었으니 그럴 법도 했다.

다갈색의 맑은 눈동자에 조명이 비쳐 반짝인다. 그 시선이 오롯이 자신에게 머무르자 태준은 답지 않게 긴장을 해버렸다.

"어……? 김태준 본부장님 아니세요?"

여잔 긴가민가한 표정이었다. 그래서 그는 '예' 라고 답을 해야 할지, '잘못 보셨습니다' 라고 말하며 여자의 관심을 끊어버려야 할지 고민했다. 하지만 고민은 길지 않았다. 그는 가볍게 고개를 끄덕였고, 여잔 보기 좋게 입술을 휘며 웃었다.

"오늘 김태준 본부장님 소식을 전했는데…… 아. 기분 나쁘세요?"

"아니, 아닙니다."

그가 가볍게 고개를 저었지만 여잔 실례했다며 말한 후 고개를 돌린다.

더 말을 걸 줄 알았는데, 여잔 아무 말 없이 허공을 지그시 응시하고 있었다. 표정을 보아하니 뭔가 근심이 있어 보였다.

그의 주위엔 딱 두 가지 유형이 있었다. 자신의 시선을 끌려고 안달인 사람과 두려워하는 사람. 전자의 경우엔 대부분 조잘조잘 대화를 이어나가기에 애를 쓴다. 그건 이성일수록 더 심하다.

눈앞에 있는 여잔 그 어디에도 속하지 않는 사람이었다. 자신을 무서워하는 것 같지도 않았고, 그렇다고 대화를 이어나갈 마음도 없어 보였다. 하지만 태준은 금방 시선을 끄고 바텐더 뒤에 장식된 오래된 술들을 보았다.

오늘 같은 날은 혼자 있고 싶지 않았다. 홀로 생각하고 결정을 내려야 하는 권좌에 앉아 있었으나 간혹 그게 버겁기도 했다.

잘한 결정일까.

가족 중에선 하루빨리 안정된 가정을 꾸리길 바라는 사람은 없었다. 어머니가 살아 있었다면 그럴지도 모르겠지만, 병상에 누워 있는 아버지와 형제들은 기본적으로 그의 인생에 신경을 쓸 여력이 없었다.

그의 결혼에 가장 관심이 많은 사람이라면 대영 주식을 조금이라도 가지고 있는 사람들뿐이다. 그들은 기업의 결합으로 회사가 더 안정되길 바랐다.

이제껏 정도만 걸어왔던 그다. 해야 하는 일이 있다면 망설이는 일 없이 이를 시행에 옮겼다. 결혼도 그 일환 중 하나일 것이리라, 아버지의 뒤를 이을 생각을 하면서부터 당연하다 생각해 왔다.

하지만 어찌 된 일일까.

이번 일만큼은 마음에 내키지 않았다.

슬쩍, 그녀의 눈길이 태준에게 닿았다.

옆집 아저씨가 입었으면 딱 상갓집 복장인데 이 남자가 입으니 밀라노다. 누가 저렇게 입었으면 문상 갔다 왔느냐고 물었을 거다. 아니면 장난스럽게 저승사자냐고 물었겠지.

생각에 잠겨 있는 남자는 아주 멋있었다. 잘 정돈된 손톱으로 컵을 두드리는 모습조차 섹시하다. 사진으로 봤던 것보다 훌륭한 실물에 자신답지 않게 가슴까지 떨렸다. 그래서 스스로를 '멍청한 년'이라고 욕해야 했다.

서둘러 감정을 갈무리한 그녀가 어떻게 말을 걸어야 할지 고민한다. 첫인상이 아주 중요했다. 귀찮은 여자로 찍혔다간 모든 계획을 망칠 게 분명했다.

어쩌나.

머릿속에 입력해 둔 데이터를 훑었다. 김태준의 취향은 바 안에서 흘러나오는 음악이 아닌 아주 고상한 클래식이다. 술은 마시지만 주종에 까다롭지 않았고, 자신이 먼저 술의 역사에 대해 줄줄 읊으면 여자 취향 중에서 '마시는 건 되나 개처럼 취하는 건 싫다'라는 부분이 마음에 걸린다. 그렇다고 대영그룹에 대해 이야기를 하면 한창 그에게 주식이 넘어가고 있는 상황이라 민감하게 굴 테니 이것 또한 패스. 남자에게 걸어야 할 대화의 '주제'가 마땅치가 않다. 소람의 얼굴이 구겨졌다.

오늘은 그저 안면을 트는 정도로 만족해야 하나?

그를 만나기 전까지 만지면 포근할 것 같은 눈에 마음까지 내려앉았던 그날, 볼품없이 비쩍 마른 자신을 떠올리는 건 아닐까 걱정을 했었다. 그가 자신을 알아보지 못한다는 것만으로도 오늘 만남엔 큰 수확이 있었다.

이제 그만 물러나자.

그렇게 생각을 하면서도 소람이 심란한 얼굴로 칵테일 잔을 보다 입술을 축였다. 평소 같으면 술이 아깝다며 쭈욱 들이켰겠지만 오늘은 거의 마시지 않은 채 잔을 내려놓았다.

"……표정이 왜 그러십니까?"

바텐더를 바라보던 소람은 처음엔 자신이 잘못 들었나 생각했다. 남잔 술집에서 우연히 만난 아나운서에게 추파를 던질 만한 사람이 아니다. 매사 신중했고, 여자라면 주위에 발에 걷어 채일 만큼 많다.

그래서 그녀는 잠시 태준의 눈을 보았다. 방금 자신이 들은 것이 맞다는 확신이 필요해서. 하지만 검은 눈동자를 마주하는 순간 그녀는 고개를 비스듬히 내려 눈을 피했다.

나른한 시선을 보고 있을 수 없었다. 불편함이 척추를 타고 온몸으로 흐른다. 그가 턱을 괴자 등줄기를 타고 식은땀이 흘러내렸다.

자신은 숙맥인 척하는 거지, 정말 남자 경험이라곤 1도 없는 여잔 아니다. 제법 많은 남자들이 자신에게 지쳐 잠시 머물렀다가 떠났다. 그러니 지나치게 떠는 건 바보 같은 짓이다. 이 남잔, 자신이 미워하는 사람이었으니까.

그녀가 태준을 바라보다 말고 고개를 내려 버린다. 비어 있는 의자를 보았다. 두 사람 사이엔 여전히 한 칸의 공간이 있었다.

다음엔 옆에 앉을 정도의 관계는 돼야 하지 않을까?

그래, 시간이 없다.

"아."

부러 짧게 신음을 뱉은 소람이 그의 눈치를 힐끗 보았다. 그러더니 조심스러운 음색으로 말한다.

"유치…… 하다고 하지 않으실 거죠?"

그가 가볍게 고개를 끄덕였다. 머릿속에 매끈한 빨간색 차량을 떠올린 소람은 적당히 호흡을 내뱉고 끊길 반복하며 카메라 앞에 선 배우처럼 말을 이었다.

"자동차 모형을 모으는 게 취미거든요. 중고로 페라리 F40 한정판이 나와서 사려고 했는데 한발 늦었어요."

간간이 그가 혹 비웃는 건 아닐까, 눈치도 본다. 사실은 그가 이상한 낌새를 알아채지 않을까, 걱정에서 나온 행동이었지만.

"가지고 싶은 차는 많은데 다 가질 수야 없으니까요."

"……."

그가 빤히 바라보자 소람은 괜스레 어색하게 웃었다.

"바보 같죠? 퇴근했다가 가만히 있지 못하고 나왔어요. 친구들은 뭐 그런 거로 우울해하냐고 하지만……."

이건 겪어보지 않은 사람은 모를 것이라며 그녀가 울상을 지었다.

"저도 압니다. 호르히 853을 아깝게 놓쳤을 때 한참 우울했었죠."

"서, 설마…… 1937년형이요?"

그녀를 시험하듯 묻던 그가 놀란 듯 눈을 크게 떴다. 그러더니 가볍게 고개를 끄덕이며 얼떨결에 대답한다.

"지금은 손에 넣었지만."

"와, 정말요? 엄청 비싸던데. 저 같은 직장인은 모니터로만 만져요."

처음엔 이 여자가 목적을 가지고 자신의 유일한 취미를 언급한 건 아닐까 생각했다. 하지만 태준은 대화를 나누면 나눌수록 그녀가 꽤 많은 지식을 가지고 있다는 걸 알았다. 자동차 모형을 모으는 여자라니. 흔치 않았다.

"클래식카 라인은 너무 예쁘더라고요. 비싸서 감히 사야겠다고 생각도 못…… 아. 저 지금 너무 떠들었죠?"

한참 작은 입술을 오물오물거리던 소람이 눈을 크게 뜨더니 이내 뺨을 붉힌다.

수다스러운 여자는 좋아하지 않았다. 귀가 쉴 새 없이 학대받는 것 같았다. 그는 아무 소음도 없는 침묵을 좋아했고, 불필요한 말을 하는 걸 원치 않았다. 사업을 하는 사람에게 혀는 잘못 놀리면 '실수'로 넘어가지 않는다.

하지만 그는 소람과의 대화로 마음이 맞는 사람과 대화를 나누는 것이 얼마나 즐거운지 깨달았다. 그녀와 나누는 대화는 머리 아픈 결정을 내릴 필요도 없는 아주 소소한 것들뿐이었다.

대화는 어느 순간 자동차 모형에서 오페라로 넘어갔다.

지금 한창 공연 중인 작품을 이야기하는 그녀는 놀라울 만큼 생기 넘치는 얼굴로 조잘거렸다. 발음은 또박또박하고 잘 들려서 굳이 귀를 기울일 필요도 없다.

브라운관에서 보았던 그녀와 눈앞에서 생기가 가득한 얼굴로 이야기하고 있는 그녀가 동일 인물인지, 생각을 해보면 전혀 매치가 안 된다. 좀더 알고 싶다는 생각이 들었다.

마음이 통하는 이성

부스럭.

두껍고 포근한 구스 이불이 들썩이더니 곧 생명이 다한 것처럼 풀썩 가라앉는다.

아직 두꺼운 오리털 이불까지 꺼낼 계절은 아니지만, 소람은 조금의 추위도 견디지 못하는 사람처럼 여름이 끝나자마자 두꺼운 이불과 베개를 꺼냈다. 몸을 짓누르는 듯한 무게가 쏙 마음에 들어 같은 것을 세 개나 구입했다.

휴일이었지만 협탁 위에 올려놓은 휴대전화가 끊임없이 알람을 토했다. 결국 이불 속에서 팔이 하나 불쑥 나오더니 손의 감각만으로 알람을 끈다. 소음 하나, 빛 하나 없는 공간에 다시 침묵이 찾아들어 소람은 금방이라도 다시 꿈나라에 빠져들 것 같았다.

이런 예상과는 달리 하얀 이불이 불쑥 일어나더니 곧 반으로 접힌다. 팔로 가볍게 이불을 밀쳐 낸 소람은 눈을 뜬 건지 감은 건지 알 수 없는 상태다. 침대를 가만히 보니 한쪽에 책 두 권이 굴러다니고 있었다. 휴일이라고 안심한 그녀는 밤늦게까지 책을 보았다. 이 역시, 김태준의 취향이다.

손이 자연스럽게 제일 아래 서랍을 열었다. 물도 없이 두통약을 삼킨 그녀가 인상을 쓴다. 만성으로 두통을 달고 살았다. 약에 의지하는 것은 좋지 않다는 것을 스스로 알면서도 간혹 찾아오는 두통은 견딜 만한 것이 아니었다. 다른 건 다 익숙해져도 자아마저 앗아가 버릴 것 같은 이 시간은 익숙해지지가 않았다.

한참 앉아 고통이 가시길 기다리던 그녀가 몸을 곧게 폈다. 그 후 뒤늦게 허리를 이리저리 돌리고 팔을 쭉 늘려 몸을 폴더처럼 접는다. 방금 전까지만 해도 인상을 쓰고 있던 얼굴이 반듯하게 펴졌다.

자리에서 일어난 그녀는 곧장 창가로 향했다. 두꺼운 암막 커튼을 걷자 밤새 비가 내려 꽤 맑아진 하늘이 그녀를 맞이한다. 시선을 내려 아래를 보자 길을 따라 치자처럼 노랗고, 자신이 가장 좋아하는 하이힐처럼 붉은 단풍들이 정해진 간격대로 심어져 있었다.

가을이다. 가을이구나. 어느새 또 이 망할 계절이 돌아왔구나.

괜스레 마음이 뒤숭숭해지는 가을을 소람은 좋아하지 않는다. 태어나보니 혼자라는 걸 절실하게 깨달은 계절이다. 이 계절이 끝나면 견딜 수 없는 추위도 찾아온다. 뭐든 젠장을 외치게 되는 시작점이었다.

삶의 본능이자 욕구 중 하나인 음식이 조금 고프기도 했다. 하지만 자신에겐 미역국 하나 끓여줄 사람이 없다. 생일에만 먹을 수 있는 그 국을 손수 끓인 적도 없었다. 너무 궁상맞아 보일 테니까.

피곤이 몸을 짓눌렀지만 그녀는 으레 이날이 되면 연례행사처럼 하곤 하는 일을 하기 위해 욕실로 향했다.

곧 차가운 물이 쏟아졌다. 정신이 번뜩 날 만큼 차갑다.

오늘도 난, 혼자다.

오늘은 특별한 날에만 신는 빨간 하이힐을 꺼냈다. 코 부분에 크리스털로 장식되어 있는 구두는 그녀가 첫 월급을 타 가장 먼저 구입한 것이었다. 횟수로 10년째 신고 있었지만 몇 번 신지 않아 아직도 새것처럼 깨끗했다.

비는 내리지 않았지만 습기를 머금은 바람이 연신 몸을 때렸다. 낙엽을 발로 탁탁 차며 걷던 소람이 트렌치코트를 여몄다.

차를 가지고 나올 걸 그랬나.

뒤늦게 후회가 되었지만 소람은 곧 생각을 고쳐먹었다. 매년 오늘, 억수 같은 비가 쏟아지든, 뒤늦은 태풍이 오든 항상 이 길을 걸었다. 조금이라도 생각을 덜 수만 있다면 뒤꿈치 정도는 쉽게 학대할 수 있는 날이다.

일을 할 때면 조금이라도 생각이 덜어졌으나 안타깝게도 올해는 휴일이었다. 조금 더 몸을 움직일 필요가 있었다. 아니면 뇌가 알코올에 푹 절여질 정도로 술을 마시는 것도 괜찮고.

그 순간 소람은 지하에 위치한 은밀한 바와 함께 긴장을 팽팽하게 당기는 남자를 떠올렸다.

사람의 비위를 맞추는 일은 자신이 가진 능력 중 가장 상위이다. 태어나자마자 여기저기 눈칫밥을 먹다 보니 자연스럽게 그렇게 되었다. 그러니, 김태준이 아무리 속을 꿰뚫듯 날카로운 눈매와 빠른 두뇌 회전을 한다 해도 자신의 속마음은 눈치채지 못할 것이다. 누구 하나, 자신의 내면을 들여다보진 못했다.

바에 갈까, 생각하던 소람이 이내 마음을 접었다. 인사불성하며 마시고 싶긴 했지만 그러지 않기로 했다.

그때 가방에 넣어두었던 휴대전화가 울렸다. 부산 출장을 간 정아에게

서 도착한 문자다.

「여기도 많이 변했다?」

사진이 함께 도착해 있었다. 산 비탈길을 따라 집들이 빼곡하게 모여 있었다. 플라스틱 지붕이 올라간 볼품없고 낮은 단층 주택부터 시작해서 삐죽삐죽 들어선 아파트가 사진에 꽉 들어차 있다. 높은 곳에서 찍었는지 마을이 훤히 보였다.

감상에 빠질 법도 했건만 멈췄던 걸음이 또다시 힘차게 움직였다. 휴대전화는 답장도 하지 않은 채 곧장 가방으로 들어갔다.

오늘은 자신이 태어난 날이다. 빌어먹도록 잔인한 세상에 홀로 던져진 날이기도 하다. 하지만 호적상 생일은 일주일 뒤다. 자신만을 위해 누군가가 동사무소를 찾아줄 여건이 되지 않아 고아원의 다른 아이들과 함께 올려졌다. 모두 갓난쟁이어서 서로를 모르나, 나와 같은 생일을 가진 아이들이 많다.

걔들은 어떻게 살고 있을까.

문득 오늘따라 그게 궁금했다. 이제껏 다 구질구질하게 하루살이 인생들을 살고 있을 것이라고 생각했는데, 오늘은 한 명이라도 제대로 살고 있는 아이가 있었으면 하는 바람도 해본다. 정글 같은 이 세상에서는 불가능에 가깝겠지만.

소람이 옷깃을 여미며 종종걸음을 옮겼다. 걸음은 수없이 비참함을 견디고 이겨내야 했던 곳으로 향하고 있었다.

언제 생겼을지 모르는 문구점 안으로 쑥 들어간 소람은 이젠 노인이 되어버린 주인을 보았다. 자신은 초등학생에서 서른둘의 여자가 되었지만 그는 어른에서 노인이 되었다.

예전, 자신이 이곳에 준비물을 사러올 때만 해도 '문구점'이 아닌 '문방구'라고 쓰여 있었다. 주인장은 경상도에서 올라와 구수한 사투리를 썼고, 돈이 없어 준비물을 구입하지 못하는 그녀에게 만지작거리지 말라며 호통도 쳤다. 초등학교 3학년 때부터 졸업할 때까지. 정이 들 법도 했지만 노인은 내내 꼬장꼬장하게 굴었다.

학교는 공짜로 다닐 수 있었지만 단소나 리코더 같은 자질구레한 것은 직접 구입해야 했다. 성장기의 아이들이 그러한 것처럼 나날이 커가는 발 때문에 실내화도 자주 구입해야 했고, 필기구 같은 것들도 마찬가지다.

실내화는 3년 내내 구겨 신었고, 리코더나 단소 같은 것들은 빌리다가 안 돼 이 문구점에 찾아왔었다.

"나중에 돈 벌면 갚을게요."

당돌하게 말하는 아이를 주인은 처음에 쫓아냈다. 별 미친 걸 다 보겠다는 표정이었다. 하지만 그 뒤로 소람은 끈질기게 주인을 찾았다. 학용품을 해결하지 않는 이상 학교 수업을 따라갈 순 없었다. 배움이 미천하면 자신의 인생은 계속 시궁창에 뒹굴리라는 걸 알기에 하루가 멀다 하고 문구점을 찾았고, 곧 주인이 시키지 않는데도 정리하는 일을 척척 도왔다.

무엇이 주인의 마음을 바꿨는지 모른다. 그 후로 소람은 꼭 필요한 것들만 문구점에서 받아서 쓸 수 있었다. 실제로 어른이 된 후로 그녀는 가져다 쓴 학용품보다 더 많은 금액을 주인에게 주려고 했지만 그는 받지 않았다. 유명한 아나운서가 됐으니 한 번씩 얼굴이나 비추면 된다고 했다.

"왔냐?"

"네, 아저씨."

"요즘 뉴스 잘 보고 있다. 사람들은 너 싸가지 없는 거 모르지? 텔레비로 보니까 나도 모르겠더라."

주인이 킬킬거리자 소람은 뚱한 표정을 지었다. 그러곤 계산대 옆에 놓인 파란색 페인트 사탕과 붉은색 하트 사탕을 집어 들었다. 그녀가 생일 때면 으레 이곳을 찾곤 하는 건 200원밖에 하지 않는 이 사탕 때문이다.

"그게 아직도 맛있어? 요즘 애들은 안 먹는데."

"전 요즘 애가 아니니까요."

파란색 사탕을 입안에 밀어 넣은 소람이 우물우물거렸다. 어릴 땐 이 사탕이 왜 그렇게 먹고 싶었는지 모른다. 그땐 개당 100원이었는데, 이 보잘것없는 간식도 살 수가 없어 침만 질질 흘렸었다.

"얼굴 봤으니까 이만 갈게요."

테이블 위에 500원을 올려놓은 소람은 '잔돈은 됐어요'라고 말했다. 그렇게 말해도 주인아저씨는 부득불 잔돈을 가져가라며 성을 내신다. 하지만 오늘은 돈 아까운 줄 모른다며 타박을 하는 대신 페인트 사탕이 가득 든 상자를 건넸다.

"자, 이거."

처음 주인아저씨에게 리코더를 받은 날도 이랬다. 계산대 옆에 놓인 사탕에서 시선을 떼지 못하자, 그렇게 침을 질질 흘릴 거면 죄다 가지고 가서 실컷 먹으라고 말했다. 덕분에 내 혀는 한 달 내내 파란색이었다. 그래도 좋았다. 탐내던 것을 마음껏 먹었으니까.

이젠 이 사탕을 더 이상 탐내지 않는다. 예전에 맛있게 먹었던 사탕이 원래 이런 맛이었나, 인상을 구기는 어른이 되었다.

그런데 이걸 왜 주는 걸까.

소람이 의아한 얼굴로 바라보자 주인은 별일 아니라는 듯 심드렁하다.

"이건 내 선물. 앞으로 여긴 오지 마라. 장사가 안 돼서 곧 접을 거니까."

"······그 후에는요?"

"바쁜 애가 나 있는 곳까지 찾아올라고? 아서라."

"······."

더 이상 이곳에 찾아올 필요가 없다는 뜻이다.

생일날에 갈 곳이 없어졌지만 소람은 서운한 기색도 없이 그가 준 페인트 사탕을 챙겼다.

이게 도대체 몇 개야?

죽을 때까지 먹을 수 있을 것 같았다.

"갈게요."

또 다음을 기약한 사람처럼 인사를 하고 밖으로 나왔다.

손을 들자 손바닥에 빗방울이 후두둑 떨어진다.

"재수 없게 비나 오고."

입술을 짓이기며 말한 소람이 곧장 높은 하이힐을 신고 있는 발을 물웅덩이에 디딘다. 바로 뒤돌아서면 유치하긴 하지만 아기자기한 우산도 살 수 있었지만 그렇게 하지 않았다.

"짜증나."

빗물에 화장이 씻겨 나가는 것 같았다. 어느 누군가 자신을 알아보고 손가락질도 했다. 하지만 소람은 걸음을 멈추지 않는다. 온몸이 빗물에 푹 절어버린 자신이 미친년처럼 보인다고 해도 계속 걸음을 옮겼다.

걸음을 멈추면 죽고 마리라.

마음이 비명을 내지른다.

눈매가 거무죽죽했다. 그럴 만도 했다. 요즘 스케줄을 보면 웬만한 고3보다 바빴다.

거울을 보던 소람이 파우치에서 화장품을 꺼냈다. 서둘러 다크서클을 톡톡 가린다. 하지만 그것도 한계가 있어 화장만 뭉칠 뿐 가려지진 않았다.

"젠장."

기름종이로 서둘러 눈 밑을 문지른 그녀가 한숨을 푹 내뱉었다.

요즘은 다양한 분야를 공부하느라 정신이 없었다. 아침 일찍 출근을 해야 했기에 틈틈이 시간 날 때마다 하다 보니 잠시도 쉴 틈이 없었다. 예술은 먹고살 만한 인간들이 하릴없이 많은 시간을 주체하지 못해 즐기는 것이라 생각했기에 그쪽 분야엔 취약했다.

그림을 관람하는 건 화가의 이름값을 보러 가는 것이고, 조각상은 홀딱 벗고 있는 누드가 부끄러우면서도 인체의 신비, 아름다움이라 이야기하는 고상한 취미라고 생각했었다.

그의 취향에 맞춰 공부하면서 예술가들의 삶까지 들여다보니 최근엔 그녀도 취향을 붙였지만 딱 거기까지였다.

예전에 만났던 사람들은 그냥 예쁘게 웃어주기만 해도 모든 게 해결됐는데 그는 아니다. 뱁새가 황새 따라가려다가 가랑이 찢어지게 될 판이다.

이러다 골로 가는 건 아닐까.

아나운서 시험을 준비할 때보다 더 고생을 하고 있었다.

태준은 예상했던 대로 자신이 관심이 있는 분야라면 집요하게 파고드는 성미였다. 대충했다가는 그의 곁에 다가서기도 전에 모두 들통날 것 같아 괜히 조급증까지 들었다.

다시 파우더로 눈 밑을 적당히 두드리던 소람의 손이 점차 느려진다.

나 잘하고 있는 것 맞나.

문득 그런 생각이 들었다. 자신답지 않다.

곧 생각을 갈무리한 그녀는 오랜만에 바에 가기 위해 자리에서 일어났다. 바에 가는 건 근 일주일 만이었다. 너무 가서 죽치고 있으면 안 될 것 같아 조금 뜸을 들인 차다. 더욱 남자는 언제든지 만날 수 있는 여자보단 얼굴을 보기 힘들며 안달하게 만드는 여자를 더 선호한다. 아니, 그런 여자에게 반한다.

난공불락의 성처럼 단단한 슈트를 입고 있던 남자를 떠올렸다. 오늘 만나게 되면 연락처를 주고받아야겠다. 어색하지 않게 주고받을 방법이 없을까, 생각하던 그녀는 문이 열리고 예능국 PD가 들어오자 얼떨결에 인사를 했다.

"윤 아나운서."

"네, 김 PD님."

뉴스 잘 봤다며 웃는 남자를 보며 소람은 감사하다는 인사를 전했다. 하지만 머릿속은 연신 이 사람이 왜 보도국까지 온 것일까, 고민할 때였다.

"다음 주에 우리 토크쇼에 게스트로 나오지 않을래?"

"게스트요? 제가요?"

소람은 표정 관리를 하지 못해 눈을 커다랗게 떴다.

김 PD는 수요일 11시 예능을 진행하고 있었다. 짓궂은 진행으로 웬만한 연예인들도 나오길 무서워하는 프로였다.

"제가 예능에요? 김 PD님, 제안은 감사하지만 전 예능 MC도 안 해본 걸요."

그녀가 거쳐 온 프로그램은 세계의 소식을 전하는 탐사보도 프로그램과 뉴스 라디오가 전부였다. 그녀가 신입사원으로 들어왔을 때 방송에선 시청자에게 친숙한 아나운서로 밀고 싶었던 모양이었지만, 안타깝게도 보도국에서만 돌아야 했다. 재미를 추구해야 하는 예능 프로그램에 나가 수줍은 웃음만 지은 이후론 예능국 PD도 더 이상 그녀를 불러다 쓰지 않았다.

"이번에 골드미스 특집을 하는데 윤 아나운서가 딱인 것 같아서. 시청자 게시판에도 가끔 윤 아나운서 이야기가 올라온다니까? 토크쇼에서 한번 보고 싶다고."

시청률이 높은 프로그램이었고, 방송국 차원에서도 아나운서가 예능 출연을 하는 걸 독려하고 있었다.

여러모로 계산해 봤을 때 자신에게도 손해는 아니었다. 더욱 시기상 한 번쯤 나가는 것도 좋았지만 소람은 부러 얼굴을 붉히며 난색을 표했다.

"전 말솜씨도 없고……."

"에이, 한 번만 도와주라. 응? 그냥 편하게 나와서 이야기만 하면 돼."

"괜히 피해만 끼칠 것 같아서요."

"아니, 아니라니까? 같이 나오는 멤버 중에서 입담 좋은 사람들도 많아. 그러니까 너무 걱정하지 말고 나와. 알았지?"

무작정 몰아붙이는 김 PD를 보며 소람은 고개를 끄덕인 후 잘할 수 있을지 모르겠다며 말을 이었다.

머릿속에선 이 기회를 어떻게 써먹어야 할지 바쁘게 돌아갔다.

부슬부슬 비가 내렸다. 조금만 더 날씨가 추워진다면 비가 진눈깨비로 변할 것 같은 그 애매한 계절, 날씨가 또 찾아왔다.

베이지색 코트를 끝까지 채운 소람이 총총걸음을 옮긴다. 오늘은 조금 높은 힐이었다. 지난번에 낮은 구두를 신었다가 커다란 남자와 시선을 맞출 수가 없어 부끄러웠던 기억이 났다. 자신도 여자치곤 큰 키에 속했으나 남자는 사람치고 컸다.

시야에 들어온 것은 두꺼운 어깨와 한 번 안겨보고 싶은 넓은 가슴이었다. 남자의 가슴이 탐이 난다는 듯 바라본 것은 처음이다. 방송국에서 간혹 지나가다가 유명한 배우나 가수를 만나기도 했지만 그들 역시 그녀를 본능만 생각하게 만든 적은 없었다.

비에 구두가 젖어 찝찝했지만 소람은 상쾌한 표정으로 바 안으로 들어섰다. 시선은 자연스럽게 늘 태준이 앉곤 하는 자리를 바라보았다. 그가 늘 앉는 자리는 텅 비어 있었다.

항상 만날 수 있는 사람은 아니니까.

소람은 아무렇지도 않은 척 자리에 앉았다. 태준의 지정석 바로 옆자리였다.

"일주일 만이시죠?"

바텐더의 물음에 소람은 어색한 웃음을 지으며 고개를 끄덕였다.

"김태준 본부장님도 오시지 않아서 단골 바를 바꾸신 줄 알았습니다. 뭐, 두 분 다 워낙 바빠서 당연하겠지만요."

안달낸 쪽은 그가 아닌 자신이었다. 그사이에 한 번쯤은 왔을 줄 알았는데.

소람은 늘 그랬던 것처럼 칵테일을 주문하려다가 이내 마음을 고쳐먹었다. 오늘은 목구멍이 타들어갈 것 같은 독주가 필요했다.

스카치 블루를 주문한 소람은 바텐더가 이상하다는 듯 바라보았지만 '술이 조금 필요해서요'라고 말했다. 소람은 웃기만 했다. 더 이상의 관심은 사절이었다.

함께 주문한 과일엔 시선도 주지 않은 채 소람은 술을 홀짝였다. 식도가 타들어갈 것처럼 화끈했으나 그 느낌이 좋아 계속 술을 홀짝였다.

의미 없는 시선이 허공에 머물렀다. 귓가에 맴도는 구슬픈 가수의 음성이 오늘따라 조금은 마음에 머문다.

소람은 자신의 기색을 살피는 바텐더의 시선을 느끼며 느릿하게 말했다.

"금방 겨울이 될 것 같아요."

"그렇죠? 밖에 엄청 춥다더라고요."

가벼운 말에 소람의 입술이 시니컬하게 휘어졌다. 날씨만큼이나 시린 웃음이었다.

"올겨울은 조금만 추웠으면 좋겠어요."

남자의 패션엔 한 가지 원칙이 있었다. 언뜻 보면 아주 심플한 것들만 입는 것 같았지만 실상은 그렇지 않았다.

남잔 흰색과 검은색, 잿빛의 슈트만 입었다. 넥타이 역시 무늬가 들어가 있지 않아 심심했고, 구두는 항상 검은색의 스트레이트 팁만 신었다. 흔히 남성들의 의류에 많이 섞여 있는 브라운이나 카키, 버건디도 용납하지 않았다. 깔끔하고 심플한 것이 취향이어서 그의 옷장은 재미없는 옷들만 가득했지만 오히려 그건 금욕적인 남자의 삶을 대변해 주는 하나의 개체처럼 느껴졌다.

셔츠 칼라도 항상 레귤러를 선호했다. 와이드 칼라나 차이나 칼라는 거들떠도 안 봤다. 넥타이도 언제나 한 가지 방식으로만 맸다. 그는 몸에 밴 습관대로만 움직였다. 관심은 오직 할아버지와 아버지가 쌓아온 기업에만 있었고, 장남으로서 가족을 지켜야 한다는 생각뿐이었다.

인생 자체가 막중한 책임감에 짓눌려 있었다. 그가 개인적으로 하는 일이 있다면 자동차 모형을 모으는 것 정도이고, 그 외의 취미는 사업상 필요한 것들뿐이었다.

클래식 공연이 그러했고, 골프가 그랬다. 관심사는 오직 회사를 지키는 것에만 있었다. 그런 그에게 새로운 '관심사' 가 생겼다.

으드득.

목을 돌리자 여기저기 뭉친 근육이 비명을 질렀다. 태준의 얼굴에도 피곤한 기색이 역력하다. 최근 그의 업무 강도가 도를 넘어섰다. 밑에 있는 직원들을 믿고 맡기면 좋으나 아직은 그럴 여유가 없었다.

그가 일을 하는 도중에 푹신한 소파에 몸을 묻었다. 다음 주엔 월요일부터 출장이 있다. 이번엔 4일 일정이다. 이젠 더는 무시할 수 없는 중국 기업의 스마트폰 기술을 인정해야 한다. 예상은 했지만 이 정도로 급성장할 줄은 몰랐기에 그가 직접 챙겨야 한다.

거기에 중국 시장은 포기할 수 없으니 어떻게 해서든 빠르게 현지화 전략을 세워야 한다. 이제껏 고가 정책으로 고개를 빳빳이 들고 있었지만 지금이라도 방향을 틀어야 할지도 몰랐다.

대영의 현재 주력 사업이 전자였기에 아주 사소한 것도 두 눈으로 직접 확인을 해야 마음이 놓였기에 상식적으론 모든 관심이 일에만 집중이 되어야 했다. 하지만 어쩐 일인지 그는 나른한 표정으로 뉴스를 진행하고 있는 여자를 보고 있었다. 관심도 온통 그 여자에 대한 호기심으로 이어졌다.

―무더운 여름이 지났습니다. 그런데 한국전력공사는 아직도 누진제 폐지에 대해서 명확한 답을 내놓지 못하고 있습니다. 현재 6단계인 누진제를 3단계로 완화하기로 했지만 이에 대한 약속까지 철회한 상태입니다. 자세한 소식, 김효진 기자가 전합니다.

또박또박한 목소리는 굳이 귀를 기울이지 않아도 명확하게 꽂힌다. 아나운서니까 당연할지도 몰랐지만 듣기 편하고 믿음이 가는 목소리였다.

소파 팔걸이에 턱을 괸 그가 손가락으로 턱을 쓰다듬었다. 곰곰이 생각에 잠길 때면 그가 무의식적으로 하는 행동이다. 아직도 보아야 할 서류가 산더미처럼 쌓여 있었지만 그는 기자에게서 다시 소람에게로 넘어간 화면을 보았다.

그녀와는 바에서 두 번 만났다. 첫날, 엉망이었던 기분으로 평소엔 하지 않았을 대화를 아주 즐겁게 나눴다. 그날은 그럴 법도 했다. 자신은 이야기할 대상이 필요했고, 적당히 눈치를 볼 줄 알며 해박한 지식으로 대화를 이끌어가는 그녀는 훌륭한 말상대였다.

취미와 관심사 또한 놀라울 정도로 비슷해 대화를 나누는 것이 즐거웠다. 그날은 평소와는 달리 술을 두세 잔이나 더 마셨다. 가벼운 분위기에 취해 자제력을 조금 잃었다.

하지만 두 번째 만남은 달랐다. 발걸음은 바를 향하는 동안 몇 번이고 멈칫했다. 다음 날엔 릴레이 미팅이 쭉 이어졌던 터라 집으로 돌아가 쉬어야 한다는 것도 알고 있었다.

하지만 바에 갔고, 이번에는 먼저 와 있는 소람과 대화를 나눴다. 먼저 말을 건 것은 첫날과는 달리 자신이었다.

"오늘은 또 무슨 억울한 일이 있었습니까?"

그의 물음에 소람은 부끄럽다는 듯 웃더니 '술고래는 아니에요'라고 말했다. 평일 저녁에 홀로 바를 찾아 술을 홀짝이는 제 모습이 조금은 부끄럽다는 듯이.

그날은 답지 않게 조금은 취하기도 했다. 첫날보다 대화의 폭이 더 넓어졌고, 함께 있는 시간도 늘었다.

잘 알지도 못하는 대상과 대화를 나눠본 적이 얼마 만이더라.

브라운관을 보던 태준은 대학을 졸업한 후론 한 번도 없다는 사실을 깨달았다. 많은 것을 손에 쥔 순간부터 그는 매사 신중을 기하며 살았다.

윤소람과 자신의 관계를 어떻게 정의 내릴 수 있을까. 아니, 자신의 안에서 윤소람을 어떻게 결론짓고 있을까.

마음이 통하는 이성.

가볍게 정의하면 그 정도일 터다.

해박한 지식과 불필요한 말은 적당히 삼갈 수 있는 그녀를 곁에 두고 싶은 생각까지 했다. 그녀의 연락처도 모르고, 고작 두 번의 만남밖에 없었지만. 또 만나면 좋겠다는 생각이 들 정도로 유쾌한 시간이었다.

"또 만날 수 있을까."

혼잣말을 중얼거린 태준이 입을 꾹 다물었다. 그답지 않게 뺨에서부터 귀까지 붉은 기운이 번지기도 했다. 미친 사람처럼 중얼거렸다는 것을 이제야 깨닫는다.

커다란 손을 들어 굳어 있는 입매와 움찔거리고 있는 턱을 가린 그가 한숨을 푹 내뱉는다.

"미친놈."

막을 수 없는 호기심만큼 제멋대로 헛웃음이 터졌다.

자리에서 일어난 그가 손목시계를 확인했다. 늦은 시각이긴 했으나 오늘이 아니면 스케줄이 안 맞을 것 같아 그가 퇴근 준비를 서둘렀다.

걸음은 자연스럽게 대영그룹에서 운영 중인 종합병원으로 향한다.

출장이 예상보다 길어졌다. 원래라면 목요일에 한국으로 돌아왔어야 했지만 그는 약속 당일 아침에서야 겨우 비행기에 오르고 있었다. 집으로 돌아가 여독을 푸는 대신 사무실로 향한 그는 급하게 일을 처리하고 겨우 약속 장소에 도착할 수 있었다.

태준은 눈앞에 있는 여자를 보았다. 가연은 자신의 말에 노골적으로 관찰하는 시선을 하고 있었다. 여자와 잠시 대화를 나눠본 바론 조가연은 천진난만하고 밝았다. 누가 보아도 사랑받고 큰 아가씨의 모습이었다.

그녀가 신중한 표정으로 남자가 1분 전 자신에게 한 제안을 말했다.

"……결혼을 하자고요."

"네."

가연은 눈앞에 있는 태준을 응시했다. 지나치게 짧은 답이어서 오히려 현실감이 없었다. 이 남자와 자신은 오늘 처음 만난 사이였다.

현실성 없는 말만큼이나 눈앞에 있는 그 역시 사람이라기엔 지나치게 완벽했다. 소문으로 들었던 것보다 더 멋진 남자란 생각이 들 정도였다.

대영그룹의 차기 총수가 될 남잔 서른다섯에도 범접할 수 없는 아우라를 풍기고 있었다. 커다란 키는 거짓말을 조금 보태 천장에 닿을 정도였고, 두꺼운 팔뚝과 단단한 허벅지는 운동을 업으로 삼는 사람처럼 보였다.

하드웨어도 소프트웨어도 완벽한 남자는 동화 속 왕자님이나 여자들의 판타지가 축약되어 있는 로맨스 소설의 주인공 같았다.

아직은 커다란 왕국을 이끌어가기엔 어린 나이였지만 남잔 커다란 야심을 가지고 있었고, 그것을 이루는 데 나이는 필요 없다고 믿는 사람이었다.

작년까지 뉴욕 지사에 있었던 그는 본인이 가진 야심이 허무맹랑한 것이 아니라는 걸 증명하기라도 하듯 꽤 그럴싸한 성적을 내고 한국으로 돌아왔다.

달그락.

들고 있던 찻잔을 내려놓은 가연은 방금 전 자신이 들은 이야기를 머릿속에서 다시 한 번 되새김질했다. 이 이야기를 들을 줄 알고 오늘 만남에 응하긴 했으나, 막상 들으니 머릿속이 복잡해지긴 했다. 인생에 있어 아주 중요한 '선택'이었다.

"조가연 씨에게도 나쁜 제안은 아닌 걸로 알고 있습니다."

"왜 그렇게 생각하시죠?"

"우리에게 결혼은 의무니까요."

조금 식어버린 커피로 입술을 적신 그가 심드렁한 표정을 지었다. 결혼을 하자고 말하는 남자치고 너무 무미건조한 표정이다.

만남을 청한 것도, 결혼을 하자고 말한 것도 그였음에도 태준은 대화에 도통 흥미를 느끼지 못했다. 시시하고 재미없었다. 그래서 얼른 결론을 내리고 집으로 돌아가고 싶었다.

하지만 곧 이어진 대화에 그는 조금의 흥미를 느낀 듯 그녀를 응시했다.

"조건이 아니라 애정 하나로 결혼을 할 수도 있어요."

애정이라…….

그 단어 하나에 시멘트를 발라놓은 것처럼 딱딱하던 그의 얼굴에 웃음이 번졌다.

"조가연 씨도 해봐서 알지 않습니까. 애정이 얼마나 부질없고 짧은 기간에 사라지는 것인지."

"……."

가연의 표정이 굳어졌다. 사연이 많은 표정이었으나 태준은 개의치 않으며 말을 잇는다.

"그리고 조 회장님이 허락하지 않으실 거 같은데요?"

"김태준…… 음, 호칭을 뭐라고 해야 할까요?"

"직함으로 불러주십시오."

"네, 좋아요. 김태준 본부장님. 아버지는 제가 원하는 건 모두 들어주세요. 결혼에도 예외는 없습니다."

가연의 말에 그 또한 알고 있다는 듯 고개를 끄덕였다. 조 회장의 딸 사랑은 이 바닥에 있는 사람들은 모두 알고 있을 정도로 유별났다. 단순히 사업 때문에 딸을 결혼시킬 인물은 아니다.

그러면 또 어떠랴.

만약 그녀가 자신의 제안을 거절한다면 물러나면 그만이다.

대화가 지루해 그의 시선은 계속 손목시계를 향하고 있었다. 가연은 멍청하진 않았지만 지루한 대화 주제 때문인지 시간이 더디게 흐르는 기분이었다. 아주 생산적이고 미래지향적인 주제였지만 그의 흥미를 잡아끌지는 않았다.

그는 문득 대화가 잘 통하는 사람과 만나고 싶다는 생각을 했다. 가령, 윤소람 같은.

자리가 끝나면 곧장 집으로 돌아갈 계획을 바꾸는 것이 좋겠다고 생각하던 찰나, 가연이 다소 의아한 질문을 했다.

"내가 당신과 결혼을 하면, 당신은 내게 무얼 해줄 수 있죠?"

"당신이 원하는 거면 뭐든."

답이 너무 쉬워 웃음이 터질 뻔했다. 하지만 그녀는 웃지 않았다. 오히려 조금은 놀란 표정을 짓는다.

"……통이 꽤 크시네요. 기업을 통째로 넘겨달라고 할지도 모르는데."

"이미 가지고 있는 게 많으시잖습니까."

그는 그럴 일은 없을 거라고 단정하고 있는 모양이었다. 가진 것이 많은 자들도 과한 욕심을 내곤 하지만 눈앞의 여잔 사업에 관심이 없었다. 그가 가연을 마음에 들어 한 이유 중 하나였다.

"당장 결정할 수 있는 문제는 아니군요."

그녀의 눈에 호기심이 비쳤다. 온실 속 화초로 자란 여잔 다루기 쉽다. 이 또한 그가 가연을 선택한 이유였다.

"그럼 앞으로 세 번의 만남을 청해도 되겠습니까? 결정은 그 후에 하셔도 됩니다."

세 번의 만남.

길다고 하기에도, 짧다고 하기에도 애매한 숫자의 만남이다. 하지만 시간을 분 단위로 쪼개며 일정을 소화하는 일이 많은 그에겐 큰 결심을 하고 내린 제안이었다.

가연은 단호하게 고개를 저을 수 있었으나 제안을 승낙했다.

"좋아요."

그의 일상은 조금씩 변하고 있었다. 특별한 일이 없다면 주말은 집에서 그간 읽지 못했던 책을 붙잡고 하루 종일 보냈다. 머리도 사용하지 않으면 녹슨다. 아직 인생을 충분히 통달할 만큼의 지혜도 없어 책에서 자신이 부족한 것들을 얻곤 한다.

하지만 오늘의 그는 중요한 약속을 끝냈으면서도 집이 아닌 클럽 A로 향하고 있다. 2주일 만에 세 번째 방문. 일행 없이 홀로 바를 찾는 걸 다른 이들이 본다면 알코올중독이 아닌가 의심할 것이다.

하지만 그는 직접 차를 몰고 클럽 A로 왔다. 개인적인 일정에 비서의 도움을 받는 건 원치 않았고, 집에 갈 땐 대리를 부르면 되겠지, 가볍게 생각했다.

계단을 내려와 늘 앉던 자리가 아닌 그 옆자리를 본 태준이 조금은 실망한 듯 푸스슥 바람 빠진 얼굴을 한다. 왜 당연히 윤소람이 있을 것이라 생각했을까. 자신이 생각해도 조금 기가 막혔다.

그가 곧장 지정석처럼 느껴지는 의자에 앉자 와인 잔을 닦던 바텐더가 이상하다는 듯 그를 바라본다.

"어? 윤소람 아나운서 방금 나갔는데, 안 마주치셨어요?"

아. 엇갈렸구나.

미리 약속을 한 것도 아닌데 웃기게도 그런 생각이 들었다. 그리고 그 생각이 틀렸다는 걸 깨달았으면 자리에 앉아 이곳에 온 목적을 시행하면 된다. 그러니까 평소처럼 가볍게 잔을 기울이면서 생각이 필요한 사업 구상과 당장 자신에게 처한 결혼 문제 같은 것들을 곱씹으며 실수하지 않도록 신중하게 구는 것들 말이다.

하지만 그는 다소 빠른 어조로 물었다.

"언제 나갔습니까?"

"본부장님 들어오시기 1, 2분 전에요."

정말 마주치지 못한 것이 이상할 정도로 찰나의 순간이었다.

태준의 시선이 옆으로 살짝 비껴 나갔다. 방금 전까지 그녀의 손이 닿았을 술잔과 과일 안주가 놓여 있었다. 안주엔 거의 손도 대지 않은 채 술만 홀짝였나 보다. 병의 안을 확인해 볼 수는 없었으나 얼음 통에 든 얼음 대부분이 녹은 것을 보면 꽤 오랫동안 있었던 모양이다.

늘 도수가 낮은 칵테일만 마시던 그녀가 왜 독주를 들이켰는지 궁금했다. 분명 무슨 일이 있는 것이 분명했다. 흥미로운 이야기를 조잘거리던 입술이 문뜩 보고 싶어졌다.

그렇게 생각하자 그는 자리에서 일어났다. 걸음엔 작은 망설임도 없었다.

계단을 올라 밖으로 나온 그는 양 갈래 길 중에서 그녀가 어디로 갔는지 생각해 보았다. 어쩜 택시를 불러 벌써 갔을지도 모르고, 오늘은 차를 가지고 와 대리를 불렀을 수도 있다.

뭐에 쫓기는 사람마냥 뛰어나온 자신이 우습게 느껴졌다. 그 여자를 잡는다고 해서 딱히 할 말도, 할 일도 없었는데 꼭 오늘 만나야 하는 사람처럼 굴어 바보같이 느껴지기도 했다.

바로 돌아갈까. 고민하던 그가 이내 마음을 고쳐먹었다. 다급한 사람처럼 뛰어나왔는데 다시 들어가는 것도 웃겼다.

뽀스락. 뽀스락.

차로 향하던 그는 자신의 귀를 잡아끄는 소리에 걸음을 멈췄다. 대형 세단 뒤에 가로등 불빛을 받은 그림자가 움직이고 있는 것이 보였다.

눈을 가늘게 뜬 그가 걸음을 옮겼다. 화단 쪽까지 이어진 그림자를 따라가다 보니 고개를 푹 숙이고 있는 여자가 보였다.

보이는 것이란 정수리가 전부고, 고개를 조금 내리면 허벅지까지 올라간 단정치 못한 치마와 까치발을 세우고 있는 종아리가 보인다.

살색 스타킹을 신고 있는 다리엔 세로로 선명한 선이 그어져 있다. 탄력 있는 다리는 한 번 만져 보고 싶을 정도였다.

바지 아랫도리가 불편하게 느껴졌다. 뻐근하게 아픈 것을 보면 욕구불만이 확실하다. 다른 것으로는 지금 자신의 상태를 설명하기 힘들다. 자신은 아무리 여자가 궁하다 하더라도 이름과 직업, 취미 정도만 아는 여자와 침대에 뒹굴고 싶어 할 만큼 짐승은 아니다. 그러니까 드로즈 팬티에 짓눌려 뻐근하게 아픈 자제력 잃은 아랫도리는 일시적인 현상일 뿐이다.

그러고 보니 마지막 섹스가 언제더라?

그의 생각이 아득하게 먼 곳에 닿았을 때였다.

"이게 왜 안 뜯어져."

목소리는 분명 윤소람이다. 그런데 취해서 흐트러진 모습은 그녀 같지가 않았다. 막대사탕 비닐을 뜯지 못해 연신 헛손질을 하는 바보 같은 모습을 보고 있는데도 말이다.

한 걸음 뒤에 물러서 있는 그의 존재도 알아차리지 못할 정도로 그녀는 무방비 상태였다. 평소엔 귀찮아서라도 그냥 지나쳐 버렸겠지만 오늘은 부러 한 걸음 더 다가가 인기척을 냈다.

"도와드릴까요."

"……어?"

살짝 벌어진 입술이 자신의 이름을 말한 것 같기도 했다. 하지만 자신이 제대로 들었는지 확신할 수는 없었다.

차가운 바람이 그의 코트 자락을 어루만지며 지나갔다. 소람은 야차처럼 선 그를 말간 눈으로 올려다보다가 이내 들고 있던 사탕을 내밀었다. 도와달라는 뜻이었다.

그는 위험하리만치 파란 사탕을 보았다. 제조 과정이 의심스러워 보이는 막대사탕은 비닐도 허술해 그의 손길 몇 번에 투둑 벗겨진다.

"오늘은 왜 그런 표정이십니까? 아직도 페라리 F40 때문에 기분이 안 좋은 겁니까?"

처음엔 사무적인 모습의 아나운서와 실제로 만난 여자의 간극 때문에 호기심이 생겼다. 대화도 썩 잘 통해서 동성이었다면 자주 만났을 것 같다는 생각마저 들었다.

지루하고 재미없는 상대를 만날 때면 자연스레 떠올랐고, 집 안 한편에 장식되어 있는 자동차 모형을 볼 때도 마찬가지였다. TV에서 또박또박한 발음으로 뉴스를 진행하는 그녀의 모습을 볼 땐 술자리에서 부끄럽다는 듯 새초롬하게 웃던 모습이 자연스럽게 떠올랐다. 그리고 대부분의 시청자는 그녀의 본모습을 모르고 있을 거라는 생각에 묘한 쾌감도 일었다.

그런데 오늘 만난 윤소람은 다르다.

아이처럼 사탕을 먹는 소람은 술에게 잡아먹힌 것인지 눈이 반쯤 감겨 있었다. 하지만 사탕이 아주 맛있는 것인지 쪽쪽 빨아먹는 입술은 쉴 새 없이 움직였다.

"아니요."

짧은 대답은 시니컬하기까지 해 두 번의 만남으로 그녀가 어떤 사람인 지 대략은 알고 있다고 생각했던 마음이 와르르 무너졌다.

어느 쪽이 진짜 윤소람의 모습일까?

부끄럽다는 듯 뺨을 발그레 붉히고, 자신의 이야기에 경청하며 순하게 웃는 그녀의 모습이 진짜일까. 아님 사무적이고 또박또박한 모습으로 뉴 스를 진행하는 그녀가 진짜 모습일까. 아니면…… 지금 눈앞에 있는 엉망 으로 흐트러진 이 여자가 진짜일까.

알 수 없었다.

그래서 호기심이 생겼다.

윤소람은 그에게 끝없는 탐구심을 불러일으키고 있었다.

"며칠 전에 생일이었는데 만날 사람이 없어서 우울했어요. 그 후론 한 살 더 먹어버렸구나, 슬퍼하고 있고요."

지독한 염세주의자처럼 고저 없이 말한 여자가 어설픈 웃음을 지었다.

"시시한 이유죠?"

그가 소람의 눈동자를 들여다보았다. 다갈색 눈동자엔 가로등 불빛이 스며들어 있었으나 생기 있게 빛나진 않는다. 그 순간 그는 알았다.

이게 윤소람의 진짜 모습이구나.

그가 우스꽝스럽게 파랗게 변한 소람의 입술을 보았다. 아마 혀는 더 파랗게 물들었으리라. 손으로 턱을 벌려 그 안을 샅샅이 보고 싶어졌다.

흠칫 놀랐다. 자신이 한 생각이라고 믿기지 않았다. 여자의 입안을 보고 싶어? 기가 막히게도 손가락을 넣어 보드라운 입안을 휘젓고 싶기까지 했다.

매력적인 여자였고 자신의 취향에 가까운 여자였으니 그런 생각을 할 수도 있다. 하지만 실행에 옮길 순 없다. 그녀는 자신의 정해진 길이 아니다.

요동치는 감정을 서둘러 갈무리한 그가 시선을 내리깔았다. 그의 시선 끝에 어느새 자그마해진 사탕이 닿았고 무심한 목소리는 주어 없이 '맛있습니까?' 라고 물었다.

"나는 불량식품이 좋아요."

"건강엔 나쁩니다."

그의 말에 소람이 맑게 웃었다. 와르르 쏟아진 웃음은 소녀의 것처럼 청량하기까지 하다.

태준은 그녀가 왜 갑자기 웃음을 터뜨리는지 모르겠다는 듯 고개를 기울였다. 왜 웃지? 이유를 찾아봐도 알 수 없었지만 소람은 그 뒤 한참을 더 웃고 나서야 웃음을 멈췄다.

"다들 그런 이유로 자신의 아이가 먹지 않길 바라죠. 어떻게 만들어졌는지도 모르고, 유통 과정은 더더욱 의심스러우니까."

소람은 얼마 남지 않은 사탕을 아작아작 깨물어 먹은 후 옆에 있는 쓰레기통에 대충 막대를 던졌다. 그러더니 비틀거리며 자리에서 일어나 그를 마주 본다.

눈빛은 이해할 수는 없었지만 슬퍼 보였다. 웃고 있는 입술조차 어설픈 정도로만 휘어져 있어 거짓이라는 것을 알 수 있었다.

방금 전보단 차가운 가을바람에 술이 깬 듯 보였다. 하지만 아직도 많이 취해 있었다. 그 모습이 무척 위태로워 보였다.

"감사했습니다."

도대체 뭐가?

사탕 껍질을 벗겨준 거?

그가 아무 말 없이 소람을 보았다. 하지만 그녀는 허리를 꾸벅 숙여 인사한 후 핸드백을 힘껏 쥐며 뒤돌아섰다.

그녀가 가로등 불빛만이 앞을 밝혀주는 길을 비척비척 걸었다. 어쩔 땐 넘어질 것 같았고, 또 숨을 쉬기 힘든 사람처럼 헉헉 숨을 뱉기도 했다.

두 번의 만남을 통해 그는 윤소람을 아주 똑똑하고 지적이며 세상에 아주 호기심이 많은 사람이라고 생각했다. 호기심이 많지 않다면 다양한 분야에 박식한 지식을 쌓기 힘들었다.

하지만 지금의 그녀는 아니다. 세상에 통달한 사람처럼 웃는 모습도, 힘겹게 옮겨지는 걸음도, 세상 그 무엇에도 관심을 보이지 않는 그녀는 위태로워 보였다.

자신의 몸을 움직이는 것조차도 힘들다는 듯 걸음을 옮기던 그녀가 큰길가에 있는 신호등 앞에 멈춰 섰다. 큰길가엔 아직도 사람들이 다니고 있었다. 간혹 그녀를 알아보고 멈춰 서는 사람도 있었다.

그는 마치 그녀와는 상관없는 제3자처럼 지켜만 보고 있었다. 차가운 바람에 바지 주머니에 손을 넣은 그가 빨간 신호를 보며 깊은 숨을 내뱉는 소람을 본다.

눈빛은 허공 어딘가를 향해 있었다. 어디를 보는지 명확하게 알 수 없는 눈빛에 그가 미간을 좁혔다.

그녀는 당장 차도로 뛰어들어도 이상하지 않을 만큼 절망적인 표정이다. 아니, 절망조차도 통달한 표정이다.

정말 생일에 만날 사람이 없어 저런 표정을 짓는단 말인가. 이해할 수 없다. 그래서 그는 그녀의 절망이 하루아침에 생긴 것이 아니란 결론을 내린다.

처연한 표정으로 신호등을 바라보던 그녀가 손을 들어 이마를 가린다. 손바닥은 예쁜 이마는 물론이고 유일하게 진실을 비출 것 같은 눈동자도 가렸다.

하아.

한숨을 쉬는 모습을 가만히 바라보던 그가 문뜩 그녀의 뒤를 졸졸 쫓고 있다는 걸 뒤늦게 깨달았다. 관음증이 있는 사람처럼 그녀의 표정 하나하나를 살피고 머릿속으로 한 번 되새김질하고 있다는 것도 깨달았다.

이만 뒤돌아서야 한다. 술 취한 사람을 뒤치다꺼리할 만큼 자신은 한가하지도, 성격이 좋지도 못하다.

하지만 왜 뒤돌아서서 집으로 돌아가지 못하는 것일까.

차가운 바람에 머릿속은 맑게 변해야 하는데 오히려 흙탕물처럼 엉망이다.

더 이상 깊은 생각을 하면 안 된다는 위험 경보가 울렸다. 그리고 힘이 없어 아래로 끌어 내려진 어깨도 이젠 무시를 해야 한다는 생각을 한다. 그가 몸을 돌렸다. 호기심은 여기까지라 생각하며.

비틀거리던 소람의 몸이 쏟아지듯 앞으로 기울었다. 하지만 곧 그녀는 중심을 잡았고, 자신에게 다가오는 사람을 희미한 시야로 보았다.

"윤소람 아나운서 아니에요?"

남자였다. 아무리 높게 잡아도 20대 후반 정도 되는 남잔 요란한 머리를 하고 있었다.

평소엔 맞다며 예쁘게 웃어주기까지 했지만 지금은 가면을 뒤집어쓸 정신머리가 없어 멍한 표정만 지었다.

"취했어요?"

"……네."

짧은 답에 남자의 눈이 번뜩였다. 그가 소람을 부축하기 위해 팔을 뻗을 때였다.

"이제 보니 윤소람 아나운서, 대책 없는 사람이네."

갑자기 나타난 남자가 소람의 어깨를 잡아끌었다. 그리고 무릎까지 뚝 떨어지는 코트를 벌려 소람의 몸을 감싼다.

탄탄한 가슴에 코를 박은 소람이 눈을 감았다. 그의 몸에선 옅은 드라이클리닝 냄새와 함께 바람 냄새가 났다. 과거, 어느 날처럼.

남자가 무어라 말하려 입술을 달싹이자 태준은 지긋한 시선으로 이를 막았다. 표정은 무심했으나 눈빛은 거칠다. 치켜올라 간 눈썹도 위협적이었다. 풋내기인 남자가 받아내기엔 무리였다.

남자가 빠르게 사라지자 소람의 어깨를 붙잡고 있는 손에 힘이 들어갔다. 당장 그녀를 떼어내야 했음에도 태준은 갈등하고 있었다.

숨소리가 들렸다. 조금은 가쁜 소리다. 길 한가운데 있었으나 마치 사방이 막혀 있는 공간에 두 사람만 있는 것만 같다.

몸을 뻣뻣하게 굳힌 태준은 품속에 있던 여자가 고개를 드는 것을 시선으로 좇아 보았다. 방금 전에 무슨 일이 있었는지, 왜 자신이 그의 품에 안겨 있는지도 모르는 표정이었다.

"립스틱 묻었어요."

저도 모르게 홀린 눈으로 작은 입술을 바라보던 그가 시선을 옮겨 하얀 셔츠를 보았다. 그녀의 말대로 하얀 셔츠에 립스틱이 묻어 있었다. 분홍빛과 붉은색의 중간 정도 되는 색이었다.

하지만 지금 중요한 건 그게 아니지 않은가.

긴장감에 몸이 뻣뻣해졌다. 그러면 안 되는 걸 알면서도 명백한 성적 떨림과 호기심이 그의 자제력을 무너뜨렸다.

이상한 일이다. 술 취한 여자에게 다른 마음을 품을 만큼 예의가 없지도, 여자가 모자라지도 않았다. 하지만 윤소람은 계속 하얀 시트와 그곳에서 몸을 섞고 있는 남녀를 떠올리게 만든다.

참 이상한 일이라고 은연중에 생각하던 그가 뒤늦게 소람의 어깨를 붙잡아 떼어냈다.

넥타이를 이리저리 흔들어 느슨하게 만들었다. 술기운에 축축하게 젖어 있는 눈망울 때문인지 목이 죄이고 갈증이 일었다.

돌아가야 했다. 갑작스럽게 그녀의 속을 들여다본 상황에서 놀라 계속 짐승처럼 구는 머릿속을 정리할 필요가 있었다.

"데려다 드리겠습니다."

그가 먼저 뒤돌아섰다. 그 뒤를 소람이 비틀비틀 따른다.

새근새근, 낮은 숨소리를 듣고 있기 힘들어 음악을 틀었다. 나른한 클래식 음악에 온 신경을 집중해 보았다. 바이올린 선율이 예쁘네. 이건 호른이야. 머릿속으로 가지고 있는 지식을 총동원해 지휘자의 정보까지 읊고 나서야 겨우 내비에 찍힌 주소에 도착할 수 있었다. 단 세 동만 있는 작은 아파트 단지였다.

이제 그만 그녀를 깨워야겠다는 생각에 태준이 고개를 돌렸다. 충동적으로 그녀를 데려다주겠다 말은 했지만 잠든 소람의 얼굴을 보자 자신의 결정을 후회했다. 그냥 택시 태워 보낼 것을.

좁은 공간은 손만 뻗으면 어디든 닿을 정도였고, 창은 짙게 선팅이 되어 있어 밖에서 안을 볼 수 없었다. 완벽한 밀실이다. 상황상 좋지 않았다.

지금이라도 소람을 깨워야 한다는 것을 알면서도 그는 잠든 얼굴을 잠시 보았다. 조금 지워진 화장은 오늘 그녀의 하루가 아주 길었다는 걸 말해주는 것 같다. 지금은 감겨 있어 보이지 않았지만 여러 감정으로 점철되었던 다갈색 눈동자. 콧날은 인위적인 힘을 가하지 않은 듯 코끝이 조금 동그랬고, 입술은 그의 셔츠에 립스틱이 닦여 원래의 색이 고스란히 드러나 있다.

바에선 어두운 조명 때문에 잘 보이지 않았는데 실제로 뜯어보니 이목구비가 꽤 화려하다. 수줍게 웃는 모습만 떠올라 조금 더 순한 인상일 줄 알았는데, 그렇지 않았다.

자는 순간에도 미간을 구기고 있어서 무슨 드라마틱한 꿈을 꾸나 싶었다. 주름 잡힌 미간이 신경 쓰여 그는 잠시 안절부절못했다. 흔들어 깨우면 아주 간단하게 해결될 문제였지만, 그러고 싶진 않았다.

그가 자신도 모르게 손을 뻗어 한참 신경 쓰고 있던 미간을 어루만지려고 할 때다. 아래로 축 늘어져 있던 팔이 들렸고, 곧 차가운 손이 그의 손가락을 쥐었다.

"……마음대로 손대시면 곤란해요."

"……."

잠든 줄 알았는데 아닌가 보다. 눈빛은 몽롱했지만 그녀가 전하고자 하는 말은 명확했다.

손을 거둬들인 그가 고개를 끄덕였다.

"죄송합니다."

"……순순히 인정하시면 더 곤란하고요."

생각해 왔던 이미지와 정반대되는 말투에 그가 소람의 얼굴을 빤히 볼 때였다. 창밖을 본 소람은 고개를 꾸벅이며 감사 인사를 건넸고, 태준은 아니라는 듯 고개를 가로저었다.

그녀가 문을 열고 차에서 내리려다 말고 고개를 돌렸다. 그녀가 가방을 휘젓자 안에서 보스락보스락 봉지 부딪히는 소리가 난다.

"아끼는 거예요. 이젠 못 사거든요."

그가 말없이 사탕을 받아 들었다. 그녀의 혀를 새파랗게 만든 사탕이 아닌 이번엔 빨갛고 하트 모양의 사탕이다.

다시 한 번 감사의 인사를 건넨 그녀가 차에서 내렸다. 그러더니 뒤도 돌아보지 않은 채 비척비척거리며 안으로 들어간다.

핸들에 팔을 두른 그가 그 위에 턱을 괴었다. 그리고 점점 멀어지는 소람의 뒷모습을 바라본다.

왜 이런 호의를 베풀었는지 모른다. 왜 그녀를 만지려 했는지도, 몸이 열기에 들떴는지도.

그녀가 엘리베이터에 오르고 나서야 핸들을 돌려 아파트 단지를 벗어났다.

어째 저녁엔 계속 운전만 한 것 같아 다소 지친 그가 깔끔하게 정돈된 집에 들어섰다. 구두를 가지런히 벗은 후 실내화를 끌고 그는 곧장 서재로 향했다. 이젠 원래의 스케줄대로 샤워하기 전에 책을 고르면 된다. 그리고 깨끗이 씻고 나와 잠들기 전까지 읽으면 된다.

하지만 그는 책을 고르는 대신 들고 있던 사탕을 책상 위에 내려놓았다.

이 사탕은 얼마일까?

아무리 높게 잡아도 1,000원은 넘지 않을 것 같았다.

진공 포장이 되어 있는 사탕을 한참 바라보던 그가 한쪽 면에 있는 진열장으로 걸음을 옮겼다. 제일 위쪽에 놓여 있는 모형을 꺼내 든 그는 한참 심각한 표정을 지었다.

페라리 F40.

그녀가 첫날에 아깝게 놓쳤다며 울상을 지었던 모형이었다.

충동적인 건 자신과 어울리지 않는다.

늘 안전한지 돌다리를 몇 번이고 확인한 후에 길을 건넜다.

하지만 어찌 된 일일까.

이번만큼은 돌다리를 무작정 건너고 싶어졌다.

❖

휘둥그레 뜬 눈이 천장을 향해 있다. 시선만 요리조리 옮겨 자신이 누워 있는 곳이 방이라는 걸 깨달은 소람이 상체를 벌떡 일으켰다.

"아, 머리야."

지끈지끈 아픈 머리를 부여쥔 그녀가 앓는 소리를 냈다.

필름이 끊길 정도로 마셔본 게 얼마 만이던가.

뒤숭숭한 마음에 뒤는 생각하지도 않고 들이켰다가 멍청한 짓을 저질러 버렸다. 숙취약이 약통에 있다는 것을 떠올린 소람이 침대에서 내려오려다 몸을 떤다.

잠시만. 내가 어떻게 집에 돌아왔지?

멍한 눈을 깜빡이던 소람은 드문드문 떠오르는 생각에 혼란스러운 얼굴로 허물처럼 벗어둔 옷을 보았다. 기어가듯이 옷으로 다가간 그녀는 그 밑에 깔려 있던 휴대전화를 꺼냈다. 손이 발발 떨렸다.

"꾸, 꿈일 거야."

제발 아니었으면 했다. 드문드문 떠오르는 생각은 모두 꿈에서 자신이 만들어낸 허구였으면 하고 바랐다.

하지만 휴대전화를 보는 순간 소람의 얼굴이 인정사정없이 구겨졌다.

—김타ㅣ준.

오타까지 나 있었다.

번호를 누가 먼저 물어보았는지 떠오르진 않았고, 감기려는 눈을 억지로 부릅뜨며 키판을 두드렸던 것만 언뜻 기억이 났다.

아, 젠장.

거칠게 욕을 내뱉은 소람이 눈을 질끈 감았다. 문자가 도착해 있었지만 차마 열어볼 용기가 나지 않았다. 평소였다면 절대 하지 않았을 실수였다.

김태준은 술을 즐기는 여잔 나쁘게 생각하지 않는다. 하지만 떡이 되도록 마시는 여잔 취향이 아니다. 자신은 그의 취향에서 완벽하게 벗어난 것이다.

우라질. 왜 하필 거기서 그렇게 퍼마셔선.

아무리 기분이 뒤숭숭하다 하더라도 술에 위로를 받아선 안 된다. 알코올은 사람의 이성을 빼앗아가고 평소 가슴속에 꽁꽁 숨겨냈던 본모습을 꺼내놓게 마련이다.

"……마음대로 손대시면 곤란해요."

자신에게 다가오던 손을 붙잡았던 모습이 떠오르자 소람의 얼굴이 일그러졌다.

젠장.

아주 좋은 기회를 놓쳤다.

그냥 눈 딱 감고 있으면 그간의 노력을 한 번에 보상받는 건데!

입술을 잘근잘근 씹은 소람이 휴대전화를 힐끗 보았다.

속 시원하게 욕이라도 한 걸까? 어쩜 다시 만나지 말자고 할지도 모른다.

아니, 차라리 욕이나 다시 만나지 말자는 문자는 괜찮을지도 모른다. 그것보다 더 무서운 것은…….

「언제 시간 되십니까.」

직접 만나 눈앞에서 가루가 되도록 까이는 것.

끙, 하고 앓는 소리를 낸 소람이 눈을 질끈 감았다.

"망했다."

눈앞에 군침이 도는 음식이 놓였다. 적당하게 구워진 메로는 기름이 좔좔 돌았다. 조금 썰어 먹으면 입안에서 살살 녹을 것 같았다.

하지만 소람은 한술도 뜰 수 없었다. 지금 음식을 먹었다간 밤엔 분명 소화제를 찾게 될 것이다.

"안 드십니까?"

그의 앞에는 차돌박이가 적당하게 구워진 스테이크가 놓여 있다. 육류는 선호하지 않지만 그가 적당한 크기로 썰어 먹자 고기 접시도 탐이 난다. 턱을 작게 움직여 먹는 모습을 보니 당장 포크와 나이프를 쥐고 싶었다. 하지만 소람은 작게 고개를 저었다.

"식사 생각이 없네요."

태준은 좋을 대로 하라는 듯 어깨를 으쓱인다. 그러더니 적당한 속도로 접시를 비워 나가기 시작한다. 오직 먹기 위해 만난 사람처럼 스테이크를 맛보던 태준이 이번엔 와인으로 입안을 헹궈냈다. 만족스러운 식사였는지 그의 입가에 미소가 머금어져 있었다.

손도 대지 않은 접시가 치워졌다. 뒤늦게 허기가 몰려왔다. 되도록 이 불편한 자리를 빨리 끝내고 집으로 돌아가 라면이라도 끓여 먹고 싶었다.

아, 라면은 안 되나?

내일 아침엔 선배가 부탁한 아침 생방송이 있었다. 새벽 6시 생방송으로 정보 프로그램이었다. 갑작스레 부친상을 당해 후배들이 돌아가며 도와주고 있었던 터라 평소보다 네 시간은 빨리 출근해야 했지만 자신 역시 수락할 수밖에 없었다. 얼굴이 부으면 곤란하니 담백한 것이라도 먹고 자야겠다고 생각하던 찰나다.

식사가 치워진 자리에 커피가 놓였다. 이제야 본격적으로 대화할 분위기가 잡히자 소람이 긴장한 기색으로 그를 보았다. 태준은 생각에 잠겨 있었다. 검은색에 가까운 눈동자가 자신을 뚫어져라 바라보자 그녀의 가슴이 콩알만 해진다.

도대체 무슨 소릴 하려고.

눈치가 빠른 남자이니 대략 눈치는 챘을 것이다. 어제의 모습이 자신의 진짜 모습이라고.

속였다고 욕을 할까?

어쩜 다가온 목적이 무엇이냐 물을지도 모르겠다.

그렇다면 자신은 어떤 반응을 보여야 할지 소람은 잠시 고민했다. 사실대로 모든 걸 털어놓고, 또다시 저주를 퍼부어도 괜찮으리라. 그가 다른 곳에 가서 자신의 실체에 대해 떠들고 다닐 사람처럼은 보이지 않았으니 뒷말은 나오지 않을 것이다.

그게 아니라면 어젠 술에 취해 그랬다며 사과를 하는 방법도 있다. 먹힐지는 모르겠지만 그가 자신에게 호의를 보이고 있다는 건 눈치채고 있었기에 한 번쯤은 그냥 넘어가 줄지도 모른다.

넘어가 준다면 더 완벽하고 단단한 가면을 뒤집어쓸 것이다. 그리고 다음엔 다가온 그의 손길을 피하지 않으리……

생각을 하던 소람은 자신의 앞에 불쑥 내밀어진 모형을 보았다. 눈을 가늘게 뜨고 초점을 더욱 맞춰 보아도 도통 그가 왜 이걸 자신에게 내미는 것인지 이해를 할 수가 없었다. 그만큼 이 자리에 어울리지 않는 뜬금없는 물건이다.

"이걸 왜 저한테……."

"생일 선물입니다."

"……."

어떻게 반응을 해야 하지?

소람은 페라리 F40 모형을 보았다. 사진으로만 보았던 물건이었다.

현재엔 생산을 하고 있지 않아 중고 가격도 100만 원을 훌쩍 뛰어넘는다. 한국에선 부르는 게 값이다.

그러니까 이걸 왜……? 도대체 왜……?

소람이 그의 꿍꿍이를 알아차리기 위해 눈가에 힘을 주고 있다가 이내 빠르게 표정을 갈무리했다.

"감사합니다."

소람이 순하게 웃었다. 눈매가 반달로 예쁘게 휘었고, 모형을 어루만지는 손길은 가지고 싶었던 걸 드디어 손에 넣었다는 듯 바삐 움직였다.

그녀의 모습을 가만히 바라보던 태준이 무심한 어조로 물었다.

"제가 왜 자동차 모형을 모으는지 아십니까?"

그걸 자신이 알 리 없다. 알고 있는 것이라곤 김태준 본부장이 어린아이처럼 이 장난감에 꽤 집착을 보인다는 것 정도다.

그녀가 작게 고개를 저으며 '아니요'라고 말하자 태준은 기다렸다는 듯 자신의 이야기를 꺼내놓았다.

"내게 주어진 유일한 장난감이었습니다. 정해진 길이 있었고, 그 길을 걷기 위해선 많은 공부가 필요했습니다."

유일하게 주어진 장난감이 아주 값비싼 자동차 모형이라니.

지금 자신에게 자랑이라도 하는 건가?

소람은 시니컬해지려는 표정을 애써 다잡았다. 그가 호의를 보이며 생일 선물이라고 아주 비싼 자동차 모형을 내밀었다. 이런 와중에 표정 관리를 하지 못해 일을 망치고 싶지 않았기에 그녀는 눈망울을 반짝이며 계속 이야기하라는 듯 고개를 끄덕였다.

그는 과거의 어느 날을 떠올리며 말을 이었다.

"그런데 자동차 모형은 달랐습니다. 아버진 자동차 사업까지 확장하실 생각이셨죠. 그래서 자동차 모형은 가지고 놀 수 있었습니다. 그래서 특별합니다."

"그런 이야길 왜 저한테……."

"말씀드리고 싶었습니다. 그냥."

그냥.

무책임하게 말을 마친 그가 그녀를 바라보았다.

"윤소람 씨에겐 그런 물건이 있습니까?"

그의 물음에 모형을 만지던 손이 멈칫거렸다.

그런 물건이라.

추억 있어서 어른이 되어서도 여전히 찾고 있는 것이라면 있다.

김태준은 자신에게 아주 솔직하게 과거를 털어놓았다. 사업을 하는 남자였으니, 남들 앞에서 쉽게 속을 내보이진 않을 것이다. 그럼에도 자신에게 그리 말하는 것을 보면 어쩜 '시험'을 하고 있는 건지도 모른다.

거짓의 정황을 해소하기 위한 진실이 필요했다. 하지만 자신의 과거는 온통 비참한 것들뿐이다. 입에 올리는 것도 싫은 기억들.

자신은 그의 앞에서 늘 거짓된 표정을 짓고, 거짓된 말을 하며, 거짓된 자신을 보이고 있다. 그건 다른 사람들에게도 마찬가지다. 살아가기에 급급했던 아이는 어릴 적엔 속마음을 거침없이 쏟아냈으나, 어른이 되어서는 영악하게 자신의 추한 것들을 감추었다.

그러니 이번에도 그렇게 해야 했다. 그의 취향일 법한 고상한 것이나 귀엽고 깜찍한 게 좋겠다. 예를 들어 애착 인형이 키티여서 아직도 그 캐릭터 인형이 없으면 잠을 못 잔다는 거면 귀엽고 제법 순진한 여자처럼 보일 수 있을 것이다.

아니면 어릴 적 궁핍하고 힘들었던 삶을 살짝 이야기해 주고 가질 수 있었던 것은 한 떨기 꽃뿐이어서 집 안엔 온통 화분이 가득하다는 것도 괜찮으리라. 그가 나중에 집으로 올 수도 있으니 팔자에도 없는 화분을 키워야 할지도 몰랐지만 그 정도 수고로움 따위 기꺼이 감수할 수 있다.

자신은 눈앞의 남자를 유혹하기로 마음먹었으니까. 결혼해서 행복한 삶을 영위해 나가며 빌어먹을 대영그룹을 더욱더 단단하게 만드는 그에게 엿을 먹여야 했으니까 지지리 궁상보단 그의 위치에 어울리는 것들을 말해야 한다. 그의 취향에 맞추기 위해서!

"……전 기억을 하는 그 순간부터 고아였어요. 과거에 파양을 한 번 당했다고 하는데, 기억이 안나요. 워낙 어릴 때여서."

그런데 왜 자신의 입은 빌어먹을 이야기를 하고 있는 건가. 이건 귀엽지도, 고상하지도 않았다.

들판에 있는 잡초가 예쁜 꽃보다 생명력이 길 듯, 자신은 이름 모를 볼품없는 잡초다. 지금은 아주 예쁘게 가꿔 꽤 그럴듯해 보이지만 속 알맹이는 여전히 그러하다.

"초등학교에 입학했어요. 제가 자란 고아원은 정부 지원이 적은 곳이어서 입고 있는 옷도 낡았고, 가방도 지퍼가 고장나서 늘 입을 쩍 벌리고 있었어요."

가방은 늘 아가리를 벌리고 있었다. 그래서 옷핀을 구해 겨우겨우 입을 틀어막았다. 그것도 임시방편이어서 필기구를 잃어버린 일이 몇 번이나 되었다.

겨우 여덟 살이었지만 가난이 무엇인지 그때 알았다. 학교에 가기 전까지만 해도 주위엔 자신과 같은 처지의 아이들뿐이어서 사람들의 '냉대'가 무엇인지 몰랐었다.

"부끄러웠죠. 학교에 가고 싶지 않았어요. 하지만 이런 것들보다 더 싫은 게 하나 있었어요."

과거를 전달하는 목소리는 흔들림 없이 올곧았다. 마치 팩트만 전달하는 뉴스 같았다. 표정 역시 무표정해서 누군가가 중간에 들으면 타인의 이야기를 전달하는 것이라 착각할 정도였다. 하지만 그녀에게 구질구질한 과거는 늘 곱씹고 또 곱씹어왔던 것들이다. 이제 와 누군가에게 그런 과거가 있었다고 이야기를 하는 게 어렵진 않았다. 아니, 어려울 것이라고 생각했는데 생각보다 어렵지 않았다.

"친구들은 부모님에게 500원, 1,000원 용돈 받아와서 하교 후에 꼬치도 사먹고, 얼린 주스도 나무 막대기로 긁으면서 맛있게 먹는 거예요. 나한테는 그럴 돈이 없는데. 아니, 정확하게 말하면 간식 사먹으라고 용돈을 주는 부모가 없었죠."

가족이 무엇인지 소람은 모른다. 부모는 친구들만 가진 것이었고, 안락한 집은 TV 드라마에서나 봤다.

성인이 되어서 곧장 고아원을 나왔고, 그 후론 그쪽으론 쳐다보지도 않았다. 그렇게 되고 싶어서 그런 건 아니었지만 고아라는 사실이 부끄러웠다. 부모는 버릴 거면서 왜 자신을 낳았냐고 원망하기도 했다.

긴 이야기를 막힘없이 한 그녀가 검은색에 가까운 눈동자와 시선을 마주했다. 태준은 그녀의 이야기를 들으며 간혹 고개를 끄덕이는 것이 전부였다. 그의 삶에선 결코 상상할 수 없는 것뿐이어서 그러려니 하고 있는 것일지도 모른다.

지금의 대영을 만든 건, 그가 오롯이 누리고 있는 건 다른 이들의 피와 땀, 눈물이다. 그걸 이 남자는 알고 있을까? 모르고 있을 것 같아 가르쳐 주고 싶었다. 당신의 아버지 때문에 한 사람이 죽었고, 처음으로 그런 가족을 알 법했던 아이는 모든 기회를 박탈당한 채 현재에도 혼자라고. 아무것도 모르고 살아가고 있다고.

"그래서 불량식품을 좋아해요. 꼭 그 문구점에서 사먹는 불량식품이어야 해요. 그래야 그때 못 먹고 참았던 것들을 보상받는 기분이 들거든요."

시니컬한 마음과는 달리 짓고 있는 표정은 우울했다.

아, 윤소람 연기해도 되겠다.

속으로 그렇게 생각하던 소람이 고개를 숙였다. 그리고 떨리는 자신의 손을 발견하곤 주먹을 쥐었다.

젠장.

다 털어냈다고 생각했는데, 아니었나 보다.

이젠 성공한 삶을 살고 있어서 볼품없었던 예전의 윤소람은 다 잊은 줄 알았는데 다 자신의 착각이었나 보다.

"저번엔 죄송했습니다. 그 문구점이 문을 닫는다고 해서 아지트가 사라지는 기분이었어요. 주인아저씨도 진상 고객 취급하고. 매일 생일 때면 거기 가서 페인트 사탕을 먹는 게 낙이었는데, 그것마저 없어진 것 같아 슬펐어요."

마지막 말은 결국 떨림을 담고 흘러나왔다.

소람은 입을 꾹 다물었다. 이제 그가 우울하기 그지없었던 자신의 인생을 듣고 위로 비슷한 것을 주어야 할 차례다. 정아도 처음 자신의 이야기를 들었을 때 울기까지 했다.

힘들겠구나.

그렇게 말했다. 자신은 아니라고 말했고.

한참 그의 반응이 들려오길 기다리던 소람이 어색하게 웃었다. 굳게 닫힌 입은 아무것도 말하려 들지 않는다. 눈치 빠른 소람은 이를 눈치채고 눈알을 도록도록 굴렸다.

아, 이 분위기 어떻게 하지?

두 사람은 어찌 되었든 서로가 얼마나 다른지 이 자리에서 확인했다. 그는 자신이 원해 과거를 말했고, 자신은 충동적으로 말했다.

원래라면 이제 다음 차례로 나아갈 때다. 계획대로라면 당신에게 마음이 있다며 가식을 떨어준 후 고개를 숙이면 된다. 은은한 조명이었으니 굳이 얼굴을 붉히지 않더라도 그는 제스처만으로 자신이 부끄러워하고 있다고 착각할 것이리라.

하지만 그의 눈빛이 낮게 가라앉아 있어 차마 그 말이 입 밖으로 나오지 않았다. 잘못 말하면 자신의 목을 조르기라도 할 것처럼 음습하고 위험한 빛이다.

"……치, 친구 할래요?"

그래서 그녀는 계획에도 없는 말을 꺼냈다. 조금씩 다가가면 되리라 생각하며.

떨림을 담은 음성은 진심이었다. 진짜로 그와 눈을 마주하며 말하자 몸이 떨렸다.

소람이 무릎 위에서 손을 맞잡아 가지런히 내려놓았다. 손바닥에 땀이 차올랐다. 주체할 수 없는 긴장이 작은 룸을 가득 채웠다.

언제까지 입 딱 다물고 있을 거야?

뭐라고 말이라도 해보라고 재촉을 해야 하나. 생각하던 그녀는 곧 이어지는 낮고 진중한 음성에 입을 턱 벌렸다.

"키스하고 싶은 사람과는 친구 안 합니다."

"……."

어떤 반응을 보여야 할지 몰라 결국 멍한 표정이 된다. 자신이 지금 제대로 들은 것이 맞나 착각까지 들었다.

이 남자가 혹시 자신을 놀리고 있는 거 아닐까?

그날의 푸닥거리에서 자신의 본질을 깨닫고 함께 연기를 하고 있는 것일지도 모른다.

소람의 얼굴이 사정없이 일그러지자 그의 입술이 시니컬하게 휘었다.

"이럴 때 윤소람 씨는 얼굴을 붉혀야 하는 거 아닙니까?"

"무, 무슨……."

당황한 소람이 눈을 크게 떴다. 그가 자신의 본질을 깨달아서가 아니다.

자리에서 일어난 그가 테이블에 손을 내렸다. 아주 큰 손이었다. 타인의 손을 제대로 본 적이 없어 신기하게 느껴지나. 저도 모르게 굵은 손가락 마디마디와 중지 손가락에 잡힌 굳은살을 보았다. 손가락을 바라보는 것만으로도 그의 인생을 살짝 엿본 것 같다.

테이블을 멍하니 내려다보던 그녀는 어느 순간 허리를 숙여 다가온 그의 얼굴에 입술을 깨물었다.

지금 뭐 하자는 거야?

그녀가 바로 코앞까지 다가온 태준의 얼굴을 힘껏 노려보았다. 우습게도 이 남자가 자신에게 눈싸움을 도전해 온 줄 착각한 모양이다.

힘껏 노려보는데도 그의 얼굴은 계속 다가왔다. 결국 코끝이 닿을 만큼 가까운 거리가 되어서야 멈춘 그는 테이블을 짚고 있는 손이 아닌 다른 손을 들어 꾹 다물려 있는 소람의 입술을 열었다.

불쑥 밀려들어 온 엄지손가락에 소람의 눈이 커다랗게 뜨였다.

"지, 지금……."

지금 이게 뭐냐고 물으려던 찰나다. 소람의 입술이 벌어지자 그가 고개를 기울였다.

뚫어져라 바라보는 시선에 소람이 눈을 질끈 감았다. 따뜻하고 말캉한 촉감이 입술에 닿았고, 곧 와인의 쌉쌀한 맛이 느껴졌다. 뺨에 닿는 뜨거운 콧김은 그가 장난스럽게 입을 맞췄다는 것이 아니라 알려온다. 그는 흥분했다.

도대체 왜?

자신은 유혹하는 눈빛을 보내지 않았다. 단순히 몸을 섞는 행위를 떠올릴 만한 그 무엇도 말하지 않았다. 그런데 이 남잔 왜 자신에게 입을 맞추고 달콤한 숨결을 입안에 불어 넣는 것일까. 알 수가 없었다.

그의 입술이 자신의 입술을 부드럽게 빨아들이자 혼란스러운 머리가 새하얗게 변했다. 그는 집요하게 입술을 지분거리고 빨아 당긴 후 혀를 빼내 아랫입술을 핥았다. 간지러운 촉감에 순간 눈앞이 번쩍였다.

키스는 달콤했고 황홀했다. 혀를 부드럽게 빨아들인 그가 자신의 입안에서 마음대로 빨고 깨물 땐 눈물이 찔끔 나기도 했다.

그는 침대에서 신음을 터뜨리는 여자를 싫어한다고 했다. 목석처럼 가만히 굳어 있는 여자를 좋아하는 거라 생각해서 저 혼자 즐기고 배설하는 관계만을 즐기는 줄 알았다.

그런데 이 키스는 무어란 말인가.

애무를 하는 것 같았다. 체온보다 조금 높은 혀가 자신의 몸을 붓처럼 훑고 지나가는 앙큼한 생각까지 하게 만든다. 키스 한 번에 팬티가 축축해지고, 계속 그에게 향하려는 손을 어떻게든 막아야 했다. 마치 발정난 암캐 같았다.

부지불식간에 습격을 당한 그녀는 자신의 뒷덜미를 붙잡는 손길에 결국 신음을 참지 못하고 내뱉었다.

"아."

신음까지 한입에 집어삼킨 그가 살짝 입술을 떼어낸 후 그녀를 내려다본다.

얼굴을 붉힌 채 작게 숨을 내뱉고 있는 그녀는 여전히 여운을 즐기고 있는 듯 보였다. 몸은 뻣뻣하게 굳어 있었고, 손은 어쩔 줄 몰라 테이블을 짚고 있었다.

그 모습을 가만히 바라보던 그가 꾹 다물고 있는 입술을 엄지손가락으로 닦아주며 말한다.

"안 밀어냅니까?"

그의 말에 소람이 눈을 번뜩 떴다. 그러더니 이미 반응을 하기에 늦었다는 걸 알면서도 제 입술을 쓰다듬고 있는 손을 탁 하고 쳐냈다.

"미쳤어요?"

그녀가 날카롭게 그를 쏘아본다. 원하던 순간이긴 하나 이런 식은 아니었다. 그의 페이스에 휘말려 어쩔 줄 몰라 하는 꼴이 웃겼다.

크게 가슴을 씨근덕거리던 소람이 손을 들어 입을 가렸다. 그가 다시한 번 입을 맞출 것처럼 시선을 내리깔고 있었기 때문이다.

이런 남자였나?

정아가 가져다준 데이터에서의 그는 갱년기 남자처럼 차가운 이였다. 하지만 그의 입술은 뜨거웠고, 자신을 핥듯 바라보는 시선에 보이는 욕망은 드글드글 끓고 있었다.

"이제야 본모습을 보여주네요."

그의 말에 소람의 입이 살짝 벌어졌다.

당신이야말로 이제야 본모습을 보여주는 거 아니냐고 따져 묻고 싶을 정도였다.

뭐야, 이 엄청난 간극은!

제 2 장

시리게 다가왔다
따스함을 남겼다

통제 불능

태준이 눈매를 가늘게 모았다. 작은 머릿속이 바쁘게 움직이고 있는 듯 소람의 입가에도 경련이 일었다. 왜 자신이 갑자기 이러는 건지, 궁금할 터다.

자신도 거기에 대해 설명을 해주고 싶은 마음은 굴뚝같았다. 여잔 남자보다 확신이 없으면 직접 움직이는 일이 드물었고, 그건 눈앞의 여자도 마찬가지일 것이다. 계획적으로 접근을 했으니 자신의 예상과 틀어지는 상황에 불안하고, 마음을 졸이겠지.

오늘따라 잘 돌아가는 머리는 거의 완벽에 가까운 추론을 했고, 그녀가 어떠한 반응을 보일지 기대했다.

"지금 뭐 하는 거예요?"

그의 눈이 흥미롭게 빛났다. 소람은 더 이상 자신의 본모습을 감추지 않기로 한 모양이다. 가슴을 선연하게 만드는 눈동자에 그가 잠시 입을 다물었다.

침묵이 길어질수록 소람의 표정이 미묘하게 변하기 시작했다. 처음엔 갑작스러운 입맞춤에 기분이 나쁜 표정이었다. 허락도 구하지 않고 입을 맞춰 자신에게 기분이 나빴을지도 모르지만 그것보단 몸에서 일어난 변화 때문에 그러는 것 같았다. 그다음엔 말없이 그를 보았고, 침묵이 길어지자 긴장하기 시작한다.

그는 사람을 관찰하는 것에 능숙했다. 사업을 진행하다 보면 상대의 생각을 읽어야 할 때가 많았고, 직접 독대를 하는 이유는 지금처럼 거짓 없는 반응을 지켜보기 위함이었다.

그래서 그는 마치 사업 석상에 선 사람처럼 그녀에게 긴장감을 심어주었다. 긴장이 길어질수록 사람은 안절부절못하게 되고, 솔직한 반응을 보인다. 그녀가 빠져나갈 구멍은 애초에 만들지 않을 작정이다.

그가 테이블 위에 손을 가지런히 모았다. 그의 움직임에 어깨 쪽 슈트가 위로 불쑥 올랐다. 안 그래도 운동으로 다져져 넓은 어깨가 더 길쭉해졌다.

"자동차 모형에 관심 없죠?"

"……."

소람의 눈망울이 흔들렸다. 하지만 곧 해사하게 웃으며 가볍게 고개를 젓는다. '관심 있어요'라고 답했지만 태준은 긴밀히 그녀의 속마음을 읽어내곤 입술을 느른하게 늘어뜨렸다.

거짓말.

그는 단정 지을 수 있었다. 소람의 표정을 하나하나 뜯어보기 시작하자 예전처럼 그녀의 장난질에 놀아나지 않을 수 있었다.

"바에서 마주친 것도 우연은 아닐 거 같고."

미세하게 떨리는 입술을 바라보던 그가 막힘없이 다음 말을 이었다.

"지금 모습이 본모습 같고."

그 후로 소람은 꿀 먹은 벙어리가 되었다. 허를 찔려 당혹스러운 표정이다. 작은 머리통 속에선 다음 해야 할 행동을 빠르게 계산하고 있는 모양이었지만 뾰족한 수가 있을 리 없다.

진실을 들켜 버린 여자 차마 눈을 마주하지 못해 고개를 숙인다.

그가 소람의 정수리를 보았다. 그날 밤에도 이 정수리를 가장 먼저 보았다.

"……화나지 않으세요?"

그 말에 태준은 처음으로 망설였다.

화가 나지 않냐라. 한 번도 생각해 보지 않은 문제다. 난 지금 화를 내야 할 타이밍인가? 멍하니 생각하던 그가 이내 간단한 결론을 냈다.

"주위에 많습니다. 제가 관심을 보인 건 처음이지만."

그의 주변엔 필요에 의해 다가오는 사람들이 대부분이다. 그 역시 필요한 사람들만 곁에 뒀다. 덕분에 만나는 순간에도, 그렇지 않은 순간에도 머릿속에선 쉼 없이 계산을 하고 있었다. 오늘의 만남을 통해 얻어낼 수 있는 것들 말이다.

시답잖은 농담을 하며 술을 마실 친구 하나 없었다. 친구라고 말은 하나, 명절에 선물 세트를 보내는 걸 단순한 친목이라고 할 순 없지 않은가.

이성 역시 마찬가지다. 그라는 사람을 좋아한 이들도 있었겠으나 그것보단 그를 둘러싸고 있는 배경을 더 사랑했다. 그래서 처음엔 윤소람이란 존재를 알게 되었을 때 좋았다. 드디어 자신도 한우 세트가 오가지 않은 대화 상대를 만난 것이라, 그렇게 생각했다. 결국은 아니었지만.

아, 그럼 나는 지금 화를 내야 할 타이밍이 맞는 건가?

그는 곰곰이 생각하다가 고개를 저었다. 그녀가 다른 이들처럼 다른 목적을 가지고 접근했다고 화가 나진 않았다. 그것보단 자신의 결정이 중요했다.

"전 제가 확신하고 믿는 일은 꼭 해야 한다고 생각합니다."

고개를 퍼뜩 든 소람이 귀신에 홀린 것처럼 그를 보았다. 눈치 빠른 여자는 그의 말 몇 마디로 '주어'를 말하지 않았음에도 다 이해한 모양이었다.

코너에 몰린 사람처럼 불안한 표정을 짓는 걸 보니 귀엽다는 생각이 가장 먼저 들었다. 영악하게 웃던 수줍은 웃음보다 솔직한 마음을 드러내는 지금이 더 좋았다. 그리고 계속 궁금해진다. 어떤 본모습이 더 남아 있을까.

"결혼하자는 거 아닙니다. 겁먹은 표정 지으실 필욘 없습니다."

다시 고개를 숙인 소람이 입을 꾹 다물었다. 생각을 하는 척하고 있었으나 입술을 잘근잘근 씹고 있는 것이 언뜻 보였다. 다른 극의 자석이 이끌리듯 입술을 향하려는 손을 서둘러 막은 그가 침을 꿀꺽 삼켰다. 안달이 났다. 그게 자신답지 않아서 당황하기도 했다.

이 여자를 자신의 사정권 안으로 끌어들이기 위해선 몸을 낮추고 때를 기다려야 한다는 건 안다. 지금만 봐도 상황이 뜻대로 흐르지 않는다는 이유로 몸을 사리고 있었으니까.

하지만 조급증이 든다. 빨리빨리, 이제껏 알 수 없었던 자신의 자아가 그렇게 재촉하고 있었다.

"애인 있습니까?"

"아, 아니요."

"진지하게 만나는 상대는?"

그의 물음에 소람이 더듬더듬 답하던 입술을 굳게 다물었다. 이대로 그에게 휩쓸려 가는 모양새는 싫은 모양이다.

"없습니다."

날카로운 눈매에도 그는 가볍게 고개만 끄덕였다. 표정이 어떠하든 자신이 원하는 답을 들었으니 상관없다.

"그럼 됐습니다."

"도대체 뭐가 됐……."

"한번 만나보시죠. 저 꽤 괜찮은 남잡니다."

"……."

뻔뻔한 표정으로 자신을 괜찮다고 정의한 태준은 점점 흙빛으로 변하는 소람을 보았다. 당황할 것이다. 자신에게 다른 꿍꿍이가 있는 건 아닐까, 경계도 할 것이다. 좀 더 생각할 여지를 두면 하루 종일 제 생각만 하게 만들 수도 있을 터다.

하지만 그는 자애로이 굴기로 했다. 굴로 숨어들면 곤란하니까.

"왜 그렇게 했는지 말하지 않을 거라고 생각했습니다. 이유야 차차 알아가면 되겠죠. 어디까지인지는 모르겠지만 윤소람 씨도 소기의 목적을 달성하는 거니 나쁘지 않은 제안이라고 생각합니다."

태준은 자신의 생각을 솔직히 털놓았다. 거짓 하나 없는 눈빛이었기에 소람 또한 이에 대해 의심을 하는 눈치는 아니었다.

하지만 갑작스럽다. 자신이 데이터로 본 남잔 충동적이지 않고 재미없게 살아가는 남자였으니 그럴 법도 했다.

그녀가 당장 답을 내릴 수 없다고 생각한 모양인지 옆에 놓아둔 가방을 집어 들었다. 자리에서 벌떡 일어나 당장 이 자리를 피해 버리려 마음먹었지만 태준은 그녀에게 눈길도 주지 않은 채 메뉴판을 내밀었다.

그가 이 집에서 꽤 괜찮은 추천 메뉴를 이야기해 주었다. 처음에 음식을 주문했을 때와 한 치도 벗어나지 않은 말에 그녀가 뭐 하냐는 듯 바라보았다.

"이제 식사하세요."

"……집에 가서 먹을 거예요."

소람이 핸드백을 힘껏 움켜쥐며 말했다. 마주 보며 음식을 씹을 기분이 아니라는 걸 알고 있을 텐데 그는 허무맹랑하기까지 한 제안을 한다.

"초대하시는 겁니까? 고맙긴 하지만 간단하겐 안 끝날 겁니다. 이제까진 자제력 있는 남자라고 생각했는데 그게 다 착각이었다는 걸 최근에 깨달았거든요."

"……."

"아직도 식사할 생각이 없습니까?"

그의 물음에 소람은 잠시 생각하더니 이내 자리에 앉았다. 그가 추천해 준 메뉴 대신 메로 스테이크를 다시 먹겠다고 말한 그녀는 웨이터에게 주문을 하는 태준을 보았다. 막힘없이 주문을 마친 그는 직원이 나가자마자 의아한 시선을 느끼곤 소람을 보았다.

"또 드시게요?"

"혼자 먹으면 맛없습니다."

그게 저녁을 두 번이나 먹을 이유가 될까.

소람은 이해할 수 없다는 듯 그를 바라보았다.

눈을 뜬 소람이 새하얀 천장을 가만히 바라보았다. 뭔가 아주 찝찝하고 기분 더러운 꿈을 꾼 것 같은데 정작 떠오르는 건 없어 눈동자엔 혼란스러움이 가득하다. 심장은 터질 듯이 뛰는데, 바보같이 잔영조차 남아 있지 않았다.

손을 든 그녀가 눈두덩을 꾹 눌렀다. 손바닥이 축축해졌다. 그것이 무엇인지 소람은 부러 인식하지 않기 위해 애를 썼다. 그럴수록 한 남자가 너무 선명하게 떠올라 감정이 널을 뛰었다. 마치 귀신에 홀리기라도 한 것 같았다.

한참 거친 숨만 내뱉으며 침대에 누워 있던 소람이 자리에서 일어나 부엌으로 향한다. 잠은 다 깼지만 냉장고로 향하는 걸음이 계속 비틀거렸다. 소람은 습관적으로 냉장고 문을 열었고, 안에 먹을 것이 없다는 걸 알고서야 미간을 좁혔다.

"아."

장을 봐야겠다고 생각한 것이 이틀 전이었다. 그간 계속 미뤄왔더니 급기야 냉장고 안엔 포장 김치 하나만 덜렁 들어 있었다. 굳이 왜 전기세 나가게 냉장고를 들여놨나, 의문이 드는 상황이었다.

출근하기 전에 뭘 먹기라도 해야 할 텐데.

평소라면 카페에 가 간단하게 먹었겠지만 오늘은 평소보다 네 시간이나 일찍 출근을 해야 했던 터라 문을 연 곳이 없었다.

그녀가 차가운 냉수를 벌컥벌컥 들이켰다. 방송국 지하에 있는 매점에서 간단하게 삼각 김밥이라도 먹는 게 좋을 것 같았다.

곧장 욕실로 향한 소람이 샤워기 앞에 섰다. 머리 위로 차가운 물이 쏟아지자 그제야 흐릿했던 머릿속이 선명해진다.

지난밤, 평소보다 늦게 잠이 들었다. 김태준 때문이었다.

"혼자 먹으면 맛없습니다."

소람 또한 알고 있었다. 밥이 코로 들어가는지, 입으로 들어가는지 모를 만큼 많은 아이들과 밥을 먹는 것보다 혼자 먹는 밥이 더 맛이 없다는 것쯤은. 산해진미보다 함께 먹는 라면이 더 꿀맛이라는 걸 알게 된 건 독립을 한 후 혼자 거나하게 차린 식탁을 마주했을 때였다. 분명 투 플러스 한우인데도 마치 타이어를 씹는 것 같았다. 그렇다고 어린 시절이 그리운 건 아니었다. 음식만 포기하면 됐다.

당신은 그걸 어떻게 아냐고 묻고 싶었다. 혹시 혼자 밥을 먹는 일이 많았냐고 묻고 싶기도 했다. 하지만 소람은 아무것도 묻지 않았다. 어떠한 답이든 자신의 입장에선 다 배부른 소리일 뿐이니까. 적어도 커다란 고깃덩어리를 한 번 먹어보는 게 소원이던 자신보단 잘 먹고 잘살았으리라. 그것보단 다른 것이 마음에 걸렸다.

진심.

그에게서 그걸 보았다.

실제로 만나본 그는 젠틀하고 좋은 사람이었다. 그의 감정이 진심이라는 걸 알게 되었으니 앞으로 거짓으로 그를 대한다면 자신은 구제할 길 없는 쓰레기가 된다는 생각에 잠을 잘 수가 없었다. 일말의 양심이 여기서 그만하라고 외쳤다.

아니, 아니야. 김태준은 그 악마 같은 인간의 아들이라고.

뒤척이며 어떻게든 자보려 했지만, 결국 자의로 잠들지 못해 또다시 의학의 힘을 빌렸다. 이젠 한두 알 정도론 잠들지 못할 만큼 내성이 생겼다. 위험하다는 자각은 있었지만 늘 유혹을 뿌리치지 못했다. 잠들지 못하는 밤만큼 괴로운 건 없었다.

깨끗하게 몸을 씻은 소람이 욕실을 나섰다. 곧장 화장대에 앉은 그녀는 기초화장을 한 후 파우더를 집어 들었다.

거무튀튀한 눈가를 가리고 색조로 생기를 더하던 그녀는 저도 모르게 진해진 화장을 보았다. 눈꼬리가 삐죽 올라가고 쥐 잡아먹은 것처럼 새빨간 입술에 절로 인상이 써졌다.

"참 못돼 보인다."

아침부터 자신이 넋을 놓은 이유는 한 남자 때문이다.

김태준, 그가 계속해 윤소람을 뒤흔들고 있었다.

원고와 큐시트를 받은 소람은 FD에게 고맙다고 인사했다. 웃음은 싱그러운 새벽의 바람 같았다. 새벽같이 출근했지만 숍까지 다녀왔기에 완벽하게 준비를 마친 그녀는 원고를 보았다.

선배는 생방송으로 정보 프로그램 안에서도 뉴스 부분을 진행하고 있었다. 새벽 5시 뉴스를 그대로 답습하는 수준이었지만 그래도 시청률이 꽤 나왔기에 작은 실수도 있어선 안 됐다.

자신이 진행을 하는 프로그램보다 더 긴장이 되었기에 소람은 몇 번이고 원고를 읽고 또 외웠다. 달달 외우는 수준은 아니더라도 프롬프터를 가끔 읽는 정도론 외워야 했기에 그녀는 입술을 오물오물 움직였다.

첫 번째 소식은 대영그룹 김철환 회장이었다.

건강 이상설이야 한두 번이 아니었지만 이번엔 꽤 심각한가 보다.

대영그룹 김 회장이 자택에서 쓰러져 병원으로 옮겨졌다는 소식은 지난해 말, 속보로 전해졌다. 이미 구급차에 실렸을 때 심정지가 왔기에 사람들은 그의 회생을 비관적으로 봤고, 다들 얼마 가지 않아 사망할 거라 생각했다. 그건 그녀 또한 마찬가지였다. 자신의 저주에 생각보다 일찍 죽는 건 아닌가, 답지 않게 착한 마음까지 먹었었다.

아무리 그녀의 성격이 더럽다 하더라도 다 죽어가는 노인네에게 빨리 죽으라고 빌 만큼 개차반은 아니었다. 그가 죽으면 어린 시절 느꼈던 허망함과 상실감이 사라질 줄 알았다. 그런데 이게 웬걸. 돈이 많은 사람이다 보니 최고의 의료진이 붙어 그의 숨을 어떻게든 붙여놓았다. 사망 소식 대신 전해져 온 것은 김태준의 입국 소식이었다. 그의 입국으로 요동치던 주식은 안정세에 들어섰고, 문어발 식으로 늘려가던 사업들도 정리를 하면서 대영은 더욱 단단해졌다.

어린 마음에 그에게 화풀이를 했었다. 그에겐 아무런 죄가 없었음에도 누군가에게 화를 돌리지 않으면 절망감에 그대로 무너질 것 같았다. 만약 성인이 된 후에 겪었다면 그 정도로 좌절하지 않았으리라. 아무것도 하지 못하는 어린아이였기 때문에 마음이 더 쓰렸다.

이젠 성인이 되었는데도 자신은 여전히 김태준에게 화풀이를 하고 있다. 자신의 멍청함에 헛웃음이 터지면서도 모든 걸 그의 탓으로 돌렸다.

어찌 되었든 그는 망할 대영그룹을 유지하고 있었고, 아저씨에게 빼앗은 걸로 호의호식하고 있다.

그렇게 자신의 부당함을 애써 자위할 때다.

불쑥 태준의 얼굴이 떠오르자 소람은 달달 떨리는 손으로 테이크아웃 잔을 들었다. 아침에 출근하기 전 사온 것이었는데 어느새 식어 있었다. 그만큼 시간이 흘렀다는 뜻이다.

"출장 일정은 일주일입니다. 목요일에 돌아옵니다. 제게 또 시간을 내주십시오."

정아에게 전화를 해서 따져야 할 것 같았다. 네가 준 똥 같은 데이터 때문에 오히려 역으로 공격을 당했다고.

"갱년기는 개뿔."

그의 흥분이 아직도 손바닥에 닿을 듯 가까이 느껴졌다. 재미없는 잠자리를 즐기는 사람이라고 하기에 키스는 원숙했고, 몸은 녹을 듯이 뜨거웠다.

커다란 손이 자신의 뺨을 움켜쥐었을 땐 아주 약한 여자가 되어버린 듯한 느낌이었고, 혀가 그의 입속으로 빨려 들어갔을 땐 무기력하게 키스를 받아내기만 했다.

좋아해야 하나. 말아야 하나.

자신에게 선택지는 단 하나뿐이었다. 그가 출장에서 다녀온 후에 자신은 긍정적인 답을 하면 된다. 더 이상 그의 고상한 취미에 맞춰 가랑이가 찢어지지 않아도 되니 더 편해졌다. 요즘 시대엔 남자뿐만 아니라 여자도 한 번 칼을 뽑았으면 무라도 썰어야 했다. 그래, 무라도 썰자.

"윤 아나운서님, 방송 시작 10분 전입니다."

"네, 알겠습니다."

현실로 이끄는 목소리에 소람의 시선이 다시 원고로 향했다. 완벽하게 대타를 뛴 후엔 낮부터 있을 토크쇼 준비를 해야 한다.

유독 긴 하루가 될 것 같은 예감에 소람의 얼굴에 벌써부터 피곤이 내려앉았다.

최근 예능가엔 '솔직이 미덕'이라는 말이 떠돈다. 시청자의 눈높이도 높아졌고, 예전처럼 내숭을 떨며 '난 아무것도 몰라요'라는 표정으로 앉아 있으면 오히려 비호감만 될 뿐이다.

그래서 소람은 함께 출연한 출연자들과 마찬가지로 아무리 민감한 질문이어도 대답을 하려 노력했다. 우스꽝스러운 짓을 시켜도 빼지 않는 척하며 여우처럼 굴었고, 자신에게 쏟아지는 MC들의 질문엔 뺨도 붉혀 가며 답했다.

보도국과는 비교가 되지 않을 만큼 많은 카메라에 조금 기가 죽기도 했고, 예상보다 긴 촬영 시간에 놀라기도 했다. 너무 웃어서 입가가 바들바들 떨렸지만 간간이 물을 마시며 추슬렀다. 이제 대본이 거의 끝을 향해가고 있었다. 작가들이 물어본 것 중에 아직 안 나온 질문이 뭐가 있나, 생각하던 소람은 자신에게 쏠리는 시선을 느꼈다.

"윤소람 아나운서도 연애하죠?"

"에이, 당연히 하겠지. 미혼이잖아, 미혼. 거기에다가 서른두 살이라고. 내일 결혼 기사 실려도 이상하지 않을 나이잖아."

MC 두 명이 대화를 주고받는 걸 들으며 소람은 괜스레 놀란 척 '네?' 하고 되물었다. 인간사 중에서 남의 연애사만큼 궁금하고 재미있는 대화거리도 없었으나 대본엔 없는 이야기였다.

잠시 생각에 잠겨 있던 소람은 좋은 기회라는 사실을 깨닫곤 당혹스러운 표정을 지었다. 그에게 완벽하게 빼앗겨 버린 주도권을 이렇게 하면 되찾아올 수 있을 것 같기도 했다.

"어? 표정 보니까 진짜 있는 모양인데요?"

방송이 언제 방영하더라?

일주일 뒤라는 말을 들었는데 확실하지는 않았다. 그와 다시 만나기 전에 방영되면 좋겠다는 생각과 함께 그녀는 수줍은 미소를 지었다.

"남자친구는 없고…… 좋아하는 사람은 있어요."

"오! 짝사랑이에요?"

윤소람은 겉으로 보기엔 사랑에 빠진 순수한 여자 같았다. MC들은 좋은 건수를 올릴 수도 있다는 생각에 열을 올리며 그녀에게 질문을 던졌고, 함께 출연한 출연자들 역시 그녀를 보았다. 어떤 이는 방송에서 순진하게 개인사를 털어놓는 그녀를 불쌍하게 여기기도 했다. 방송이 나가면 실시간으로 그녀의 짝사랑 소식이 인터넷 뉴스로 전해질 것이다.

"아니에요, 그런 건."

"어떤 사람이에요?"

짝사랑은 아니라는 말에 관심은 어느 순간 그녀의 마음을 사로잡은 대상에게로 향했다. 자연스러운 수순이었다.

실명을 직접 밝힐 수는 없어도 김태준만 알면 된다.

"음…… 아주 다정하고 따뜻한 사람이에요. 저녁을 먹었어도 제가 안 먹었으면 한 번 더 먹어주고."

어느 누군가는 부럽다고 말했고, 어느 누군가는 다정하다고 말했다. 그러면서 남자가 그러기 쉽지 않다며 호들갑을 떨기까지 했다.

"오오, 그럼 남자친구 맞는 거 아니에요?"

"그런가요? 잘 모르겠어요. 이런 적은 처음이어서…… 저랑 연애해 줄까요?"

순진한 눈망울이 불안하게 흔들렸다. 방송용 조명을 받은 소람은 어느 때보다도 예뻤다. 옆에 있는 앨범 홍보차 나온 여가수보다 더 눈길이 갔다.

윤소람은 어떻게 하면 자신이 예뻐 보이는지 알고 있다. 카메라를 힐끗 곁눈질한 그녀가 흥미롭다는 듯 다음 이야길 기다리고 있는 MC를 보며 말을 이었다.

"제가 좋아하는 남자 앞에서는 얼어요. 먼저 다가가질 못해서……."

"오! 지금 그 발언 의미심장한데요?"

MC의 말에 소람이 뒤늦게 그건 아니라는 듯 양손을 저었다.

쏴아아—

차가운 물이 머리 위로 쏟아졌다. 얼굴을 계속 뒤덮는 머리카락을 양손으로 쓸어 올릴 때마다 갈라진 어깨 근육이 꿈틀거렸다.

손으로 굵은 목까지 쓸어 거품이 남아 있나 확인한 그가 샤워기를 끈 후 수건으로 몸을 닦았다. 탄력 있고 탄탄한 몸 곳곳에 맺혀 있던 수분이 깨끗하게 닦였다. 거울을 본 그가 군살 하나 없는 몸을 심드렁한 눈으로 본다. 그의 시선은 자신의 존재를 여과 없이 드러내고 있는 아랫도리로 향해 있었다. 자신의 몸에 붙어 있는 살덩어리였지만 오늘은 낯설게 느껴진다.

욕망은 간혹 이성을 이기곤 한다. 지금이 그랬다. 30분 간격으로 현지 미팅이 이어졌고, 저녁이 되면 한국과 화상통화로 담당자들과 빠르게 상황을 정리했다.

피 말리는 시간이 일주일간 계속 이어졌다. 침대에 누워 있는 시간은 고작 세 시간이었고, 그 외의 시간엔 늘 신경을 곤두세우고 있어야 했다.

한국에 돌아온 지 두 시간. 입국하자마자 병원에 가 상황이 나빠진 아버지의 얼굴을 들여다봤다. 늘 다음을 기약할 수 없는 상황이 이어졌지만 아버지는 늘 그랬던 것처럼 잠들어 계셨다. 몸이 마르고 피부색이 거무튀튀하게 변했지만 살아 있다. 인간의 생명은 너무 쉽게 끊기기도 하지만 간혹 참 강하다는 생각이 든다.

그러니 자신은 분명 피곤했다. 비행기에서도 서류를 살피느라 잠시도 눈을 붙이지 못했다. 계산을 해보면 눈을 뜨고 있은 지 대략 25시간이 흘렀다. 당장 침대에 누우면 까무룩 잠이 들 것 같은데 의지를 배신한 페니스는 고개를 까딱거리며 의견을 피력한다. 제발 자기도 신경 써달라는 것 같았다.

미친놈.

자신의 관할 구역에서 벗어난 것처럼 멋대로 구는 욕구를 한심한 눈으로 보던 그가 몸을 돌렸다. 차가운 물로 열을 식히는 거로도 되지 않으니 시원하게 빼기라도 해야 했으나 윤소람과의 처음을 망상으로 맞이하고 싶진 않다. 기분도 개운할 것 같지 않았다.

걸음을 옮긴 그가 소파에 털썩 앉았다. 그런 후 얌전하게 놓여 있는 휴대전화를 본다. 그럴 거라고 예상은 했지만 지난 일주일 동안 소람에게선 연락이 없었다.

고집이 강하고, 자존감이 높은 여자란 생각은 했다. 하지만 누구의 고집이 더 강한지는 해보지 않으면 모를 일이다. 자신 역시 한 번 결정한 일이라면 쉽게 포기하지 않는다.

매 순간, 시간이 될 때마다 휴대전화를 보았던 그는 자신이 져줘야 하는 순간이란 걸 깨달았다. 여기서 숙이고 들어가지 않으면 그녀는 더욱 턱을 꼿꼿하게 세울 것이다. 자존심을 세우고 싸워봤자 얻는 것이 없을 승리가 될 뿐이다.

이번 출장지는 영국이었다. 없는 시간까지 쪼개서 소람의 선물을 구입하긴 했다. 영국 황실에서 이용한다는 향수라며 함께 참석한 비서가 추천해서 사긴 샀으나 소람이 좋아할진 미지수였다.

향수는 안 뿌리는 것 같았는데.

아직 풀지 않은 캐리어에 있는 선물 상자를 떠올린 그가 미간을 좁혔다. 취향이 아닌 선물은 부담만 된다. 익숙하지 않은 물건을 보며 자신을 떠올리는 건 좋은 방법일지도 몰랐지만 다른 건 없나, 고민하던 그가 테이블 위에 놓여 있는 크리스털 재떨이를 보았다.

담배는 한국에 오고 난 후에 끊었다. 덕분에 한 번도 사용하지 않은 재떨이엔 다소 어울리지 않는 막대 사탕 하나만 덜렁 놓여 있었다.

윤소람이 준 사탕이다.

자신에게 익숙하지 않은 물건.

이 사탕을 볼 때마다 서글프던 여자의 진짜 얼굴이 떠올랐다.

"생일 때면 거기 가서 페인트 사탕을 먹는 게 낙이었는데, 그것마저 없어진 것 같아 슬펐어요."

문득 그녀가 나온 초등학교가 어디인지 궁금했다. 그렇다면 그 문구점도 찾을 수 있을 텐데. 곧 없어지기 전에 함께 가면 좋을 것 같았다. 어쩜 값비싼 물건보다 사탕을 더 좋아할지도 모른다. 그녀는 어딘가 덜 자란 구석이 있었다.

포털 사이트에 '윤소람'이라고 검색을 하는 순간 쫙 뜨는 기사를 보며 눈을 깜빡였다.

―윤소람 아나운서, '연애하고 싶은 사람이 있어요'
―그녀의 곁을 차지한 자상한 남자는 누구?

이게 다 뭔 소린가 싶었다. 기사를 클릭하자 오늘 그녀가 출연한 토크쇼에서 소위 요즘 말로 썸을 타는 남자가 있다고 고백했다는 내용이 실려 있었다. 네티즌들은 그녀가 연애도 하는구나, 하는 반응이었다. 화면에서 그녀는 늘 이성적이고 무표정한 모습이어서 토크쇼에 나온 모습이 신선하다는 의견도 많았다.

그 남자가 자신이라는 것쯤은 쉬이 예상할 수 있었다. 토크쇼에서 그녀가 무슨 말을 한 건가 싶어 그가 다시 보기를 틀었다.

광고가 두 편 나오는 사이 그가 초조하게 브라운관을 보다 말고 부엌으로 향한다. 냉수를 두어 잔 벌컥벌컥 마시고 나니 근황 이야기가 끝나고 본격적인 토크가 시작되었다.

골드미스 특집이라고는 하지만 한 명은 이번에 나온 신곡을 홍보하러 나온 36세 섹시 여가수였고, 올림픽 금메달리스트와 배우도 있었다. 다양한 직군에서 종사하는 여자들이었기에 질문은 다양했고, 대부분 자신이 속한 분야에서 인정을 받는 사람들이라 자부심이 대단했다. 그건 사생활을 이야기할 때도 거침이 없었다.

"당연하죠. 이 나이가 되도록 연애 한번 못해보면 그거 문제 있는 거 아닌가?"

"맞아요, 맞아. 몸도 마음도 적당히 써줘야 녹슬지 않는다고요."

당돌한 말에 당황한 것은 오히려 남자로 구성된 MC들이었다. 여자들 역시 남자와 마찬가지로 욕구라는 걸 가지고 있고, 잘생긴 남자를 보면 몸이 달아오를 때도 있다며 19금 발언을 쏟아낼 땐 안경을 쓴 MC가 말리기까지 했다.

그들이 MC를 놀리기 위해 한 발언이라는 건 쉬이 알 수 있었다. 실질적으로 자신의 경험을 빗대어 이야기하진 않았으니까. 하지만 소람만은 달랐다. 그녀는 일 이야기를 할 때 당당하고 또박또박하게 말했으나 사생활로 넘어가면서 입담과는 거리가 먼 사람처럼 굴었다. 잠자리 이야기가 나왔을 땐 슬쩍 얼굴을 붉히기까지 했다.

저건 윤소람의 진짜 모습이었을까.

턱을 괴며 바라보던 그가 미간을 좁혔다. 붉은 입술이 우물쭈물 말을 내뱉는다.

"제가 좋아하는 남자 앞에서는 얼어요. 먼저 다가가질 못해서……."

저건 거짓이다.

하지만 그는 복숭아 빛깔로 물든 뺨에서 시선을 떼지 못한다.

"계속 보고 싶어요. 생각나고."

툭.

들고 있던 리모컨이 바닥으로 떨어졌다. 그의 눈이 커다랗게 떠졌다.

윤소람은 이런 순간에도 또박또박하고 목소리는 명료해 잘못 들었나, 라는 생각도 하지 못하게 만든다. 그녀의 음성은 마음에 딱딱 꽂힌다. 그것이 노력으로 만들어진 결과였겠지만 헛수고는 아닌 듯 마음에 잔영처럼 남았다.

그녀가 지금 거짓을 말하고 있는 건 안다. 윤소람은 순진한 모습과는 달리 속엔 어둠이 있었다. 그녀의 과거를 대략은 알고 있었다. 직접 이야기해 주기도 했지만 몇 년 전 한 인터뷰에서도 그녀는 자신의 이야기를 아주 담담하게 이야기한 적이 있다.

"가장 힘들었던 때라. 무엇부터 말해야 할지 모를 만큼 아주 많아요. 어릴 때 받은 상처는 오래 남잖아요. 그 기억들이 아직도 가슴에 남아 있어요."

사진에서 그녀는 당당한 성인 여성이었으나 인터뷰 내용들은 그렇지 못했다. 뒤늦게 그녀에게 관심을 가진 후 찾아보았던 것들은 지질한 과거뿐이었다. 그 과거엔 희망도, 미래도 없었다. 온통 어두운 암흑 속에서 소녀는 무엇을 해야 할지 몰랐고, 사회의 쓴맛부터 보았다.

가장 충격이었던 내용이 있다면 생리대가 없어서 신발 깔창을 끼고 다녔다는 부분이었다. 처음엔 휴지로 둘둘 막고 다녔지만 친구들 앞에서 부끄러운 일을 당한 이후론 신발 깔창을 빼 팬티에 끼우고 다녔다고 한다. 대한민국에 아직도 그런 사람들이 있구나, 라는 생각을 했던 것도 잠시. 저소득층 아이들의 생리대를 지원하고 있다는 부분에선 무릎을 치기도 했다.

이 여자의 과거를 자신은 이해하지 못한다. 이해한다는 말을 하면 코웃음을 칠 것이 분명하다. 무엇 하나 부족한 것 없이 살았다. 아니, 남들보다 넘치는 혜택 속에서 살아왔다. 그래서 10페이지에 달하는 그녀의 삶을 읽으면서 흉기로 머리를 두드려 맞았다. 어쩔 땐 날카로운 칼날이 심장을 쑤시는 것 같은 느낌을 받기도 했다. 너무 다른 사람이라는 것을, 이여자와 만남을 이어나가면 지금처럼 이해하지 못하고 서로 맞지 않는 부분이 생길 것이라 다시 한 번 깨달았다.

윤소람은 나의 길이 아니다. 살아온 방식도, 앞으로 살아갈 날들도 너무나 다르다. 어쩜 평생 마주치지 않고 살았어야 할 인연인지도 모른다. 만난 것이 서로에게 '독'이 될지도 모른다.

그 사실을 온몸으로 다시 한 번 느꼈음에도 그는 또다시 그녀의 생각으로 시간을 보내고 있었다.

폭신한 소파에 몸을 묻자 가운 앞섶이 벌어졌다. 벨벳처럼 부드럽지만 탄탄한 가슴이 드러났다.

그는 화면 가득한 소람의 얼굴을 바라보다가 리모컨을 들었다. 정지버튼을 누르자 해사하게 웃는 그녀가 자신을 바라보고 있다.

마음은 그녀에게 가고 있다. 늘 정해진 길만 걸었던 자신에게 유일한 '예외'가 되는 일이다. 스스로 결정을 했고, 그 길을 가보기로 했으니 저렇게 가짜 웃음이 아닌 진짜 웃음이 보고 싶었다.

그녀의 본모습은 무엇일까.

어떻게 해야 윤소람은 날 진심으로 대해줄까.

그가 브라운관을 바라보던 시선을 내려 휴대전화를 보았다. 액정에 소람의 이름이 떠 있었다.

기가 막힌 타이밍에 박수라도 쳐주고 싶을 지경이다. 머릿속이 윤소람으로 가득 차니 정말 그녀에게 연락이 왔다.

[만날래요?]

전화를 받자마자 다짜고짜 본론부터 꺼내는 말에 그가 힐끗 시계를 보았다. 자정이 넘은 야심한 시각이었다. 하지만 그것보다 더 궁금한 게 있었다. 어떻게 자신이 한국에 있는 걸 알았는지다. 원래라면 목요일에 돌아오는 일정이었으나 저녁 비행기를 타고 날아왔던 터라 하루 빨리 도착했다.

"입국한 건 어찌 아셨습니까?"

[8시 뉴스 아나운서 무시하지 말아요. 당신 입국 장변도 국민들에게 전한 사람이에요.]

태준이 '아'라고 짧게 신음을 뱉었다. 최근 대영그룹 소식은 뉴스의 단골 소재였다. 아버지의 건강 문제도 있었지만 유럽 가전제품 시장과 막대한 자금을 투입해 공장을 짓고 있기도 했다.

어쩜 멍청한 질문이었기에 그가 아무 말도 하지 않자 소람은 조금 들뜬 음성으로 물었다.

[방송 봤어요?]

뭔가 자신이 우위에 섰다는 기분에 즐거운 모양이었다. 좀 더 그녀가 마음대로 생각하게 내버려 두고 싶어졌다.

"봤습니다. 대국민 고백에 지금 어떤 반응을 보여야 할지 고민하는 중입니다."

[김태준 씨한테 한 거 아닌데요?]

"그럼 최근에 저 말고 저녁을 두 번 먹어준 남자가 또 있다는 말입니까? 진행자도 말했지만 그거 하기 힘든 일입니다."

뻔뻔한 표정으로 말을 이은 그가 전화 너머에서 들려오는 가벼운 웃음 소리에 입술을 길게 늘어뜨리며 물었다.

"어디십니까?"

보고 싶습니다.

그의 말에 소람은 지금 당신에게 가는 길이라고 말했다. 귀를 쫑긋 세우자 드럼 세탁기 광고가 들렸다. 그녀가 집에 있다는 걸 눈치챈 태준은 자연스레 드레스룸으로 향하며 물었다.

"제가 가도 되겠습니까?"

[……네?]

"밤길 위험하니까."

가벼운 어조에 말문이 막힌 듯 소람은 조금 거칠어진 숨을 뱉었다. 그는 시선을 옮겨 적당한 티셔츠와 바지를 꺼내며 계속 말을 이었다.

"그리고 윤소람 씨가 내려준 커피가 마시고 싶네요."

[싸구려 믹스커피밖에 없어요.]

"저 믹스커피 좋아합니다."

전화 너머 그녀는 잠시 망설였다. 태준을 집 안으로 들여도 될지 고민하는 모양이다. 하지만 곧 집 주소를 찍어주겠다는 말과 함께 전화가 끊긴다.

곧 도착한 문자를 보던 태준이 유쾌한 웃음을 흘리다 말고 표정을 굳혔다.

'싸구려 커피'라고 말했던 그녀의 목소리가 귓가에 맴돌았다. 이런 사소한 말 하나에 의미를 두면 안 되는 걸 알면서도 그녀는 스스로를 싸구려라고 생각하고 있는 건 아닌가, 멍하니 되뇌어본다.

"아, 말렸어. 젠장."

초조한 얼굴로 벽걸이 시계를 보던 소람이 마저 걸음을 옮긴다. 정확한 목적지는 없었으나 초인종이 울릴 때까지 계속 그러고 있을 모양이다.

비 맞은 중처럼 웅얼웅얼 말을 내뱉던 소람은 간혹 현관문을 노려보더니 이내 소파에 털썩 앉는다. 정아를 제외한 다른 사람이 자신의 집에 오는 건 처음이었다. 집은 아주 개인적인 공간이었고, 자신만의 세계라는 생각에 다른 사람의 침입은 되도록 피해왔었다.

혹시 어질러진 곳은 없나 살펴보던 소람이 휴대전화를 쥐었다. 습관적으로 틀었던 음악을 껐다. 무의미하게 틀어놓은 음악은 침묵을 깨어주는 좋은 수단이었고, 이젠 일상과도 같았다. 하지만 긴장을 한 탓일까. 그 음악 소리가 오늘따라 거슬렸다.

음악을 끈 소람은 무의식적으로 거울 앞으로 가 제 모습을 보았다. 이번엔 평범한 티셔츠와 짧은 바지를 입고 있는 모습이 마음에 들지 않았다.

옷을 갈아입는 게 좋겠다.

할 일이 생겨서 다행이라는 듯 소람이 옷 방으로 종종걸음을 쳤다.

발목까지 길게 떨어지는 치마로 갈아입은 소람이 주위를 둘러보았다. 그러다 다 식어버린 커피를 발견하곤 자리에서 일어난다.

이번엔 따뜻한 커피를 내리는 게 좋을 것 같다고 생각하던 그녀가 걸음을 옮기다 말고 미간을 좁힌다.

그런데 집에 들여도 되나?

"안 될 건 또 뭐야."

전과는 상황이 달라지긴 했지만 자신에게 좋은 쪽으로 바뀌었다. 그가 자신의 안에 있는 못된 윤소람을 발견했지만 바뀌는 건 아무것도 없다. 자신은 아직 그가 어떠한 삶을 살고 있는지 두 눈으로 확인하지 못했다.

부산스럽게 움직이던 그녀가 소파에 앉았다. 무슨 연유 때문인지는 모르겠으나 방금 전까지만 해도 복잡한 표정으로 정신 사납게 움직이던 그녀가 차분하게 앉아 인터폰을 보았다. 어느새 인터폰이 울리고 있었다.

로비 문을 열어준 그녀가 손톱을 딱딱 물어뜯었다. 알 수 없는 불안감에 몸까지 떨렸다.

왜 그래, 윤소람.

그녀가 바들바들 떨리는 손가락을 동그랗게 말아 주먹을 쥐었다. 떨림이 전신으로 번져 간다.

두 번째 초인종 소리가 들리자 소람은 직접 문을 열어주었다. 편안한 캐주얼 차림에 깜짝 놀라긴 했지만 짐짓 아무렇지도 않은 척 굴었고, 바람결에 흩날린 머리카락에 아랫배가 간지러웠지만 이 역시 무시해 버렸다.

그에게선 차가운 바람 냄새가 났다. 그게 무척 상쾌하게 느껴져 애써 흐트러지려는 정신을 다잡은 후 해사하게 웃었다.

"안녕하세요, 김태준 씨."

"그 얼굴, 이제 안 통합니다."

"……."

무심한 표정은 학생을 따끔하게 혼내는 선생님 같았다. 그래서 순간 말문이 막혔고, 말간 눈으로 그를 바라보고 있을 수밖에 없었다. 그러자 그는 정말 신기하다는 듯 눈까지 가느다랗게 뜨며 묻는다.

"다른 사람들은 속습니까? 가만히 보면 눈이랑 입이 따로 노는데."

당신도 처음엔 속았잖아!

그렇게 와락 외치고 싶기도 했다. 하지만 그렇게 되면 유치한 말싸움 밖엔 되지 않을 것 같아 그녀는 차분한 표정으로 팔짱을 낀다. 지금은 그와 말다툼을 할 때가 아니었다. 지금은 그와…….

그런데 난 이 남자와 뭐가 하고 싶은 거지? 정말 두 눈으로 이 남자가 어떻게 살고 있는 건지 확인하고 싶은 건가? 그럼, 그냥 물으면 그만이잖아.

난 정말 이 남자와 뭘 하고 싶은 것일까.

무던히 생각하던 그녀는 겉으로는 아무렇지도 않은 척 문틀에 어깨를 기댄다. 그녀는 집 안으로 들어가는 출입구를 막은 후 무심히 물었다.

"성격 나쁘다는 소리 많이 듣죠?"

"윤소람 아나운서보다는 적게 들을 겁니다, 아마도."

"……."

어쩜 한 번을 안 져준다. 지고 말고 할 문제도 아니고, 그에게 그런 바람을 가지는 것도 웃겼지만 소람은 그렇게 생각해 버렸다.

완벽하게 가면을 벗어던진 그녀의 모습에 태준은 그제야 입술을 길게 늘어뜨렸다. 일부러 그러한 것일까. 그가 방금 전과는 달리 유쾌한 웃음을 지었다.

"장난입니다."

속을 다 뒤집어놓더니 이번엔 장난이란다.

어느 장단에 맞춰야 할지 몰라 그녀가 표정을 굳혔지만 곧 이어진 질문에 서둘러 표정을 갈무리한다.

"윤소람 씨 취향은 뭡니까?"

"당신이요."

스스로도 뻔뻔하다는 생각을 했다. 말로는 유혹을 하면서 몸은 뻣뻣하게 굳어 있다.

내가 왜 이러지?

스스로도 이해가 되지 않아 그녀가 콧잔등을 찌푸릴 때였다. 현관문 센서가 툭 하고 꺼지더니 주위에 어둠이 찾아들었다.

어둠 속에서도 검은색에 가까운 눈망울은 거짓말처럼 선연히 잘 보인다. 그 눈빛에 옴짝달싹할 수가 없어 숨소리도 조금 거칠어졌다.

이 떨림은 무엇이란 말인가.

그가 바라보는 것만으로도 자신은 위협을 당한 여자처럼 굴고 있다. 아니, 어쩜 자신의 반응은 너무나 당연한 것일지도 모른다. 그는 아주 컸고, 위협적이었으며, 강했다. 자신이 아무리 독하디독한 인간이라 하더라도 이 남자에겐 무력하게 당하고야 말리라.

괜히 초대했다. 자신의 나약함만 깨달을 만남이었다면 애초에 가지지 않는 게 좋았다.

박혀 있던 발이 자신 쪽으로 다가오자 소람은 저도 모르게 걸음을 뒤로 더듬더듬 물렸다. 태준은 너무나 쉽게 집 안으로 입성했고, 조잘조잘 잘도 떠드는 입을 단번에 틀어막았다.

센서 불이 다시 켜졌다. 하지만 그의 눈동자는 여전히 짙은 어둠을 머금고 있다.

꼴깍.

침을 삼킨 그녀가 겁에 질린 얼굴로 그를 올려다본다.

"……오늘은 참을 겁니다."

나지막한 목소리에 스며들어 있는 짙은 욕망에 소람의 시선이 비스듬히 아래로 향했다. 왜 순간 안도의 한숨을 내뱉었을까. 긴장감에 손까지 저렸다.

떨리는 손을 맞잡은 그녀가 팽팽한 긴장감에 숨만 꼴깍꼴깍 들이마실 때였다. 새하얗게 변한 그녀의 머릿속이 빤히 보인다는 듯 그가 굳어 있던 표정을 보드랍게 만들며 미소 지었다.

"커피 안 주십니까?"

그는 정말 커피를 마시러 왔나 보다.

소파로 안내한 소람이 곧장 부엌으로 향하자 그는 자리에 앉는 대신 거실을 휘둘러보았다. 화려한 벽지와 커다란 벽걸이 텔레비전. 메탈 느낌의 소파와 장식장들은 하나같이 현대적이고 트렌디한 감성의 가구들이었다. 몇 년 전부터 광풍에 가깝게 불어닥친 북유럽풍의 따스한 감성은 이집에서 느낄 수 없었다. 차갑고 심플하며 깨끗했다.

테이블 위에 놓여 있던 자동차 모형을 집어 든 그가 바람 빠지는 웃음 소리를 냈다. 아끼던 녀석이라 오랜만에 보니 반갑다.

자동차 모형에서 시선을 떼지 않은 채 그가 자리에 앉았다. 여기저기 흠집도 없이 헤어졌던 당시 그대로의 모습을 살피던 그는 테이블 한쪽에 놓여 있는 바구니에 지긋한 시선을 두었다. 방금 전까지만 해도 빛이 와르르 쏟아질 것 같았던 눈동자가 매캐한 연기를 머금은 것처럼 뿌옇게 변했다.

달그락. 달그락.

안에서 알약이 굴러가는 소릴 듣던 그가 인상을 썼다.

어떤 정신 나간 의사가 한꺼번에 이렇게 많은 수면제를 처방한단 말인가.

얼굴이 알려진 아나운서이니 직접 발품을 팔아가며 약을 긁어모았을 것 같진 않다. 어쩜 주위에 그녀에게 원한을 가진 의사가 있을지도 모르겠다고 생각하던 그가 고개를 들었다. 양손에 지나치게 큰 머그컵을 든 소람이 그를 무심한 시선으로 바라보고 있었다.

"몸에 안 좋습니다."

"……잠이 안 와요. 그래서 그래요."

약통을 미처 치우지 못한 자신을 속으로 욕하고 있는 것인지 가지런한 눈썹이 모여들었다. 예쁜 얼굴에 진 주름에도 그는 말을 멈추지 않았다.

"졸피뎀 부작용이 뭔지 아십니까?"

"……"

침묵은 더 이상 다가오지 말라는 경고였다. 자신의 인생에 깊은 개입은 하지 말라며.

하지만 김태준은 한 번 결정한 일엔 물러섬이 없는 남자다. 그녀의 겁먹은 얼굴과 떨리는 입술에 그만 몰아붙여야 할 타이밍이라는 걸 알면서도 이 여자의 단단한 껍질을 깨부수고 안으로 들어가고 싶다. 그리고, 여린 그 속살을 어루만지고 싶다.

"알면 그만 드세요."

단호한 어조에 소람은 답을 하는 대신 머그컵을 그의 앞에 내려놓았다. 집에 원두가 있었지만 말했던 대로 걸쭉하고 달달한 믹스커피였다.

하지만 그는 머그컵에 시선도 주지 않은 채 소람을 바라보았다. 답을 듣기 전까진 시선을 거두지 않을 모양이었다.

"당신이 무슨 상관인데요?"

숨을 크게 들이마신 그녀가 다소 고집스럽게 말했다. 자신이 생각해도 궤변이란 자각은 있었다. 간혹 껍질 안의 진위를 봐주지 않아 화가 났던 적이 있었다. 하지만 김태준이 자신의 진짜 모습을 봐주길 원한 적은 없었다. 이 남자만은 그래선 안 됐다.

"벌써 잊으신 겁니까?"

딱 달라붙어 있는 입술에 시선을 둔 그가 느릿하게 말을 이었다.

"마음이 있다고 했습니다. 만나보고 싶다고. 연애하고 싶다고 분명 윤소람 씨에게 말했습니다."

움찔.

그녀의 떨림이 눈에 보일 정도다. 윤소람은 긴장했다. 남자의 올곧은 시선에, 마음에.

"소꿉장난하자는 거 아닙니다."

그의 목소리가 내 몸을 적신다.

그 순간 여기서 그만해야 한다는 걸 깨달았다.

더 이상 김태준에게 가까이 다가가선 안 된다는 걸.

그를 가만히 바라보던 소람이 그의 앞에 놓인 머그잔을 뚫어지듯 바라보며 말했다.

"나도 알아요."

지금 할 수 있는 말은 그것뿐이었다.

그 말에 태준이 그제야 한 발자국 뒤로 물러서듯 고개를 끄덕였다. 그리고 뜨거운 커피를 말없이 마신다.

두 사람은 좀 더 많은 이야기를 나누어야 했다. 이제 시작을 하려는 태준의 입장에서도 그랬고, 그의 틈을 파고들어야 하는 소람 또한 마찬가지였다.

하지만 각자의 생각에 빠져 두 사람은 커피만 마셨고, 태준은 곧 볼일이 끝났다는 듯 자리에서 일어났다.

"이만 가보겠습니다."

마지막 인사는 그것이었다. 끝까지 그녀를 한입에 집어삼킬 것처럼 바라보았지만 그는 순순히 물러났고, 집엔 소람 홀로 남았다.

"나 뭐 하는 거야, 도대체."

스스로도 알 수 없는 마음에 소람은 테이블 위에 놓여 있는 빈 잔을 보았다. 그것이 마치 김태준이라도 되는 것마냥 노려보던 그녀가 눈을 감는다. 삐뽀삐뽀, 머릿속에선 아직도 위험 경보가 울리고 있었다.

"……뭐 하는 거야, 윤소람."

열다섯.

처음으로 품었던 희망이 산산이 부서졌던 그날.

차갑고 시린 눈이 내렸던 그날.

난 괜히 그 자리에 있던 소년에게 복수를 하겠다고 큰소리쳤었다. 그렇게 하지 않으면 당장이라도 별 볼일 없는 인생을 정리해 버릴 것만 같아 악을 썼다.

서른둘.

성공한 인생을 살아가고 있는 내 앞에 나타난 남자에게 난 또다시 악을 쓰고 있다. 당신이 불행했으면 좋겠다고. 당신이 대영의 주인인 이상, 불행해져야 한다고. 그래야 나의 가족이 될 뻔했던 그 사람이 조금은 두 눈을 편히 감을 수 있을 거라고. 불행하고 힘겨웠던 나의 인생이 그래야 위로를 받을 수 있다고.

진심이 된 남자에게 난 여전히 악을 쓰고 있다.

나는 뭘 하고 싶은 걸까.

김태준, 그 남자를 붙잡고.

아직은 알고 싶지 않았다. 두려웠다. 감정의 진위를 알아버리는 순간, 인생을 지탱하고 있던 두껍고 튼튼한 기둥이 무너질 것 같다. 아니, 어쩌면 벌써 금이 가고 있는 것인지도 모른다.

인간은 쉬이 포기하지 않는다. 좌절도 않는다. 앞으로 쉼 없이 나아가야 하는 인간들은 특히나 그러하다. 지치고 넘어졌다면 자신은 여기에 없었을 터다.

그러니 이깟 자전거 따위……!

"악!"

비명을 내지른 소람이 결국 자전거 손잡이를 놓치더니 옆으로 벌러덩 넘어졌다. 무릎 보호대와 팔목 보호대는 했지만 자전거에 짓눌린 허벅지가 아파 눈가에 눈물이 찔끔 고였다. 다 늙어서 이게 무슨 개고생인가 싶었다.

비틀거리며 바닥을 손바닥으로 짚은 그녀는 어느 순간 다가온 태준을 원망스러운 눈으로 보았다. 이게 다 이 남자 때문이었다. 원망은 고스란히 그에게로 향했다.

"안 넘어지게 잡아준다면서요!"

"운동 신경이 그 정도로 최악일 줄은 몰랐습니다."

심드렁한 남자의 말에 소람이 울상을 지었다. 그의 말엔 하등 틀린 게 없었다. 뭐라고 토를 달고 싶어도 입이 하나라 거짓을 말할 수도 없다.

화창하게 날씨가 좋은 날. 이젠 코끝에 스치는 바람이 제법 시리게 느껴졌지만 태준과 소람은 한강 공원에 나와 있었다. 두 사람의 만남은 음습하고 은밀한 클럽 A에서 사방이 탁 트인 야외로 옮겨졌다.

"이젠 밝은 곳에서 좀 봅시다."

그의 한마디 때문이었다.

더 이상 취향에 맞지도 않는 칵테일을 홀짝일 필요는 없었지만 팔자에도 없는 자전거를 타게 되었다. 자전거는 그녀에겐 이동 수단보단 흉기가 되었다.

그녀는 무거운 자전거를 단숨에 일으켜 세우는 태준을 보았다. 늘 자로 잰 듯 날카로운 인상의 남자였다. 범접하기 힘든 분위기와 흐트러짐 없는 슈트 차림에 많은 것을 숨기던 그가 오늘은 편안한 캐주얼 차림이었다. 신고 있는 신발 또한 깨끗하게 잘 닦인 구두가 아닌 운동화였다.

그래서였을까.

그녀 역시 편안해진 기분에 감추는 것 없이 솔직히 제 기분을 표현했다.

"나라고 뭐든 다 잘할 순 없잖아요."

"못한다고 말한 적 없습니다."

"……표정이 그렇다고요, 지금."

입술을 삐죽 내민 소람은 자신의 앞에 내밀어진 커다란 손을 보았다. 잡고 일어나라는 뜻이란 건 알았지만, 소람은 말없이 이를 바라보기만 했다.

잡을까. 말까.

고민하던 그녀가 손을 붙잡는 순간 몸이 위로 붕 날아올랐다. 손쉽게 자신을 들어 올린 남자를 소람은 조금 놀란 눈으로 바라보았다. 그러자 그는 어깨를 으쓱이며 자전거 손잡이를 그녀 쪽으로 들이밀었다.

"계속 타야 해요?"

더 이상 바퀴 두 개만 달린 불안정한 물건에 몸을 의지하긴 싫었다. 동그란 바퀴는 자신의 마음과는 달리 계속 다른 곳으로 향했고, 이러다간 크게 다칠 것 같았다. 아픈 건 익숙해지지 않는다. 넘어지기 전의 두근거림에 심장이 아직도 뻐근하게 아팠다.

"몸을 계속 움직이면 밤에 잠이 안 오려야 안 올 수 없습니다."

약에 의존하는 대신 몸을 움직이라는 뜻이었다. 의외의 답에 소람이 무슨 말을 해야 할지 몰라 그의 얼굴을 빤히 보았다. 그래선 안 되는데, 계속 마음 한편에서 보글보글 무언가가 올라오는 것만 같았다.

홧홧한 열기를 느낀 소람이 고개를 옆으로 휙 돌렸다. 하지만 끈질긴 시선은 그녀의 눈동자를 좇고, 걸음은 자연스럽게 그녀의 앞을 막는다. 허리를 숙여 그녀와 눈을 맞춘 그가 검은 눈동자를 반짝였다.

"왜요. 다른 방법으로 도와드릴까요?"

장난을 가장하여 물었지만 눈동자에 머문 감정은 성인의 것이었다.

그가 말하는 다른 방법이 무엇인지 머리보다 몸이 먼저 알아들었다. 다리에 힘을 주지 않았다면 보호대를 찬 무릎이 꺾일 뻔했다.

허리를 감싸는 손길이 뜨겁다. 꽤 두꺼운 옷을 입고 있는데도 그의 체온이 고스란히 느껴졌고, 가까워진 호흡이 조금 거칠어졌다는 것도 느낄 수 있었다. 지금 이대로 시선을 들면 뜨거운 입술이 자신에게 닿을 것이다. 자신을 노곤하게 만들던 입술이 떠올라 아랫배가 저릿하게 아팠다.

끓어 넘칠 듯한 눈동자가 정수리에 내리꽂히는 게 느껴진다. 자신은 참을 수 없을 것만 같아 시선을 피하는 것이 고작인데, 이 남자의 인내심은 얼마나 큰지 자신을 한입에 집어삼킬 것 같은 욕망까지도 억누르고 있다. 새삼 이 남자가 무서워졌다.

"괜찮으십니까?"

고저 없는 음성에 소람의 고개가 퍼뜩 들렸다. 태준은 어느새 감정을 갈무리하고 이성적인 표정으로 그녀를 내려다보고 있었다.

그는 다가올 듯 다가오지 않았다. 적당한 밀착과 거리감을 알고 있는 남자는 데이터가 모두 틀렸다는 걸 알려주고 있다.

괜스레 손에 흙이 묻었다는 듯 탈탈 턴 그녀가 한 걸음 뒤로 물러섰다. 고개를 숙이고 있어 그는 보지 못했겠지만 눈알을 요리조리 굴리고 있었다. 표정만 봐선 무슨 꿍꿍이수작인지 모르겠으나, 그에게 계속 지고만 있을 수는 없어 바쁘게 머리를 굴리고 있는 모양이었다.

생각을 끝낸 그녀가 고개를 퍼뜩 들며 말했다.

"맥주 마실래요? 제가 살게요. 표정이 왜 그래요? 내가 산다니까?"

그의 표정이 시시각각 변하자 소람은 더욱 호들갑을 떨며 말했다.

"왜요. 저랑 마시기 싫어요? 전에 그 일은 사고였어요. 김태준 씨랑 마신 것도……."

"좋습니다."

짧은 답에 괜스레 민망해졌다. 귀부터 시작된 열기는 뺨과 목까지 번졌다. 걷잡을 수 없는 감정에 그녀가 괜히 매점이 있는 방향을 손가락질하며 '자, 가죠!' 라고 외쳤다. 호기로운 외침이었다.

하지만 단호한 그의 말에 발걸음은 한 발자국도 앞으로 내딛지 못하고 멈췄다.

"뭐 하십니까? 안 타고."

"……."

이걸 또 타?

울상을 지은 그녀가 자전거를 힘껏 노려보았다.

망할.

욕이 목 끝까지 차올랐다.

소람은 더 이상 자신의 앞에서 이미지 관리를 할 필요성을 느끼지 못하는 모양이다. 어마어마한 캔 숫자에 그는 잠시 질린 표정을 지었다.

푸스슥, 치익!

흔들린 캔이 탄산을 거칠게 토해내더니 게거품을 문다. 혹 술이 흐를세라 입술부터 들이대는 소람을 보던 그가 시선을 내려 제 것을 보았다. 국산 맥주는 맛이 없어서 평소엔 입도 대지 않았다. 더욱 500㎖ 맥주 캔을 구입해 본 것도 처음이다.

한쪽에 세워둔 자전거를 노려보던 소람이 시원하게 맥주를 들이켰다. 목울대가 크게 움직였다. 참 맛나게 마셔서 입안에 군침이 고였다. 그래서 마실 생각이 없었던 맥주를 땄고 잠시의 망설임 후 들이켰다. 차가운 맥주에 흘렸던 땀이 시원하게 식었다.

길거리에서 술을 마셔본 것도, 싸구려 술이 달다고 느낀 적도 처음이었다. 평소에 괴로움과 고민을 잊기 위해 술을 마신 적은 있어도 만남이 즐거워 가볍게 맥주를 마셔본 적도 처음이었다. 한강에서 술을 마신 것도 처음이었고, 전자레인지에 돌려먹는 오징어를 먹어본 것도 난생처음이었다.

뭐든 처음이다. 윤소람과 함께하는 일들은 이렇게 생소하고 신기하다. 자의가 배제된 처음은 낯설고 불편한 것이었다. 하지만 그녀와 관련된 것만은 다르다. 그 처음이 신기하고, 재미있고, 가끔 불편하긴 하지만 그조차 웃음이 나왔다.

그로 인해 태준은 자신 역시 조금씩 변화해 나가는 것을 느꼈다. 간혹 충동적인 사람이 되기도 했고, 얼이 빠진 사람이 되기도 했다.

지금도 그렇지 않은가.

그가 들고 있던 맥주 캔을 유쾌한 얼굴로 내려다보았다. 마치 나쁜 짓을 하는 어린아이 같은 기분이다. 예를 들어 동생들과 함께 처음 오락실을 갔던 때처럼 말이다. 들어가기 전까지 수없이 망설였었다. 하지만 자유분방한 둘째 동생 현수는 거침없이 안으로 들어갔고 오락을 즐겼다. 하지만 자신은 오락실 안으로 한 발자국도 들어가지 못했다. 게임을 안 했는데도 한동안은 조마조마한 마음으로 살았었다. 혹 부모님께 들킬까 싶어.

그런데 지금은 그렇지 않았다. 대한민국 국민 중 대부분의 사람들은 자신의 얼굴을 알고 있고, 옆에 있는 여자의 얼굴을 알고 있었다. 그런데도 이 시간이 조금은 더 지속되었으면 하고 바랐다. 사람들이 얼굴을 알아보고 속닥거리는 것이 보이자 오히려 엉덩이를 조금 더 움직여 소람에게 다가가기까지 했다. 이 여잔 내 것이다. 그가 은연중에 그렇게 독점욕을 표했다.

"에이, 아니야."

태준의 눈빛에 사람들은 두 사람이 자신들이 알고 있는 그 인물들이 아니라고 판단한 모양이다. 설마 '대영그룹' 본부장이 한강에서 자전거를 타고, 맥주를 마시고 있으리라고는 생각하지 못하는 모양이다. 빠르게 흩어지는 사람들을 보며 태준의 표정이 느슨하게 변했다.

"안 바쁘세요?"

가벼운 어조로 묻는 말엔 웃음이 조금 섞여 있었다. 고개를 돌려 가로등 불빛이 내려앉은 얼굴을 보자 가슴이 떨린다. 이런 감정을 무어라 설명할 수 있을까. 호기심은 관심으로 이어졌고, 어느 순간 이런 상태가 되어버렸다.

바보처럼 이 나이가 되어서야 겨우 처음 느껴보는 감정이 설레 어찌할 바를 몰랐다. 하지만 적어도 겉으론 아무렇지도 않은 척 무심한 표정을 지었다. 직감적으로 이 여자에게 자신의 감정을 모두 토로하면 도망치리라는 것을 눈치챘기 때문이다.

"바쁩니다."

"뭐야, 답이 너무……."

냉정한 거 아니에요?

소람은 미처 끝까지 말을 내뱉지 않았으나 태준은 뒷말까지 모두 들은 기분에 가볍게 웃음을 내뱉어 버렸다. 감정을 재채기처럼 참을 수가 없었다.

"아주 바쁩니다. 하지만 윤소람 씨 만날 시간은 있습니다."

"……."

또다. 또 그 표정이다.

입술을 꼬옥 깨물며 하고 싶은 말을 애써 억누르는 표정.

지그시 깨물린 입술을 자신도 모르게 멍하니 바라보던 태준이 서둘러 고개를 돌렸다. 하마터면 입을 맞출 뻔했다. 이제껏 꾹 억눌러 왔던 자제력이 한순간에 무너져 내릴 수 있다는 것을 이젠 알고 있었기에 그는 빠르게 흩어지려는 이성을 붙잡았고 곧 아무렇지도 않은 척 굴었다. 하지만 꼴깍 침이 넘어가는 것까진 막지 못해 당황해 버렸다.

손을 들이 표정을 가리기 위해 부러 얼굴을 쓰다듬던 그가 고개를 힐 끗 돌려 소람을 본다. 다행인지 불행인지 그녀는 잔잔하게 흐르는 한강 물을 바라보고 있었다. 부드럽게 흰 입술을 바라보는 것만으로도 입가에 미소가 맺혔다. 이 시간이 순간 소중하게 느껴졌다. 형체가 없는 무언가가 다정하게 마음을 쓰다듬는 기분이 들었다.

"취미가 뭡니까?"

"갑자기 그건 왜요?"

그녀가 가벼운 어조로 물었다. 입가엔 잔잔한 웃음까지 띠고 있어 가슴이 가볍게 된다. 감정을 붙잡아야 했음에도 그렇게 할 수가 없었다. 참, 이상한 일이다.

"윤소람 씬 저에 대해 잘 알고 있는 것 같은데 전 아는 게 아무것도 없어서요. 인터뷰한 것들 읽어봤는데, 거기에 적힌 것들은 진실이 아닌 것 같아서 여쭤보는 겁니다."

"왜 진실이 아니라고 생각하시는데요?"

순간 일그러지는 얼굴에 그가 손을 들어 입을 틀어막았다. 하지만 큭, 하고 새어나가는 웃음은 본 것인지 소람이 얼굴을 일그러뜨린다.

이 여자의 감정이 자신으로 인해 변화하는 것이 즐겁다. 하지만 안 좋은 쪽으로 변한 거라 이젠 웃게 해주고 싶어졌다.

"설마, 정말 향초를 만들고 꽃다발을 만드는 게 취미가 맞단 말입니까?"

"……"

다시 한 번 입술을 꾸욱 다무는 소람을 보며 그가 시선을 돌려 한강을 보았다. 어느 순간 세상이 어두워졌다. 한강의 물빛 위에 내려앉은 가로등 불빛이 그의 마음처럼 일렁이고 있었다.

예쁘다.

은은하게 스며든 빛을 보던 그는 옆에서 들려오는 심통 맞은 목소리에 고개를 돌린다.

"취미 없어요."

"그럼 일을 안 할 땐 뭘 하십니까?"

"······아무것도 안 해요."

"친구를 만나거나······."

"만날 사람 없어요. 다들 바쁘거든요. 육아 때문에 다들 연락하기도 힘들어요. 미혼인 친구는 매일 지방 출장이다 뭐다 해서 얼굴 보기도 힘들고."

이야기를 할수록 소람의 표정이 무감해진다. 그래서 그의 얼굴에 머물러 있던 유쾌한 감정도 거짓말처럼 한순간에 사라져 버렸다.

그의 눈망울에 맺힌 당혹스러운 감정에 소람이 헛숨을 뱉었다.

"정말 그런 게 궁금하신 거예요?"

"윤소람 씨에 대해 알고 싶습니다. 다른 사람들이 모르는 윤소람 씨요."

네, 라는 지나치게 짧은 답과 연이어진 말에 소람이 읊조리듯 말했다.

"나, 별로 재미없는 사람인데."

그녀의 몸에 가득 차 있던 독기가 푸스스 빠져나간 모습이다. 힘없이 웃는 모습은 그녀의 '진실'에 가까운 모습일 터인데, 짜릿한 쾌감보단 가슴이 시렸다.

그녀가 사람과의 사이에 두꺼운 벽을 쌓고, 자신을 화려하게 치장하는 건 내면의 알갱이가 자신이 없어서일 거다. 정말 아무것도 없어서, 많은 것을 가진 척 거짓말로 치장한 채 자신의 앞에 나타난 것일지도 모른다.

그래서 이 여자가 가여웠다. 자신을 초라한 사람이라고 생각하고, 자신이 재미없다 잘라 말하는 그녀가. 안쓰럽고 또 안쓰러웠다.

"윤소람 씨, 다음엔 그 문구점 갑시다."

맥주를 마시던 소람이 '왜요?' 라고 물었다. 동그랗게 뜬 눈이 예쁘다. 그 위에 가볍게 입을 맞추고 끓어 넘칠 것 같은 이 마음을 모두 말하고 싶다.

도망가지 마라. 도망가지 마라.

그가 주문을 외듯 속으로 읊조리며 소람과 시선을 마주했다.

"사탕 사주려고요."

아무 말 없이 빤히 바라보는 시선에 그가 들고 있던 캔을 찌그러뜨렸다. 도망가지 말라 읊조리던 마음은 어느 순간 '도망갈 테면 가보라지'로 바뀌었다.

"싫으면 때리세요."

"네?"

팔목을 움켜쥔 그가 소람의 몸을 자신의 쪽으로 힘껏 잡아당겼다. 깜짝 놀란 그녀가 손을 뻗어 넓은 가슴을 밀어냈다. 하지만 등을 지그시 누르는 손길 때문에 거리는 멀어지지 않고 오히려 가까워졌다.

숨결이 닿을 만큼 가까운 거리에 멈춰 선 그가 시선만 내려 떨리는 속눈썹을 보았다. 그녀는 눈을 감지 않았다. 그저 갑자기 다가온 입술에 어찌할 바를 몰라 당황하고 굳어버렸다.

차라리 좀 더 영악한 여자였으면. 그렇게 나타났으면 이 여자가 이토록 안타깝게 느껴지지 않았을 것이다.

시선을 아래로 내려깐 그가 그대로 입을 맞췄다. 포개지듯 가볍게 맞춰진 입술이 어느 순간 농밀해졌다. 입술로 굳어 있는 입술을 쓰다듬듯 더듬고 핥았다. 얼어 있는 숨결을 녹였고, 다정하게 속삭였다.

커다란 손으로 뺨을 감싸고 엄지손가락으로 더듬었다. 손바닥 밑에 말랑한 촉감과 함께 떨림이 느껴졌다.

어쩌나.

좀 더 깊게 들어가고 싶어졌다. 좀 더 이 여자의 깊숙한 내면으로 들어가 휘젓고 싶다. 뺨을 감싼 손에 힘이 들어갔다. 붙잡고 있던 생각은 자연스레 아득해졌다.

치아가 부딪혔다. 말캉한 혀가 작은 입속을 휘저었고 흘러들어 온 타액을 빨아들였다. 달큰하다. 더 욕심을 내면 취해 버릴 것 같아 아쉽지만 여기서 멈췄다.

시선을 아래로 내린 태준이 소람의 얼굴을 시선으로 쓰다듬었다. 혀가 뽑힐 정도로 얼얼한 키스에 눈가에 눈물이 찔끔 맺혀 있었다. 너무 깊은 키스에 혼까지 쏙 빠져 버렸는지도 모른다. 그래서 그녀는 지금 아무런 행동도 취하지 못한 채 거칠게 숨만 내뱉고 있는 것이리라.

그가 입술을 길게 늘어뜨리며 웃었다. 그제야 퍼뜩 정신을 차린 소람이 손을 들어 올렸다. 싫으면 때리라던 말이 떠오르자 정말 한 대 치고 싶어진 모양이다.

하지만 이번엔 그의 마음이 바뀌었다. 가느다란 손목을 붙잡은 그는 분하다는 듯 눈을 날카롭게 뜨는 것을 보며 웃었다.

"아플 것 같아서 마음이 바뀌었습니다."

손목을 비틀어 빼낸 소람은 화를 이기지 못해 발을 동동 굴렀다. 그 모습이 제 뜻대로 되지 않아 뿔이 난 아이처럼 보여 웃음이 나왔다.

팔을 잡아당긴 그는 제 몸 위로 쏟아지는 작은 여체를 가볍게 안아 든 후 엄지손가락으로 보드라운 뺨을 쓰다듬었다. 손가락 끝에서 짜릿하게 번지는 쾌감이 낯설다.

작은 터치만으로도 몸이 저릿저릿거리는데 좀 더 농밀하고 깊은 관계를 가지면 어떠할까, 상상도 되지 않아 미지의 세계처럼 느껴졌다.

궁금해졌다. 당장 뽀얀 살결을 맛보고 싶어졌다.

"윤소람 씨."

그의 부름에도 소람은 고집스럽게 입을 꾹 다물었다. 절대 입을 열지 않겠다는 오기가 보여 더욱 웃음이 나왔다. 귀엽다. 이 여잔 이것으로 최대한 항의를 하고 있다고 생각하겠지. 이런 자신의 생각을 알게 된다면 분명 더 화를 낼 것이다.

그래도 참을 수가 없다. 이 여자의 앞에서 자신의 자제력은 먼지보다 작았다.

"앞으론 더 매너 없는 남자가 될 것 같습니다."

"선전포고라도 하시는 건가요?"

피하려 하는 소람의 허리를 끌어안은 그가 흔들림 없는 시선을 바라보았다. 선전포고라고 말할 수도 있었다. 어찌 보면 그러하기도 했으니까. 하지만 그는 그렇게 말하는 대신 어설픈 웃음을 짓는다.

"아니요. 미리 사과하는 겁니다."

앞으로 자신이 어떠한 행동을 할지 스스로도 감을 잡을 수가 없었다. 그래서 미리 말했다.

"미안합니다, 윤소람 씨."

무엇을 향한 것인지 모를 사과를.

가연의 눈망울이 흔들렸다. 속절없이 무너지는 마음을 어떻게 해야 다잡을 수 있는지 알 수 없어 눈물부터 쏟았다.

그녀의 반응을 이미 예상하고 있었던 것일까. 오랫동안 그녀의 가족 건강을 책임져 왔던 주치의는 한숨을 푹 내뱉은 후 입을 꾹 다물었다. 위로를 해줄 수 있는 문제가 아니었다. 핏줄이라고는 조 회장과 가연 딱 두 명이었다. 그러니 그녀가 실컷 설명을 듣고서도 '네?' 라고 멍하니 되묻는다 하더라도 이해를 해야 한다. 세상에, 혈혈단신 홀로 남는다는 이야길 방금 들었으니까.

"이미 올초부터 한계셨습니다. 회장님께선 아가씨에게 알리지 말라고 하셨지만 그래도 아셔야 할 것 같아 말씀드리는 겁니다."

이미 한 번 했던 이야길 다시 한 번 말하는 것이었는데도 목소리가 떨렸다. 일그러진 작은 얼굴에 마음이 아팠다.

"머지않으셨습니다."

결국 마지막 말은 한숨처럼 내뱉은 그가 고개를 숙이자 가연은 불안한 시선을 허공에 두더니 이내 눈을 질끈 감았다. 현실이 지독할 만큼 명확히 인식이 되었다.

시간이 얼마 없다.

자신이 울고 있는 이 사이에도 아버지의 몸은 끝없이 약해지고 볼품없이 말라가고 있었다.

연이어 눈을 깜빡이며 눈물을 털어낸 그녀는 그거로도 모자랐던 것인지 손을 들어 거칠게 얼굴을 닦아내기까지 했다. 뽀얀 피부가 붉게 변했지만 그녀는 개의치 않은 채 입가 가득 미소를 지었다.

똑똑.

노크를 한 가연은 안에서 아무런 기척이 들려오지 않았음에도 문을 열었다. 커다란 침대에 누워 있는 비썩 마른 조 회장의 모습에 애써 짓고 있던 웃음이 소리 소문 없이 사라졌다.

최근 들어, 아버지의 몸이 좋지 않다는 건 알고 있었다. 침대에 있는 시간도 길었고, 부쩍 자신을 찾는 일도 많았다.

그럼에도 신경 쓰지 못했다. 그저 이제껏 그래 왔던 것처럼 사업 때문에 그런 줄 알았다. 결혼 이야기가 나오면서 막대한 자금이 대영그룹으로 흘러갔다는 걸 그녀 또한 알고 있었고, 중국에 건설되는 공장 때문에 신경을 부쩍 쓰셔서 피로해하시는 건 줄 알았다.

조 회장의 모습을 가만히 바라보던 가연이 조심스럽게 이불을 들친 후

뼈가 만져지는 품으로 파고들었다.

조 회장에게서는 예전처럼 향기로운 냄새가 나지 않았다. 죽음의 향기가 물씬 난다.

이제껏 왜 몰랐을까.

아니, 어쩜 알았어도 모르는 척하고 있었는지도 모른다.

"……아버지."

나지막하게 말한 가연이 입을 굳게 다물었다. 여기서 더 말을 했다간 눈물이 쏟아질 것 같았다. 하지만 힘을 내어본다.

"조금만 더 옆에 있어주세요."

당연하게도 답은 들려오지 않았다. 그래서 가연은 어조를 높였고, 더욱 아비의 품을 찾았다.

"내가 마음의 준비를 할 때까지, 조금만 더 곁에 있어주세요."

"……."

"제발요."

제발. 제발. 조금만요.

빠르게 변하는 세상 밖을 멍하니 바라보던 가연이 입술을 꾹 깨물었다. 오랜만의 외출이었다. 최근엔 화구를 살 때만 가끔 나왔다. 조 회장의 건강이 맑음과 흐림을 반복하고 있어 잠시 나오는 것도 부담스러웠다.

하지만 밖으로 나왔는데도 어쩐지 외출한 느낌이 들지 않았다. 운전면허도 없었기에 기사가 늘 따라붙었고, 목적지 바로 앞까지 차가 데려다주었다. 살 물건만 간단하게 사고 집으로 돌아가는 일상은 예전이나 지금이나 똑같았으나 어쩐지 더 답답하게 느껴졌다.

호기심 어린 눈으로 창밖을 바라보던 가연이 신호를 받고 차가 멈춰 서자 손잡이를 보았다.

이 문을 열면 가볍게 밖으로 나갈 수 있었다. 하지만 문을 열 용기가 자신에게 없었다. 언젠가 이 문을 열고 밖으로 나가야 한다는 생각도 예전엔 하지 못했다.

하지만 자신의 든든한 울타리가 되어주던 사람이 갑자기 사라질지도 모른다고 생각이 들자 모든 것들이 불안해졌다.

아버지가 사라지면 난 바보 팔푼이가 될 텐데.

집 밖에 혼자 나가면 아무것도 할 수가 없다. 대중교통을 혼자 이용해본 적도 없고, 하다못해 택시도 그랬다. 간단한 은행 업무도 해본 적이 없었고, 레스토랑 예약 같은 일도 해본 적이 없다.

삶의 기본이 되는 의식주는 모두 아버지가 해결을 해주셨다. 그리고 자신도 그걸 당연하게 여기며 살아왔다.

그런데 혼자 남을 수도 있다니. 아니, 이제 곧 혼자 남게 되다니.

다시 출발하는 차를 느끼며 그녀가 시선을 돌렸다. 이번에 눈길이 닿은 곳은 휴대전화였다. 대인 관계가 습자지보다 얇았으니 평소에 이 전화가 울릴 일은 없었다. 아니, 원래라면 없었지만 최근엔 생겼다.

"그럼 앞으로 세 번의 만남을 청해도 되겠습니까? 결정은 그 후에 하셔도 됩니다."

지금은 적어도 세 번은 연락해야 하는 남자가 있다.

김태준.

남자의 얼굴을 떠올리던 가연은 잠잠한 휴대전화를 보며 인상을 구겼다.

결혼하자고 한 건 그 사람인데, 어떻게 된 게 자신이 연락을 기다리게 되어버렸다.

"······마음에 안 들어."

전화를 하지 않는 그가 마음에 들지 않는 것인지, 아니면 전화를 넣 놓고 기다리는 자신이 마음에 들지 않는 것인지 명확하지는 않다. 하지만 가연은 짜증을 냈다.

애써 신경을 꺼보려고 했지만 지금 이 시점에서 자신을 도와줄 수 있는 유일한 사람이 그라는 걸 안다. 아버지 주위에 있는 사람들 중 적이 누구고 자신의 편이 되어줄 수 있는 사람이 누구인지도 가늠이 되지 않았다. 적어도, 거기까지 알 정도의 시간은 벌어야 했기에 그의 번호를 찾아 통화 버튼을 눌렀다.

뚜르르, 뚜르르.

재미없는 통화음이 몇 번 흘렀고, 곧 정중함이 흐르는 목소리가 들려오자 침을 꼴깍 삼켰다.

"연락이 없으셔서 제가 먼저 했어요."

첫 번째 만남은 예술의 전당 콘서트홀이었다.

한국에서 가장 인기가 많다는 차이코프스키 공연은 생각보다 지루했다. 음악은 감미롭고 아름다웠으나 클래식은 듣는 당시의 기분에 따라 느낌이 많이 달랐기에 그의 기분처럼 바이올린 선율은 늘어지게 들렸고, 관악기는 간혹 시끄러운 소음처럼 느껴졌다.

지루한 표정으로 공연을 보던 태준은 중간에 쉬는 시간에도 자릴 지켰다. 고개를 돌려 가연을 보자 그녀 역시 자리에서 일어날 마음이 없는 듯 멍한 표정이었다.

태준은 그제야 가연의 표정을 자세히 살폈다. 이제 보니 공연 내내 이런 표정이었다. 자신처럼 그녀 역시 먼 타국에서 날아온 음악가들을 살필 마음이 없어 보였다.

그가 이제야 조금 호기심이 생긴 얼굴로 가연을 본다. 느긋하게 턱까지 괴며 보았으나 그녀는 눈치채지 못하고 있었다. 무슨 생각을 하느라 이렇게까지 집요한 시선을 알아채지 못하는 걸까. 눈을 가늘게 뜬 그가 시름에 잠긴 얼굴을 보았다.

사실, 이 사람을 잊고 있었다.

자신이 먼저 결혼을 제안했고, 세 번은 만나보고 결정하라고 하기까지 했다. 그런데 까마득하게 잊었다. 자신의 '길'이라고 믿었던 이 여자를.

습관적으로 턱을 쓰다듬던 그는 공연 시간이 다가오자 시끄러워진 주위를 둘러보았다. 그들의 이야기를 들어보자 1부 공연은 아주 좋았던 모양이다. 시간 낭비를 하지 않기 위해선 좀 더 음악에 집중해야겠다는 생각과 함께 정면을 주시했다. 곧 단원들이 나와 자리에 착석했고 무거운 침묵이 흘렀다. 자신만만한 표정으로 들어오는 세계적인 지휘자를 보며 그가 잡다한 생각을 멀리 물러냈다.

클래식 공연을 관람한 이후에는 근처에 있는 조용한 한식당으로 이동했다. 예약이 많이 밀린 곳이라 쉽게 음식 맛을 볼 수 없는 곳이었지만 조회장이 오랜 단골이었던 탓에 아주 조용하고 좋은 룸에서 식사를 할 수 있었다.

달그락. 달그락.

식기가 부딪히는 소리만이 간간이 들릴 정도로 두 사람 사이에 무거운 침묵이 흘렀다. 각기 다른 생각에 잠겨 접시만 비울 뿐 딱히 잡다한 대화는 하지 않는다. 그는 어떻게 이 관계를 조용히 끝낼 수 있을지, 그녀는 이 관계를 좋은 쪽으로 어떻게 이끌어갈지 고민했다. 처음 만났던 때와는 달리 입장이 완전 바뀌었다.

맛있는 음식의 맛도 제대로 느끼지 못한 채 식사가 끝났다. 두 사람 앞엔 후식으로 꽃산병과 무차가 놓여졌다. 아름다운 꽃의 형상을 한 떡은 먹기 아까울 정도로 예뻤다. 보기에도 좋은 음식은 맛도 좋았지만 두 사람은 눈길도 주지 않은 채 서로를 보았다. 먼저 운을 뗀 것은 가연이었다.

"먼저 연락을 해주실 줄 알았습니다."

조심스럽게 찻잔을 가져온 그녀가 텁텁한 입안을 말끔하게 만들었다. 작은 잔에 표정을 감춘 채 속마음까지 숨기는 그녀를 보던 태준이 한숨처럼 말했다.

"죄송합니다."

"뭐가요?"

"그때와는 입장이 바뀌었습니다."

그게 무슨, 하고 가연이 물었다. 그러자 태준은 잠시 시간을 둔 후 입술을 뗐다.

"조가연 씨에겐 솔직해야 할 것 같아서 말씀드리는 겁니다. 처음 조가연 씨에게 결혼을 제안했을 땐 마음에 둔 사람이 없었습니다. 그런데 지금은 있습니다."

"……김태준 씨?"

"그래서 조가연 씨와 더는 만날 수 없을 것 같습니다."

딱 잘라 하는 말에 가연의 표정이 굳어졌다. 이런 말을 들을 줄은 전혀 예상하지 못한 반응이었다. 그래서 태준은 조금 미안해진 마음에 다시 한 번 사과했다. 어찌 되었든 두 사람 사이에 연결고리를 만든 것은 자신이었다. 좀 더 신중했어야 했다. 나름대로 고민을 했다곤 했으나 결국 일이 이렇게 되고 말았으니 바보 같은 결정을 내린 게 되어버렸다.

"죄송합니다."

그가 다시 한 번 사과의 말을 하자 가연이 고개를 숙였다. 이렇게까지 사과를 해오니 뭐라 말할 수가 없는 모양이다. 사실 뭐라고 할 말도 없었다. 결혼을 기정사실화시켜 버릴 만한 행동도 하지 않았고 현재 Do와 대영 사이에서 이야기가 되고 있는 것도 모두 사업적인 결합일 뿐, 당사자들 사이에 개인적인 만남은 없었다. 유럽 가전제품 시장에서 파이가 커지는 바람에 중국에 막대한 자금을 투입해 공장을 짓고 있는 일도 두 그룹 사이에 모두 득이 되는 장사였다.

"전에 김태준 본부장님이 그러셨죠? 애정은 아주 짧은 시간에 사라져버린다고."

가연의 인상이 순간 바뀌었다. 사랑을 받고 자란 여잔 예쁘게 빛이 났는데, 지금은 그렇지 않았다. 소중한 것을 지키려고 오기로 똘똘 뭉친 여잔 더 이상 예쁘지 않다.

"Do그룹과 대영그룹이 함께 진행하고 있는 큰일이 있다고 들었습니다."

나지막한 물음에 태준의 표정이 굳어졌다. 조가연은 사업에 전혀 관여를 하지 않는다고 들었다. 그런 사람이 자신의 앞에서 이러한 말을 한다는 것은 딱 하나의 경우밖에 없었다.

설마.

태준은 식어가는 찻물을 바라보다 말고 고개를 들었다.

"제가 그런 것처럼 조가연 씨의 마음도 바뀌셨나 봅니다."

"맞아요. 마음이 바뀌었어요."

왜, 냐고는 물을 수 없었다. 김태준이란 남자에 대한 감정이 변해 입장을 바꾼 것은 아닐 테니까.

태준은 그 이유를 오늘 가연의 표정이 좋지 못한 것에서 찾으며 한숨을 내뱉었다.

조 회장에게 문제가 있군.

그래서 이 여잔 자신과의 결혼이 필요해진 것이다.

타이밍이 너무 좋지 않다는 생각을 하던 그가 다 식은 차로 입술을 적실 때였다.

"……세 번 만나기로 했죠? 오늘 처음 만났어요. 앞으로 두 번 더 만나주세요."

"조가연 씨."

"아버지가 건강이 많이 안 좋으세요. 시기가 너무 안 좋아요. 아시죠? 아버지를 중심으로 회사가 굴러갔던 거."

정리할 수 있는 시간을 조금만 벌어달라는 말이었다. 조 회장이 그녀를 위해 회사의 덩치를 줄이고 있다고는 하나 이사들의 생각은 다를 터였다.

시간을 번다고 해도 그녀가 회사를 지켜낼 수 있을까.

가연이 붉어진 눈망울로 다시 한 번 부탁했다.

"한동안은…… 그냥 이대로 놔둬주시면 안 될까요?"

드르륵.

의자가 끌리는 소리와 함께 그녀가 자리에서 일어났다. 그러더니 망설임 없이 허리를 숙였다.

"부탁드립니다."

정수리를 바라보던 그가 손을 들어 관자놀이를 꾹꾹 눌렀다. 눈물이 테이블 위로 후두둑 떨어져서 차마 여기서 그만하자는 말을 할 수가 없었다.

멍하니 휴대전화를 보던 소람은 앞에서 들려오는 음성에 고개를 돌렸다.

"뭐? 진짜?"

정아가 경악에 차 물었다. 방금 전에 김태준의 마음이 진심이 되었다고 말했더니 이런 반응이었다. 이해야 됐다. 김태준이 어떤 남자던가. 대한민국은 대영 공화국이라 불릴 만큼 그 힘이 컸다. 그런 곳의 수장인 남자였으니 몇 달 되지 않아 금방 흘렸다는 말을 믿기 어려운 것도 당연했다.

소람이 뚱한 표정으로 고개를 끄덕이자 정아가 연신 눈을 깜빡이더니 무엇엔가 흘린 사람처럼 읊조렸다.

"와, 되긴 되는구나."

아무리 향기로운 꽃처럼 예쁜 소람이라 하더라도 상대가 김태준이 아닌가. 도저히 불가능한 이야기인 줄 알았는데, 그 사람의 취향을 아는 것만으로도 손쉽게 한 사람의 마음을 사로잡았다는 게 신기했다.

그 속이 빤히 보인다는 듯 소람이 콧잔등을 구겼다. 이제야 정아에게 잘못된 정보를 받아 당황했던 기억이 떠올랐던 것이다. 그때 당시에야 당장 전화해 따져 물을 것처럼 굴었으나 욕을 먹을 사람이 워낙 바빠 이에 대해 제대로 이야기도 나누지 못했었다.

소람이 입술을 잘근잘근 씹으며 갱년기인 줄 알았던 사람이 사실은 뜨거운 불꽃을 머금은 남자였다는 사실을 알았던 날을 떠올렸다.

"네가 준 정보로는 안 됐거든?"

"그게 무슨 말이야?"

"대부분 틀렸어. 취미 빼곤 싹 다. 특히 여성 취향 부분은 아주 잘못

됐었다고. 그 남자가 갱년기? 침대에서 신음을 흘리는 여잘 싫어해? 너 그거 알려준 사람한테 찾아가서 욕이나 실컷 해줘라. 엿 먹이려고 그런 역정보를 흘린 거라면 성공했다고도 전해주고! 잘못된 정보원은 빠르게 처단하는 게 좋아."

소람이 꽤 진지하게 충고를 해줬다. 잘못된 정보는 자칫 잘못하면 위험에 빠뜨리게 할 수도 있다. 이번 일처럼!

심통 맞은 얼굴로 놓여 있던 와인 잔을 들었다. 오늘따라 와인이 텁텁하게 느껴져서 손이 가질 않았는데도 지금 기분으론 술이 고팠던 터라 꿀떡꿀떡 잘도 넘어갔다.

반 정도 차 있던 와인을 한입에 털어 넣는 소람을 놀란 눈으로 바라보던 정아가 자신이 들은 이야기를 머릿속에서 빠르게 정리했다. 직업 때문일까. 빠르게 팩트를 정리를 한 그녀가 다시 한 번 경악에 차 친구를 보았다. 하는 말이 마치 그의 침대 취향을 확인했다는 것처럼 들렸다.

아무리 남녀 사이가 인스턴트 음식처럼 빠른 시대라 하지만 윤소람에겐 아니었다. 그녀는 자신의 출생 때문인지 남자와 쉽게 몸을 섞지 않았다. 여자에게도 욕망이라는 것이 있고, 섹스는 나쁜 것이 아니라 주장하는 그녀였지만 책임지지 못할 관계 속에 생긴 생명이 어떠한 불행을 초래하는지 잘 알고 있기 때문이다. 그래서 더 놀라 버렸다.

"너 김태준이랑 잤어?!"

"안 잤어!"

"그럼 그 정보가 잘못됐다는 건 어떻게 알았는데?"

"마, 만나보면 알잖아. 어떤 사람인지."

눈을 가늘게 뜬 정아가 소람의 표정을 살폈다. 눈빛은 자신을 믿어달라는 듯 곧았으나 떨리는 음성은 거짓말을 하고 있다고 스스로 실토하는 것이나 다름이 없었다.

이렇게 어설프게 거짓말을 하는 윤소람이라니. 너무 그녀답지 않아 이젠 걱정까지 되었다.

"침대 취향을 만나는 것만으로 어떻게 알아?"

"조, 좋아하는 체위를 아는 것도 아니고! 그 정도는 알 수 있어!"

높아지는 언성에 정아가 한숨을 푹 내뱉더니 고개를 젓는다.

이 바보 같은 친구.

자신이 지금 어떤 표정을 짓고 있는지 보여주고 싶을 만큼 그녀가 안쓰럽게 느껴졌다.

"아무리 생각해도 너무 위험한 거 아니야?"

"뭐가 위험한데?"

눈을 뾰족하게 뜬 소람이 정말 모른다는 듯 되물었다. 평소에 똑똑한 척은 혼자 다 하더니 이제 와 바보처럼 묻는다. 정아는 앞에 놓여 있던 큐브 치즈를 입안으로 쏙 넣은 후 우적우적 씹었다.

"일단 그 남잔, 직접적으로 잘못한 게 없잖아."

"그때 아저씨한테 빼앗은 걸로 대영은 세계적인 기업 반열에 올랐고, 그만큼 많은 돈을 벌었어. 그걸로 그 남잔 남들은 꿈도 못 꾸는 삶을 누리며 유학 생활을 했고. 충분히 잘못했어."

"그래도 빼앗은 사람한테 뭐라고 해야지, 왜 엄한 사람……."

"호흡기 꽂고 오늘내일하는 사람한테 뭐라고 하리? 가서 호흡기라도 떼줘? 아저씨처럼 죽으라고?"

소람이 얼굴을 붉히며 빠르게 말을 내뱉었다.

목소리는 냉담했으나 그 속에 담긴 감정은 뜨거웠다.

"너 그거 화풀이야."

"화풀이하면 안 돼? 이제껏 세상에 화풀이만 하고 살았는데, 그게 지금 잘못됐다는 거야?"

"윤소람, 이런 이야기하면 네가 서운해할 거 아는데⋯⋯."

말꼬리를 늘인 정아가 입을 꾹 다문다.

여기서 더 뭐라 말해봤자 지금의 윤소람에겐 아무것도 전해지지 않으리라고 확신하는 모양이었다.

그러나 그 생각은 틀렸다. 곧 초연하게 흘러나오는 목소리는 자신의 잘못을 모두 알고 있다는 듯 슬픔에 잠겨 있었다.

"알아. 김태준 그 사람은 아무런 잘못도 없다는 거. 나도 충분히 잘 알고 있다고."

눈이 오는 날도 그랬다.

그가 왜 그곳에 서 있었는지 생각해 보면 쉬이 유추할 수 있다.

아주 차가운 사람이라고 생각했었다. 하지만 실제 만나본 그는 자상했다. 착한 사람이었으니, 그 자리에서 그 역시 슬퍼했으리라, 은연중에 생각했다.

하지만. 하지만 그래도⋯⋯.

"그래도 어떻게 해? 억울한데."

드디어 다른 사람들처럼 자신에게도 가족이 생기는 줄 알았다. 무조건적인 내 편이 생겨서 다른 아이들처럼 보호를 받을 수 있으리라, 바보 같게도 기뻐했었다.

그 가족이 떠나간 후 그녀에겐 큰돈이 생겼다. 가족이 되어주기로 했던 사람은 자신에게 남은 얼마를 주고선 떠났다.

"사람은 욕심이 점점 커져. 아주 작은 것도 가질 수 없었을 땐 뭐라도 하나만 내 것이 있으면 좋겠다고 생각했는데 하나를 가지니까 둘을 가지고 싶어졌어."

가난에서 벗어났더니 사고 싶은 것들을 손쉽게 손에 쥘 수 있었다. 그렇게도 가지고 싶었던 전자사전이 그랬고, 성인이 되어선 자신만의 공간 또한 가질 수 있었다.

"둘을 가졌더니 셋이 가지고 싶어졌고, 그렇게 한참 욕심만 내면서 세상에서 가장 예쁜 물건들은 다 가지게 되니까 본질적으로 잘못됐다고 깨달았어."

하지만, 하지만 곧 알게 되었다. 자신이 원하는 것은 이런 것들이 아니라는 것을.

악을 썼다.

자신은 차가운 눈을 맞으며 오들오들 떨고 있었는데, 정작 죄를 지은 사람의 아들은 아주 고급스러운 코트를 입고 추운 기색도 없이 자신을 바라보았다.

그 소년이 내어준 코트를 걸쳤는데도 여전히 추웠다. 그 사람은 추워 보이지 않았는데. 몸을 떨고 있는 건 자신뿐이었다.

세상이 그렇게 억울하다.

왜 나만.

나만.

"편협하다는 거 알아. 내가 못났다는 것도 알고, 병신 같다는 것도 알아. 그래도 할 거야."

"너……."

소람이 금방이라도 눈물을 쏟아낼 것처럼 눈시울을 붉혔다. 하지만 울지 않았다. 그녀는 타인의 앞에서 단 한 번도 눈물을 떨군 적이 없었다. 아니, 친한 정아 앞에선 적어도 눈물을 흘리지 않았다. 그녀는 솔직하게 슬픔을 털어놓는 일도 비참하다고 생각했다. 지금처럼.

"아니야. 그런 거."

아니야.

다시 한 번 부정하는 그녀의 모습에 정아의 입술이 꾹 다물렸다.

아니라면서, 왜 울 것 같은 표정인데?

눈가에 맺힌 눈물을 보며 정아가 한숨을 푹 내뱉었다. 안 좋은 예감이
들었다.

겨울이 오기 전에

소람의 입술이 보라색으로 변해 있었다. 몸이 으슬으슬 떨렸다. 환절기에 옷을 얇게 입었더니 곧장 몸에 이상이 왔다. 옷이 두꺼워지는 게 싫어 부러 얇은 옷을 입었는데 지금에서야 바보 같은 결정이라는 걸 깨달아 버린다.

따뜻한 물로 씻었는데도 몸은 나른해지기만 했다. 좀 쉬어야겠다는 생각과 함께 그녀가 걸음을 옮겼다. 곧장 침대에 쓰러지듯 누웠고 눈을 감았다.

비상약 중에 감기약이 있던가…….

멍하니 생각하면서도 점차 멀어지는 정신을 애써 붙잡지 않으며 눈을 감았다. 파리해진 안색의 그녀가 곧장 깊은 잠에 빠져들었다.

똑딱똑딱 초침 소리와 함께 일정한 숨소리가 연이어 들려왔다. 그 소리만이 이 공간에도 시간이 흐르고 있다는 걸 알려주었다. 그러다 얼마의 시간이 흘렀을까, 삐릭삐릭 소리와 함께 문자 알림음이 들렸지만 정작 소람은 이를 듣지 못한 채 지친 얼굴로 곤한 잠에 빠져 있었다.

그렇게 또다시 얼마의 시간이 흘렀다.

두꺼운 이불을 머리끝까지 뒤집어쓰고 있던 소람은 공기가 모자란 듯한 느낌에 잠에서 깼고, 곧 5분 만에 한 번씩 알람이 울리도록 설정되어 있는 휴대전화를 보았다. 그녀가 멍한 눈빛으로 휴대전화를 확인했다.

「오늘 약속 잊지 않으셨죠?」

뒤늦게 문자를 확인한 소람이 미간을 좁혔다. 김태준, 이 사람과 약속을 했던가?

무던히 떠올리던 소람은 곧 태준과 함께 문구점에 가기로 했던 일을 떠올렸다. 문구점에 가기 전엔 무의미하게 공을 쫓아야 하는 스쿼시를 함께하기로 했었다. 그런 후엔 다음 날이 주말이었으니 오랜만에 클럽 A에 함께 가 가볍게 한잔하기로 했었던 것이 뒤늦게 떠올랐다.

두꺼운 이불에서 손만 빼꼼 내민 그녀가 느릿한 손길로 답장을 썼다. 이럴 거면 차라리 전화를 하는 게 빨랐으나 목이 따끔거리는 것이 상태가 좋지 않았다. 그에게 문자를 보내고 난 후에 따뜻하게 적신 손수건으로 목을 두르고 있어야겠다고 생각하던 그녀가 힘없이 키판을 두드린 후 전송 버튼을 눌렀다.

「죄송해요. 오늘은 몸이 너무 안 좋아서 못 만날 것 같아요.」

탁.

힘없이 휴대전화를 내려놓은 그녀가 허리를 동그랗게 말며 몸을 일으켰다.

얼마 만에 걸린 감기던가.

작년에도 이맘때쯤 크게 앓았던 것이 언뜻 떠올랐다. 그땐 한동안 목상태까지 엉망이어서 방송을 못했었다. 다른 사람에게 피해를 끼치기 싫으니 서둘러 몸을 추슬러야 하는데, 혼자서 할 수 있는 것이 아무것도 없었다.

"아, 아아……."

벌써부터 갈라지기 시작한 목에 그녀가 따뜻한 차라도 마시는 게 좋겠다며 힘겹게 몸을 움직일 때였다.

휴대전화가 울렸다. 액정엔 김태준, 그 남자의 이름이 떠 있었다. 약속을 깬 것에 한 소리 하려는 걸까. 소람이 뿌옇게 보이는 시야를 애써 밝히며 전화를 받았다.

"여보……."

[많이 안 좋으십니까?]

"……네."

약한 소리를 하고 싶지 않았지만 약속을 깬 데에 대한 설명은 제대로 해야 했다. 걱정이 가득한 목소리로 그는 한동안 어디가 좋지 않냐고 물었고, 소람은 감기라며 걱정할 필요 없다고 답했다.

[약은, 먹었습니까?]

"지금 먹으려고요."

[목소리가 엉망인데, 이때까지 안 드시고 뭐 했습니까?]

전화 너머로 들려오는 힐난에 소람이 신경질적으로 미간을 좁혔다. 왜 이 남자가 지금 자신에게 화를 내는 것일까. 이해할 수가 없어 불쑥 짜증이 솟았다.

그게 당신이랑 무슨 상관인데요.

그렇게 말하고 싶었다. 하지만 이에 돌아올 답은 너무나 뻔해 다른 말을 했다.

"귀찮아서요."

[윤소람 씨.]

"잠이 더 고파서 그랬어요. 그러니까 화내지 마세요."

어차피 자고 일어나면 매번 몸이 괜찮아져 있었다. 굳이 약을 먹지 않아도 이제껏 죽지 않고 잘살아왔다. 그런데 자신이 아픈 것으로 타인이 이렇게 화를 내니 어떻게 반응해야 할지 몰라 짜증만 냈다.

"오늘 일은 미안합니다. 그럼 쉬세요."

답이 없는 그에게 마지막 인사를 건넨 소람이 휴대전화를 끊었다. 그런 후 휘청거리며 자리에서 일어나 부엌으로 향했다.

일에 지장을 주어선 안 된다.

자신에게 있는 것이라곤 그것뿐이었으니까.

힘껏 휴대전화를 노려보던 태준이 자리에서 벌떡 일어났다. 어쩜 이렇게 미운 소리를 입에 달고 사는지.

"귀찮아서요? 지금 귀찮아서요, 라고 말한 게 맞지?"

그가 감정이 그득한 혼잣말을 내뱉었다. 어떻게 본인의 건강을 챙기는 게 귀찮은 일이 될 수 있단 말인가. 화가 치밀어 올라 당장 윤소람을 보고 머리라도 쥐어박고 싶었다.

정처 없이 걸음을 옮기던 그가 자리에 우뚝 멈춰 섰다. 자신에게 신경 쓰지 말라는 여자, 그냥 모르는 척하는 게 속이 편하다. 하지만 어찌 된 일인지 시간이 흐를수록 걱정이 커져 가만히 앉아 있을 수도 없게 되었다.

중증이다.

미쳐도 단단히 미친 것이다.

스스로 생각해 봐도 이해할 수 없는 반응에 머리가 지끈지끈 아팠다.

손으로 관자놀이를 누르던 그가 언뜻 시계를 보았다. 자정이 가까워진 시각이었다. 일곱 시 약속을 자그마치 다섯 시간이나 기다린 것이다. 시간을 금이라고 생각하는 자신이.

먼저 전화를 해도 되었으나 즐겁게 기다렸다. 걱정을 하다가도 바보같이 먼저 연락할 생각은 하지 못했다. 혹여, 자신의 약속을 그녀가 잊고 있었던 것이라면 자신의 존재가 윤소람에겐 너무 미비하단 사실을 깨닫고 더 아플 것 같았다.

걸음을 멈춘 그가 거칠게 머리카락을 쓸어 올렸다.

아파서 연락을 못한 것이라니.

다행이라는 생각과 함께 이젠 그녀의 걱정으로 엉덩이를 붙이고 있을 수가 없었다.

한참 시계를 바라보던 그가 외투를 챙겨 들곤 집 밖으로 나왔다. 그리고 한 번 가본 그녀의 집까지 내비게이션도 없이 내달린 그는 현관문 앞에 서서야 또 다른 문제에 직면했다. 미친놈처럼 오긴 왔는데, 여기서부터 또 문제였다.

자신의 존재를 그녀가 반가워하지 않을 것 같았다. 아파서 쉬고 있는데 괜히 귀찮게 구는 것일지도 모른다는 생각마저 들었다.

돌아갈까.

고민하던 그는 신고 있는 슬리퍼를 보며 헛웃음을 뱉었다.

여기까지 미친놈처럼 달려왔는데 그냥 돌아갈 수야 없다. 그녀의 얼굴을 봐야 돌아갈 수 있을 것 같았다.

망설임 끝에 초인종을 누른 그는 안에서 아무런 소리도 들려오지 않자 다시 한 번 눌렀다. 그러자 풀썩, 뭔가 쓰러지는 소리와 함께 우당탕 물건이 떨어지는 소리가 들렸다.

현관문을 노려보던 그는 파리한 얼굴로 문을 여는 소람을 보았다. 창백한 얼굴은 살아 있는 사람처럼 느껴지지 않았다. 그건 보랏빛으로 변한 입술 또한 마찬가지다.

어쩜 사람이 자신을 이렇게까지 막 대할 수 있을까.

스스로를 사랑하지 않는 여잔 초라하고 깡말라 있었다.

"어……? 김태준 씨다."

"누군지 확인도 안 하고 문 연 겁니까? 이렇게 조심성이 없어서……."

그가 눈썹을 모으며 한바탕 쓴소리를 내뱉으려 할 때였다. 비틀거린 소람이 서둘러 손을 뻗어 문틀을 붙잡는다. 빈혈인 것인지 머리를 휘저으며 나지막하게 신음을 내뱉는 것을 보던 그가 깜짝 놀라 다가간다. 허리를 붙잡은 그가 소람을 걱정스러운 얼굴로 내려다보았다.

"윤소람 씨?"

"아까도 말하고 싶었는데…… 호들갑 떨지 마세요. 내일이면 멀쩡……."

내일이면 멀쩡할 사람의 얼굴이 그럽니까?

속에서 천불이 일었다. 하지만 금방이라도 바스러질 것 같은 그녀에게 큰 소리를 칠 수도 없는 노릇이라 애써 화를 삭였다.

"윤소람 씨가 너무 무디니까 저라도 호들갑 떠는 겁니다."

작게 미간을 찌푸리는 소람을 내려다보던 그가 허리를 숙였다. 가볍게 몸을 들어 올린 그가 한숨처럼 말한다.

"그러니까 그만 걱정시키세요."

그의 말에 소람은 아무런 말 없이 눈을 감았다.

탕.

등 뒤로 현관문이 닫히자 그는 신발을 벗고 곧장 그녀의 침실로 향하며 물었다.

"약 어디 있습니까."

소람이 말없이 손가락질하는 곳을 본 그가 고개를 끄덕였다. 안아 든 몸은 지나치게 가벼웠고 또 차가웠다. 언젠가 안았던 뜨거움과는 간극이 너무 커 심장이 왈칵 내려앉았다.

가벼운 몸을 조심스럽게 침대에 눕혀둔 그는 어느 순간 까무룩 잠든 소람을 보았다. 살짝 벌어진 입술에선 연신 앓는 소리가 흘러나왔다.

"어리광을 부린 적이 없어서 모르겠지만……."

말을 하던 그가 입을 꾹 다물었다. 목이 메어 다음 말을 내뱉을 수가 없었다.

어리광은 이럴 때 부리는 겁니다. 당신이 아프다고 말을 해야, 내가 당신의 눈치를 보지 않고 옆에 있을 수 있으니까. 다음엔 꼭 그렇게 해주세요.

하고 싶은 말을 흘러넘치는 감정과 함께 꿀꺽 삼켜 버린 그가 자리에서 일어났다. 걸음은 곧장 부엌으로 향한다. 그녀가 일어났을 때 무어라도 먹고 난 후에 약을 먹어야 할 테니까.

냉장고 문을 연 그가 가장 먼저 한 일은 한숨을 내뱉은 것이었다. 사람이 사는 집이 맞나 싶을 정도로 부실한 냉장고였다. 그 흔한 달걀 하나 없는 냉장고를 보던 그는 호박과 함께 우유를 꺼냈다. 그리고 곧장 조리대로 가 크림 대신 우유와 버터로 수프를 끓이더니 호박까지 능숙하게 쪄냈다. 집에서 나와 산 지 오래다 보니 간단한 음식은 뚝딱뚝딱 만들 정도는 되었다.

호박 수프를 만들기 위해 조리대를 떠나지 않던 그는 쪄낸 호박을 긁어 냄비 안으로 넣은 후 한참 그 앞에 서 있었다.

눈을 감고 벽에 기대어서니 이제야 마음이 푸스슥 내려앉았다. 내일 오전에 있을 일들을 머릿속으로 대충 훑던 그가 밤에 출국해야 한다는 걸 떠올리곤 깊은 한숨을 내뱉었다. 지금 당장이라도 집으로 돌아가야 했지만 발길이 쉬이 떨어지지 않는다. 적어도 그녀가 음식을 먹고 약을 먹는 모습까지 보아야만 마음을 놓고 평상시대로 일을 할 수 있을 것 같았다.

완성된 죽을 그릇에 옮겨 담은 그는 식기를 기다리며 거실로 향했다. 그리고 그녀가 손짓한 쪽으로 가 상비약을 찾았다.

"……이럴 줄 알았지."

텅 비어 있는 약통엔 언제 샀는지 모를 약들이 어지럽게 담겨 있었다. 그마저도 감기약은 없었고 진통제 정도만 들어 있었다.

미친놈처럼 달려오기 전에 생각이라는 것을 했다면 적어도 약 정도는 사왔을 텐데.

지금이라도 나가서 약을 사와야 하나, 생각을 하던 그가 꺼림칙한 얼굴로 휴대전화를 쥐었다. 그리고 익숙한 번호를 누른 후 바짝 긴장한 목소리를 들으며 한숨처럼 말했다.

"사적인 부탁을 드려 죄송합니다."

그의 말에 김 비서가 괜찮다고 답했다. 당연히 괜찮을 것이다. 상사의 말이면 무엇이든 괜찮다고 하는 사람이었으니까.

집 주소를 불러준 후 감기약을 부탁한 그는 전화를 끊은 후 눈가를 손가락으로 꾹꾹 눌렀다.

개인적인 일에 공적인 사람을 불러들이는 것을 가장 싫어하는 그였지만 이번만은 어쩔 수 없다 자위했다. 아픈 그녀를 혼자 둘 수 없었으니까.

그러고 보면 항상 이런 식으로 하나둘, 금기라고 생각했던 일들을 행하고 있었다. 그것은 그녀의 탓은 아니었다. 난생처음 겪는 감정에 풋내기가 되어버린 자신의 탓이다.

고개를 든 그가 협탁으로 손을 뻗었다. 그리고 하얀 약통을 흔들어보며 미간을 좁힌다.

가벼워졌다. 그의 경고에도 계속 이 위험한 약을 먹고 있었다. 무엇이 그녀의 잠을 앗아갔는지는 생각하고 싶지 않았다. 그걸 인정해 버린다면 타인이 필요한 이 순간에도 곁에 남을 수 없을 테니까.

생각에 잠긴 얼굴로 한참 약통을 보고 있던 그는 초인종 소리에 자리에서 일어났다. 익숙한 얼굴이 인터폰에 비치자 문을 열어준 그는 약이 든 종이봉투를 받아 들었다.

"죄송합니다."

"아닙니다, 본부장님."

깍듯하게 허리를 숙이는 김 비서를 보며 그가 어색한 웃음을 지었다. 눈치가 빠른 사람이었으니 이 집이 어디인지 왜 이런 일을 부탁했는지 부러 묻지 않았다. 그저 내일 아침에 뵙자는 말과 함께 뒤돌아서는 걸 보며 그도 부엌으로 향했다.

적당하게 식은 호박 수프와 함께 약을 들고 침실로 향한 그는 나설 때와 마찬가지로 가지런한 자세로 잠든 소람을 보았다. 이런 순간에도 아랫도리는 말썽이다. 자신의 의지와는 반대로 소람의 얼굴을 보는 순간부터 뻣뻣하게 고개를 치켜든 살덩어리를 가볍게 타이른 그가 그릇을 협탁 위에 올려놓은 후 곁을 지켰다.

잠든 그녀를 깨우고 싶지 않아 한참, 그렇게 시간을 죽여 나간다. 아니, 죽여 나가려 했다. 애써 그녀를 보지 않으려 부단한 노력을 하던 그가 결국 본능을 이기지 못하고 소람의 얼굴을 눈에 담았다.

화장을 한 것처럼 빽빽하고, 길게 그림자를 드리우고 있는 속눈썹은 가지런해서 참 예뻤다. 한 번 만져 보았으면 좋겠다는 생각을 하는 순간 손은 자연스럽게 그녀의 눈가로 향했다.

보드라운 촉감을 어루만지자 이번엔 좀 더 많은 것을 만지고 싶어졌다. 인간의 욕심은 그렇게 한없이 커서, 그러면 안 되는 순간에도 짐승처럼 그녀를 가지고 싶어졌다. 인내심 하나는 타의 추종을 불허하던 그였음에도 윤소람만은 예외가 되어 끝없는 번뇌를 하게 만든다.

어쩌다가 이렇게 되었을까.

그가 입가에 부드러운 호를 그리며 소람의 뺨을 쓰다듬었다.

"참, 여러모로 대단한 사람입니다."

속살거리는 말에 깬 것일까. 아님 그의 접촉에 깬 것일까.

알 수는 없었으나 몽롱한 눈동자가 자신을 바라보자 그가 입가에 잔잔한 웃음을 머금으며 물었다.

"괜찮습니까?"

"아니요, 안 괜찮아요."

쩍쩍 갈라진 목소리는 수분이 하나도 없었다. 본인의 목소리에 스스로가 놀란 것인지 소람이 눈을 커다랗게 뜨자 그가 물을 건넸다.

힘겹게 상체를 일으킨 그녀가 말없이 물을 마신다. 그러더니 옆에 협탁이 있었음에도 굳이 그에게 건네며 묻는다.

"왜 이렇게 잘해주세요?"

"좋아하니까요."

"……."

소람은 마치 그 답을 알고 있었다는 표정이었다. 무엇을 확인하려 그러한 질문을 했는지 알 것 같아 그는 다시 한 번 힘주어 말했다.

"윤소람 씨를 많이 좋아합니다."

"왜요? 성격도 나쁘고……."

"자아비판은 좋지 않습니다."

그의 말에 소람의 눈망울이 사정없이 흔들린다. 그가 연이어 말했다. 스스로를 깎아 내리지 마세요, 라고.

그의 말에 소람은 분위기를 가볍게 만들고 싶은 것인지 어깨를 으쓱였다. 하지만 여기서 멈출 생각이 없었던 그는 고저 없이 말을 이었다.

"먹어야 할 약은 먹지 않고, 먹지 말아야 할 약은 잘도 먹었더군요. 아직도 잠이 안 오십니까?"

"아픈 환자에게 잔소리는 좋지 않아요."

여기서 그만해 달라는 듯 소람의 눈동자가 처연하게 빛났다. 하지만 그는 그녀가 도망가지 못하도록 힘없이 놓여 있는 손을 붙잡았다.

"어머니가 졸피뎀을 오랫동안 복용하셨습니다."

"……."

"그래서 윤소람 씨가 걱정됩니다."

그의 말에 소람의 얼굴에 놀라움이 서렸다. 이 약을 오랫동안 복용하면 악마가 사람의 약한 부분을 한없이 파고든다는 걸 그는 알고 있다. 그랬기에 그녀에게 자전거를 타고, 퀵 보드를 타고, 함께 스쿼시를 하자 했다. 약에 의존하지 말라고.

그를 가만히 바라보던 그녀가 얼굴을 탁 일그러뜨렸다. 그러더니 고개를 푹 숙이며 앓는 소릴 했다.

"……추워요."

"다 먹으면 안 춥게 해드리겠습니다."

그가 호박 수프를 내밀었다. 말없이 그릇을 받아 든 그녀가 숟가락으로 옅은 막이 생긴 것을 휘젓는다.

"좋아합니다. 윤소람 씨를. 그래서 무엇이든 해주고 싶습니다."

차가운 겨울에 놓여 있는 그녀에게 따뜻한 봄도 있다는 걸 알려주고 싶었다. 세상은 혼자 사는 것이 아닌 여럿이 함께 살아가는 거라고도 말해주고 싶었고, 세상엔 즐거운 일들이 얼마든지 있으니 이를 즐기며 살아가는 방법도 가르쳐 주고 싶었다. 그리고 그 시간들을 함께 보냈으면 했다.

"아플 땐 곁에 있어주고 싶고, 함께 많은 일들을 해보고 싶습니다. 당신이 과거에 하지 못했던 일들, 보살핌을 받지 못했던 그 시간에 내가 없다는 게 안타깝습니다. 지금이라도, 해주고 싶습니다."

눈을 커다랗게 뜬 소람은 그의 얼굴에서 진심을 깨닫곤 흐리게 웃었다.

"김태준 씨, 그러다가 호구 잡혀요."

"윤소람 씨에게라면 기꺼이 잡혀 드리겠습니다."

가벼운 농담처럼 대화를 주고받은 그는 이제 한술 뜨라며 그릇을 곁눈질했다. 고민하는 얼굴로 수프를 바라보던 그녀가 한술 뜬 후 그를 바라본다.

"……맛있네요."

조금 식은 수프를 말끔하게 비워낸 그녀는 곧 그가 침대에 눕는 것을 말없이 보았다.

"지금 뭐 하시는 거예요?"

소람이 깜짝 놀라 묻자, 그가 옆자리를 손으로 팡팡 두드렸다.

"약속 지키는 겁니다."

그의 말에 소람이 의심스럽다는 듯 눈썹을 모았다. 믿지 못하겠다는 표정이었다.

그러자 그는 망설임 없이 소람의 팔을 붙잡아 잡아당긴다. 꺅 소리와 함께 소람이 그의 옆에 벌러덩 누웠다. 토끼처럼 놀란 눈으로 그를 바라보던 소람은 곧 활짝 펼쳐진 팔로 시선을 돌린다.

안기세요.

그의 팔이 그렇게 말을 하는 것 같아 소람이 조심스레 넓은 품에 안겼다.

어색하다는 듯 눈을 깜빡이던 소람은 곧 등에 닿는 손에 눈을 감았다. 조금 떨어져 있는 몸을 바짝 잡아당긴 그가 소람을 꼭 끌어안으며 웅얼거렸다.

"윤소람 씨는 제가 지금 어떠한 심정인지 모를 겁니다."

"……그건 모르겠는데 하나는 알겠네요."

그가 아무런 말도 하지 않자 소람 또한 눈을 감았다.

따뜻하게 해준다더니 말대로였다.

사람의 체온은 참 따뜻해서, 더 이상 춥지 않았다.

처음으로 느껴본 타인의 품은 참 좋아서 잠이 솔솔 몰려왔다. 아주 기분 좋은 꿈을 꿀 것 같았다.

회색 터틀넥에 검은색 핸드 메이드 캐시미어 코트를 멋들어지게 소화한 태준은 공항에 도착하자마자 자신의 주위로 모여드는 사람들에게 인사를 건넸다. 나흘의 출장 일정을 마치고 돌아온 그는 대기해 있는 차로 향하는 와중에도 끊임없이 업무 지시를 하고 있었다. 내년 2월에는 완공을 하고 당장 가동에 들어가야 물량을 맞출 수 있을 텐데, 생각보다 진행이 더뎌 기일을 맞추기 힘들 것 같았다.

"D.GI 쪽은 맞출 수 있답니까?"

"관계자와 조율 중입니다."

완공이 늦춰지는 것은 기정사실이나 다름이 없으니 대책을 세워야 한다. 하청업체에 이야기를 해서 단가를 높이더라도 계약을 연장하는 쪽으로 가닥을 잡은 태준이 고개를 끄덕였다.

로비 바로 앞에 세워져 있는 차에 오른 그가 피곤한 눈가를 어루만졌다. 문이 닫히자마자 차가 부드럽게 출발한다.

나흘 내내 열 시간도 잠을 자지 못했다. 3세 경영에 들어서면서부터 작은 실수조차 크게 받아들여지기에 어떻게 해서든 계획대로 일을 진행하기 위해 신경이 곤두섰다. 아버지의 건강은 하루하루가 다르고, 회사 내에서의 변화 또한 그러하다. 잠시의 휴식도 취할 시간 없이 내내 동동거리며 달리다 보니 차에 앉아서야 잠이 몰려왔다.

바쁜 와중에도, 그리고 드디어 마음을 내려놓은 이 와중에도 한 여자가 떠올랐다. 얼굴이 보고 싶다. 쉬어야 할 타이밍이라는 걸 알면서도 윤소람이 고팠다.

손목시계를 확인한 그는 일곱 시를 조금 넘긴 시간을 확인하며 입가에 미소를 머금었다. 지금쯤 방송을 준비하느라 정신이 없을 것이다.

주말 내내 푹 쉰 덕분인지 그녀는 월요일에 무사히 방송을 할 수 있었다. 곤한 잠에 빠졌던 모습을 떠올린 그가 나른한 웃음을 짓는다. 아이처럼 잠든 모습을 떠올리자 그녀가 보고 싶어졌다.

아무래도 만나러 가는 게 좋겠다. 이대로 집으로 돌아가도 편히 쉴 수 없을 테니까. 그가 막 그런 생각을 할 때였다. 김 비서가 허리를 틀어 그에게 서류 봉투 하나를 건넸다.

"……아무래도 움직임이 심상치 않습니다. 김익현 이사가 주주들을 만나고 다니는 모양입니다."

출장을 떠나기 전 Do그룹 내의 동향을 파악해 달라고 지시를 했었다. 아주 훌륭하고 유능한 비서는 그가 한국으로 돌아오자마자 결과물을 받아볼 수 있도록 준비를 했고, 꽤 주요한 정보를 내놓았다.

서류를 읽던 그가 미간을 좁혔다. 강인한 턱이 움찔거렸다.

"어떻게 해야 한다고 보십니까?"

"Do그룹은 대영그룹의 좋은 파트너였습니다."

김 비서는 조가연의 편에 서서 경영권을 방어할 수 있도록 돕는 것이 좋다고 은연중에 말하고 있었다. 하지만 그의 생각은 조금 달랐다.

"……무능한 오너는 죄악입니다."

Do그룹은 오너의 결정으로 모든 것이 돌아가는 회사였다. 이사들의 힘이 약했기에 대부분의 사업은 조 회장의 결정에 의해 진행되었다.

조 회장은 그도 인정을 할 만큼 수완이 좋은 사업가였으나 가연은 달랐다. 경영 수업을 받은 적도 없었기에 멍청한 결정으로 수많은 가장들을 길거리로 내몰 수도 있었다. 아무리 위험한 사업을 정리하고 규모를 줄였다 하더라도 결정권자의 힘이 적은 것은 아니다.

서류를 보던 그는 지끈 두통이 몰려오자 관자놀이를 꾹꾹 눌렀다. 습관적으로 찾아오는 고통이었기에 참을 만은 했으나 얼굴이 구겨지는 것까진 막을 수 없었다. 손바닥에 언뜻 닿은 이마가 뜨거운 것을 느끼며 그가 한숨처럼 말했다.

"김 비서님."

"네, 말씀하십시오."

"아주 예전에 대영전자의 전신을 기억하십니까?"

"아, 아니요."

그는 기억하는 눈치였으나 모르는 척 능청을 떨었다. 표정 연기 또한 꽤 괜찮은 수준이었지만 태준은 손쉽게 그의 생각을 읽어냈다.

그 일로 김태준의 인생에 엄청난 변화가 일어났다. 한국을 떠나 곧장 유학길에 올랐고, 어떤 일 하나를 하더라도 이 일로 인하여 닥칠지도 모르는 파장을 생각하게 되었다. 그건 모두 눈이 오던 날 만났던, 추위에 몸을 떨던 소녀 때문이었다.

"아주 탄탄한 중소기업이었습니다. 하지만 아무리 내실을 잘 다진 기업이라 하더라도 장기어음으로 자금줄을 막아버리면 답이 없죠."

자신도 모르게 입고 있던 옷을 내어주었었다. 바들바들 떨리는 몸이 녹길 바라며. 하지만 떨림은 멈추지 않았고, 눈동자에 차오른 분노와 원망의 크기는 더욱 커졌었다.

"본부장님, 그 일은……."

"그때 한국을 떠나기 전에 여자아이를 만났습니다. 내 또래 아이였는데, 제게 불행해지라고 하더라고요. 지옥에나 떨어져 버리라고."

비난에 가까운 말이었다. 하지만 아무런 말도 할 수가 없었다.

"그 일로 한 가지 세운 철칙이 있다면 상식선에서 일을 하는 겁니다. Do그룹도 마찬가지겠죠."

아무리 선대와 선선대가 사이가 좋았다고 하더라도 그건 권력이 전부였던 시대의 산물일 뿐이다. 자신의 세대에서는 바뀌어야 하지 않겠는가.

"상식선에서 처리합시다."

그의 말에 김 비서는 아무 말 없이 고개를 끄덕였다. 오너가 그렇게 결정을 했다면 그러한 것이다. 그의 말에 하등 틀린 점도 없다. 상식. 지키기 어려울 뿐이지 얼마나 멋진 단어이던가.

"윤 아나운서, 오늘도 수고했어요."

"감사합니다."

인사를 건넨 소람이 걸음을 옮겼다. 손은 자연스럽게 목을 더듬었다. 아직도 소리를 낼 때면 목에 부담이 갔다. 감기는 나았지만 워낙 목을 많이 쓰는 직업이어서 그런지 약해진 성대는 조금은 더 쉬어야 평소의 컨디션으로 돌아올 것 같았다.

아나운서실에 도착하자마자 목을 감쌀 손수건을 찾던 그녀가 낭패라는 듯 미간을 좁힌다. 세탁을 하기 위해 집에 가져다 놓고선 가져오지 않았다.

"후."

윤소람, 요새 무슨 정신으로 사는 거야.

털썩, 자리에 앉은 그녀가 자연스레 책상 위에 올려둔 휴대전화를 보았다. 기다리는 연락은 오지 않았다. 벌써 사흘째던가. 처음으로 아플 때

타인의 손길을 받았던 그날 이후로 남잔 자신을 약 올리기라도 하듯 사라졌고, 모니터를 통해서만 제 소식을 알려오고 있었다.

저마다에게 주어진 삶의 무게라는 것이 있다.

어떤 이는 집이 가난해서, 어떤 이는 큰 병을 얻어서, 어떤 이는 책임져야 할 일이 너무 많아서.

삶의 위안이 필요할 때가 있다. 그 위안이 없으면 외로워 죽을 것만 같을 때. 그때 그 남자가 자신의 곁을 지켜주었다. 바보 같게도 의도적으로 접근한 남자에게 마음의 위안을 얻었다. 그래선 안 되는데. 그래, 절대 그래선 안 된다.

그 남자가 자신이 어떤 생각을 가지고 접근했는지 안다면 분명 화를 낼 것이다. 아니, 분노할 것이다. 역지사지로 생각해 봐도 그렇다. 자신이 그였다면 제 얼굴을 다시는 안 보려 하겠지. 더욱 그는 대영그룹 김철환 회장의 아들이었다. 절대 용서할 수 없는 사람의 아들에게 위로를 받다니. 윤소람, 미쳐도 단단히 미쳤다.

신경질적으로 휴대전화를 가방에 넣은 그녀가 자리에서 벌떡 일어났다. 얇은 코트를 단단히 여민 소람이 종종걸음을 쳤다.

방송국은 24시간 돌아간다. 새벽 3시가 되면 정규방송은 모두 끝나지만 5시 방송을 위해 사람들은 분주하게 움직이고, 편집실은 실시간 방송이나 다름없는 예능국, 드라마국 PD들이 지킨다. 안면이 있는 사람들에게 수고하라고 인사하던 소람이 1층 로비를 나섰다.

문을 열고 나가자마자 불어닥친 바람에 소람의 얼굴이 구겨졌다. 공기마저도 얼음장처럼 차갑다. 호흡을 통해 들어온 찬기가 온몸을 꽝꽝 얼려버리는 것만 같다.

러시아워 때문에 대중교통을 이용해 출근을 했는데, 내일부턴 차를 가지고 오는 게 좋겠다고 생각하던 그녀가 지하철역이 있는 방향으로 걸음을 옮기다 말고 우뚝 멈춰 섰다.

"표정이 왜 그렇습니까? 귀신이라도 본 것 같습니다."

귀신이 아니라면 무엇이란 말인가.

허리를 꼿꼿하게 세운 채 서 있는 남자를 바라보던 그녀가 얼떨결에 말했다.

"연락 없던 사람이 갑자기 회사 앞에 나타나면 누구나 이런 표정을 지을 거예요."

"출장을 다녀왔습니다."

"알아요. 채택하려던 아이템 중 하나니까. 유럽시장 공략에 바쁘시죠?"

그녀의 물음에 태준은 웃기만 했다. 그 웃음은 살살 녹아서 정신이 멍해진다.

오늘의 그도 참 멋있다. 각 잡힌 슈트와 잘 빗어 넘긴 머리카락은 절제되어 있었으나 넓은 어깨와 코트 너머로 언뜻 보이는 허벅지는 수컷의 향이 물씬 나 이 남자를 더 크고 단단하게 보이게 만든다. 지금 그가 짓고 있는 표정조차 그랬다.

"이 사람이 또 왜 그러나, 장난은 아닐까, 머릿속으로 고민하지 마세요. 진심이지도 않은 사람한테 시간 내줄 만큼 여유로운 사람 아닙니다, 저."

마른침을 꼴깍 삼킨 소람이 핸드백을 힘주어 잡았다.

왜 긴장이 되는 걸까. 이 남자가 진심을 내보인 적은 여러 번 있었다. 그때에도 심장이 떨리긴 했으나 지금처럼 다리가 사시나무처럼 떨리진 않았다.

검은 눈동자에 사로잡혀 옴짝달싹할 수 없는 사람처럼 그녀가 못 박힌 듯 서 있었다. 무시무시한 감정이 범람하여 휩쓸린 기분이다. 남잔 손가락 하나 까딱하지 않고, 그녀를 사로잡았다.

"이번엔 윤소람 씨가 답해보시죠. 윤소람 씨는 저와 뭘 하고 싶은 겁니까?"

"……."

이 남자와 감정적 교류라고 할 법한 일을 한 적이 있던가.

영악하던 자신은 이 말에 진실이 아닌 거짓을 말할 수 있었다. 하지만, 하지만 지금은 어찌 된 기분인지 진심이 되어버려 마음이 무겁게 내려앉는다.

"추운 겨울을 함께 보냈으면 좋겠어요."

자신이 말하고 나서도 깜짝 놀라 몸을 떨어버렸다.

난 김태준과 그러고 싶은 건가?

입꼬리가 계속 아래로 끌어 내려질 것만 같아 힘을 주어야 했다.

소람의 몸이 떨리자 그가 목에 걸고 있던 목도리를 풀어 그녀의 목에 감아주었다. 그의 체온이 그대로 몸에 전해져 목 부분이 간질간질했다.

"아직 가을입니다."

"그럼 가을도 함께 보내요."

조금은 성급한 답에 그가 입가에 미소를 머금는다.

겨울이 싫다.

지긋지긋한 눈도 싫다.

밟으면 금방 시꺼먼 구정물이 되어버리는 그 눈이 진절머리 날 정도로 싫었다.

그 겨울에, 눈이 오는 그 계절에 그가 있다. 그 계절에 소년이었던 그는 코트를 내어주었다. 그건 동정이었다. 악에 받친 계집에게 값비싼 코트를 내어줄 정도로 그는 가진 것이 많았다. 물건도, 마음도.

눈을 감자 알고 싶지 않은 감정이 뺨을 타고 흘렀다. 이런 병신 같은 감정, 자신은 모른다. 허리가 구부정하게 굽었고 아슬아슬한 하이힐 위에 있는 발목이 꺾일 것만 같다.

이대로 쓰러져 버리는 건가.

차라리 부러지고 쓰러져 버리는 것도 괜찮겠다 싶었다. 하지만 크고 단단한, 강인한 이 남자는 한 손으로 가볍게 몸을 받치고 쓰러지지 않도록 붙잡아준다.

"키스해도 됩니까?"

답을 하기도 전에 따뜻한 체온이 입술에 닿았다.

왜 난 또 여기에 있는 걸까.

소람은 자신에게 날아드는 공을 보며 표정을 일그러뜨렸다. 자전거를 탈 때 다시는 그의 꼬임에 넘어가지 않으리라 다짐했건만. 멍청하게도 만나자는 말에 수락을 해버렸고, 여기까지 끌려와 버렸다.

탕— 탕—

라켓이 허공을 가르더니 날아오는 공을 가볍게 받아 넘겼다. 능숙한 솜씨로 공을 받아넘기는 태준과는 달리 소람에겐 흉기처럼 보이는 것인지 요리조리 피하기 바빴다. 결국 이번엔 자신의 정면으로 날아오는 공을 제대로 받아내질 못해 꽥 비명을 질러 버린다.

"악!"

소람이 귀를 막고 자리에 주저앉아 버리자, 공은 목적지 없이 데구루루 문까지 굴러갔다. 스쿼시라는 것이 이렇게 위험한 운동인지 난생처음 알게 된 소람이 태준을 힐끗 노려보았다. 머리카락이 흐트러지고 땀에 화장이 번져 엉망인 자신과는 달리 그는 들어왔을 때와 마찬가지로 상큼하다. 태준의 입가에 웃음이 번지는 것을 보며 소람이 분노를 단전에서 끌어 올리며 외쳤다.

"김태준 씨!"

그가 라켓 손잡이를 내밀었다. 잡고 일어나라는 뜻이란 걸 이제 안다. 벌써 다섯 번은 주저앉았으니까.

하지만 이번엔 라켓을 붙잡고 일어날 마음이 없는 것인지 그녀가 태준을 힘껏 노려보았다. 그는 웃음을 참는 기색이 역력했다.

"……죄송합니다."

평생 자신이 몸치라는 생각은 단 한 번도 해보지 못했었다. 학교를 다닐 땐 제법 잘 달린다는 이야기도 듣지 않았었던가. 하지만 그는 자신의 몸뚱이가 의지와 다르게 움직일 수 있구나, 라는 것을 일깨워 주었고 거기에 더해 바보가 되어버린 기분까지 느끼게 해주었다.

그녀가 라켓을 힘껏 노려본다. 애초에 의미 없게 느껴지는 운동은 좋아하지 않았다. 빙글빙글 필드를 도는 골프라던가, 굳이 다시 내려 올라올 길을 꾸역꾸역 올라가는 등산 같은. 이번에 거기에 스쿼시도 포함하기로 한 소람이 라켓을 원망스러운 눈으로 보며 외쳤다.

"안 할 거예요! 이제 안 끌려 다닐 거라고요!"

"알겠습니다."

그가 허공에서 라켓을 흔들었다. 어서 잡고 일어나라는 뜻이다. 슬슬 엉덩이에 냉기가 올라와 자리에서 일어나야 한다는 걸 알면서도 괜한 자존심에 잡고 싶지 않았다.

"언제까지 앉아 계실 겁니까?"

"……일어나면 또 시킬 거잖아요."

입술을 삐죽 내밀며 불만을 터뜨리는 소람을 보며 태준이 웃음을 터뜨렸다. 그가 의자에 앉아서 쉬라고 하자 그제야 소람이 라켓을 쥐며 자리에서 일어났다. 땀으로 흠뻑 젖은 옷을 당장이라도 벗어 던지고 싶었지만 그의 말대로 얌전히 의자에 앉았다. 태준은 아직 제대로 운동도 하지 못했다. 바쁜 사람이 겨우 시간을 내어 왔을 테니 조금은 더 기다려 줄 요량이었다.

"그럼 다음엔 윤소람 씨가 좋아하는 거로 합시다."

그가 웃으며 다음엔 그녀의 취향대로 해주겠노라 말했다. 그런 후 좀 더 뛰어다닐 생각인지 바닥에 있던 공을 라켓으로 가볍게 들어 올린 후에 힘껏 휘두른다.

몸집이 큰 남자라 둔할 줄 알았는데 아니었다. 공을 쫓는 그는 마치 한 마리의 맹수 같았다. 스쿼시를 좋아하지 않아 그의 실력이 어느 정도 되는지는 모르나 불규칙한 바운드까지 받아치는 걸 보면 꽤 수준이 높은 것 같았다. 삐익— 삐익— 연신 신발이 내지르는 비명을 들으며 소람이 눈을 깜빡였다. 갈라진 근육 사이로 흘러내리는 땀방울을 멍하니 바라보던 소람이 무릎을 끌어안았다.

땀방울이 뺨을 타고 아래로 후두둑 떨어졌다. 땀에 상의가 젖고, 살짝 벌어진 입술에서 거친 숨이 흘러나왔으나 그는 잠시도 멈추지 않은 채 공을 쫓고 또 쫓았다. 집념이 느껴지는 눈매에서 시선을 뗄 수가 없었다.

탕— 탕—

랠리가 이어졌다. 불규칙하게 튀어 오른 공이 라켓을 맞기도 전에 뒤로 휙 날아갔다. 자리에 우뚝 멈춰 선 그가 가슴을 들썩이며 소람을 본다. 땀방울이 머리카락을 타고 아래로 후두둑 떨어져 내렸다. 마치 '괜찮아요?'라고 물어야 할 것 같은 모습이었다.

끌어안고 있던 다리를 아래로 내린 소람이 그의 얼굴을 빤히 보았다. 스쿼시장 안엔 그의 거친 숨소리만이 침묵을 깨고 있었다.

소람은 검은색에 가까운 눈동자를 바라보았다. 아니, 가만히 바라보고 있을 수밖에 없었다. 피하고 싶어도 피할 수가 없었다. 검은 눈동자에 긴장이 흘렀다. 그 이유를 소람은 은연중에 알아챘다.

남자의 뜨거움은 자신에게 닿지 않았으나 떨어져 있는 거리에도 녹아내릴 것만 같았다. 생각도, 몸도. 소람의 시선이 그가 신고 있는 운동화로 향했다. 발은 바닥에 딱 붙어 있었는데도 곧 자신에게 올 것만 같다. 그리고……

소람의 시선이 다시 올라갔다. 그는 수많은 생각으로 점철된 표정이었다. 하지만 입을 통해 흘러나오는 말은 너무나 일상적인 것이어서 순간긴장감이 탁— 하고 놓인다.

"……식사하러 갈까요?"

"조, 좋아요."

더듬더듬 말을 내뱉은 소람은 먼저 걸음을 돌리는 태준을 보았다. 땀에 상의가 딱 달라붙어 날개 뼈가 도드라져 있었고, 라켓을 쥐고 있는 손은 물론이고 다른 손까지 주먹이 쥐어져 있었다.

유리문이 열리고 그가 밖으로 나갔다. 뒤도 돌아보지 않은 채 도망치듯 피해 버리는 그를 바라보던 소람이 허망한 표정으로 읊조렸다.

"뭐야."

그를 향한 허탈함이 아니다.

무엇을 기대했을지 모를 자신을 향한 황당함에 얼굴이 구겨졌다.

유명한 김치찌개 집 덕분에 이 거리엔 비슷한 콘셉트의 식당들로 가득하다. 김치찌개 거리라고 불리며 한 가지 메뉴만 파는 곳이었지만, 저녁을 먹기 위해 모여든 사람들로 가득했다.

바글바글한 사람들을 피해 길을 걷던 소람이 활짝 웃었다. 배가 두둑하게 차자 머릿속을 괴롭히던 것들이 깔끔하게 사라졌다. 아니, 깔끔하게 사라졌다기보다 생각하기 귀찮아졌다. 몸은 편하고 불어오는 가을바람도 마음을 간질이고 발에 툭툭 걸어차이는 낙엽도 마음을 들뜨게 만들었다.

구두로 바닥을 탁탁 차던 소람은 실수로 태준의 어깨와 부딪히자 자리에 멈춰 섰다. 그는 소람을 바라보고 있었다.

눈빛이 왜 이래?

그녀가 흔들림 없는 눈망울에 자신도 모르게 손을 들어 얼굴을 매만졌다. 혹여 뭐라도 묻었나 싶어서.

이빨에 고춧가루 끼인 거 아니야?

입술을 안으로 말아 넣은 소람이 그의 눈치를 살폈다. 왜 그렇게 빤히 바라보냐고 말하는 눈동자에 그가 손을 뻗는다.

자신을 향해 다가오는 손길에 소람이 목을 안으로 집어넣었다. 거북이처럼 목을 쑥 넣은 채 눈을 질끈 감는 소람을 보며 태준이 허공에서 손을 멈췄다. 누가 보면 그가 소람을 때리려 하는 줄 알겠다. 그가 황당한 표정을 지었다.

"……뭐 합니까?"

"아, 아니."

눈을 번뜩 뜬 소람이 당황해 말을 하다 말고 꾹 다물었다. 눈동자를 이리저리 굴려가며 당혹스러운 마음을 숨기려 애쓰는 소람을 보며 그가 작게 웃음을 내뱉었다.

"안 잡아먹습니다. 그러니까 겁먹지 좀 마시죠."

"가, 갑자기 손을 내미니까 그렇죠!"

내가 괜히 쫄았는 줄 아나?

산적 같은 남자가 갑자기 손을 내미니까 그렇지.

속으로 생각하던 그녀가 멈칫한다.

사, 산적치곤 너무 잘생겼나?

그녀가 종잡을 수 없는 마음에 미간을 좁힐 때였다.

그가 다시 손을 뻗어 소람의 손을 낚아챘다.

"이거였습니다. 하려던 게."

그가 손을 잡아당겨 제 주머니 속에 넣었다. 그러면서 그녀를 이끌어 먼저 걸음을 옮긴다.

끌려가던 소람이 넓은 등을 보았다. 적극적인 표현에 어찌할 바를 몰라 하던 소람의 입가에 미소가 스며든다. 빨개진 귀와 목을 뒤늦게 본 것이다.

질질 끌려가듯 뒤를 따르던 그녀가 종종걸음을 옮겨 옆에 섰다. 그리고 태준의 얼굴을 올려다보며 부러 웃는다. 키득키득. 가벼운 웃음소리에 그가 표정을 굳혔지만 소람은 뭐가 그렇게도 즐거운지 새처럼 지저귀었다.

웃지 마세요.

그가 퉁명스럽게 말하자 소람은 '내 마음대로 웃지도 못하나?' 라고 답했다. 안과는 달리 사람이 거의 없는 골목까지 나온 그는 그때까지도 입을 가리고 웃는 소람을 보았다. 눈가에 눈물까지 고여 있는 것을 보니 자신을 놀리기 위해 부러 그러는 게 아니라는 걸 알았다. 그래도 속마음을 다 들켜 버린 것 같은 기분에 그가 부끄럽다는 듯 손으로 입가를 가린다.

"그만 웃으시죠?"

"생각과는 달라서요."

"무슨 생각을 했는데요?"

그의 물음에 소람이 말없이 그를 올려다본다. 그러더니 눈을 반달로 휘며 달콤하게 웃었다.

"속을 알 수 없는 사람이라고 생각했는데……."

하지만 그녀는 모르는 모양이다. 지금 자신이 어떠한 표정으로 웃고 있는지. 두 사람의 몸이 지나치게 가깝다는 것도. 그저 그가 말해달라고 하니 솔직하게 답만 할 뿐이다.

자제력이 무너졌다. 진지한 만남을 이어가기 위해선 성급한 결정은 좋지 않다는 것을 알면서도 참을 수가 없었다.

고개를 아래로 내리자 순식간에 거리가 가까워졌다. 숨결이 얼굴에 닿았다.

풍성한 머리카락 사이로 손가락을 밀어 넣은 그가 입을 벌린 채 굳어 버린 그녀를 바라본다. 두 사람은 함께 겨울을 보내기로 했다. 소람이 원했고, 그는 그렇게 하겠노라고 말했다. 그는 그 뜻을 알지 못했고, 윤소람에게 겨울은 지독하고 차갑기만 한 계절이란 것도 모른다. 하지만 그녀가 어렵게 그 말을 했다는 것 정돈 눈치채고 있었다.

그러니까 더 이상 참을 필욘 없었다. 미성년자도 아니었고, 주위에서 비난하는 나쁜 관계도 아니었다. 그러니 그의 인생 전반을 붙잡고 있던 불필요한 인내심은 내려놓아도 된다.

그렇게 생각을 하는 순간 그는 거침없이 입을 맞췄다. 커다란 손은 소람이 도망가지 못하도록 어깨를 붙잡았고, 욕망으로 점철된 입술은 망설임 없이 그녀의 눈꺼풀에 닿았다.

입술이 다가오자 소람은 저도 모르게 눈을 감았다. 눈을 가린 그의 입술이 어느 날 참 예쁘다고 생각했던 속눈썹을 지나 콧날로 향했고 곧이어 뺨에 차례대로 닿았다.

떨림을 고스란히 느끼던 그가 아래로 내려가려는 얼굴을 붙잡았고, 곧 아랫입술을 잘근잘근 깨물었다.

"아."

작게 터져 나오는 신음에 그의 몸에 힘이 들어간다.

이 여자의 안은 어떨까.

외로운 내면은 알고 있었으나 그녀의 몸은 아직도 미지의 세계였다. 뜨거운 열정을 가지고 있을 것 같았다. 그렇지 않다 하더라도 그렇게 만들어줄 수 있다.

머릿속이 음란한 생각으로 어지러이 변할 때였다. 어깨를 붙잡고 있던 손에 힘이 들어갔고, 혀를 힘껏 빨아들이는 입술은 탐욕으로 번들거렸다.

브레이크가 없는 차처럼 내달리던 그가 '끙' 하고 신음을 내뱉었다. 바지가 불편하게 느껴진 지는 오래다. 그런데 이젠 아프기까지 했다.

입안으로 흘러들어 오는 타액을 삼킨 그가 힘겹게 입술을 떼어냈다. 이제야 자신이 서 있는 곳이 어두운 골목이라는 것도 지나가던 행인의 눈초리도 알았나 보다. 하지만 그는 부끄러워하는 대신 아쉬움이 가득한 눈으로 소람을 내려다보았다.

그녀가 태준을 빤히 올려다본다. 방금 전 뜨겁게 입술을 나눈 여자라고는 생각할 수 없을 만큼 노골적인 시선이었다.

그녀는 그의 감정을 읽어내려 애를 쓰고 있었다. 아직도 그의 진심이 그녀에겐 중요했다. 그러다 순간 자신이 원하던 바를 읽어낸 것인지 부드럽게 미소 짓는다.

어깨를 잡고 힘겹게 떼어내는 모습에 웃음이 나왔다. 웃음을 본 그는 마음에 들지 않는다는 듯 인상을 굳혔지만 이번엔 소리 내어 웃기까지 했다.

이 남자는 진심이다. 그리고 자신을 아껴주고 있기까지 했다. 생물학적 남자는 본능에 따라 움직이며 책임지지 못하는 관계도 쉽게 가질 수 있다고 이제껏 생각해 왔다. 자신이 그 결과물이었으니 무어라 더 말할 필요도 없었다. 자신의 친모도 책임지지 못할 짓을 한 거긴 했으나 자신을 낳았다. 버린 생명이었지만 낳았다는 것에 위로를 받으며 살아갈지도 모른다. 모두 개소리였지만.

하지만 이 남자는 참는다. 자신을 좋아한다고 말을 하면서도, 자신 역시 그 마음에 응답했으면서도 무시무시한 인내력으로 참아내려 애를 쓰고 있다.

자신이 데이터로 알아낸 김태준은 침대에서 신음을 터뜨리는 여잘 못마땅해하며, 향수를 뿌리는 것조차 싫어했다. 배려심이라고는 눈을 씻고 찾아봐도 없고 여자를 자신의 욕구 배출구로 아는 남자였다.

하지만 진실은 그렇지 않다. 데이터는 모두 거짓이었다. 그래서 진짜 그의 모습이 알고 싶어진다.

위험하다는 것을 알면서도 자각하기도 전에 계속 마음이 그리로 이끌린다.

그 후, 두 사람은 더 이상 아무런 말도 하지 않았다. 서로 다른 곳을 보며 웃음을 삼켰고, 붙잡은 손의 체온을 느끼며 함께 가을 길을 걸었다.

몽글몽글한 감정은 두 사람 모두에게 처음이었고, 특별한 것이어서 바보 같은 웃음을 비죽였다. 그렇게 둘은 마지막에 '안녕'이라고 인사를 나누는 순간까지 손을 꼭 잡았다. 서로를 놓치지 않으려는 듯이 조금 힘까지 주어가며.

덜컥— 탕!

문이 닫힐 때 작은 바람이 불었다. 마치 그녀의 마음에 불어오는 바람처럼 미풍에 머리칼이 흔들렸다. 하지만 소람은 눈 하나 깜짝하지 않는다. 문이 닫히는 순간까지 그가 서 있던 자리를 바라보던 소람이 신고 있던 힐을 휙휙 벗어 던진다. 작게 콧노래까지 부르며.

핸드백을 소파 위에 올려놓은 그녀는 여전히 기분이 좋은지 옷을 휙휙 벗어 던지며 욕실로 향했다. 문을 여는 순간 그녀는 실오라기 하나 없는 모습이었고, 그녀가 지나온 길에 값비싼 옷들이 툭툭 떨어져 있었다.

욕실로 들어온 그녀는 가장 먼저 깨끗하게 클렌징부터 했다. 정성스럽게 한 화장을 벗겨낸 그녀는 거울 속에 비친 자신의 모습에 순간 인상을 썼다.

"뭐가 좋다고 실실 쪼개고 있어?"

뾰족한 어투였지만 그렇게 말하는 순간 소람은 자신도 모르게 웃음을 터뜨렸다. 왜 기분이 좋은지, 왜 이렇게 웃고 있는지 그녀 스스로도 모르는 눈치였다.

그 후로 그녀는 샤워기 아래에서 깨끗하게 몸을 씻었고, 김이 모락모락 욕실에 차오르고 나서야 밖으로 나왔다. 가운 허리끈을 쥔 그녀가 힘껏 묶었다. 그때까지도 소람은 미소 짓고 있었다.

가볍게 하품을 하며 물을 한 잔 떠온 그녀는 습관적으로 거실로 향했다. 하얀 약통을 집어 든 그녀가 순간 태준을 떠올린다.

"또 잔소리할 거니까……."

다시 약통을 내려놓은 소람이 총총걸음을 옮겨 침실로 향했다.

평소보다 몸을 많이 움직여서일까.

수면제를 먹지 않았음에도 금세 깊은 잠에 빠져들었다.

그녀의 일상이 조금씩 그로 인해 변하고 있었다.

소람이 벙찐 표정을 지었다. 태준과 함께 어릴 적 추억이 있는 문구점을 찾았다. 자신은 돈이 아주 많으니 원 없이 불량식품을 사주겠다는 말에 조금은 가벼운 마음을 안은 채.

그런데 막상 와보니 생각과는 다른 주인의 반응에 소람이 눈을 가늘게 뜬다. 왜 또 왔어, 라고 화를 낼 줄 알았는데, 그것보다 더한 말을 해 당황한 기색이 역력하다.

"뭐야? 결혼할 남자냐?"

"아니, 그런 게……."

소람이 서둘러 고개를 저었다. 하지만 노인은 전혀 믿지 않는 눈치였다. 마치 '가볍게 만나는 놈이면 네가 데리고 왔을 리 없지'라는 표정이었다.

정말 아닌데.

믿지 않는 눈치에 소람이 한마디 덧붙이려 하자, 태준이 넉살 좋게 인사를 건넸다.

"안녕하십니까, 어르신. 김태준이라고 합니다. 만난 지 얼마 안 돼서 아직 결혼 생각은 해본 적 없습니다."

"뭐어? 그럼 소람이랑 잠시 만나고 말 거야? 요즘 젊은 애들 참 문제야, 문제. 쯧쯧!"

"잠시 만나고 말 것도 아닙니다, 어르신."

"그래? 그럼 결혼할 사이 맞네!"

노인이 그게 그거 아니냐며 언성을 높이자 소람이 다시 한 번 고개를 저었다. 이러다간 이 자리에서 결혼 날짜까지 박을 판이었다.

"아니에요, 아저씨. 맛있는 거 사준다고 해서 데리고 왔을 뿐이에요."

"네가 잘도."

흥!

노인이 콧방귀를 뀌자 소람의 얼굴이 종잇장처럼 일그러졌다. 하지만 그는 소람을 보지 않고 탐색하는 눈길로 태준을 보았다. 값비싼 양복과 멀쩡한 허우대를 보니 소람을 굶길 것 같진 않았다. 그가 합격점을 준 듯 소람을 보며 괜한 오지랖을 떨었다.

"잘살아라. 눈에 독기 좀 빼고. 총각도 알고 있지? 애 성격 더러워. 되도록 져줘. 안 져주면 자기가 원하는 거 받아낼 때까지 고집부릴 거야. 얼마나 끈질긴 줄 알아?"

"아저씨."

"뭐? 내가 뭐 잘못 말했냐?"

노인이 자신은 틀린 말 하나 하지 않았다며 가슴을 내밀었다. 구부정한 허리가 곧게 펴졌고, 앞으로 동그랗게 말려 있던 어깨도 당당히 벌어진다. 어디 할 말 있으면 해보라는 말에 소람이 눈을 가늘게 떴다.

"눈앞에서 흉보는 건 아니지 않아요?"

"이게 흉이냐? 사실을 말한 거지. 난 거짓말 못한다."

노인의 반응에 소람이 할 말을 잃은 듯 입을 꾹 다물었다. 이제껏 알아온 세월이 얼마고 쌓아온 정이 얼만데 너무하지 않냐는 표정이었다.

두 사람이 투닥투닥 다투는 걸 옆에서 지켜보던 태준이 입술을 깨물었다. 윤소람의 새로운 모습을 이곳에서 볼 줄은 알았지만 이런 표정은 아니었다. 마치 믿었던 사람에게 크게 배신이라도 당했다는 듯 당혹스러운 표정에 그가 고개를 돌려 헛기침을 뱉었다.

참자.

여기서 웃음을 터뜨리면 소람이 어떤 원망을 쏟아낼지 알기에 그가 엄청난 인내심으로 이를 삭이고 있을 때였다.

"그냥 웃으세요."

눈치 빠른 그녀가 이를 모를 리 없다는 듯 말하자 그가 서둘러 표정을 갈무리하며 고개를 저었다.

"아닙니다."

"아니긴 뭐가 아니야. 표정 보니 이 기지배 욕해주니 좋다는 거구만."

"아저씨!"

"에힝, 노인네 귀 안 먹었다! 왜 소릴 질러, 지르길!"

아이고, 심장이야.

노인이 앓는 소리를 하며 가슴께를 문질렀다. 간 떨어질 뻔했단 표정이었지만 엄살이라는 것을 빠르게 눈치챈 그녀가 원망을 거두지 않으며 외친다.

"오늘도 진상 손님 취급이나 하고. 아저씨 너무한 거 아니에요? 내가 몇 년 단골인데."

"단골도 돈이 되는 단골이라야 좋지. 돈 안 되는 단골은 귀찮기만 해."

"……."

소람이 진심으로 서운하다는 듯 노인을 보았다. 자신이 돈 안 되는 단골이라는 것쯤은 안다. 어릴 때도 많은 물건을 그냥 가져다 쓰기까지 했었다. 하지만 후에 돈을 준다고 해도 사양했던 건 그. 그런데도 이런 말을 듣게 되다니, 억울해서 눈물까지 삐죽 나올 것 같았다.

하지만 소람은 눈물을 흘리는 대신 노인을 힘껏 노려보며 외쳤다.

"내가 다시는 오나 봐라!"

하지만 노인은 곧 가게를 정리할 생각이니 이런 말에 눈 하나 깜짝하지 않았다. 그가 잘 생각했다는 듯이 고개를 끄덕이자 소람이 도망치듯 몸을 돌려 밖으로 나갔다. 문 앞에 서서 씩씩거리는 걸 보니 화가 나도 단단히 난 모양이었다.

두 사람의 다툼에 당황한 것은 오히려 태준이었다. 그가 소람을 보며 '아' 라고 작게 소리를 내자 노인이 그제야 얼굴 가득 짓고 있던 표정을 지우며 한숨처럼 말했다.

"내게 자네를 보여주고 싶었나 봐."

소람의 어린 시절을 가장 잘 알고 있는 건 그였다. 학교를 졸업하고 중학교에 진학해서도 문구점을 찾아 필기도구와 문제집을 얻어 갔었다. 그녀가 고아라는 것도, 마음 둘 친구 하나 제대로 사귀지 못했다는 것도 안다. 그런 그녀가 자신의 앞에 태준을 데리고 온 것은 미래를 진지하게 생각하고 있기 때문이리라. 바보처럼 헛똑똑이인 윤소람은 이를 모르는 눈치지만.

"고맙네."

"오히려 제가 감사합니다."

그가 진심을 다해 말하자 노인이 허허 웃음을 내뱉었다. 남자도 제대로 사귀지 못하고 허송세월을 보내고 있는 줄 알았다. 부모가 있었던 적이 한순간도 없었으니 가정이란 형태를 믿지 않았고, 또 잘 몰랐다. 그래서 결혼 생각이 아예 없는 줄 알았는데 오늘 보니 그것도 아닌 모양이다. 다행이라는 듯 노인이 푸근한 웃음을 지으며 말했다.

"쟤 고집이 쇠심줄보다 질겨. 그러니까 화가 나더라도 참고 옆에서 지켜봐 줘."

노인의 부탁에 태준은 웃기만 한다. 그제야 노인은 이미 태준이 소람에 대한 파악이 끝났다는 사실을 깨닫곤 문밖을 보았다. 소람은 여전히 그 자리에 있다. 처음, 이 문구점을 찾았을 때도 안으로 들어오지 않고 한참 저 자리에 서 있기만 했었다.

세월이 참 많이 흘렀다. 자신의 허리춤에 오던 아이는 숙녀가 되어 진지한 만남까지 하고 있었다. 그만큼 자신은 늙었고, 여기저기 병들었다. 좀 더 저 아이가 행복해하는 모습을 보았으면 했지만 이제 시간이 얼마 없다는 걸 알기에 그는 후에 후회하지 않도록 속에 담고 있었던 이야기를 꺼냈다.

"저 애가 초등학교를 다닐 때, 내가 이름이 참 예쁘다, 라고 말을 했었네. 그때 저 애의 이름이 왜 소람인지 알게 되었지."

"왜……."

"그건 자네가 직접 듣게. 하지만 말을 해주기 전까진 물어보지 마. 자존심이 강한 아이라서 오히려 삐뚤어질 수도 있으니까. 소람이가 먼저 말해주면 내가 그때 해주지 못했던 위로까지 더해서 해주게."

자글자글한 얼굴이 웃음으로 주름이 더 깊어졌다.

"사랑으로 대해주게. 하지만 예쁘다는 말은 너무 많이 하지 말고. 금세 기고만장해지거든."

장난스러운 빛이 역력한 눈동자에 태준이 결국 참고 있던 웃음을 터뜨렸다. 그 웃음소리를 들은 것인가. 밖에서 신경질적인 목소리가 들렸다.

"안 가요? 언제까지 있을 거야!"

밖을 보니 이미 소람은 걸음을 옮겨 저만치 나아가고 있었다. 태준에게 빨리 나오라는 무언의 압박이었다.

소람을 따라가야 한다는 생각에 태준이 허리부터 숙여 인사를 건넸다. 그러자 노인은 진열되어 있던 물건 중에서 사탕을 하나 집어 들며 그에게 건넨다.

"이건 화해 선물이야. 소람이한테 전해줘."

꾸깃꾸깃 구겨진 비닐 안에 싸여 있는 것은 하트 모양이다. 언젠가 소람에게 받았던 사탕을 바라보던 그가 고개를 끄덕였다.

"다음에 또 찾아뵙겠습니다."

"그럴 필요 없네. 사실 살날을 받아놨거든."

"그게……."

"소람이에겐 비밀일세."

태준이 놀란 얼굴로 노인을 바라보았지만 그는 '이 나이가 되면 자연스러운 일이야' 라며 대수롭지 않게 넘겼다.

살 만큼 살았다. 자식들도 장성하여 시집 장가까지 가 손자 손녀까지 안겨주었다. 이만큼 살았으면 더 이상 여한은 없었지만 혼자 남을 소람이 걱정되었다.

"사람을 만나는 법도, 이별을 하는 법도 모르는 아이야. 상처 주고 싶지 않아."

노인의 말에 태준은 아무 말 없이 고개를 끄덕였다.

"좀 좋게 말해주면 좋잖아."

서운한 마음에 머리끝까지 화가 났다. 괜스레 마음이 울적해져서 답지 않게 눈물까지 찔끔 고였다. 그래도 나름대로는 꽤 많은 감정을 교류한 사람이라고 생각했는데, 상대는 아니어서 억울한 마음도 들었다. 사람에 대한 기대감 따윈 없다고 자부했는데.

씩씩거리며 한참 걸음을 옮기던 소람이 뒤를 돌아보았다. 아직도 태준은 문구점 안에서 주인과 대화를 나누고 있었다. 표정이 자세히 보이지 않아 무슨 이야기를 나누는지 호기심이 들기도 했으나 애써 관심을 끈다.

이제 다시는 안 올 거야!

씩씩거리던 소람이 미처 앞에 있던 돌부리를 보지 못하고 벌러덩 자빠졌다.

다행히 손바닥으로 바닥을 집어 코가 깨지진 않았지만 무릎이 아팠다. 살펴보자 스타킹이 찢어져 있었고, 넘어질 때 발목이 꺾여 시큰거렸다.

"아!"

눈물이 찔끔 고였다. 그러면서 오늘 하루 무엇 하나 제 마음대로 되는 일이 없었다는 생각을 한다. 이런 기분이 들 줄 알았다면, 아니, 아저씨에게 그런 말을 들을 줄 알았다면 태준을 여기까지 데리고 오진 않았을 거다. 비참했다. 그에게 문구점이 어떤 장소인지 모두 말을 했던 터라 더 그랬다. 초라했다. 그리고 이제껏 자신이 소중하게 여겨왔던 장소가 뒤늦게 싫어졌다.

넘어진 무릎과 아스팔트에 갈려 피가 나는 손바닥을 살피던 소람은 뒤

늦게 달려오는 태준을 보았다. 깜짝 놀란 표정으로 넘어진 그녀를 내려다
보던 그가 '괜찮냐'라고 묻는다.

정말 몰라서 묻는 건가? 제 꼴을 보면 전혀 그런 물음이 나오지 않을
텐데.

그녀가 빤히 자신을 올려다보자 태준이 뒤늦게 손을 내밀었다. 그의
손엔 불량식품이 들려 있었다.

"내가 애예요? 사탕으로 눈물 그치게."

"문구점 아저씨가 전해달라고 했습니다."

"필요 없어요."

자신이 듣기에도 너무 날카로운 목소리라 소람이 몸을 움찔 떨었다.
그러더니 그의 눈치를 살핀다.

"방금 애 아니라고 하지 않았습니까?"

제법 엄한 목소리에 소람이 우울한 눈동자로 사탕을 바라보았다.

그래, 사탕은 죄가 없지.

말없이 손을 바라보던 그녀가 사탕을 받아 들자 그가 이번엔 뒤돌아서
서 등을 내어주었다.

넓은 등판을 바라보던 소람이 무슨 뜻인지 몰라 말간 눈을 깜빡였다.

"업히세요."

"……저 보기보다 무겁거든요?"

"대략 예상은 하고 있습니다."

고개를 돌린 그가 소람을 보며 웃었다. 마치 개구쟁이 소년처럼 보이
는 모습에 그녀가 눈을 뾰족하게 떴다.

"이 남자가 진짜."

"업혀요. 다리 저립니다."

그가 한 번 더 재촉하자 소람이 말없이 넓은 등을 바라본다.

누군가에게 업혀본 기억이 없었다. 분명 자신이 기억하지 못할 시절엔 누군가에게 안겼고, 업혔겠지만 자신은 모른다. 보통의 사람들도 그날의 기억은 하지 못하지만 적어도 해줬으리라 예상이 되는 부모가 곁에 있었다. 하지만 소람에겐 그런 당연한 것들이 없었다.

그래서 어색했다. 솔직히 말해 어색함을 견딜 자신이 없어 선뜻 업히지 못했다.

하지만 그녀는 깊은 고민 끝에 그의 등에 몸을 겹쳤고, 단단한 목에 팔을 둘렀다. 후에 또다시 이런 기회가 있을까, 라고 생각을 해보니 없을 것 같아 조금 용기를 냈다.

그가 가볍게 자리에서 일어남과 동시에 몸이 붕 떠오르는 기분이 들었다. 말없이 손에 힘을 주었고, 고개는 그의 어깨에 묻었다.

이 남자는 참 강하다.

눈 내리는 날 만났던 그 기억만 없었더라면 좀 더 믿고 싶을 만큼 듬직했고, 포근했다.

가슴이 아래로 철렁 내려앉는 기분에 그녀가 고른 호흡을 내뱉다 말고 입술을 뗐다.

"초등학교 운동회 날이었는데 같은 반 여자애가 달리기를 하다가 넘어졌어요. 그래서 나도 깜짝 놀라서 쳐다보다가 넘어졌거든요."

"그래서요?"

부드러운 물음에 어찌 된 일인지 눈물이 날 것 같았다. 왜 자신이 이런 기분이 되었는지, 왜 좋지도 않은 기억을 꺼내는 것인지 모른다. 하지만 그녀는 떠오르는 말들을 필터링 하나 거치지 않은 채 말했다.

"그런데 걘 관중 속에 있던 어떤 아저씨가 달려와서 업어주는데, 난 그럴 어른이 없는 거예요. 그때 걔가 얼마나 부러웠는지 몰라요."

이번엔 그가 장단을 맞춰주지 않았다. 그저 걸음을 옮기며 허벅지를 받치고 있는 손에 힘을 주었을 뿐.

하지만 그녀는 입가에 미소를 띠며 말을 이었다.

"소원 성취하네요."

앞으로 누군가가 아빠의 등을 이야기하면 자연스럽게 김태준을 떠올릴 것 같았다.

그는 기분 나빠하겠지만 여느 아이들처럼 아빠의 등을 떠올리면 이 따뜻함과 푸근함을 떠올릴 것이리라.

제 3 장

가진 것이 없어
줄 것도 없었다

욕망에 관하여

첫 번째 만남은 기억에도 남지 않은 클래식 공연이었다. 그때 태준은 자신의 진심을 모두 이야기했다. 삼킨 것이 하나 있다면 도와달라는 그녀의 말에 확답을 주지 않은 것뿐이었다. 이성적으로 생각해야 한다는 것은 알고 있었지만 선대와의 관계 때문에 감정이 섞여들었다.

그리고 오늘이 두 번째 만남이었다. 이번엔 그가 먼저 연락을 했다. 감정을 정리하고 결정을 내렸으니 더 이상 지지부진하게 관계를 끄는 것도 무의미했다.

그가 선택한 장소는 '미술관'이었다. 조가연이 미술을 전공했고, 현재에도 대부분의 시간을 그림 그리는 것에만 매진하고 있다는 것을 알고 선택한 것이었다. 하지만 그것보다 이 장소를 선택한 데 더 큰 기여를 한 것은 가만히 앉아 있는 것보단 그림이라도 구경하면 조금 나을까 싶어 제안한 것이었는데, 생각했던 것보다 더 탁월한 선택이었다.

그가 선택한 전시회는 젊은 여성화가 유지니아 크로퍼드(Eugenia

Crawford)의 전시회였다. 어릴 적 한국에서 태어났다는 화가는 어머니와 아이가 공원에서 놀고 있는 모습을 그린 〈In the park(공원에서)〉라는 작품으로 주목받기 시작해 그 후로도 줄곧 따뜻한 감성을 담은 작품으로 활동했다. 그러다가 미국에서 법정 화가로 활동하고 있다는 소식만 간간이 전해오던 그녀가 이번에 한국에서 개인 전시회를 열어 국내뿐만 아니라 해외에서도 수많은 스포트라이트를 받고 있었다.

그림은 양극단을 달렸다. 초창기 작품의 경우엔 보기만 해도 미소가 지어지는 것들이었지만 최근에 그렸던 그림으로 향할수록 어둡고 슬픔으로 가득했다. 기괴하기까지 한 사람의 형상에선 가슴이 옥죄는 듯한 느낌을 받으며 화가가 이 작품을 그릴 당시 어떠한 마음이었는지 가늠도 할 수 없어 멍하니 바라보고만 있어야 했다.

작가의 자화상을 보던 그가 미간을 좁혔다. 자화상이라고 제목을 붙여놓아 겨우 사람이라는 것을 알 수 있는 그림은 보고 있는 것만으로도 가슴이 내려앉았다. 마음속에 깊은 우울을 안고 있는 사람들은 모두 자신의 모습을 이렇게 보고 있지 않을까, 라는 생각이 들었다.

윤소람, 그녀도 그럴까.

그녀도 자신을 이렇게 일그러지고 괴물 같은 모습으로 생각하고 있는 건 아닐까.

그렇게 생각하자 가슴이 저렸다.

한참 자화상을 바라보던 그가 고개를 돌려 계속 마음에 머무르는 작은 캔버스를 보았다. 초창기에 그린 작품이 계속 마음에 남아 여운처럼 뇌리에 남았다.

결국 걸음을 옮긴 그가 앙증맞은 캔버스가 네 개 쪼르르 걸려 있는 것을 보았다.

—사계.

단순히 계절을 그린 그림이 아니었다. 봄을 배경으로 한 그림에선 한 여자가 벤치에 앉아 배를 감싸 안고 있었고, 녹음이 푸르른 배경에선 여자가 작은 아이를 바라보고 있었다. 붉고 노란 단풍을 배경으로 한 그림에선 두 사람이 자리에 일어서서 함께 손을 잡고 있었고, 눈이 소복하게 쌓인 세상에선 노파가 된 여자가 장성한 딸아이의 배가 불러 있는 것을 흐뭇하게 바라보고 있었다.

따뜻한 그림이었다. 그리고 당연하게 느껴지는 세상의 이치를 담은 그림은 그가 소람에게 보여주고 싶은 세상이었다.

그가 멀찍이서 지켜보고 있는 큐레이터에게 손짓했다. 그러자 곁에 있던 가연이 눈을 동그랗게 뜨며 물었다.

"사시게요?"

"네."

짧은 답에 가연이 멋쩍은 웃음을 지었다. 검은 슈트를 갑옷처럼 두르고 있는 남자에게선 품위가 느껴졌다. 여성들이 신사라고 느끼기에 충분한 모습이었지만 표정에선 냉기가 흘렀다.

김태준이 이러한 사람이라는 걸 잊고 있었다.

남잔 자신이 허락하지 않는 사람은 가까이에 두지 않는 성미였다. 그건 그의 모습만 봐도 충분히 예상이 되었다. 기본형의 스트레이트 구두와 무채색의 슈트, 무늬가 들어가 있지 않은 넥타이와 평범한 가죽끈의 시계는 금욕적이었고 절제미가 돋보였다. 멋있는 남자였지만 접근하기 어려운 표정과 분위기에선 냉기가 흘렀다.

가까이 다가가면 얼어버릴 것 같았지만 그래서 여자들은 이 남자에게 열광했다. 다른 곳은 바라보지 않을 것 같은 올곧은 눈동자도, 웬만한 연예인보다 잘생긴 얼굴과 잘 가꾼 몸도 완벽해서 이 남자의 눈에 들기 위해 애를 썼다. 그의 배경뿐만 아니라 김태준이라는 남자 역시 충분히 매력적이고 탐이 나는 것이었기에 그에게 접근해 오는 여자는 차고 넘쳤다.

하지만 그들 중에서 이 남자를 차지했다는 여잔 만나보지 못했다. 다들 한가락 하는 여자들이었지만 그는 너무 많은 것을 가진 남자여서 물질적인 것에 관심을 두지 않았다. 그래서 처음에 이 남자가 자신에게 결혼을 제안했을 때 놀라지 않았던가. 하지만 자신 역시 마찬가지라는 생각을 하던 가연은 그가 그림을 구입하는 것을 옆에서 말간 눈으로 바라보았다.

분명 그 여자에게 선물하려는 것이겠지.

음울한 눈동자로 그림을 바라보던 그녀가 깊은 한숨을 삼켰다. 그가 이렇게 따뜻한 감성을 전해주고 싶은 여자는 어떤 사람일까, 궁금해졌다. 아마 외모는 아름답고 마음씨는 따뜻한 여자일 것이리라. 자신처럼 아무것도 못하는 바보가 아니라.

이 남자가 만든 단단한 울타리에 있을 여자가 부러워졌다. 아니, 어쩜 그 여잔 그 울타리가 필요 없을 만큼 강한 사람일지도 모르지만 끈 떨어진 연 신세가 되어버린 그녀는 김태준의 마음이 조금이라도 자신에게 기울길 바랐다.

"식사하러 가시겠습니까?"

깍듯한 물음에 가연이 고개를 끄덕였다.

"좋아요."

미술관에서 그랬던 것처럼 레스토랑으로 이동하는 내내 두 사람은 한마디도 나누지 않았다. 서로에 대해 잘 몰랐으니 어떤 대화를 주제로 세워 무거운 침묵을 깨뜨려야 할지 몰랐기 때문이다. 어쩌면 두 사람 모두 이야기를 나누고 서로를 알아야 할 필요성을 느끼지 못했는지도 모른다.

두 사람이 사는 세계에서 불필요한 대화는 되도록 삼가야 하는 것이었으니 배운 대로 그대로 실천하는 것일지도.

룸으로 되어 있는 이탈리안 레스토랑에 온 두 사람은 간단하게 메뉴를 주문한 후 서로를 바라보았다. 먼저 운을 뗀 것은 태준이었다.

"이야기는 식사 끝나고 합시다."

그의 말에 가연은 말없이 고개를 끄덕였다. 껄끄러운 이야기일 테니 식사 후에 하는 것이 좋을 것 같다는 공통된 생각하에 두 사람은 차례대로 나오는 코스 요리를 먹었고, 후식이 나올 때까지 각자의 생각에 잠겨 음식을 씹어 삼키는 일에만 집중했다.

가연의 앞엔 달콤한 아이스크림이, 태준의 앞엔 보기만 해도 인상이 써지는 에스프레소가 놓였다. 앙증맞고 작은 잔을 바라보던 그녀가 순간 커다란 몸집의 그와 잔이 참 안 어울린다는 생각을 하던 찰나였다.

"죄송합니다. 조가연 씨의 부탁을 들어드리지 못할 것 같습니다."

다짜고짜 본론부터 꺼내는 그를 보며 입을 굳게 다물었다. 그가 지난번에 한 자신의 부탁에 거절을 한다는 건 단숨에 알아들었다. 하지만 그 이유를 알지 못해 '왜죠'라고 되물었다.

대한민국의 기득권은 자신이 가진 권력을 내려놓지 않기 위해 애를 썼다. 그리고 가진 자들끼리 서로를 돕기도 한다. 한쪽이 무너지면 다른 쪽도 쉽게 무너지기에 자신이 가진 것을 지키기 위해 똘똘 뭉쳤다.

김태준도 기득권이었다. 대한민국에서 그보다 더한 권력을 가진 사람은 VIP뿐이라는 우스갯소리가 나오기도 했다. 그의 결정 하나에 대한민국 경제가 들썩이고, 국가 브랜드 역시 대영에 의해 많이 올라가기도 했다.

그런데 왜 그는 Do그룹을 돕지 않는 것일까.

많은 사업이 연관되어 있고, 같은 처지에 도와줄 법도 한데.

가연의 얼굴이 실망으로 일그러졌지만 그는 더한 독설을 내뱉었다.

"당신은 무능력하니까요."

아픈 곳을 찔러오는 모습은 천생 사업가였다. 자신이 손해 보는 짓은 절대 하지 않으며 상대를 전혀 배려하지 않는 모습에 가연의 얼굴이 일그러졌다.

두 사람은 어찌 되었든 결혼까지 입에 담았던 사이였다. 하지만 그는 조가연보단 Do그룹을 생계로 삼고 있는 사람들을 더 걱정했다. 그럴 수밖에. 생각이라는 걸 하는 순간부터 그는 자신의 인생보단 대영그룹에 속한 사람들을 더 걱정하며 살아왔다. 어떻게 하면 그들이 행복하게 일할 수 있을까. 사람처럼 일하며 인생을 살아갈 수 있을까. 그는 자신의 결정으로 인해 끼칠 여파를 걱정하며 가연에게 충고 아닌 충고를 했다.

"자신의 것이 아니라면 욕심내지 마십시오. Do그룹은 조 회장님이 만든 것입니다. 그리고 조 회장님이 사업을 할 때와 현재는 다릅니다."

"그래도……."

"선대가 이룩한 것을 혈육이라는 이유만으로 무조건 소유할 수 있는 건 아닙니다. 저 역시 마찬가지입니다."

"……."

가연의 입술이 굳게 다물렸다. 아무런 노력 없이 욕심만으로 커다란 기업을 가질 순 없었다. 하나의 기업은 오너가의 재산이 아니었으니까. 어느 누군가가 피땀 흘려, 밤잠을 아껴가며 만들어놓은 기업을 망칠지도 모른다. 그걸 가연도 알고 있었다.

하지만 가업으로 이어온 기업을 쉽게 내놓을 순 없다는 듯 가연이 붉어진 눈으로 부탁했다.

"도와주세요."

감정이 그득한 얼굴에 태준은 커피로 입술을 적시기만 할 뿐이다. 당장 대답을 할 수 있을 만큼 생각은 정리된 상황이었지만, 그녀는 달랐다. 이런 이야길 들을 거라고 생각하지 못했을 테니 그녀에게도 받아들일 시간이 필요했다.

소리 없이 잔을 내려놓은 그가 가연을 보았다. 그녀는 금방이라도 눈물을 떨굴 것 같았다. 가연의 반응도 이해가 되었지만 지금 이 순간 그는 더더욱 그녀에게 Do그룹의 명운을 맡겨선 안 된다는 판단만 했다. 이렇게 감정이 흔들리는 사람은 사업을 해선 안 된다.

"……만약 그 사람을 만나기 전이었다면 굳이 도와달라고 말하지 않더라도 이 기획 살려서 조가연 씨와 결혼했을 겁니다. 하지만 그럴 수 없습니다."

찾았으니, 그의 앞에 나타났으니 자신이 도와줄 수 있는 건 아무것도 없었다. 지금 이 순간 가연과 손을 잡으면 더 많은 부와 명예를 안을 수 있겠지만 그것보다 더 중요한 게 생겨 버렸다. 이미 물질적인 것들은 차고 넘쳤으니 눈에 보이지 않는 그것을 가지기 위해 그는 노력할 참이었다.

바늘 하나 들어갈 것 같지 않은 표정에 가연이 파르르 떨리는 입술을 악물었다. 비참한 기분과 함께 슬픔이 몰려와 어떤 말도 할 수가 없었다. 좀 더 매달리면 이 남자의 마음이 변할까. 생각을 해보았지만 그럴 것 같지 않았다. 그는 이미 확고하게 결론을 내린 것 같았다.

"어떤…… 사람이에요?"

놀란 눈으로 가연을 바라보던 그가 차가운 표정을 물려낸다. 그곳에 자리 잡은 것은 놀랍도록 부드러운 웃음이었다. 방금 전과는 180도 달라진 표정에 가연은 얼굴도 모르는 그 여자가 부러워졌다.

"예쁜 사람입니다."

망설임 없이 말하는 모습에 가슴에 서늘한 바람이 불어온다. 그리고 이내 차갑게 얼어붙는다.

"전 받는 것보다 주는 걸 더 좋아합니다."

그는 이미 모든 걸 내어줄 준비가 되어 있다는 듯 말했다. 가진 것이 많은 사람이었으니 줄 것 또한 많으리라. 지금 보니 남잔 물질적인 것도, 감정적인 것도 풍요로운 사람이었다.

"받는 것이 익숙한 사람보단 익숙하지 않는 사람한테 주는 걸 더 좋아합니다. 어색해하는 표정이 귀엽거든요."

그의 입가에 맺힌 나른한 미소를 바라보던 가연이 시선을 비껴 아래로 내렸다. 순간 뺨이 붉어졌다. 이 순간에.

"그런데 당신에겐 줄 게 없습니다."

"잘 찾아보면 있을 거예요. 제게도. 왜 찾아보기도 전에……."

"그 사람에게 빚이 있습니다."

그것도 아주 큰 빚이 있다. 평생을 다 갚아도 부족할 정도라서 어떻게 하면 하루빨리 갚을 수 있을까, 순간순간 고민을 하게 만드는 빚.

마음의 빚은 시간이 갈수록 옅어지지 않고 더욱 진해졌다. 그건 그녀를 곁에 두는 순간부터 더욱 가속도를 붙였다.

"조가연 씨, 전 그 사람이 당연히 받고 누려야 했던 것들을 해줘야 합니다. 그래서 당신에게 부족한 것들을 찾아낼 필요성을 못 느낍니다."

"……스스로는 많이 부족하다고 느끼는데도요?"

"어디 가서 그런 이야기하지 마십시오. 세상엔 생각 이상으로 불행한 사람이 많습니다."

길거리에 나가면 구걸을 하는 사람이 있다. 삶이 힘들어 몸을 파는 사람도 있고, 타인에게 무작정 적대적인 감정을 품고 흉기를 휘두르는 사람들도 있다. 차라리 세상 밖보단 감옥이 편해 범죄를 저지르는 사람들도 있었으며 불행한데도 스스로 불행하다고 생각하지 못하는 사람도 있다.

현대를 살아가는 사람들 모두가 그런다. 곁에 사람이 있는데도 외로움을 느끼며 끝없는 공허함에 빠져 스스로를 비관하는 사람들이 그렇게 차고 넘쳤다.

"생리대 값이 없어 걱정하는 소녀도 있고, 사람이라면 태어나는 순간부터 가져야 할 부모가 없는 아이들도 있습니다. 낡은 교복을 입고 어린 나이에도 세상의 쓴맛을 다 본 사람처럼 구는 아이도 있습니다."

필기구를 살 돈이 없어 무작정 문구점 아저씨에게 떼를 쓰는 아이도 있고, 어린 나이부터 지독한 세상에 홀로 내던져져 좌절하는 아이도 있다.

그 아이가 윤소람이다.

윤소람은 여전히 추운 겨울에 있다.

그녀에게, 봄은 찾아오지 않았다. 아직도.

어쩜…… 영영 찾아오지 않을지도 모른다. 따뜻한 봄 따위.

"그러니까 우린…… 힘들다고 말하면 안 됩니다."

삶이 힘겨운 사람들이 세상에 너무 많다. 하루하루를 어떻게 견뎌 나가야 하는지 몰라 악을 쓰며 살아가는 사람들이 지천에 깔려 있다. 숨을 쉬는 순간이 지옥이고, 사는 것보다 죽는 것이 편한 사람이 세상엔 너무나 많다.

그러니까 우린 힘들다는 소릴 하면 안 된다.

방송국 1층에 있는 서점에서 한참 책을 고르던 소람은 연노란색 표지에 잠시 시선을 두었다.

—욕망에 관하여.

제목은 참 야시시하고 부끄러웠지만 안에 담고 있는 이야기는 달랐다. 단순히 성적인 욕망뿐만 아니라 한 사람이 살아갈 때 당연히 있어야 하는 것들이 쓰여 있는 책은 순식간에 소람의 마음을 사로잡았다.

—사람에게 기본적으로 필요한 것은 의식주이다. 비바람을 피할 수 있는 집과 몸을 가릴 수 있는 옷, 살아가기에 기본적으로 필요한 음식에 대한 탐욕은 인간이라면 당연히 있는 것이다. 그것이 충족되면 사람들은 조금 더 넓은 집과 화려하고 예쁜 옷, 그리고 산해진미를 찾는다. 하지만 그것들을 다 가진다고 해서 사람이 행복한 것은 아니다.

집필자가 하고자 하는 말이 무엇인지 몰라 한참 활자를 읽던 소람은 점심시간이 끝나가는 시간이 되어서야 책을 집어 들고 카운터로 향했다. 일주일에 세 권씩은 꼭 구입을 하는지라 주인은 안면이 있는 소람을 보며 반갑다는 듯 인사를 건네다 말고 그녀의 무릎을 보았다. 커피색 스타킹 안으로 커다란 밴드가 붙여져 있었다.

"어머, 윤 아나운서. 다쳤어요?"

"네, 넘어졌어요."

"아이고, 어쩌다가. 흉터 남는 거 아니에요?"

소람이 어색하게 웃었다. 바보같이 넘어졌다며 좀 더 앓는 소리를 할까. 고민을 하던 그녀는 이내 어리숙하게 웃으며 말한다.

"걱정해 주셔서 감사합니다."

간단한 인사였다. 더 이상의 관심은 사절이다. 더욱 무르팍이 깨졌던 날에 있었던 일은 다시 생각하고 싶지 않은 감정과 사건이었다. 서둘러 계산을 마친 그녀가 막 로비를 통해 엘리베이터로 향할 때였다. 주머니에 넣어두었던 휴대전화가 울려 액정을 확인해 보니 정아의 이름이 떠 있었다.

[소람!]

"왜?"

[너 찌라시 봤어?]

"무슨 찌라시?"

[무슨 찌라시긴! 김태준 본부장 찌라시지! 너 그 사람이랑 진심으로 만나고 있다고 하지 않았어? 이거 정말이야? 아니지? 아닐 거야.]

인사를 건네기도 전에 정아가 흥분해 외쳤다. 귀청이 떨어질 것 같은 느낌에 전화기를 잠시 떼었다 붙인 소람이 미간을 좁힌다.

기본적으로 확인되지도 않은 사실을 떠드는 건 좋아하지 않았다. 재미 삼아 개인적으로 친분도 없는 사람을 뒤에서 씹어대는 건 성미에 맞지 않았다. 그럴 시간에 차라리 글 한 자 더 읽고 머릿속이나 채우지.

그녀가 다소 날카롭게 '어떤 내용인데?' 라고 묻자 전화 너머로 침이 꼴깍 넘어가는 소리가 들렸다.

[김태준 본부장이랑 결혼할 여자, 누군지 떴다고. 단순한 찌라시라고 하기엔 정보원이 너무 확실해. 너 혹시 알고 있었어?]

덜컹.

쿵.

무언가가 안에서 툭 하고 떨어지는 소릴 들었다. 얼굴에 핏기가 가셨고, 입매는 딱딱하게 굳었다. 하지만 적어도 겉으로는, 아니, 친구에게는 그 마음을 들키고 싶지 않아 목소리를 갈무리하며 물었다.

"……누군데?"

[Do그룹 회장 딸이랑. 와, 지금 선배들이 Do 쪽에 확인을 해봤는데 맞

다고 하더라고.]

"잘 어울리네."

자신이 듣기에도 지나치게 시니컬한 반응이었다. 이 반응 외엔 보일 만한 것도 없었다.

윤소람은 공주 이야기 따위 어릴 적부터 흥미를 느끼지 못했다. 백설 공주나 신데렐라도 다 알고 보면 애초에 공주나 귀족의 딸이었다. 그건 반은 물고기인 인어공주도 그렇다. 태어날 때부터 고귀한 신분의 여자들이 왕자를 만나는 이야기일 뿐이다.

자신은 공주도, 귀족의 딸도 아니다. 이름도 모르는 어느 찌질한 인생을 살아갔을 누군가의 자식이다. 잘사는 사람이었다면 자식을 버리진 않았을 테니까.

그러니, 자신은 왕자님과 만날 수 없다는 걸 그녀는 안다. 김태준은 왕자고 자신은 그냥 먼지를 뒤집어쓴 어느 조연일 뿐이다. 자신이 왕자를 만나려면 머리를 길게 길러 라푼젤 흉내를 내는 것 정도겠지만 안타깝게도 자신의 주위엔 키워준 마녀조차 없었다.

[소람아?]

"그렇잖아. 끼리끼리 만나서 결혼하는 건데."

그렇게 말한 소람이 다시 걸음을 옮겼다. 멍 때리고 있다 보니 점심시간이 지나 버렸다. 서둘러 사무실로 돌아가야 한다는 걸 알면서도 그녀는 힘겨운 걸음을 뗐다. 그러다 문득 깨닫는다.

나 왜 이렇게 충격을 받은 거지?

멍하니 생각에 잠겼던 소람이 이내 답을 내린다.

그가 진심인 줄 알았다. 그런데 아니었다. 아주 다정한 사람인 줄 알았다. 그런데 아니다.

그도 자신에게 다가왔던 여느 남자들과 같았다. 어떻게든 한번 자보려고 꽃과 보기 좋은 것들을 선물하고, 달콤한 말로 자신을 유혹한 것뿐이다.

멍청한 년.

똑똑한 척은 혼자 다 하더니 꼴좋다.

그 남자에게 너는 결혼하기 전에 놀기 위한 상대였을 뿐이야.

자신의 위치를 그녀가 다시 설정했다.

커다란 침대에 조심성 없이 벌러덩 누운 소람이 책 한 권을 번쩍 들어 올리고 있다. 팔이 아프지도 않은 것인지 한참 그 자세로 책을 읽던 소람은 조금의 시간이 흐르고 나서야 책장을 한 장 넘긴다. 평소에는 속독으로 책 한 권을 읽는 데 한두 시간이면 충분했음에도 오늘은 어쩐 일인지 한 장 한 장 넘기는 일이 힘겨워 보인다. 아마도 저자가 전달하고자 하는 말이 이해가 되지 않아 곱씹느라 시간이 배 이상으로 걸리는 모양이었다.

—자, 당신은 이 모든 것들이 채워졌는가? 좋은 집과 차, 맛있는 음식과 사고 싶은 물건을 모두 살 수 있는 능력이 되어도 행복하지 않다고 생각하는가? 그건 당연하다. 당신은 사람이니까. 사람의 욕심은 한도 끝도 없다. 현대인은 자신이 하고 싶은 일을 다 하지 못하고 살고 있으니 더더욱 부족하다는 생각을 한다.

직설적인 화법으로 적혀 있었지만 그 안에 담고 있는 뜻은 쉬이 이해할 수 없었다. 인간의 욕심은 끝도 없는데, 그래서 뭐? 계속 의문이 들어 한 문장을 넘기기가 어려웠다.

한참 그러고 있던 소람이 몸을 돌렸다. 슬슬 팔이 떨렸기 때문이다.

이번엔 엎드린 자세가 된 그녀가 미간을 모으며 다음 글을 읽었다. 한참 작가의 개인적인 생각이 이어지더니 이번엔 추상적인 표현이 나열되어 있었다.

—살 만해지면 다른 것을 갈구한다. 그건 사람마다 아주 다양하다. 취미 생활에 의의를 두는 이들도 있는 한편, 결혼이란 틀에 맞춰 가정을 꾸리는 것에 삶의 목표를 두는 사람도 있다. 무엇이 맞고 틀린 것인지 규정된 것도 없으니 이 모든 건 개인의 선택이다.

책을 잘못 샀나 싶었다. 서점에서 읽었을 땐 공감이 되고 뒷내용이 궁금해서 사긴 했지만 작가의 상술에 낚인 것 같다. 짜증이 난 소람이 앞 페이지 날개를 보았다. 이하양. 참 많은 책을 집필했다. 개중에선 읽은 책도 있었다.

"제목 때문이야."

자신이 멍청해서 잡소리를 늘어놓은 책을 구입했다는 걸 인정하고 싶지 않아 괜히 남 탓을 했다. 음흉한 생각을 하기 좋은 제목으로 지은 작가가 문제라고. 이 글에서 성적인 쾌락을 기대한 건 아니었지만 애써 그렇게 자위했다.

하지만 시선은 어느새 다음 글자를 읽고 있었다. 작가가 종이 낭비를 얼마나 했는지 기대하며.

—지금 이 페이지를 읽고 고개를 끄덕이는 사람이 있다면, 난 당신에게 한 가지 충고를 해주고 싶다. 인생은 짧다. 하고 싶은 일은 일단 저질러라.

저자가 너무 말도 안 되는 충고를 하고 있다고?

고개를 끄덕인 적이 없었으나 소람은 그 문단에서 몸을 떨었다.

인생은 짧다.

이건 더더욱 이해할 수 없는 말이다. 자신의 인생은 너무 길고 지질맞다. 사람은 누구나 거창하진 않지만 세상에 태어난 이유가 있다는데 자신에겐 그 이유도 없었다. 왜 이 힘겨운 삶을 이어나가냐고 물으면 자신의 인생에 똥물을 투척한 그 인간들이 얼마나 잘사는지 궁금해서라고 답을 할 것이다.

그녀가 멈칫한 부분은 작가의 충고 부분이었다.

'하고 싶은 일은 일단 저질러라.'

그 문장을 소람은 읽고 또 읽었다.

자신에겐 하고 싶은 일이 없었다. 그런데 마치 하고 싶은 일이 있는 사람처럼 군다.

뭘까.

내가 하고 싶은 일은.

저지르고 싶은 일은.

─하지만 이 말에 흔들리고 있다면 당신은 반드시 그 일을 해야 한다. 하고 나서 후회해도 늦지 않는다. 뒷감당이 안 된다고 해서 삭이지 마라. 당신이 고민을 한다는 건 뒷감당이 가능하다는 말이기도 하다. 말도 안 되는 생각이었다면 애초에 그 고민이라는 것도 하지 않았을 테니까.

소람의 눈망울이 힘없이 흔들렸다. 읽고 있던 책을 페이지 표시도 하지 않은 채 덮은 그녀가 몸을 일으킨다.

저자가 말하고자 하는 것은 '욕망'이었다. 간절하게 바라는 것이 무엇인지 생각해 보고 이를 실천에 옮기라는 말이다.

지금 나에게 가장 큰 욕망은 무엇일까.

그렇게 생각을 하자 두 가지가 떠올랐다. 하나는 김태준을 떠올리지 않는 것이다. 그에게 배신을 당했다는 말도 안 되는 생각을 하고 있는 자신이 멍청하게 느껴져 애써 책으로 시선을 돌리기까지 했다. 하지만 결론적으론 이 책을 읽는 순간 김태준이 떠올랐다. 나의 한 가지 욕망은 이루어지지 않았다.

두 번째 생각은 김태준에게 달려가고 싶은 마음이다. 그가 어떤 여자를 선택했든, 그 여자와 진짜 결혼을 하든 상관없었다. 자신은 자신의 안위가 가장 중요한 사람이다. 이제 와 결혼을 할 두 사람이 자신으로 인해 아파할 수도 있다고 생각하는 건 가식일 뿐이다.

두 가지 욕망은 자신이 이 관계에서 '조연'이라는 사실을 깨닫는 순간 절실해져 버렸다. 원래 가질 수 없는 물건일수록 더 탐나지 않은가.

소람은 애써 그렇게 이 혼란스러운 마음을 정리했다. 하지만 그녀는 모른다. 애초에 그 욕망은 소리 소문 없이 그녀의 마음 깊숙한 곳에 자리 잡고 있었다는 것을. 어느 저자의 궤변에 속아 이런 생각을 하게 된 것이 아니란 것을.

침대맡에 앉아 한참 생각에 잠긴 사람처럼 허공을 바라보던 그녀가 이내 어떠한 결론을 내린 것일까. 협탁 위에 놓여 있던 휴대전화를 집어 들었다.

태준에게선 한 번의 전화와 두 통의 문자가 와 있었다. 마지막 연락은 이 문자를 보면 전화를 해달라는 것이었다.

30대는 세상에 '사랑'이 전부라는 생각을 하지 않는다. 그 외에도 중요한 것이 얼마든지 있다는 걸 아는 나이다. 십대나 이십대처럼 상대만을 오롯이 바라보지 못하고, 연락이 되지 않는다 하여 의심하기보단 일이 바쁘겠지, 부재중 메시지를 보면 연락을 주겠지, 라는 생각을 한다. 사랑도 그렇게 합리적이게 하고, 감정 소모 역시 최소로 한다. 똑똑하게 사랑하는 것이었지만, 어릴 때 했던 사랑보다 뜨겁진 않다.

김태준도 30대의 사랑을 한다. 몇 번 연락을 해보고 자신이 받지 않자 기다리는 인내심을 발휘한다.

원래라면 오늘 이 연락에 응답하지 않을 생각이었다. 자신의 위치를 알았고, 위험하다는 생각도 했다.

"하고 나서 후회해도 늦지 않는다. 뒷감당이 안 된다고 해서 삭이지 마라."

한 구절을 기억해 되뇌었다.

"당신이 고민을 한다는 건 뒷감당이 가능하다는 말이기도 하다."

정말 뒷감당이 가능할지, 궁금해졌다.

김 회장의 건강이 급격히 악화되면서 김태준 본부장의 경영권 승계 과정이 빨라졌다. 대영그룹은 자잘한 계열사를 정리하고, 필요한 몸체의 경우엔 합병을 거치며 지배구조 개편에 속도를 내고 있었다. 명분 또한 확실했다. 전자사업에 좀 더 집중을 하겠다는 의견에 이의를 다는 사람은 없었고, 태준의 뜻에 따라 대영은 작지만 단단한 그룹으로 변모하고 있었다.

그의 계획에 다른 사람들이 토를 달지 못하는 것은 지배 구조가 단순했고, 승계 과정에서 보통의 기업이 저평가된 주식을 사들여 지배구조를 견고히 만드는 쪽으로 출혈을 최소화하지만 대영은 달랐다. 출혈을 감수하더라도 그룹 브랜드 이미지를 생각해 합법적인 방법으로 경영권 방어에 필요한 주식을 샀고, 다음달 3일에 있을 임시주주총회에서 김태준 본부장이 사내이사로 오르며 본격적으로 경영 일선에 나선다는 계획이었다.

앞으로의 일을 생각해 보면 늦은 시각까지 잠 못 드는 것도 당연했다. 어느 누군가는 드디어 높은 자리까지 올랐으니 왕관만 쓰면 된다고들 떠들겠지만 그에게 금빛 찬란한 관은 무거운 짐일 뿐이었다.

앞으로 출시될 밥솥의 기능을 보던 그가 미간을 좁혔다. 유럽 시장을 타깃으로 내놓는 신제품이었으나 작년에 국내에서 출시된 제품과 디자인을 제외하고선 달라진 것이 없었다. 밥을 주식으로 삼는 한국과 유럽은 달랐는데도.

작년에 내놓은 제품이 쓰디쓴 실패를 맛보았는데도 개발팀은 아직 정신을 못 차리고 있는 건가. 그가 그때 아무 말 없이 넘어갔던 것은 한 번 더 기회를 주겠다는 것이지, 이런 식으로 대충 일해도 용서를 한다는 뜻은 아니었다.

당장 담당자에게 전화를 걸려던 그가 뒤늦게 시계를 보곤 한숨을 내뱉었다. 새벽이었다.

"후."

한숨을 내뱉은 그가 마른세수를 했다. 이제 그만 잠자리에 들어야겠다는 생각은 했지만 누워도 쉬이 잠이 올 것 같진 않았다. 그의 시선이 다시 휴대전화로 향했다.

연락을 기다리고 있다는 생각도 까마득하게 잊을 만큼 시간이 흘렀다. 점심시간 무렵부터 소람과 연락이 되지 않고 있었다. 처음엔 무슨 일이 있는 건 아닐까, 걱정을 했지만 뉴스를 진행하는 그녀를 보며 안도하기도 했다. 그 때문에 문자도 몇 번이나 보내봤지만 소람에게선 아무런 응답도 오지 않았다.

하지만 도통 울릴 생각이 없는 휴대전화를 보자 슬슬 화가 나기 시작했다. 안절부절못하던 자신의 모습이 바보처럼 느껴지기도 했고, 그녀가 야속하기도 했다.

분명 퇴근을 했을 텐데. 잠시 연락 정도는 해줄 수 있지 않은가.

휴대전화가 소람이라도 되는 양 노려보던 그가 자리에서 벌떡 일어났다. 그만 자는 게 좋겠다는 생각과 함께 서재를 나서던 그는 인터폰을 보았다. 반짝반짝 빛이 나고 있었다.

걸음을 옮긴 그는 화면을 보며 미간을 좁혔다. 처음엔 자신이 잘못 본건 아닌가, 싶었다. 연락이 없던 윤소람이 갑자기 찾아올 리 없으니까. 하지만 곧 야밤엔 인터폰이 울리지 않도록 설정해 둔 것을 떠올리며 열림버튼을 눌렀다.

현관문을 열고 기다리자 엘리베이터 숫자가 점차 위로 올라오는 게 보였다. 집과 가까워질수록 긴장감에 몸이 뻣뻣하게 굳어졌다.

드디어 문이 열리고 소람이 그의 앞에 섰다. 집에서 바로 나온 것인지 편안한 추리닝 차림의 그녀가 낯설다. 밖에서 활동적인 운동을 할 때도 그녀는 완벽하게 화장을 했었다. 하지만 오늘은 말간 피부색과 점이 고스란히 보였다.

낯설다. 그녀가 참 낯설어 무서워졌다.

"어쩐 일입니까."

많은 것이 생략된 물음이었다. 하지만 소람은 한마디 답도 없이 엘리베이터에서 내렸다.

침묵으로 그를 바라보던 소람이 웃음을 머금었다. 그건 아주 찰나의 변화로 헛것을 본 건 아닐까 싶을 정도로 지금 상황과 어울리지 않았다. 그건 그다음에 그녀가 한 말 또한 마찬가지다.

"같이 있고 싶어요."

"……지금 무슨 소리 하는 건지는 아십니까?"

그의 물음에 소람은 엉뚱한 답을 한다.

"소람아, 라고 불러주세요."

"……."

왈칵.

말 그대로 심장이 왈칵 아래로 떨어졌다. 억눌러 왔던 무언가가 크게 기지개 켜는 소리가 들린 것 같기도 하다.

그의 얼굴에 긴장감이 흐르자 소람은 그 속을 아는 것인지 모르는지 순하게 웃는다. 평소라면 그 웃음이 거짓이라며 단정 지었겠지만 오늘은 모르겠다. 이젠 저 웃음조차 윤소람의 한 모습처럼 느껴졌다.

"안 잡아먹는다면서요."

"그 말을 순진하게 믿습니까?"

그의 물음에 소람이 힘껏 고개를 끄덕였다.

"당신 말은 무조건 믿기로 했어요."

태준의 미간이 좁혀졌다. 하지만 여기까지 온 여자를 돌려보낼 수는 없는 모양인지 몸을 틀어 길을 내어주었다.

"들어오세요."

가벼운 초대의 말을 하며.

그녀를 소파로 안내한 그가 곧장 부엌으로 향했다. 그리고 식어버린 커피를 개수대에 비워낸 후 새로 커피를 내렸다. 그사이에 소람은 그의 집을 구경하는 중이었다. 액자 하나, 평범한 그림 하나 걸려 있지 않은 집에서 유일한 그의 흔적인 가족사진을 바라본다.

가족사진엔 네 사람이 표정을 굳히고 있었다. 김 회장과 태준, 그리고 두 동생이었다. 그의 어머니는 태준이 초등학교에 다닐 무렵 죽었다. 허무하게 느껴질 정도로 갑작스러운 죽음이었지만 그 여파는 대단했다. 연일 뉴스에도 오른 소식이었으니 그녀도 미리 알고 있었을 것이다. 죽음의 이유가 자살이라는 것도, 평소에 수면제를 복용하고 있었다는 건 그의 입을 통해 알았겠지만.

그녀에게 다가가지 않은 채 멀찍이서 바라보던 그가 순간 예쁜 얼굴이 일그러지는 것을 무심히 보았다. 그의 가족사진을 바라보던 그녀가 왜 그런 표정을 지었는지 태준은 알지 못했다. 아니, 짐작만 할 수 있었다. 그녀에게 변명처럼 '아버진 가족에게도 한없이 차가운 분이셨어'라는 말은 할 수 없었다. 가족인 어머니도 이를 견디지 못해 수면제 복용 후 자의든 아니면 부작용으로 인한 것이든 스스로 목숨을 끊었다. 그러니 타인인 그녀에게 그런 말을 한들 바뀌는 건 없었다. 하지만 어릴 적 눈이 내리던 날 만났던 소녀에게, 지금의 소람에게 그렇게 변명이라도 하고 싶었다.

몸을 돌린 소람이 그제야 '집 구경해도 돼요?'라고 묻자 그가 고개를 가볍게 끄덕였다. 이 집에서 그녀를 들여놓지 못할 만한 공간은 없었다. 물론 서재에 중요한 서류가 쌓여 있긴 했으나 이를 가지고 이득을 취할 여잔 아니었기에 쉽게 허락했다.

그녀가 자연스럽게 열려 있는 서재 안으로 들어가는 것을 보던 그가 몸을 돌린다. 어느새 다 내려진 커피를 머그잔에 따른 그가 소람의 뒤를 따라 서재에 들어섰다.

그녀는 자동차 모형이 있는 곳 앞에 서 있었다. 오랫동안 이어온 취미였기에 컬렉션은 꽤 그럴듯했다. 하지만 소람의 관심은 전혀 다른 곳에 있었다.

"이게 다 얼마예요?"

"……가격보단 이걸 모으기 위해 노력했던 제 시간부터 알아주면 안 되겠습니까?"

그의 말에 소람이 가볍게 웃음을 내뱉었다. 한층 가벼워진 분위기에 그가 머그잔을 내밀었다. 커피를 받아 든 소람은 안에 든 것을 눈으로 확인하고 나서 물었다.

"마시고 가라고요?"

"정확합니다."

고개를 끄덕인 그가 마음에 들지 않는다는 듯 표정을 굳히는 소람을 보며 다시 한 번 힘주어 말했다.

"밤이 늦었습니다."

"고지식하긴."

머그잔을 책상 위에 내려놓은 그녀가 몸을 돌려 태준을 마주 보았다. 단단히 팔짱을 낀 그녀가 그의 생각을 읽기 위해 애를 썼다. 하지만 굳어 있는 표정에선 기분 나쁜 감정만 읽을 수 있을 뿐, 그가 자신을 밀어내는 '이유'는 알지 못했다.

소람이 미간을 좁혔다. 원하는 것을 쉽게 얻어내지 못하리란 건 알았다. 하지만 그녀는 도박을 하는 마음으로 여기까지 왔다. 교활하게 굴어서라도 그냥 물러나선 안 된다는 생각을 한다.

가만히 그를 바라보던 그녀가 한 걸음 옮겼다. 그러자 태준이 한 걸음 뒤로 물러선다. 가까워질 법하면 도망갔고, 일정한 거리는 계속 유지되었다. 간극은 유지되었지만 작은 얼굴 위를 노니는 시선은 집요하게 변했다. 몸은 그녀와 떨어지길 바라지만 눈빛은 끈질기게 그녀를 따라붙는다.

하얀 얼굴이 짜증스럽게 굳어졌는데도 밉지 않았다. 그러니까 그녀를 서둘러 집으로 돌려보내야 한다. 그가 몸을 돌려 막 서재를 벗어나려 할 때였다.

기회를 엿보던 그녀가 깜짝 놀라 손을 뻗는다. 옷자락을 붙잡은 그녀가 표정을 굳힌 그를 올려다보았다.

파르르.

내리까는 속눈썹이 눈에 보일 정도로 떨렸다.

"어떤 기분으로 내가 여기까지 왔는지 김태준 씨가 안다면…… 거절하면 안 돼요."

"……."

"그러니까……."

아무것도 발려 있지 않은 입술이 달싹이더니 힘없이 닫혔다. 금방이라도 울음을 터뜨릴 것처럼 붉어진 눈망울에 가슴이 스산해졌다. 하지만 그녀의 사정을 봐주기엔 자신 역시 가여운 상황이었다.

이 여잔 모른다. 자신이 어떠한 생각을 가지고 그녀를 보았는지. 만났는지. 아니, 어쩌면 '남자'를 모를지도 모른다.

원망스럽다는 듯 소람을 보던 그가 그녀의 팔을 잡아당겨 몸을 돌렸다. 등이 힘없이 벽에 부딪히자 소람의 입에서 옅은 신음이 흘러나왔다. 책꽂이에 얌전히 있던 책이 봉변을 당한 후 바닥으로 떨어지는 소리가 들렸다. 하지만 소람도 태준도 아무런 말을 할 수 없었다.

그는 끓어오르는 욕망을 억누를 수가 없어 이를 악물어야 했다. 아무것도 모른다는 듯 순진한 눈망울을 보자 벌을 주고 싶기까지 하다.

시선을 내린 그녀가 겹쳐진 하체를 힐끗 곁눈질한 후 얼굴을 붉힌다.

"이게……."

거친 욕망이 응축된 하체가 뾰족하게 그녀의 사타구니를 찔렀다. 상상을 하는 것만으로도 얼굴이 붉어지고, 가슴이 들썩였다. 그의 흥분이 고스란히 느껴졌다. 자신이 원하던 대로 일이 흘러가면 기뻐야 하는데, 어찌 된 일인지 두려움에 눈물마저 찔끔 났다.

커다란 손을 내린 그가 소람의 뺨을 거칠게 쓰다듬었다. 부드러운 뺨이 그의 손가락에 짓눌렸고 고개는 자연스레 위로 들렸다. 시선을 피하고 싶었지만 그럴 수 없었다. 고개를 돌리려 하면 강한 완력이 원래대로 돌려놓았다.

"소람아."

애써 시선을 맞춘 그는 복잡한 표정이었다. 목소리 또한 그렇다.

"윤소람, 소람아."

그녀가 바라는 대로 이름을 불러준 그가 뜨거운 열기를 머금은 입술을 아래로 내렸다. 혀로 굳게 닫혀 있는 입술을 가르고 그 안을 휘저었다. 혀에 달라붙는 타액이 달콤해 목이 멨다. 하지만 그는 더욱 농밀하게 입을 맞춘다. 도톰한 아랫입술을 이로 잘근잘근 깨물고 신음이 터져 나오는 잇새로 숨을 불어넣었다.

거친 손이 그녀의 머리카락을 헤집었다. 좀 더 안으로 파고들고 싶어 머리카락을 잡아당긴 후 비스듬히 고개를 기울였다.

"으윽."

소람의 얼굴이 일그러졌다. 알 수 없는 감정이 모락모락 올라와 온몸을 휘감는 기분이다. 아랫배가 저렸고 몸이 아래로 무너져 내린다. 후들후들 떨리는 다리를 지탱하지 못해 아래로 쓰러지려는 걸 태준이 힘껏 붙잡았다. 그녀의 다리 사이에 허벅지를 찔러 넣은 그가 허리를 붙잡고 있던 손을 움직여 상체를 들어 올렸다.

하아.

거친 숨이 그녀의 목덜미에 와르르 닿았다.

얼마나 이 순간을 열망했던가. 가느다란 목덜미에 이를 박아 넣고 싶었던 적이 한두 번이 아니다. 새하얗고 아름다운 곡선을 따라 제 흔적을 새겨 넣고, 이 여잔 내 것이라 독점욕을 드러내고 싶었다.

하지만 그렇게 할 수 없었던 것은 지금과 같은 상황을 예상했기 때문이다. 소람의 얼굴이 두려움으로 일그러지는 것을 보고 싶지 않아서.

그래서 자신이 참아야 한다는 생각만 했었다. 이 여자가 완전하게 마음을 열어주기 전까지 기다려야 훗날 어떠한 위험과 고난에도 흔들리지 않을 것이라 생각하며. 성급한 관계로 인해 소람과의 사이를 망치고 싶지 않았었다. 하지만 더 이상은 한계라는 생각과 함께 그의 얼굴이 일그러졌다. 성마른 10대 소년이 되어버린 기분이었다.

갈증이 일었다. 시원한 물을 몇 컵이고 들이켜도 해소가 안 될 것 같은 갈증. 목 안의 껄끄러움은 그녀만이 해결해 줄 수 있다는 생각을 하면서도 그는 힘겹게 그녀를 밀어냈다.

"알겠습니까? 당신이 지금 당장 이 집을 나가야 하는 이유."

벽에 등을 딱 붙인 채 소람이 거친 숨을 토해냈다. 흐트러진 머리카락과 살짝 벌어진 입술은 그의 것으로 보이는 타액으로 젖어 있었다. 분명 그녀의 몸도 그러할 것이다. 이대로 침대에 쓰러뜨리고 안으로 밀어 넣기에 딱 좋을 만큼 녹고 흐물흐물거리겠지. 상상을 하는 것만으로도 사정할 것 같았다.

"김태준 씨, 난……."

"아무리 당신을 배려해 주고 싶어도, 이런 순간엔 다른 남자들과 똑같습니다."

수없는 밤을 삭이고 또 삭였다. 추운 환절기에도 몸을 식히느라 애를 쓴 날이 여럿이다. 그런데도 이 여우 같은 곰은 이런 자신의 사정은 생각해 주지 않고서 순진하게 군다.

"부추기지 마세요. 더 이상."

명백한 경고에도 소람이 애써 다리에 힘을 주며 일어섰다.

마음을 갈무리한 듯 그녀는 평소의 윤소람으로 돌아가 있었다. 당당하고 거리낌이 없는 윤소람은 그를 똑바로 올려다보며 말한다.

"미성년자 아니에요."

"……."

"남자가 그런 것처럼 여자도 그래요. 관심이 있는 상대를 생각하는 것만으로도 몸이 달아오르고, 머릿속으론 섹스하고 싶다는 생각을 하죠. 이성에 대한 욕망은 사람이라면 누구나 있어요."

방금 전의 나약한 모습은 거짓이었던 것처럼 여잔 감정적으로 강해 보였다. 하지만 그는 이 여자의 여린 속살을 예감하고 있었다. 새하얀 살결에 이를 박아 넣는 대신, 당신은 가벼운 관계는 싫어하지 않냐고 말을 해야 했다. 하지만 이성과 욕망이 머릿속에서 쉼 없이 충돌했다.

"아!"

소람의 손을 힘껏 잡아당긴 그가 얼굴을 일그러뜨렸다. 결국 승자는 욕망이다. 그가 가느다란 팔을 붙잡아 곧장 서재를 나선다.

그의 손에 이끌려 침실로 들어온 소람은 커다란 침대를 보자마자 걸음을 멈췄다. 하지만 이미 엎질러진 물이다. 그는 더 이상 참지 않겠다고 결정했고, 인생에서 처음으로 인내라는 걸 내려놓기로 했다.

소람을 침대에 앉힌 그가 곧장 티셔츠를 벗어 던졌다. 탄탄하고 벨벳처럼 부드러운 가슴이 드러나자 순간 그녀의 눈동자에 긴장이 비쳤지만 그는 이를 보지 못했다. 아니, 보지 못한 척하기로 했다.

살결과 침대 시트가 부딪히는 소리가 들렸다. 작은 무언가가 갈리는 소리다. 마찰음에 신경이 곤두섰고, 근육이 긴장감에 팽팽하게 당겼다. 욕망에 휩싸인 남자는 앞으로 있을 일들에 대한 두려움으로 떠는 여자의 어깨를 밀었고, 침대에 눕혔다.

입술이 닿자 사고가 멈춘다. 좀 더 그녀를 맛보고 싶다는 마음에 숨은 거칠어지고, 몸은 뜨겁게 달아올랐다.

벌어진 잇새로 갈무리할 수 없는 욕망이 전해져 왔을 때 생각이 하얗게 녹아내렸다. 그를 부추기는 것은 그녀다. 오늘 역시 그랬다.

아랫도리가 뻣뻣하게 굳어져 아팠다. 미처 풀어내지 못한 욕망이 쌓여 포악해졌다. 좀 더 다정해야 한다는 것도, 그녀를 배려해야 한다는 것도 알았지만, 머리로만 알았다. 빨갛게 부풀어 오른 입술을 엄지손가락으로 쓰다듬던 그가 시선을 옮겨 목덜미를 보았다. 보드랍고 따스한 피부 위에 솜털이 오소소 서 있었다.

긴장한 눈으로 자신을 올려다보는 소람과 시선을 마주했다. 이 여자의 긴장이 눈에 잡힐 듯 가깝게 느껴졌다. 촉촉하게 젖은 눈망울을 보니 몸에 힘이 들어갔다. 자연스레 생각은 더 많은 것을 갈구하고, 손은 그에 따라 성급해졌다.

옷 위를 노닐던 손이 자연스럽게 허벅지 사이 사타구니로 향했다. 그러자 화들짝 놀란 소람이 허벅지를 모아 이를 막았지만 태준은 집요하게 옷 위 지퍼를 손바닥으로 더듬는다.

"기, 김태준 씨……!"

그녀를 미치게도, 다정하게 위로를 해주기도 했던 입술이 그녀의 말문을 막았다. 가벼운 새의 날갯짓 같았던 입술은 포악하게 변했고, 계속 도망치려는 그녀를 붙잡는 손길 또한 무지막지하다. 더 깊숙하게 혀를 밀어넣고, 그녀의 입속 여린 속살을 어루만지는 혀에 정신이 까마득히 날아갔다.

아, 이러단 미칠 거야.

난생처음 경험해 보는 강력한 쾌감은 자제력을 까맣게 태웠다. 살갗이 닿은 순간에도 더 많은 걸 원하고 또 원하게 만든다.

거침없이 입을 맞춘 그가 입술을 한입에 머금었다. 그저 입을 맞추는 이 행위만으로도 짜릿한 쾌감이 올라와 씹어 삼키고 싶다. 생각은 이내 행동으로 옮겨진다.

입고 있던 티셔츠가 찢어질 것처럼 위로 올라갔다. 우악스러운 손길에 비명이 터진 것도 잠시, 곧 브래지어가 밀려 올라가는 느낌과 함께 새하얀 살덩이에서 시작된 고통에 소람의 얼굴이 일그러졌다.

가뭇한 정점이 그의 손가락 사이에 끼워지고 비틀렸다.

"아흑!"

깜짝 놀란 소람이 기겁을 하며 신음을 내질렀다. 물컹한 살결을 제멋대로 주무르고 혀를 세워 쓸어내리는 행위에 몸이 뒤틀렸다.

허벅지가 힘껏 모였다. 갈 곳을 잃은 손은 어느 순간 이불을 움켜쥐고 있었다. 그를 밀어내야 했지만 그럴 수가 없었다. 무거운 몸이 자신을 짓누르자 명백하게 느껴지는 힘의 차이에 반항조차 할 수 없었다.

아드득.

이를 악무는 소람의 눈가에 눈물이 고였다. 그녀가 생각했던 섹스보다 더한 쾌락에 농락이라도 당하는 기분이다.

"흐으."

울먹임과 같은 소리를 낸 그녀가 고개를 돌렸다. 당장이라도 자신을 한입에 삼킬 것 같은 남자를 바라볼 수가 없어 본능적으로 나온 행동이었다. 이불을 쥐고 있는 작은 손이 하얗게 질렸다. 그의 입술이 지나간 자리마다 붉은 꽃이 피는 만큼 얇은 허벅지의 떨림도 점차 커져 갔다.

츄릅.

흘러내린 타액을 힘껏 들이마신 그가 꼿꼿하게 선 정점을 바라보았다. 달콤하다. 사람의 살결이 이렇게 맛있는 것인지 이제야 알았다. 좀 더 농락하고 싶었고, 흐물흐물 녹여 버리고 싶었다. 하지만 긴장한 그녀는 그가 주는 감각을 오롯이 느끼지 못할 만큼 긴장했고, 몸을 뻣뻣하게 굳히고 있었다.

손을 편 그가 손바닥으로 따뜻한 여체를 쓸어내린다. 그의 손이 지나간 자리마다 솜털이 곤두섰다. 두 사람의 피부가 마찰했다. 입에 힘을 주어 하얀 살갗을 힘껏 들이마신 그가 이를 세워 깨물었다.

"아흑."

그녀가 거친 신음을 뱉을 때였다.

소람의 가슴을 모아 정점을 한입에 머금고 있던 그가 고개를 들었다. 드디어 미칠 듯한 쾌감에서 벗어났다. 소람이 그렇게 안도를 할 때였다.

이불을 움켜쥔 손을 바라보던 그가 깍지를 껴 떼어낸다. 그러더니 그녀의 손가락에 입을 맞추며 그녀를 내려다보았다. 혼이 쏙 빠진 얼굴로 드러난 가슴이 부끄럽지도 않은지 그녀는 거친 숨만 내뱉고 있다. 아니, 어쩜 그녀는 지금 자신이 어떠한 모습으로 누워 있는지 인식하지 못하고 있는 건지도 모른다.

어느 유명한 화가가 그린 누드화처럼 아름다운 곡선의 몸을 바라보던 그가 시선을 올려 흐트러진 표정까지 보았다. 눈을 감고 있는 그녀가 지금 무슨 생각을 하고 있는 건지는 모른다. 하지만 살짝 벌어진 입술은 자신과 비슷한 수준의 욕정을 품고 있다 말하고 있었다.

조금 더 여유를 가져야 한다는 것을 알면서도 그는 손바닥으로 부드럽게 가뭇한 정점을 마찰했다. 몸이 뜨겁다. 생각이 녹아내린다.

부드럽게 가슴을 애무하던 그가 혀를 붓처럼 세워 그녀를 핥았다. 몸에 비해 풍성한 가슴을 머금던 입술이 점차 아래로 내려가 잘록한 허리와 납작한 배를 차례로 훑는다. 목적지가 배꼽이었다는 듯 한참을 희롱하던 그가 달달 떨리는 허벅지를 붙잡아 바지와 속옷을 한꺼번에 벗겨냈다.

아래가 허전한 느낌에 소람이 상체를 벌떡 일으키려 했다. 하지만 아랫배를 누르는 지긋한 손길에 다시 침대에 누운 그녀가 허리를 활처럼 휜다. 남자와 쾌락을 좇는 행위를 처음 해보는 사람처럼 그녀는 미숙했다.

"처, 천천히요. 숨넘어가겠어요."

옅은 신음을 내뱉은 그녀가 손을 아래로 뻗었다. 그리고 오른쪽 밑까지 내려간 이불을 위로 끌어 올리려 한다.

차갑고 횅한 느낌이었다. 타인의 앞에서 실오라기 하나 걸치지 않은 모습으로 있는 건 생각보다 곤혹이었다. 방 안을 작은 스탠드만 밝히고 있었는데도 말이다.

그녀가 어떻게 해서든 몸을 가리려 했지만 태준은 손쉽게 그녀를 저지했다. 그러곤 짧게 답한다.

"싫어."

그가 딱 잘라 말했다. 다른 답은 생각할 수 없다는 어투였다. 답을 한 후엔 잇자국이 난 자리를 손끝으로 쓰다듬는다.

"당신은 모를 거야."

내가 오늘 이날을 몇 번이고 머릿속에 그렸는지. 얼마나 염원했는지. 그녀는 몰라야 했다. 음흉하고 더러운 자신의 머릿속을 안다면 분명 천 리 밖으로 도망가리라.

시선과 목소리는 흔들림 없이 곧았으나 흥분으로 벨벳처럼 보드라운 살결을 쓰다듬는 손은 떨렸다. 열기가 전신으로 번진다. 저릿한 페니스를 붙잡고 곧장 그녀의 몸에 문지르고 싶었지만 아직은 때가 아니었다. 첫 결합이었으니, 완벽하길 바랐다.

어떤 말을 해야 할지 몰라 입술을 깨무는 소람을 보던 그가 몸을 움직였다. 가느다란 허리를 붙잡아 곧장 돌렸고, 탐스러운 엉덩이 사이를 보며 나지막하게 신음을 뱉었다. 등줄기는 아름다웠다. 보고 있는 것만으로도 파정할 것처럼 흥분이 되었다.

조금만. 조금만 더.

그가 스스로를 타이르듯 읊조리며 몸을 아래로 내린다.

혀를 세운 그가 등줄기를 따라 선을 그렸다. 혀끝이 닿는 자리마다 움찔움찔 떨리는 여체가 사랑스럽다. 제발 그만하라는 항의도 사랑스럽다. 하지만 언제까지 애만 태울 수도 없는 노릇이라 굵은 손가락으로 입구를 부드럽게 문지른다.

"으흑!"

울음처럼 들리는 신음에 그가 눈을 감았다.

침묵을 깨는 소리는 그녀의 달뜬 신음과 젖기 시작한 여체와 굵은 손가락이 마찰하는 소리뿐. 벌렸다 닫히는 입구로 손가락 하나를 밀어 넣은 그는 꽉 조이는 연한 속살에 이를 악물었다.

그녀의 안은 생각했던 것 그 이상으로 따뜻했다. 마음에 스산한 바람이 불어 차가울 줄 알았는데, 그를 녹일 만큼 뜨거워 신음을 내뱉을 뻔했다. 하지만 이런 마음과는 달리 그의 손은 빠르게 움직여 여린 속살을 휘젓고 자극했다. 손바닥과 엉덩이가 마찰하는 소음에 눈앞이 아찔해졌다.

"아아…… 아!"

빠르고 느려지길 반복할수록 그녀의 신음도 그와 비슷한 속도로 터져 나왔다. 손바닥과 이불은 그녀의 몸에서 흘러나온 액으로 흥건하게 젖었다. 몸은 빠르게 준비를 마쳤지만 그는 때를 기다리는 맹수처럼 그녀의 기색을 살핀다.

철썩!

그 소리는 파도의 울림과 비슷했다.

여성의 안을 빠르게 꿰뚫는 손과 엉덩이의 살점을 주무르는 손이 멋대로 움직였다. 절정으로 내달리는 몸이 정처 없이 흔들렸다. 마치 그의 손에서 놀아나는 인형처럼.

"앗!"

여린 속살이 파르르 떨렸다. 세우고 있던 가느다란 허벅지가 한순간에 무너졌고, 소람은 엎드린 자세가 되어 거친 숨을 내뱉었다. 절정을 맛본 소람이 충분히 여운을 즐길 수 있도록 그가 기다렸다. 하지만 손은 어느새 바지를 벗고 있었고, 시선은 집요하게 그녀의 등줄기를 훑고 있었다.

소람처럼 완벽하게 나체가 된 그가 우악스러운 손길로 여체를 뒤집는다. 천장을 바라보던 그녀가 눈을 감았다. 커다랗고 두꺼운 페니스가 자신의 몸에 들어온다는 생각만으로도 눈앞이 아찔해졌다.

이젠 그녀를 가질 수 있다. 여린 몸에 자신을 완벽하게 새겨 넣을 일만 남았다.

독점욕으로 얼룩진 눈망울이 소람의 몸 여기저기를 보았다. 치아 흔적이 고스란히 남아 있는 곳 중 하나는 퍼렇게 멍이 들어 있었다.

"그, 그만 보세요."

눈을 감고 있던 그녀가 겨우 한마디를 내뱉었다. 하지만 그는 더욱 집요한 시선으로 그녀를 바라보기만 한다.

페니스를 붙잡자 혈관이 그대로 만져졌다. 금방이라도 터져 버릴 것 같았고, 끝 부분엔 뿌연 액이 맺혀 금방이라도 쏟아질 것만 같다.

그가 무릎을 세워 서랍장에서 콘돔을 꺼냈다.

찌익.

이로 비닐을 뜯은 그가 페니스에 콘돔을 끼운 후 이를 말없이 바라보는 소람에게 다가갔다. 다음 행동은 물 흐르듯 자연스러웠다. 허벅지를 들어 어깨에 걸친 그는 활짝 벌어진 입구에 페니스를 문질렀다.

움찔움찔.

그의 움직임을 환영하듯 부드럽게 자신을 머금는 속살에 결국 참다못한 신음이 터져 나왔다. 살짝 밀어 넣었다가 빼길 몇 번. 조금 더 깊이 들어갔다가 나오길 반복했다. 그 움직임은 약을 올리는 것도 같아서 소람이 손을 뻗어 그의 등을 끌어안는다.

빨리. 빨리요.

그녀는 말을 하지 않았지만 마주친 시선으로 애원했다. 텅 빈 자신을 채워주길. 방금 전 맛본 그 감각을 다시 한 번 되돌려주길.

그녀의 움직임에 순간 페니스가 쑤욱 미끌리듯 안으로 파고든다. 꽉 물린 몸에 숨이 막히고, 뜨거운 열기가 몸 안으로 쏟아졌다. 두 사람의 몸이 완벽하게 하나로 결합되자 쾌감과 고통으로 얼룩진 소리가 동시에 터져 나왔다.

"흑!"

"아악!"

비명을 내지른 그녀가 고개를 힘껏 내저었다. 명치 부분을 무언가가 강하게 때린 느낌에 숨을 쉴 수가 없었다. 꺽꺽. 그녀가 헛숨을 내뱉으며 눈을 질끈 감는다.

이런 그녀의 반응에 오히려 당황한 것은 태준이었다. 눈을 커다랗게 뜬 그가 소람을 내려다보며 팔을 세웠다.

"윤소람……?"

"잠시. 잠시면 돼요."

그가 당장이라도 페니스를 뺄 것 같아 소람이 커다란 어깨를 붙잡으며 말했다. 거친 음성은 고통으로 그득해 듣고 있기 힘들 정도였다. 그녀의 표정 또한 마찬가지다. 눈가에 맺혀 있던 눈물이 아래로 후두둑 쏟아지자 그가 미간을 좁혔다.

설마 처음일 리는 없고.

그가 이마에 맺힌 땀을 닦아주며 그녀를 내려다본다. 이런 그의 마음을 아는 것인지 그녀는 괴로운 와중에도 '오랜만이어서 그래요'라는 쓸데없는 말을 했고, 태준의 눈치를 살폈다.

"방금 그 발언, 화내라고 한 겁니까?"

그의 물음에 소람이 서둘러 고개를 저었다. 눈가에 맺혀 있던 눈물이 이리저리 휘날린다. 괴로운 와중에도 어떻게든 자신을 받아들이려는 몸짓에 화가 푸르륵 꺼졌다. 껄끄러운 마음에 구겨진 표정과는 달리 소람의 뺨을 쓰다듬는 손길은 다정하기만 하다.

얼마의 시간이 흐른 후 소람이 또렷한 눈으로 그를 올려다보았다. 침대에 누운 후 처음으로 먼저 손을 뻗은 그녀가 뺨을 쓰다듬으며 '화났어요?' 라고 물었다.

화?

당연히 났지.

좋아하는 상대에게 섹스를 하는 도중에, 그것도 처음 하는 와중에 듣기엔 불필요한 말이었다. 하지만 그는 답을 하는 대신 힘껏 허리를 움직여 안으로 파고들었다.

푹!

위협적이었던 페니스가 그녀의 몸을 뚫었다. 안에서 무언가 뚜둑 하고 부러지는 소리가 들렸고, 그의 힘에 떠밀려 허리가 활처럼 휘었다.

끄윽.

그렇게 신음을 내뱉었던 것 같기도 하다. 하지만 실상 엄청난 고통에 소람의 입에선 아무런 소리도 나오지 않았다. 벌어진 입술에서 거친 호흡만 내뱉는 소람을 보며 그가 가느다란 허리를 붙잡았다. 그리고 떠밀려 내려가지 않게 하기 위해 힘껏 붙잡아 엉덩이를 뒤로 쑤욱 뺀다.

페니스의 끝부분이 여성의 끝에 걸리듯 멀어졌다. 안을 채우던 이물질이 사라지자 소람의 얼굴이 편안해졌지만 아주 잠시의 해방감이었다. 다시 안으로 거칠게 밀고 들어오길 반복하는 엄청난 감각에 소람의 허벅지가 파들파들 떨린다.

"하악, 아아……!"

처음엔 분명 고통이었다. 그건 소람과 태준, 모두에게 해당되는 말이다. 익숙하지 않은 관계에 그녀는 미처 쾌감을 느끼지 못했고, 태준은 좁고 작은 내부에 페니스가 얼얼하게 아플 정도였다.

하지만 밀물과 썰물처럼 반복되는 행동에 쫀쫀하게 연결되어 있던 부분에서 애액이 흘러넘쳤다. 엉덩이 골을 타고 아래로 뚝뚝 떨어지는 액에 몸도 마음도 젖었다.

태준 씨. 태준 씨…….

소람아.

서로가 상대의 이름을 간절히 부른다. 마치 하나의 살덩어리처럼 몸을 겹친 두 사람은 간절히 서로를 찾았다.

빠르게 따뜻한 여체 안으로 파고든 태준이 이를 세워 새하얀 목을 물었다. 그건 마치 그녀가 자신의 것이라는 흔적처럼 느껴졌다.

"아!"

고통에 소람의 손톱이 넓은 등을 파고들었다. 하지만 태준은 고통조차 느끼지 못했다. 이 여자를 온전히 내 것으로 만든다는 환희에 젖어 여린 속살을 휘저을 뿐이다. 자신의 아래에서 희열에 몸부림치는 여자의 모습을 보는 것만으로도 사정에 이를 것 같았다.

파정 후 비릿한 냄새가 방 안을 가득 채우고 있다. 몸을 섞을 땐 전혀 느끼지 못했는데, 육체적 욕망을 모두 풀어내고 난 후엔 그것이 역겹게 느껴졌다. 분명 그의 몸에서, 자신의 몸에서 흘러나온 것이었는데도.

커다란 침대에 누워 잠든 태준을 바라보던 그녀가 조심스럽게 손을 뻗었다. 손길은 혹여 그가 깰까 싶어 조심스럽다. 하지만 만지고 싶은 욕구를 삼킬 수가 없어 손끝으로 조심스럽게 그의 콧방울을 툭 두드렸다.

그는 참 대단한 사람이다. 자신을 이렇게 충동적이게 만든 사람은 이제껏 없었다. 타인에게 몸을 열고 싶다는 생각을 해본 적도 없고, 지금처럼 남자와 알몸으로 체온을 나누는 미래 또한 생각해 본 적이 없다.

아주 은밀하고 친밀한 관계.

김태준과 그런 관계가 되어버린 것 같다. 그래선 안 되는데.

아저씨를 좋아했었다. 그에게 애정을 바랐었다. 그 사람이 자신의 '부모' 가 된다는 사실을 의심치 않았다. 김태준은 그런 사람을 자신에게서 빼앗아간 남자의 아들이다. 그를 잃었던 날이 아직도 가슴속에 선명하게 남아 있다. 김태준이 불행하길 바랐다. 그렇게 저주했었다. 그 저주가 어쩌면, 자신에게 돌아온 것일지도 모른다.

그것이 아니더라도 이 남자에게 자신은 불순한 마음으로 접근했다.

그가 어떻게 사는지 궁금했다.

나처럼 불행하게 살고 있는지, 호의호식하며 살고 있다면 불행하게 만들어주리라 다짐도 했다. 깜빡, 눈을 감자 눈물이 뺨을 타고 아래로 흘렀다.

근데 내가 한 가지 간과한 사실이 있다.

내가 이 사람 곁에 남고 싶어진다면…….

그 후는 생각해 본 적이 없다.

내가 그 애라는 걸 김태준 씨가 알면 어떻게 될까?

무엇이든 선이 분명한 사람이었으니 내쳐질 것이다. 아니, 어쩌면 그는 자신을 가벼운 마음으로 만났을 테니 굳이 내치지 않을지도 모른다. 그저 연락을 하지 않고, 애초에 곁에 없었던 것처럼 일상으로 돌아가겠지.

김태준에게 자신은 어떤 사람일까.

그렇게 생각하는 것만으로도 가슴이 먹먹해졌다.

"……멍청한 년."

한 치 앞도 보지 못하고.

눈을 감자 눈물이 아래로 쏟아졌다.

사랑? '그까짓 거' 라고 말했던 때가 있었다. 자신에게 필요한 건 누군가의 애정이 아니었다. 상대가 애정을 준다 해도 일방적인 감정일 뿐 빗장이 쳐진 마음은 열리지 않았다.

그런데 알아버렸다. 누군가의 빈자리를. 그 사람이 곁에 있어줬으면 하는 게 어떠한 마음인지, 이 바람이 어디서부터 시작되었는지.

겨울은 지독하게 춥기만 했다.

곧 다가올 봄을 떠올리지 못할 만큼 너무 추워서 눈물도 흘리지 못했다.

눈물이 얼어붙으면 정말 죽을 것 같았다.

그런데 그의 곁에 있다 보니 그 겨울에 내렸던 눈이 되어버렸다.

뭉개지고, 짓이겨지고, 짓밟히고, 더럽혀진 눈.

자신을 이곳까지 인도한 저자가 떠올랐다.

"사기꾼."

뒷감당이 안 되잖아요, 이 사기꾼아.

깜짝 놀라 잠에서 깼다. 자신도 모르게 소람의 얼굴을 보다가 잠이 들어버렸다. 혹여 그녀가 갔으면 어쩌나. 눈을 뜨는 순간까지 걱정했다. 하지만 자신의 팔 위에 머리를 기댄 채 잠든 그녀를 보며 안도했다.

돌아가지 않아 주었구나.

곤한 잠에 빠져 있는 소람을 보며 숨을 훅 뱉었다.

눈 밑에 진 짙은 그림자와 부어오른 눈매를 손가락으로 더듬던 그가 미간을 좁혔다. 자신이 잠든 후에도 한참을 운 것일까. 붉게 부풀어 오른 살덩어리를 보자 마음이 쓰렸다.

뭐가 그렇게 슬픈 것일까. 연신 쏟아지는 눈물을 닦고 또 닦아주었던 것이 떠올랐다. 뜨거운 눈물이 꿀떡꿀떡 넘쳐흐르는 것을 보았으면서도 그는 부러 묻지 않았다. 이 여자가 사실을 이야기해 주지 않으리란 걸 알

앉기 때문이다. 살짝 부어 있는 입술을 말없이 쓰다듬어 주던 그가 한숨을 삼켰다. 거짓을 말하더라도 물어봐야 한다. 그렇게 당신을 울렸던 건 뭐냐고. 혹여, 관계가 불편하냐고.

소람이 깨지 않도록 조심스럽게 몸을 일으킨 태준이 인상을 썼다. 이불을 들치는 것만으로도 비릿한 향이 올라왔다. 그가 이불은 물론이고 방안을 가득 채운 불쾌한 냄새의 근원을 찾았다. 바닥에 떨어져 있는 여러 개의 콘돔을 보자 자신이 봐도 참 너무했다는 생각부터 들었다.

뿌연 액이 차 있는 콘돔을 주워 쓰레기통에 버린 그가 허물처럼 벗어놓은 옷까지 차례대로 개켜놓았다. 대충 주위를 정리한 그가 잠든 소람의 얼굴을 확인한 후 욕실 안으로 들어갔다.

쏴아아, 얼마간 샤워기 물이 쏟아지는 소리가 들린다. 물소리가 제법 커 소람이 깰 법도 했건만, 그가 젖은 머리카락을 툴툴 털고 나올 때까지 미동도 없이 잠들어 있었다.

헐렁한 바지만 입고 밖으로 나온 그가 소람에게 다가갔다. 그의 손엔 따뜻한 물에 적신 수건이 들려 있었다.

침대로 다가온 그가 물에 젖은 솜처럼 축 늘어져 있는 소람에게 손을 뻗었다. 따뜻한 수건으로 팔을 닦아주던 그가 얼룩덜룩해진 가슴께를 보며 미간을 좁힌다. 사랑보단 이 여자를 독점하고 싶었던 마음이 더 컸던 지난 관계의 흔적에 얼굴이 붉어졌다. 갈구만 했던 것 같다. 줄 생각은 하지 못하고.

"날 봐."

소람의 턱을 힘껏 붙잡아 시선을 마주하게 하고 종용했다. 지금 눈앞에 있는 남자가 누군지 똑똑히 보라고. 오늘 밤을 잊어선 안 된다고.

그녀가 깨지 않도록 몸을 깨끗이 닦던 그가 아래쪽에 자리를 잡았다. 그러곤 발목을 잡아 조심스럽게 들어 올려 사타구니 안을 닦았다. 하얀 수건에 붉은 피가 묻어나온다. 그녀의 거짓말을 또 한 번 확인했다.

아무 말 없이 깨끗한 수건을 가져와 그녀의 몸을 반복해서 닦은 태준이 자리에서 일어났다. 바닥에 있던 수건을 끌어모아 바구니에 던져 넣은 그가 소람을 뒤로한 채 창가로 향한다. 소리 없이 바닥을 툭툭 차 걸음을 옮긴 그가 창틀에 엉덩이를 걸치고 앉았다. 쇳덩이가 닿은 부분에서 차가운 냉기가 올라와 척추를 얼려 버릴 것 같다. 어둠 속에 홀로 서서 창밖을 내다보는 그의 얼굴에 짙은 슬픔이 내려앉았다.

방금 전, 마음을 다한 여자와 농밀한 관계를 가진 사람이라곤 믿기지 않을 만큼 허탈한 표정이었다. 맥이 풀리고 입맛이 썼다. 껄끄러운 무언가가 혀 위에 찰싹 달라붙어 있는 것만 같다.

진심을 다해 그녀에게 다가간다면 마음에 쳐진 빗장이 풀릴 줄 알았다. 하지만 아니다. 그녀의 외로움은 생각보다 더 깊고 짙어서 쉽게 희석이 되지 않았다.

어쩜 자신의 탓인지도 모른다. 그녀가 행복할 수 있었던 그 기회를 박탈해 버린 게 아버지였으니까. 그때 이 사람에게도 마음을 나눌 '사람'이 있었다면 이토록 외로운 사람으로 있지 않았을 것이다. 그래서 이 사람을 다그칠 수가 없었다.

마음이 내려앉았다. 함께 있는데도 외롭다. 날 봐달라고 애원하고 싶었다. 무작정 소람의 손을 붙잡고 부탁하고 싶었다. 당신의 앞에 있는 건 김태준이라고. 그렇게 모든 것을 말하고 이 사람과 함께 있고 싶어졌다.

하지만 그러면 이 여잔 분명 자신의 앞에서 사라지고 말 것이다. 그녀는 의도적으로 접근을 했고, 그 의도가 아직도 원하던 방향으로 흘러간다고 생각해서 곁에 있는 것이다. 아니, 그렇게 생각해서라도 곁에 있고 싶은 것이리라. 만약 진심이 되었다면 과거의 만남을 모두 이야기하고 자신의 옆에 있을 여자였다.

네이비색 하늘을 보고 있자니 뒤에서 누워 자고 있는 그녀가 그리워졌다. 그래서 말간 눈으로 점차 밝아지는 하늘을 보고 또 보았다.

이상하다. 그립다면 그녀를 보면 될 텐데. 지금은 윤소람을 마주할 자신이 없었다. 작게 들려오는 숨소리로도 미칠 것 같은데, 그녀의 얼굴을 마주 보면 무슨 짓을 저지를지 모른다.

그렇게 한참이고 태준은 시간을 죽여갔다. 그리고 그사이, 자신의 생각도 죽여간다. 윤소람을 붙잡고 악을 쓰고 싶은 마음 역시.

똑딱똑딱.

어딘가에 걸려 있는 시계가 자신의 존재를 그렇게 알려올 때였다. 부스럭거리는 소리와 함께 인기척이 들리자 태준이 기다렸다는 듯 자리에서 일어났다.

상체를 일으킨 그녀는 말끔한 자신의 몸을 보며 깜짝 놀라 말했다.

"다, 당신이……."

"잘 잤습니까?"

커다랗게 뜬 눈이 귀여워 그 위에 입을 맞췄다. 그리고 어쩔 줄 몰라 하며 고개를 끄덕이는 소람을 짙은 어둠이 내려앉은 눈망울로 바라본다.

그녀가 어눌한 미소를 지으며 손을 들어 얼굴을 가렸다. 그가 '왜 그럽니까?'라고 물어보자 그녀가 '못생겼을 것 같아요'라고 말했다.

"눈 많이 부었……."

얼굴을 가린 손등에 입을 맞춘 그가 눈을 내리깔았다. 무언가 울컥 올라오는 감정을 삼키는 것인지 입꼬리가 아래로 늘어진다.

심상치 않은 반응에 그녀가 얼떨결에 손을 내려 그의 얼굴을 보려 했다. 하지만 짧은 찰나의 순간 그가 소람의 허리를 붙잡아 뒤로 돌렸다. 가습이 침대 매트리스에 짓눌리고 엉덩이가 훌쩍 올라가자 소람이 비명을 질렀다. 하지만 엉덩이에 닿는 입술에 비명은 어느 순간 신음으로 바뀐다.

그녀의 몸이 다시 종이인형처럼 흔들렸다.

엉덩이에 코를 묻은 후 도톰하게 부풀어 오른 여성에 혀를 찔러 넣었다. 혀를 꽉 조이는 내면은 따뜻했고, 여전히 좁았다. 그녀의 마음으로 향하는 길처럼.

혀를 굴려 안을 휘저은 그가 들썩이는 엉덩이를 힘껏 붙잡아 움직이지 못하도록 만들었다. 그리고 흘러나오는 달콤한 액을 힘껏 들이마신다.

"하아…… 하!"

쾌락에 엉덩이를 들썩이던 소람이 침대 시트를 힘껏 붙잡았다. 몸은 지난밤의 일들을 아직도 잊지 않은 것인지 금방 끓어올랐다.

금세 젖어든 여성에 무작정 페니스를 찔러 넣은 그가 밑으로 푹 꺼지는 허리를 보았다. 탐스러운 엉덩이와 색에 젖어든 몸은 아름다웠다. 하지만 이를 바라보는 눈동자는 슬픔을 머금고 붉게 달아올라 있었다.

철썩!

힘껏 엉덩이를 움직이자 소람이 자지러지며 아래로 꺼친다. 침대 시트에 얼굴을 박고 울음을 참는 소람을 바라만 보던 그가 눈을 감았다.

슬프다.

섹스를 하고 있음에도 마음은 한없이 멀리 있다는 것을 다시 한 번 깨달았다.

"무지막지한 인간."

새하얀 천장을 본 소람이 인상을 구겼다. 욕지거리가 목 끝까지 올라왔다가 아래로 푸스슥 꺼졌다. 욕을 내뱉을 힘도 없었다.

그녀가 몸을 움직여 옆을 보았다. 손바닥으로 만져 보니 온기는 없었다. 자신을 반쯤 실신하게 만든 사람은 이미 오래전에 일어났나 보다.

자신 역시 이제 그만 침실을 벗어나야겠다는 생각을 했다. 금요일 저녁에 이 집에 온 이후로 토요일이 된 오늘까지, 이 방을 벗어난 적이 없었다. 주말이어서 다행이라는 생각과 함께 온몸이 두드려 맞은 느낌에 그녀가 인상을 팍 썼다.

이쯤 되니 자신이 잘 동안 김태준이 두들겨 팬 건 아닐까, 하는 쓸데없는 생각까지 하게 된다. 더불어 남녀 간의 섹스가 이토록 진이 빠지고 고통스러운 행위라는 추가 지식까지 얻었다. 물론 오류가 그득한 결론이었지만.

"끙."

앓는 소리를 낸 그녀가 상체를 일으켜 처음으로 그의 침실을 제대로 보았다. 다른 곳들처럼 이 방 역시 사소한 물건 하나 없이 깨끗했다. 허투루 놓인 물건 하나 없이 커다란 침대 하나와 협탁, 카펫만 깔려 있는 침실을 둘러보던 그녀가 얼마 떨어져 있는 곳에 놓인 옷을 발견하곤 힘겹게 발을 아래로 내렸다.

"아!"

두 발로 딛고 일어나는 순간 둔기가 허벅지를 힘차게 때리는 느낌에 소람이 자리에 주저앉아 버렸다. 분명 자신의 다리인데도 순간 감각이 사라져 버려 제 것처럼 느껴지지 않았다.

이게 다 무슨 일이야.

끙, 앓는 소리를 낸 소람이 힘겹게 침대에 앉으며 마른세수를 했다. 실오라기 하나 걸쳐져 있지 않은 몸은 지난 새벽에 깼을 때와 마찬가지로 깨끗했다. 자신이 잘 동안 그가 깨끗하게 닦아주었다는 사실을 알고 싶지 않아도 알게 된다.

행위를 할 때도 집요한 남자였다. 집은 결벽에 가까운 청결 상태였다. 자신의 몸도 집요할 만큼 깨끗하게 닦았겠지.

상상을 하니 다시 한 번 몸에서 열이 끓어올랐다.

"발정났냐, 윤소람?"

그렇지 않고서야 진이 빠질 정도로 몸을 섞었는데 이럴 리 없다. 스스로를 이성 관계에 있어 되게 건조한 사람이라 생각해 왔는데 오늘부터 그 생각을 정정해야겠다고 생각한 그녀가 한참 떨어져 있는 의자를 힘껏 노려보았다.

우선 속옷이라도 입어야 할 터다. 나체로 김태준의 앞에 나설 수야 없다. 그런데 얼마 떨어져 있지 않은 그 거리가 지금은 천 리처럼 느껴졌다.

한참 허벅지를 퉁퉁 두드리던 그녀가 다시 한 번 조심스럽게 발을 디뎠다. 그러자 방금 전까지와는 달리 피가 도는 느낌이 들었다. 사타구니가 쓰렸지만 어기적거리며 의자까지 걸어온 그녀가 속옷과 옷을 집어 들었다. 그러다 할 말을 잊고 걸레짝이 되어버린 티셔츠를 힘껏 노려본다.

정신이 없는 와중에도 으드득 실밥이 터지는 소릴 들었다. 하지만 그땐 여기에 항의를 할 수 없었던 상황이라 넘어갔는데, 상태를 보니 한 소리 했었어야 했나 보다.

이게 이렇게 보여도 디자이너 거란 말이야! 얼만지 알아?

소람이 씩씩거리며 이걸 입고 어떻게 집까지 가야 할지 고민할 때였다.

"뭐…… 합니까?"

"보시다시피요. 당신이 요절내 버린 내 티셔츠를 가여워하는 중이었어요."

그녀의 말에 태준은 별달리 신경 쓰지 않는다는 듯 말했다.

"빌려 드리겠습니다."

"여자도 드나드나 보죠? 당당하게 말할 일은 아닌 것 같은데요?"

"안타깝게도 제 옷을 빌려준다는 뜻이었습니다. 그런데……."

내가 당신 옷을 어떻게 입어요? 누가 봐도 체급이 엄청 차이나는데!

소람이 그렇게 따져 물으려고 했다. 하지만 곧 이어진 그의 말에 서둘러 걸레짝이 된 옷으로 몸을 가린다. 눈에는 경계심이 그득했다.

"언제까지 그러고 있으실 겁니까? 다시 리플레이하자는 거면 대환영인데."

"무슨!"

붉은 얼굴로 소리를 지른 그녀가 그를 힘껏 노려보았다. 농담으로 하기에도 너무 심한 말이 아니냐는 표정이었다. 그녀의 모습에 짧게 웃음을 뱉은 그가 소람을 스쳐 드레스룸으로 향했다. 그리고 적당한 셔츠 하나를 꺼내 소람에게 건넨다.

"차 안 가지고 오셨으면 집까지 데려다 드리겠습니다."

"분명 아빠 옷 몰래 훔쳐 입은 여자애 같을 거예요."

지나치게 큰 티셔츠를 자신의 몸에 대본 소람이 낭패라는 듯 표정을 굳히자 그가 다른 방안이 없다는 듯 답했다.

"저 티셔츠보단 나을 겁니다. 샤워는 저쪽에서 하면 됩니다."

그가 욕실 문을 가리키자 소람이 하는 수 없다는 듯 고개를 끄덕였다.

깨끗하게 샤워를 마친 소람이 옷을 갈아입고 전신 거울 앞에 섰다. 예상보단 나쁘지 않았다. 한동안 유행했던 보이프랜드룩처럼 보이기도 했다. ……팔을 제외한다면.

"뭘 먹고 그렇게 큰 거야?"

큰 키를 감안하더라도 얼굴은 지나치게 작았고, 팔다리 또한 길쭉길쭉해서 모델 같았다. 어쩔 땐 넓은 어깨와 단단한 몸 때문에 모델보단 배구 선수나 농구 선수처럼 보이기도 했다. 남잔 외적으로도 완벽했고…… 심적으로도 완벽했다. 간혹 그가 주는 따스함에 가만히 바라보는 것만으로도 눈시울이 붉어질 때가 있었다.

이런 남자가 자신이 될 것이라는 허튼 희망을 품진 않는다. 자신과는 무엇 하나 어울리지 않는 사람이었고 실제로도 그에겐 결혼할 사람이 따로 있었다. 그럼에도 이곳까지 온 건, 자신의 욕심 때문이었다. 그가 주는 따뜻함을 가지고 싶어서. 그것이 정해져 있는 기한까지만 해당되는 것이라 하더라도 괜찮았다. 자신은 '영원'을 믿지 않으니까 차라리 기간이 정해져 있는 게 마음이 편하기도 했다. 언제 끝날지 몰라 안절부절못하는 것보단 좋았다.

서글픈 웃음을 짓고 있는 자신을 보며 소람이 작게 욕지거리를 내뱉으며 몸을 돌렸다. 미친년. 그렇게 말했다. 미쳐도 단단히 미쳤다고. 스스로 마음을 인정하고 받아들였지만, 자신의 행동이 옳다는 생각은 하지 않았다. 미워하던 사람에게 '사랑'이라는 그 허상을 가져다 붙이다니. 기가 차 헛웃음까지 나왔다.

거실로 나온 소람은 조리대 앞에서 바쁘게 움직이는 태준을 보았다. 시간을 보자 점심을 먹기에도 조금 늦은 시간이었다.

그를 도와줘야 하나.

고민하던 그녀가 몸을 돌려 거실로 향했다. 도와준다고 해도 방해만 할 것 같았다.

걸음을 옮겨 거실을 둘러보던 그녀는 어젯밤에 보지 못했던 곳에 시선을 두었다. 아주 작은 그림이었다.

"아."

그림은 바닥에 대충 세워져 있었다. 자세히 보기 위해선 무릎을 굽혀야 했음에도 소람은 손바닥으로 바닥을 짚고 고개까지 앞으로 빼어내 그림을 보았다.

그림은 봄이었다. 따뜻한 기운이 가득해서 보고 있는 것만으로도 웃음이 나왔다. 귀엽고 아기자기한 그림에 그녀가 저도 모르게 손을 뻗었다. 그리고 뒤에 겹쳐 놓여 있던 그림을 본다. 이번 배경은 여름이다. 녹음이 푸르른 나무는 너무 커서 안락해 보이기까지 했다. 바닥엔 뜨거운 뙤약볕을 물려낸 그림자까지 섬세하게 표현이 되어 있었다.

그림을 넋을 보고 바라보던 그녀가 다음 그림을 보는 순간 들고 있던 〈여름〉을 내려놓았다.

"마음에 드십니까?"

어느새 다가온 태준이 그녀를 내려다보며 물었다. 그러자 소람이 고개를 젓는다.

"아니요. 제 취향은 아니네요. 전 예술은 잘 모르니까. 그냥 그림이구나, 라는 생각만 드네요."

소람의 목소리는 흔들림이 없었다. 거짓을 말하는 사람이라고는 믿을 수 없을 정도였다.

하지만 어찌 된 일인지 그녀는 마음에 들지 않는다는 그림을 바라보았다. 시선은 〈가을〉에 향해 있다.

봄은 보는 것만으로도 미소가 나왔다. 여름을 보는 순간 커다란 거목에 눈이 먼저 갔다. 그리고 가을을 보는 순간 그녀는 알게 됐다. 작가가 한 사람의 인생을 이 그림에 녹여냈다는 것을.

봄엔 임신을 한 여자가 있었고, 여름엔 태어난 아이가 곁에 있었다. 가을엔 단풍나무를 뒤에 두고 두 사람이 손을 잡고 있었다.

삶은 혼자 살아가기엔 너무 길다. 그 이야길 이 그림을 그린 화가는 말하고 싶었던 것일까.

소람이 말없이 가을을 바라보자 태준이 곁에 무릎을 꿇고 앉았다. 그리고 그녀가 시선을 떼지 못하고 있는 가을을 들어 올려 겨울을 보여준다.

겨울엔 딸아이의 배가 불러 있다. 딸은 봄에서 엄마의 나이 또래가 되어 있었다. 그리고, 엄마는 늙었다. 삶의 풍파를 고스란히 이겨낸 모습의 그녀는 나이가 들어 시들어가는 나이가 되었음에도 잘 자라준 딸을 보며, 그리고 딸의 뱃속에서 자라고 있는 새 생명을 보며 웃고 있다.

"가을이 지나면 당연히 겨울이 옵니다."

시간은 그 누구도 잡을 수 없다. 그렇기에 누구에게나 공평하다고 할 수 있다. 그 공평한 시간을 어떻게 쓰냐에 따라 삶의 질이 달라진다.

소람은 그 시간을 누군가를 원망하는 데에만 사용해 왔다. 태어나고 자신의 처지를 알면서부터는 부모를, 자신의 부모가 되어주리라 생각했던 사람을 잃는 순간부터는 대영을. 원망으로 세월을 보냈다.

그래서 그녀는 아직도 겨울 속에 있다. 하지만 그림처럼 함께할 누군가는 없다.

"그리고 봄이 오죠."

"무슨 그런 당연한 말을……."

소람이 어색한 얼굴로 답했다. 계절은 시간이 지나면 당연히 바뀌는 건데 굳이 그 이야길 왜 하냐고. 그러자 태준은 이미 모든 걸 알고 있다는 듯 진중한 목소리로 말한다.

"당신의 봄에 함께 있고 싶습니다."

그의 말에 가슴이 저렸다. 바보처럼 눈물을 쏟아내고 싶었지만 그럴 수가 없었다. 자신은 타인의 앞에서 울 줄 모른다. 다른 사람들에겐 당연히 있는 '엄마'가 자신에겐 없었으니까.

그래서 울음을 참았다. 입술을 꾸욱 깨물고 또 깨물며.

이런 마음을 잘 알고 있다는 듯 그는 어정쩡한 자세로 소람을 끌어안아준다.

"저와 함께 있어주시겠습니까?"

이 말은 거짓일 것이다.

그에겐 자신이 없는 미래가 다가올 테니까.

하지만 바보처럼 이 말을 무작정 믿고 싶어졌다.

끄덕.

소람이 힘없이 고개를 끄덕였다.

월요일 저녁. 평소보다 늦은 퇴근을 했다. 최근 '시국선언'이 이어지면서 시시각각 변하는 정부 반응과 여야당 소식에 뉴스 역시 실시간으로 진행되고 있었기에 원고를 작성하는 것부터 추가 보도까지 보도국은 말 그대로 전쟁통이나 다름이 없었다.

피곤한 몸을 이끌고 터덜터덜 집으로 돌아온 소람은 겨우 하루가 끝났다는 생각에 안도의 한숨까지 내뱉었다. 침대에 벌러덩 누워 손목시계를 확인하자 새벽 1시가 가까워져 있었다.

죽을 만큼 피곤했다. 손가락 하나 까딱할 힘도 없어 '화장은 어떻게 지우지'라는 생각부터 들었다. 하지만 이런 와중에도 한 사람이 떠올라 휴대전화를 만지작거린다.

「나 배고파요.」

문자를 보낸 소람이 깊은 한숨을 내뱉었다. 늦은 시간이었으니 태준이 다음 날 아침에 이 문자를 확인할지도 모른다. 하지만 새벽 2시 감성이라

는 게 실제로 있나 보다. 지금 문자를 꼭 보내야 할 것 같은 기분이 들었
다.

내일 아침도 평소대로 출근을 해야 한다. 더욱 내일은 새벽 라디오 대
타까지 뛰기로 해 당장 깨끗하게 샤워를 한 후 잠자리에 들어야 했지만
어찌 된 일인지 눈부터 감겼다.

피부 따위. 피부과 가서 관리받지 뭐. 돈이면 안 되는 게 없는 세상이
야.

점점 흩어지는 정신을 붙잡지 않은 그녀가 애써 그렇게 자위할 때였
다.

삐빅.

문자 알림음에 놀랍게도 반쯤 잠들었던 소람이 이를 확인한다.

「뭐가 먹고 싶은데요?」

문자는 당연하게도 태준이 보낸 것이었다. 배가 고프다고 하니 지금
가장 먹고 싶은 것을 물어온 것이다. 소람은 고민할 것도 없이 '호떡'이
라 적었다. 날이 추워지는 계절, 달달한 게 먹고 싶어지기 마련이다. 제정
신이었다면 개당 엄청난 칼로리를 자랑하는 호떡을 말하진 않았을 것이
다. 하지만 그녀는 지금 반쯤 취한 사람과 같았고, 문자를 보낸 후 거짓말
처럼 깊이 잠들었다.

그렇게 얼마의 시간이 흘렀을까. 허리를 새우처럼 만 그녀가 이불을
끌어 그 안으로 꼬물꼬물 파고들었다. 추위에 언뜻 잠에서 깬 그녀가 전
기장판이라도 켜야겠다는 생각을 할 찰나였다.

쾅.

소음이었다. 밤이었기에 유독 잘 들리는 소리에 소람이 눈을 게슴츠레
떴다.

뭐지?

소람이 상체를 일으켜 멍한 눈을 깜빡였다.

쾅. 쾅쾅.

일정하지 않은 속도로 두드려지는 문에 깜짝 놀란 소람이 눈을 번뜩 떴다. 그런 후 후다닥 현관으로 달려간 그녀가 인터폰도 확인하지 않은 채 문을 활짝 열었다.

"……잤습니까?"

태준이었다. 검은 봉지를 달랑달랑 흔드는 그의 얼굴에 피곤이 그득 내려앉아 있었다.

여긴 어떻게, 라는 물음이 목 끝까지 차올랐다. 만약 그에게 검은 봉지를 받아 들지 않았다면 당연히 그렇게 물었을 것이다.

호떡 봉지는 미지근했다. 종이 봉지 안을 열어보자 다 식은 호떡이 딱딱하게 굳어 있었다.

"호떡 심부름은 처음입니다."

"심부름이요? 전 사다 달라고 말한 적…… 그런데 술 마셨어요?"

"네."

그에게서 옅게 술 냄새가 났다. 표정이나 말투로 보아선 그가 취했다고 생각할 만한 것은 없었다. 하지만 이 시간에 굳이 호떡을 사온 거나, 발그레해진 뺨과 게슴츠레 뜬 눈을 보니 꽤 많은 술을 마신 것 같았다.

봉투를 쥔 손에 힘이 들어갔다. 다 식어 빠진 호떡에 감동을 한 걸 보면 참 값싸다는 생각을 했다.

알 수 없는 감정이 마음속에 모락모락 피어오른다. 그래서 충동적으로 물었다.

"들어오실래요?"

말을 하고도 스스로가 놀라 버렸다. 이 새벽에 그를 집 안으로 들일 생각은 해본 적도 없었다. 그 역시 자신의 제안에 놀랐나 보다. 살짝 떠진 눈이 그랬고, 목소리 또한 흔들렸다.

"오늘은 이만 돌아가겠습니다. 나도 내가 감당이 안 될 거 같아서."

끝이 언제인지 정확하게 알 수는 없다. 하지만 소람은 곧 닥칠 일이라는 건 알았다. 시간이 얼마 없다고. 그는 바쁜 사람이었고, 결혼 또한 할 테니까. 아무리 나쁜 마음먹고 세상일을 시니컬하게 바라보는 자신이라 하더라도 다른 가정을 깨뜨리는 멍청한 죄를 지을 만큼 못되진 않았다.

그러니, 이렇게 함께 있을 수 있는 시간은 이제 앞으로 손에 꼽을 정도로 적어지리라.

태준의 시선이 아래로 내려갔다. 소람은 손가락 두 개만으로 그의 옷자락을 붙잡고 있었다. 힘을 주지 않아도 충분히 떼어낼 수 있을 정도 살짝 붙잡은 손을 바라보던 그가 시선을 들어 소람의 표정을 살폈다.

망설임으로 점철되어 있는 표정에선 그 외의 감정도 읽을 수 있었다. 슬픔과 고뇌 그리고…… 스스로를 향한 화.

한 걸음 옮긴 그가 소람의 목에 손을 둘렀다. 그리고 고개를 비스듬히 아래로 내려 입술이 닿는 그 순간까지 촉촉하게 젖은 눈망울을 바라본다.

뜨거운 입술이 닿자 소람의 눈이 자연스레 감겼다.

툭.

들고 있던 호떡 봉지가 바닥으로 떨어졌다. 손은 그의 허리를 끌어 자신의 쪽으로 잡아당기고 있었다.

욕망은 커진다. 너무 말도 안 되는 욕망이라 처음엔 생각하지 않으려 했다. 하지만 생각을 하지 않을 수가 없었다. 이런 감정을 느끼게 한 '사람'은 그가 처음이었으니까. 그렇게 생각을 하다 보니 어느새 커져 버린 제 마음을 알아버렸다.

자신이 아저씨였다면 '배은망덕한 년'이라며 욕을 했을 것이다. 아저씨가 자신을 천인공노할 쓰레기로 본다고 하더라도 뭐라 할 말이 없었다.

변명조차 통하지 않을 일이다.

아저씨 미안해요.

조금만요. 아주 조금만.

그의 힘에 이끌려 집 안으로 발을 들인 그녀가 엉덩이를 받치는 손길에 제 몸을 맡겼다.

쿵.

문이 닫혔다.

정도만 걷다가 삐끗

생전에 얼마나 많은 죄를 지었기에.

경계가 삼엄한 병실 앞을 본 태준은 그런 생각을 했다. 겹겹이 병실을 지키고 있는 보안요원은 그룹에서 배치한 것이었다. 처음엔 이보다 적은 인원이 지켰었다. 하지만 얼마 지나지 않아 괴한이 병실 안으로 습격하려는 사건이 있었고, 인원은 배 이상 늘어났다.

수없이 많은 적을 만든 아버지였다. 그 시대엔 그룹 합병과 중소기업에서 만들어낸 기술을 빼내오는 일이 숱하게 있었다는 말로 자위하기에도 너무 많은 악행을 저질렀다. 어린 시절의 그는 아버지를 원망하는 수많은 사람을 보았다.

"악마 같은 새끼! 사람 새끼라면 저렇게 할 수 없어!"

악을 쓰는 남잘 본 것은 초등학교 5학년 때였다. 아버지를 원망하는 사람은 뉴스에서만 보았지 실제로 본 건 처음이었다. 자신의 눈을 똑바로 보며 분노를 숨기지 않는 남자를 보며 두려움에 몸을 돌리기도 했었다. 그날은 밤늦게까지 주위를 맴돌다가 집에 들어갔다. 아버지는 웃고 계셨다. 큰 수익을 얻게 되었다며 기업의 미래가 밝다는 말까지 했다.

그 뒤로 존경해 왔던 아버지를 달리 보기 시작했다. 아버지로선 자리를 지키지 못했지만 대한민국의 한 축이라고 생각하며 존경했었는데 그것도 아니라는 생각과 의심을 품었다. 하지만 겉으로는 아무렇지도 않은 척 지내왔다. 부모가 나쁜 사람이라는 걸 알게 되었을 때 가슴이 무너져 내렸지만 그걸 티 낼 순 없었다. 어찌 되었든 자신을 세상에 있게 해준 사람이었고, 걱정 없이 살아갈 수 있도록 많은 부를 안겨주는 사람이기도 했다.

그렇게 시간이 흘러가는 대로 지냈다. 아버지가 원하는 학교에 입학을 하고, 만족할 만한 성적을 내며 큰 잡음 없이 지냈다. 더 이상 존경하는 아버지는 아니었지만 세상 부모가 다 훌륭하지 않듯 자신의 부모 역시 그렇다고.

그 마음이 변한 건 고등학교 2학년 때였다. 뉴스에서 연일 아버지를 비난하는 뉴스가 나왔다. 중소기업을 장기어음으로 망가뜨리고, 그 회사에서 연구원을 빼왔다는 뉴스였다. 하지만 뉴스는 놀랍도록 순식간에 사라졌고, 중소기업 사장은 자살로 생을 마감했다.

뉴스를 막은 게 대영이라는 것쯤은 아직 어린 그도 눈치챌 수 있었다. 회사에선 전자 쪽 기반을 닦을 수 있겠다며 좋아했지만 정작 오너가인 그는 달랐다.

가만히 있을 수 없어서 이름도 모르는 중소기업 사장의 장례식장까지 찾았다. 하지만 안으로 들어갈 순 없었다. 자신과는 상관없는 일이라고 말할 수 없었으니까. 절을 올릴 염치조차 없어 멀찍이 바라보기만 했다.

눈이 오던 그날, 소녀를 만났다. 훗날 그 소녀가 사장과 아주 친밀한 관계였다는 걸 알게 되었다. 무릎을 꿇어야 하는 사람이 또 한 명 더 생겼다는 사실에 좌절했다. 하지만 그는 사과를 하는 대신 도망쳤다. 유학이란 허울 좋은 명분하에.

문을 열어주는 남자들을 지나 안으로 들어갔다. 기계음이 귀를 찔렀다. 삐익. 삐익. 김 회장의 명을 겨우 연명해 주는 기계장치를 바라보던 그가 침대 옆에 섰다. 김 회장은 살아 있는 사람이라기보다는 죽은 사람처럼 보였다. 혼이 빠져나가 미라처럼 비쩍 말라 버린 것 같아 한국에 와 처음 아버지를 만났을 때 깜짝 놀라기도 했었다. 기백이 넘치던 그 사람은 어디로 갔나. 자신의 건재를 과시하는 것을 즐기던 그 사람은 어디로 갔나. 김 회장의 얼굴을 보면서도 태준은 아버지를 찾았다. 그리고 이젠 쇠약해진 모습이 익숙해질 만큼의 시간이 흘렀는데도 생경하다.

이젠 그냥 아버지가 된 남자.

이 남자로 인해 불행해진 사람이 너무 많다. 윤소람 또한 그중 하나다.

그녀가 의도적으로 접근했다는 걸 알았을 때에도 태준은 분노 대신 호기심을 느꼈다. 자신의 곁엔 목적을 가진 이들이 참 많았다. 그러니 그녀만 비난할 것도 아니었다.

그런데 언론에 알려진 그녀의 '과거'를 보고 난 후 그는 분노했다. 그녀를 향한 것이 아니다. 아버지를 향한 것이었다. 그리고 그건 자신을 향한 것이기도 했다.

"내 인생에 네 아빠가 똥을 뿌렸으니까 지옥에나 떨어지라고! 네 아버지도! 너도!"

악에 받쳐 소리를 지르던 소녀.

그 소녀는 한동안 그의 뇌리에 남았었다. 하지만 그것도 찰나였다. 유학을 떠난 이후로 간혹 소녀가 떠오르긴 했지만 당연하게도 잊혀졌다.

그런 소녀가 다시 자신의 앞에 나타났다. 소녀의 이름이 '윤소람'이라는 걸 뒤늦게 알게 되었을 때의 충격은 상당했다. 바보 같게도 그녀에게 호기심을 가진 후, 과거에 한 인터뷰를 보고 나서야 그녀가 그때의 소녀라는 걸 알게 되었다. 모를 수가 없었다.

"전 겨울이 싫어요. 그때 아주 소중한 사람을 잃었거든요. 처음으로 믿었던 사람이었고, 나에게 가족이 되어주겠다고 했던 사람인데……. 말도 없이 갑자기 떠났죠. 얼마나 충격을 받았는지 그때 난생처음으로 잘 모르는 사람에게 화를 냈어요. 나와 똑같이 힘들라고. 그 사람에게 무작정 소리를 쳤었죠. 눈이 오던 날에."

누구라고 명확하게 표현을 하진 않았지만 '그 사람'이 자신이라는 것쯤은 예상할 수 있었다.

그녀의 바람대로 열여덟 이후로 자신의 삶은 꽤나 불행했다. 한국에 돌아올 수 없었다. 아버지의 얼굴을 보면 슬픔으로 어그러진 소녀가 보여 처음으로 객기를 부렸었다. 난생처음 아버지의 뜻과 반대되는 길을 걸었다. 군 문제도 해결해 주겠다고 했지만 육군 병장으로 제대를 했고, 대학을 졸업한 후 한국으로 들어오라고 했지만 뉴욕 지사를 선택했다. 그가 한국 땅을 다시 밟은 것은 아버지와 더 이상 대화를 나눌 수 없는 상태가 되어서였다.

생명의 불씨가 꺼져 가는 아버지의 모습을 말간 눈으로 내려다보던 그가 눈을 감았다.

여전히 불행한 소녀와 만났다. 소녀를 사랑하게 된 것은 자신에게도 너무 뜻밖의 일이라 조금 당황하기도 했다.

하지만, 사랑을 한다.

그간 너무 외로웠던 소녀에게 사랑을 가르쳐 주고 싶다는 생각을 하게 된 건 당연한 이치였다. 하지만 어떻게. 어떻게 해야 소녀에게 사랑을 가르쳐 줄 수 있을까.

관계는 거짓으로 가득했다. 그도 그녀에게 말하지 못했고, 그녀 역시 그에게 진실로 다가오지 못했다.

김 회장을 바라보던 그가 눈을 감았다. 목이 조였다. 감정이 형체가 되어 목을 조이고 앞뒤로 흔드는 것만 같았다.

셔츠 사이에 손가락을 끼운 그가 힘껏 양옆으로 흔들었다. 그럼에도 목은 여전히 아프다. 셔츠가 아닌 다른 것 때문에 목이 아팠으니 당연하다.

"잘하고 있는지 모르겠습니다."

그 역시 '사랑'을 알지 못한다. 그가 배운 건 기업의 윤리와 이득에 관한 것이었지 사람에 관한 것은 없었다. 그가 받아온 교육은 사람을 부리는 법이었지, 감싸 안는 법은 없었다.

"아버진 이런 건 제게 가르쳐 주지 않았으니까."

이제껏 그걸 원망한 적은 없었다. 자신의 주위에 있는 아이들 역시 대부분이 그랬다. 부모의 정은 재산으로만 가늠했었다. 그런데 뒤늦게 사춘기라도 온 것인지 요즘 김 회장이 너무 원망스럽다.

산소호흡기와 깡마른 몸을 차례대로 훑어보던 그가 몸을 돌렸다. 아버지가 삶과 힘겨운 사투를 벌이고 있었지만 손 한 번 잡아주지 않았다.

누군가 본다면 이런 자신의 생각을 듣고 '배부른 소리 하지 마'라고 할 것이다. 그중 대표적인 사람이 바로 윤소람일지 모른다. 그래서 그는 원망의 말 하나 하지 않은 채 곧장 몸을 돌려 병실을 나섰다.

힘들다는 소리 따윈 해선 안 된다. 자신의 어깨를 묵직하게 내리누른 책임감이 그렇게 말했고, 이제껏 누려온 호화로운 삶 역시 그렇게 말했다.

굳은 표정으로 병실을 나온 그는 인사를 건네는 사람들에게 목례로 답했다. 엘리베이터로 향하자 비서가 그의 뒤를 따른다. 손엔 우산이 들려 있었다.

조금이라도 비를 맞을까 싶어 준비한 줄 알았건만 로비를 걸어나오자 꽤 세찬 빗줄기가 보였다. 일기예보에도 없었던 비 소식이었다.

"갑자기 비가 내립니다."

"그렇군요. 정말 갑자기 내리네요."

태준이 말없이 하늘을 바라보자 김 비서가 말했다. 마치 비를 처음 보는 사람처럼 생경한 반응이어서 언급한 것이었는데, 돌아오는 답 역시 그랬다. 비가 낯선 사람처럼 신기하다는 듯 바라보던 그가 고개를 돌려 김 비서의 손에 들려 있는 우산을 보았다.

"우산 빌려주시겠습니까?"

"모셔다 드리겠습니다."

"아닙니다. 오늘은 좀 걷고 싶네요."

비 냄새가 싱그럽게 느껴졌던 건 처음이다. 빗길을 걷다 보면 방금 전까지 엉망이던 머릿속이 말끔하게 씻겨 내려갈 것 같았다.

김 비서는 처음엔 이상하다는 듯 그를 바라보았지만 말없이 우산을 건네주었다. 그러자 그는 커다란 우산에 몸을 숨기며 휴대전화를 든다.

몇 번의 통화음이 흘렀다. 그리고 곧 가장 듣고 싶은 이의 목소리가 들려온다.

[네, 김태준 씨.]

자신의 이름을 부르는 목소리에 마음이 녹아내린다.

바짓단이 빗물에 젖었다. 우산을 쥐고 있던 손에도 조금 힘이 들어갔다. 소람에게 통화한 목적은 하나였다. 우산을 들고 왔는지 확인하고 싶었고, 그게 아니면 방송국에서 조금 기다리라는 말을 하려 했다. 하지만 입 밖으로 나온 말은 전혀 다른 것이었다.

"소람아."

[……]

"비 와, 밖에."

자신도 당황스러운데 소람은 그 이상일 것이다. 하지만 태준은 가볍게 웃음을 뱉었다.

"그래서 지금 데리러 가는 중이야."

[가, 갑자기 왜 이래요? 뭐 잘못 먹었어요?]

"왜? 윤소람 씨가 그렇게 불러달라고 했잖아. 소람아, 하고."

그의 말에 전화 너머로 '내가 웬만해선 말싸움으로 지는 경우가 없는데' 라는 말과 함께 거친 숨소리가 들려왔다.

유쾌하게 웃음을 내뱉은 그가 방송국 쪽으로 걸음을 옮겼다. 30여 분 정도 걸어야 했지만 차를 탈 생각은 없었다. 그녀를 만나러 가는 길을 즐길 생각이다. 때마침 얼굴을 가려줄 우산도 있었고, 적당한 소음이 되어줄 비도 내리고 있었다.

그렇게 걷다 보면 체증처럼 꽉 막힌 마음이 아래로 쑥 내려갈 것이다.

"방송국이죠? 맛있는 거 먹으러 갑시다."

그녀를 보며 웃을 수만 있겠지.

〈욕망에 관하여〉.

제목을 보면 오해하기 딱 좋은 책이어서 소람은 난생처음 북커버까지 샀다. 이해가 되지 않는 책이라면 읽지 않았지만 소람은 허무맹랑한 책을 끝까지 읽기로 마음먹었다.

그건 단순한 변덕이었다. 책에서 인생을 배울 만큼 멍청한 치는 아니었지만 호기심이 들었다. 이 사기꾼이 어디까지 떠들어대나 잠자코 볼 생각이었다.

—한때 유행했던 혈액형 점처럼 세상 사람들을 딱 네 등분으로 나눌 수 있다면 사회는 좀 더 평화로웠을지 모른다. 하지만 사람은 그렇게 단순하지 않다.

여러 관점 속에서 삶의 목표를 정했던 사람들은 다양한 형태로 살아간다. 개중에선 결혼을 한 사람도, 그렇지 않은 사람도 있다. 결혼을 하더라도 아이를 출산하는 경우도 있고 딩크족으로 살아가는 사람도 있다.

책 읽던 소람이 고개를 돌려 휴대전화를 보았다. 만나러 오겠다는 태준에게선 아직 연락이 없었다.

혹 길이 막히나?

소람의 시선이 활자로 향했다.

—어떤 사람은 결혼을 해도 외롭다고들 한다. 다 개소리다. 그들에게 해주고 싶은 말은 하나다.

"상대가 널 보지 않기 때문에 외로운 거야."

상대가 당신을 보고 있다면 그토록 스산한 감정이 들진 않았을 것이다.

내가 왜 이렇게 잘 아냐고?

곁에 누군가가 있지만 나 역시 간혹 외로워지기 때문이다.

평생 외로움을 느끼지 못했던 소람이다. 무엇이 외로움이고, 뭐가 함께 있는 즐거움인지 몰라 혼자 있으면서도 아무렇지 않았다. 아니, 않았었다. 얼마 전까지만 해도.

삐릭 삐릭.

문자음이 들리자 소람이 다시 휴대전화 액정을 확인했다.

"다 당신 때문이야."

괜스레 그를 타박한다. 책은 몇 장 남지 않았지만 더 이상 이 책을 읽을 가치를 느끼지 못했다. 목차를 보았지만 뒤에도 해결책은 없는 것 같았다.

―인간은 누구나 외롭다.

이 외로움이 누구나 느끼는 당연한 것이라면 맞서 싸우기보단 순응하며 살아갈 생각이었다. 다들 '그렇구나' 라고 생각하며 살아가는 문제를 가지고 더 이상 독기를 품고 싶진 않았다.

서랍 깊숙한 곳에 책을 넣어둔 그녀가 핸드백을 챙겨 들고서 자리에서 일어났다. 도착했다는 연락에 괜스레 마음이 급해졌다. 하지만 엘리베이터에 오르는 순간 거울 속 제 모습을 확인하는 건 잊지 않은 그녀가 립스틱을 꺼내 입술에 덧발랐다. 예쁜 윤소람으로 그가 기억해 줬으면 했다. 못되고 표독한 마음은 들켜 버렸으니 그건 어쩔 수 없다만 얼굴 정도는 밉지 않은 나로 기억해 줬음 한다.

엘리베이터에서 내린 그녀가 방송국 앞을 서성이는 태준을 발견하고선 빠르게 걸음을 옮겼다. 그녀가 비에 젖는 것도 개의치 않은 채 우산 안으로 쏙 들어간다.

"오늘 갑자기 추워졌죠?"

빨갛게 얼어버린 그의 얼굴에 손바닥을 가져다 댄 소람이 걱정스레 미간을 좁혔다. 인사보다 자신을 먼저 걱정하는 그녀를 보며 그가 말없이 고개를 저었다. 하지만 손은 자연스레 그녀의 허리를 끌어안아 자신의 쪽으로 끌어당겼다.

그녀가 비에 젖지 않도록 어깨를 끌어안은 그가 천천히 걸음을 옮겼다.

"그러게. 뭔가 뜨거운 게 먹고 싶습니다."

"어머, 방금 전엔 소람아, 라고 하더니? 갑자기 또 다나까 김태준 본부장님이 된 거예요?"

"이름을 다정하게 부르는 것과 말투는 별개의 문제이지 않습니까?"

"어머, 다정하게 불렀대."

입을 가린 소람이 키득키득 웃었다. 하지만 고개는 자연스럽게 넓은 가슴으로 향한다.

그가 코트를 펼쳐 소람을 안으로 끌어당겼다. 그 행동이 너무나 익숙해서 소람은 저도 모르게 눈을 감고 그의 체온을 느꼈다. 허리에 닿는 손길에도 이젠 거부감을 느낄 수가 없다. 무섭다. 자신의 변화를 머리는 따라가지 못했다.

"따뜻하다."

이젠 알아버린 사람의 온기가 오늘따라 더욱 선명하게 느껴진다. 이렇게 함께 있는데도 홀로 있는 것 같은 쓸쓸한 감정이 날 괴롭힌다.

하지만 간혹 멈추었으면 하는 순간이 있지 않은가.

바로 지금.

미소 띤 그를 바라보는 지금 이 순간.

이 순간이 영원했으면 하고 멍청하게 바랐다.

달그락.

잔을 내려놓는 소리가 유달리 귀에 거슬렸다. 미간을 좁힌 태준이 고개를 들어 앞을 보았다. 골프를 치러 왔다고는 믿기지 않을 만큼 고상한 복장의 가연이 말없이 홍차를 마시고 있다. 그녀를 보자 기분이 더욱 다운되었다.

오늘은 가연과 세 번째 만남이었다. 하지만 그는 예정에 없던 만남이다. 그는 오늘 Do 측의 관련자들과 필드를 돌며 사업 이야기를 하러 나왔지, 가연과 불편한 기 싸움을 하러 나온 것은 아니었다.

지금 조달도 충분히 되고 있었고, 사업적으로 문제가 되는 일들은 없다. 공장은 예정보다는 조금 늦지만 시공엔 문제가 없었다. 늦어지는 기일만큼 제작엔 문제가 없을 만큼 다른 업체 선정 또한 모두 끝내놓았다.

원래라면 오늘 Do 관계자와는 이런 대화를 나눠야 했다. 하지만 가연과는 아니다. 그가 가연을 달가워하지 않는데 여기에 이유가 있었다.

그런 그의 마음을 아는 것인지 모르는 것인지 가연은 말없이 차를 마시고 있었다.

시간이 하염없이 흐르자 그녀를 독촉하기라도 하듯 그가 손목시계를 확인했다. 오늘은 출장을 떠나기 전, 소람과 함께 클럽 A에 가서 가볍게 한잔하기로 한 날이었다. 급할 건 없었지만 서울과 두 시간 거리에 있는 골프장이었기에 자칫 늦을 수도 있어 계속 마음이 쓰였다.

그가 다시 한 번 시계를 확인하자 가연이 들고 있던 잔을 내려놓았다.

"제게 해주신 제안에 대한 답을 해드리려고 왔습니다."

"어려운 걸음 하셨습니다."

그의 말에 가연의 입가에 부드러운 미소가 맺혔다. 바뀌었다, 조가연이. 무슨 일이 있었던 것일지 이젠 속마음을 숨기고 웃음을 지을 수 있을 만큼의 독기를 가졌나 보다.

그가 어디 한번 말해보라는 듯 고개를 끄덕이자 가연은 막힘없이 정리된 생각을 이야기했다.

"전에 김태준 본부장님의 말을 듣고 많은 생각을 했어요. 생각해 보니한평생 붓과 캔버스만 가까이했지 결재 서류와 이율타산을 생각해 본 적이 없더라고요. 제가 경영 일선으로 나가면 그런 것들을 가까이 둬야 한다는 거겠죠."

"그런 것들을 가까이 두지 않더라도 책임은 져야 하는 상황에 놓일 겁니다. 조가연 씨에겐 버거운 것이겠죠."

"네, 맞아요."

그녀가 틀린 말이 없다는 듯 고개를 끄덕였다. 그러더니 뭉툭한 손톱 끝으로 잔 끝을 툭 쳤다.

"아버지와 많은 대화를 나눴어요. 아버지 역시 이런 상황을 예상하고 계셨나 봐요. 모든 걸 이해해 주시겠대요. 내가 행복한 길을 선택하라고 하시더라고요."

그 후로도 많은 생각을 했다는 듯 입술은 굳게 닫혀 있었지만 시선은 바삐 움직인다. 하지만 더 이상 불안함은 보이지 않는다. 이미 결론을 내렸기 때문일 것이다.

처음엔 그녀가 변한 게 '독기' 때문인 줄 알았다. 하지만 아니다. 그녀의 곁엔 무슨 결정을 내리든 믿고 지지해 줄 가족이 있어 강해진 것뿐이다. 조 회장이 그녀에게 보내는 지지는 엄청났다. 커다란 권력을 손에 쥐면 대한민국 사회에선 이를 자식에게 주고 싶어 한다. 자신 역시 부모에게서 그 권력을 물려받았다. 자식을 사랑한다는 이유 아래. 하지만 조 회장은 그녀가 하고 싶은 대로, 네가 행복한 방향으로 이를 결정하라고 말한다. 그 사랑이 대단하다고 느낄 정도였다.

"DO는 다음 달부터 전문 경영인을 선임하고, 오너가는 경영 일선에서 손을 뗄 생각입니다."

훌륭한 결정이라고 박수를 쳐주어야 할까. 아니면 정말 후회하지 않을 거냐고 물어야 할까. 무엇이 정답인지 알 수가 없어 태준은 다 식은 홍차로 입술을 적셨다.

태준은 이 순간에도 위로 한마디, 다정한 말 한마디 건네지 않았다. 그런 남자를 가연이 웃으며 보았다.

가방을 무릎 위에 올려둔 가연은 마지막 순간까지 흐트러짐 하나 없는 태준을 보았다.

"내 사람에겐 다정한 남자, 탐이 나지만 여기서 접기로 했습니다."

태준의 눈썹이 치켜올라 가자 가연은 만족스러운 웃음을 지었다. 구겨진 표정이었지만 자신으로 인해 그의 가면에 금이 가는 것만으로도 이젠 됐다, 라는 마음이 들었다.

최근 국민의 관심이 정치 쪽으로 쏠리자 사회부와 경제부가 물어온 소식은 단 한 줄도 쓰이지 못했다. 이런 일이 근 일주일째 이어지고 있자 모두 정치부 뒤치다꺼리나 하는 신세가 되었고, 선후배 없이 정치부 공으로 돌아갈 일만 하고 있자니 모두들 속에 천불이 나던 차였다. 이번엔 꽤 구미에 당기는 기삿거릴 물어온 것인지 경제부 소속 기자가 몸까지 낮추며 속살거렸다.

"요즘 Do그룹이랑 대영그룹이 함께 진행하는 사업 있잖아요. 그게 조 회장 딸이랑 김태준 본부장 결혼 때문에 성사된 거라고 하더라고요. 그런데 Do에선 전문 경영인을 세운다는 소문이 있더라고요? 뭔가 있는 것 같아요."

확인되지 않는 사실이라도 회의 때 발언하는 일은 심심치 않게 있었다. 그걸 보도국 사장은 탐탁지 않아 했지만, 지난주에 대어를 물었던 차였기에 '추가 취재해 보고 보고해' 라고 말한다. 괜히 이야기를 듣던 소람이 중간에 꿀 먹은 벙어리가 되어 눈치만 보았다.

회의를 마치고 밖으로 나온 소람은 달달 떨리는 손으로 휴대전화를 쥐었다. 예상하지 못한 곳에서 또다시 그의 결혼 소식을 들어버렸다. 마음이 도통 진정이 되지 않는다.

오늘 저녁에도 그와 약속이 있었다. 다음 주부터 2주짜리 장기 출장이 있어 출국해야 한다고 했다. 한동안 만나지 못하니까 힘들더라도 만나자고 했다.

만나지 못한다고 지금이라도 연락을 해야 하는 걸까. 휴대전화를 바라보던 그녀가 머리를 거칠게 쓸어 올렸다. 그러다 자신을 향한 시선들을 발견하곤 미간을 좁힌다.

왜지? 다들 왜 저렇게 보는 거지?

첫 직장이 CBM 방송국이었다. 오랜 시간 이곳에서 일하면서 이런 시선을 받아본 건 처음이었다. 자신을 흘겨보는 눈동자와 쉼 없이 움직이는 입술들.

생각해 보자 아침에도 그랬다. 아나운서실을 들어서는 순간 자신을 향하던 낯선 시선을 모르는 척 넘겼었는데, 이제 보니 자신과 관련된 소문이 방송국 내에 떠돌고 있는 모양이었다.

젠장.

예전의 그녀라면 누구보다 기민하게 이를 눈치챘을 텐데. 마음이 풀어진 것이다. 아나운서실로 향하는 걸음이 조금은 성급해질 때였다.

"윤 아나운서, 그게 진짜예요?"

"네? 이 PD님, 뭐가요?"

예능국 PD였다. 하지만 단순한 예능이 아닌 연예 보도 프로그램의 총괄책임을 맡고 있는 사람이었다. 몇 번 안면이 있던 터라 소람은 순진한 눈망울로 고개를 기울였고, 이 PD는 게슴츠레 뜬 눈으로 묻는다.

"대영그룹 김태준 본부장이랑 연애한다면서요? 방송국 앞에서 두 사람이 함께 있는 걸 본 사람도 있다던데. 방송국에 소문이 파다해요, 파다해."

이제야 자신의 뒤에서 씹어대는 이유를 알았다. 이 PD는 연애라고 말했지만 실상은 좀 더 더럽게 소문이 났을 것이다. 아나운서랑 재벌 3세가 연애를 하다니. 가당키나 하냔 말이다. 더욱 그저 그런 재벌 3세가 아닌 대영그룹의 후계자였다.

"아니에요, 이 PD님. 대영그룹 본부장님이랑 제가 그런 관계라니요. 간혹 찾는 바가 있는데 그곳에서 우연히 알게 되어서 가끔 만나는 정도예요."

"그럼 설마 전에 토크박스에서 말했던 그 사람이……."

"아."

소람의 뺨이 복숭아 빛깔로 물들었다. 순진한 반응에 이 PD는 그제야 자신이 너무 과한 생각을 했다며 그녀에게 사과의 말을 했지만 소람은 고개를 저으며 '그럴 수도 있죠'라고 답했다.

"난 또. 소문이 너무 구체적이어서 진짜인 줄 알았잖아. 기왕 특종 내보낼 거면 소속 방송국이 좋지 않겠냐고 말할 참이었는데, 헛다리였네."

그녀가 순하게 웃으며 고개를 내저었다. 그러면서도 개인 사생활을 이야기하는 것 자체가 부끄럽다는 듯 눈동자를 요리조리 굴려댄다.

이런 여자가 재벌 3세의 스폰을 받는다니.

자신도 참 세속의 때가 많이 묻었다고 생각하던 이 PD가 곧 이어지는 말에 고개를 끄덕였다.

"제가 좋아하는 사람은 평범한 사람이에요."

"그래요?"

"네. 지금 잘 만나고 있어요."

"어? 특종인데? 윤소람 아나운서 연애하는구나!"

"특종이라니요. 사람들이 제 연애에 관심이나 두겠어요?"

소람이 입술을 깨물며 고개를 저었다. 그럴 리가 없다며.

아주 평범한 남자가 자신의 사람이라고 이야기하는 표정과는 달리 휴대전화를 쥔 손은 새하얗게 질려 있었다. 몸이 미세하게 떨리고 있었다. 남들을 알아차리지 못할 만큼 아주 작게.

클럽 A는 두 사람의 만남이 다시 시작된 곳이다. 태준에게 의도적으로 접근하기 위해 찾은 곳이었고, 그 후로는 집에서 혼자 술을 마시는 것을 즐기는 소람이 처음으로 '단골'로 삼은 바이기도 했다.

하지만 한동안 두 사람은 이곳을 찾지 못했다. 간판 아나운서로 평일엔 술을 마실 수 없는 소람과 매일 출장과 내부 업무로 바쁜 태준에게 간단하게 한잔을 마시는 일도 '특별한 일과'였고, 두 사람의 마음이 통하고 난 후 굳이 이곳을 찾을 필요가 없었기 때문이다.

그래서 바 안으로 들어오는 소람을 보며 바텐더가 처음 건넨 인사 또한 '어? 윤소람 씨, 오랜만에 오셨네요'였고, 소람 또한 '오랜만이에요'라는 답을 해야 했다. 생각해 보면 초창기에 만남을 이어갈 때 이곳에서 보냈던 시간들이 바쁜 두 사람의 인생에 있어 가장 너른 기간이었다.

바텐더는 이젠 지정석이 되어버린 바 테이블에 앉은 소람을 보았다. 오랜만에 본 그녀는 분위기가 많이 바뀌어 있었다. 수줍게 웃으며 생기로 넘쳤던 표정이었던 거 같은데, 지금은 세상을 다 산 노파 같았다. 더욱 스스로 해결할 수 없는 고민을 떠안은 모습이기도 했다. 짧은 간격으로 한숨을 쉬었고, 립스틱이 조금 지워진 입술을 깨물기도 했다.

뭔가…… 이상한데?

바텐더가 고개를 막 갸웃거릴 때였다. 더 기겁할 만한 일이 일어난 것은.

한 남자가 다가와 소람의 곁에 앉았다. 원래의 그녀라면 수줍은 미소로 예의 바르게 거절을 했을 것이다. 하지만 오늘은 어쩐 일인지 시선을 돌려 그를 바라보며 즐겁게 대화를 나눈다.

"윤소람 씨는 뉴스에서 본 것과는 느낌이 많이 다르네요?"

"어떤 느낌이었는데요?"

"이성적이고, 조금 차가운 사람인 줄 알았어요."

남자의 말에 소람의 뺨이 붉어졌다. 웃음은 순해서 남자의 마음이 덜컥 내려앉는다. 요망한 꼬리 짓에 홀라당 마음을 빼앗긴 모양이었다. 어느새 남자의 마음은 호기심에서 관심으로 넘어갔다.

"그런 이야기 많이 들어요."

"아무래도 뉴스를 전하는 사람이라서 그렇게 느껴졌나 봅니다. 실제로 만나보니 화면보다 더 미인이시네요."

"치, 칭찬인 거죠?"

"물론입니다."

남자가 호탕하게 웃었다. 몸은 어느새 그녀의 곁에 바짝 붙어 있다. 마음이 가자 몸도 자연스럽게 따라갔다는 듯이.

남자가 자연스럽게 명함을 건넸다. 소람은 자신은 명함이 없다는 말과 함께 종이에 적힌 글자를 읽었다. 그녀도 잘 알고 있는 대형 로펌에서 변호사로 일을 하고 있었다. 부와 명예를 모두 얻을 수 있는 곳이었지만 안타깝게도 그녀는 이 변호사 집단을 좋아하지 않았다.

가습기 살균제 피해 신고는 무려 5천 건이 넘었다. 환경보건 시민센터가 추산한 결과 사망자는 천 명에 달한다고 파악하고 있었다. 그 가해기업의 법정 다툼을 맡은 것이 바로 이 로펌이다. 이에 관련된 뉴스는 현재 정치 뉴스로 인해 완벽하게 묻혔지만 아직도 이 사건으로 인해 피해를 당한 피해자와 유가족 측은 소송을 이어나가고 있었다.

하지만 소람은 이를 감춘 채 남자를 보았다. 대화는 자연스럽게 요즘 그들 사이에 가장 핫한 '김영란 법'으로 넘어갔다.

평소 태준이 앉곤 하는 자리에 앉은 남자를 바텐더가 힐끗 보았다. 손님의 이야기를 귀담아들으면 안 된다는 것을 알면서도 소람의 새로운 모습에 계속 신경이 쓰였다. 그녀는 분명 생기 있는 얼굴로 웃고 있었지만 어찌 된 일인지 그 모습이 위태롭게 느껴졌다.

오늘 김태준 본부장은 안 오는 건가?

그가 출입구를 힐끗 보았다. 거짓말처럼 머리부터 발끝까지 올 블랙 슈트를 입은 태준이 안으로 들어오고 있었다.

아, 이런.

방금 전까지만 해도 소람을 보며 태준이 왔으면 하고 바랐지만 지금 보니 잘못된 판단이었나 보다. 화기애애하게 이야기를 하고 있는 두 사람을 노려보는 남잔 당장 살인을 저질러도 이상하지 않을 만큼 살벌한 표정이었다.

지금이라도 소람에게 태준이 왔다는 사실을 알려야 할까?

두 사람이 함께 이곳에서 약속을 잡았단 이야기를 듣진 않았지만 왠지 그래야 할 것 같았다.

바텐더가 막 죽이 척척 맞아 이야기꽃을 피우고 있는 두 사람에게로 향할 때였다. 태준이 한발 빨리 두 사람이 있는 테이블로 향한다.

"조금 늦었습니다. 죄송합니다, 소람 씨."

예상과는 달리 예의 바르게 인사를 건넨 태준은 자신을 알아보는 남자에게 악수까지 청한다.

"어? 혹시 대영그룹 김태준 본부장님 아니십니까?"

"네, 그렇습니다."

짧은 답에 남자가 서둘러 자신의 명함을 건네자 태준 역시 자신의 것을 건넸다. 남자의 관심은 어느 순간 소람에게서 태준에게로 향했다. 아무리 수컷과 암컷이 세상의 근간이 된다 하더라도 현대 사회는 다르다. 이성에 대한 관심보단 금전에 대한 관심이 더 높은 시대였으니 남자의 반응을 무작정 욕할 수는 없다.

하지만 소람은 시시해졌다는 듯 비어 있던 스트레이트 잔을 채웠다. 그리고 태준에게 시선도 주지 않은 채 잔을 기울이려 하자 그가 소람의 손을 붙잡으며 막았다.

"이미 많이 마신 것 같습니다, 윤소람 씨."

"김태준 씨가 늦어서 그렇잖아요."

눈빛을 보아하니 남자와 대화를 나눈 것도 모두 태준의 탓으로 돌리는 모양새다. 태준의 미간이 찌푸려졌지만 소람을 중심으로 양쪽에 앉아 있었던 터라 남잔 이를 눈치채지 못하고 물었다.

"어? 두 분 혹시……."

물음에 대한 진의는 다 듣지 않아도 알 수 있었다. 하지만 이에 대한 소람과 태준의 반응은 극을 이루었다. 그가 '그렇습니다'라고 확답을 하기도 전, 소람이 손까지 저으며 부정했다.

"아니에요. 간혹 이렇게 만나 술 한잔 기울이는 친구예요. 정훈 씨도 오늘부터 친구네요."

뭐……?

태준의 얼굴에 금이 갔다. 넥타이 하나, 구두 하나, 과한 것이 없는 남자였다. 이 남자에게 가장 절제되고 모자란 것이 있다면 바로 표정이다. 그렇게 살아가도록 교육을 받아왔으니 훌륭한 결과물을 낳으며 살아가고 있었다.

하지만 지금은 달랐다. 태준은 질투와 분노로 점철된 표정으로 소람을 보았고, 더 이상 이 자리에 앉아 있을 생각이 없다는 듯 일어났다.

속주머니에서 지갑을 꺼낸 그가 지나치게 많은 금액을 테이블 위에 내려놓은 후 소람의 팔목을 붙잡아 힘껏 일으켜 세운다.

"지금 이게……."

"조용히 따라와."

나지막하게 경고한 태준은 주위 사람들의 시선도 신경 쓰지 않은 채 바를 빠져나왔다. 그리고 무작정 주차장에 세워져 있는 차에 그녀를 밀어붙였다.

"아!"

소람이 신음 소리를 내며 미간을 좁혔다. 하지만 그는 차와 몸 사이에 그녀를 가둔다.

도망가지 못하도록 그녀의 길을 완벽하게 차단한 태준이 묵직한 시선으로 소람의 몸을 짓눌렀다. 뿌연 입김이 허공을 가른다. 당장 그녀를 씹어 삼켜도 시원찮은 표정이었지만 입을 통해 흘러나오는 말은 없었다. 입을 여는 순간 자신 역시 무슨 말을 할지 몰라 애써 말을 삼키는 모양이다.

하지만 이를 가만히 둘 소람이 아니다. 그녀의 속 역시 진창이었다.

"왜 그렇게 화를 내요?"

"당신은 내 거니까."

방금 전 남자에게 한 답이 틀렸다는 뜻이다. 윤소람은 김태준의 것이다. 두 사람은 거짓이 섞인 진심을 나누고 있다. 하지만 소람은 이 관계를 단호하게 거부했다. 얼굴은 웃고 있었지만 고개를 내젓는 몸짓엔 망설임이 없었다.

"무서운 소리 하지……."

"당신이 그렇게 웃어줘도 되는 사람은 나뿐이라고."

"……."

"무슨 뜻인지 알겠어?"

이기적인 남자라는 생각이 들었다. 자신이 그런 말을 할 주제는 되지 못하지만 소람은 그렇게 생각했고, 오늘 하루 종일 느꼈던, 아니, 그의 침대에 스스로 들어갔던 그날부터 느꼈던 비참함을 애써 삭이지 않았다.

으드득.

치아가 맞부딪혀 살벌한 소리를 냈다. 작은 몸이 분노로 바들바들 떨렸고, 차갑게 식은 손은 당장이라도 그의 뺨을 후려칠 것만 같다.

하지만 참았다. 참고 참고 또 참아 억눌렀다. 지금 그에게 자신이 해야 할 일은 폭력이 아닌 진심을 전하는 일이다.

"웃기지 말아요. 상대에게 그렇게 요구를 할 거면 당신부터 그렇게 해."

"……뭐?"

"꼴같잖은 마초질 할 생각 말고 너부터 다 내놓으라고."

그녀가 거친 어조로 말했다. 말에 형체란 것이 있다면 힘껏 주먹을 휘두르는 것과 같은 강도이리라. 하지만 김태준은 맷집 좋은 사내였다. 보

통의 사람이라면 '꼴같잖은' 이라던가 '마초질' 이라는 거친 어조에 입을
꾹 다물었겠지만 그는 달랐다.

힘없이 아래로 떨어져 있던 팔목을 움켜쥔 그가 부러뜨릴 것처럼 힘을
주었다. 눈동자는 금방이라도 울음을 터뜨릴 것처럼 붉어져 있었다. 그가
바들바들 떨리는 입술을 깨물었다. 천하의 김태준이 금방이라도 눈물을
쏟아낼 것처럼 군다.

"……여기서 뭘 더 달라는 거야?"

한숨처럼 말한 그가 소람의 눈을 똑바로 마주했다. 자신의 말엔 한 치
의 거짓도 없다는 듯 당당한 모습에도 소람은 물러서지 않는다.

"이미 다 줬어. 내 건. 바닥까지 박박 긁어서 다 내줬단 말이야. 그런데
윤소람, 넌 하나도 안 줬어. 무섭지? 두려워서 아무것도 못하겠지?"

그녀의 모습에 더 화가 나 그가 감정적으로 말했다. 그가 뜨거운 불꽃
처럼 달아오를수록 소람은 차가운 드라이아이스처럼 냉기를 뿜었다.

"난 무서워도 했어! 그러니까 윤소람, 너도 해!"

그가 위협적으로 외쳤다. 너도 좀 더 내게 다가와 달라고. 너의 마음까
지 향하는 길이 너무 머니까 너도 걸어와 달라고. 하지만 소람의 생각은
달랐다.

정아에게 들었던 찌라시가 사실이라는 걸 오늘 확인했다. 뜬구름 같은
이야기라고 해도, 아직은 확인되지 않은 이야기라고 해도, 회의 시간에
이야기가 나올 정도면 어느 정도 근거가 있는 소문일 것이다.

그럼에도 소람은 태준에게 '결혼' 에 대해선 입도 뻥긋하지 못했다. 그
이야길 꺼내는 순간 이 위태로운 관계가 끝날 테니까.

"……나도 다 줬어."

신음이 섞여 나와 버렸다. 머릿속에 떠오르는 거라곤 온통 고통스러운
상황들뿐이니 절로 앓는 소릴 하게 된다.

"이미 다 줬는데 뭘 더 달라는 거예요?"

두 사람은 서로에게 더 더 달라며 갈구했다. 그럴 수밖에. 사랑은 어떤 크기이든 받는 대상은 늘 부족함을 느낀다. 그게 사랑이다. 더 주고 덜 주고 할 것 없는 게 마음이다.

하지만 두 사람 모두 이를 몰랐다. 그래서 아파했다.

그녀는 금방이라도 눈물을 떨어뜨릴 것 같았지만 참았다. 여자의 눈물을 남자들은 '무기'로 생각한다. 어떤 여자는 눈물을 통해 자신이 원하는 것을 얻어내기도 하겠지만 적어도 자신은 아니다. 눈물은 그녀에게 비참함의 상징이었다.

이를 악문 소람이 힘껏 그의 가슴을 밀어냈다.

"갈래요."

더 이상 참을 수가 없으니 이만 돌아가야 했다. 그에게 못 볼 꼴을 보일 수야 없으니까. 하지만 소람은 자신의 의지와는 달리 자릴 피할 수 없었다. 또다시 손목을 붙잡은 커다란 손을 보며 울음을 삼켰다.

"가지 마."

"……왜요. 갈래요."

도망치고 싶다.

자신이 감당할 수 없는 무언가에게서.

하지만 그럴 수가 없다.

"이렇게 헤어지면 못 만날 것 같아."

이제야 그도 보인다. 피를 철철 흘리고 있는 건 자신뿐만이 아니다.

그에게 등을 보여주고 있던 소람이 천천히 몸을 돌렸다. 그리고 얼굴을 가리고 있는 그를 보며 손을 들었다.

뭐가 이렇게 젠장 맞을까.

왜 이렇게 지랄 맞을까.

띠리리—

잠금이 풀리는 소리가 들렸다. 그리고 얼마 가지 않아 달칵, 하고 문이 닫힌다.

현관 센서가 반짝이자 여전히 손을 잡고 있는 두 사람이 보인다. 먼저 집 안으로 들어선 것은 주인이 아닌 소람이다. 신발을 벗고 가방을 내려놓은 그녀는 모든 기력을 소진한 사람처럼 비척이며 집 안으로 향했다.

그녀가 무작정 샤워실로 들어가자 태준은 자연스럽게 앞에 갈아입을 옷을 두곤 몸을 돌렸다. 다른 욕실을 사용해 샤워를 마친 그는 먼저 침대 안에서 꼬물꼬물거리는 여체를 보았다.

이불을 머리끝까지 올린 소람은 얼굴을 보여주고 싶지 않은 모양이었다. 그래서 그는 옆에 자리를 잡은 후 목 밑으로 팔을 찔러 넣었다. 그리고 소람의 몸을 감싸 안는다.

두 사람은 그 어떠한 성적 유희도 배제한 채 서로의 체온을 느꼈다. 많이 지친 것인지 침대에 누운 지 얼마 되지 않아 곤한 숨을 내뱉는다. 하지만 간혹 잠에서 깨 서로의 존재를 확인하는 일은 잊지 않았다.

다퉜다.

그것도 아주 크게 다퉜다.

그래서 편히 잠들진 못했다. 분위기만큼은 창을 통해 들어오는 은은한 월광으로 부드러웠으나 숨이 막힐 정도로 조용해 질식해 버릴 것 같았다.

먼저 일어난 것은 태준이다. 알람을 맞춰놓지도 않았는데, 그는 이른 아침에 일어나 출장 준비를 서둘렀다. 표정을 보아하니 지난밤에 제대로 잠들지 않은 모양이다. 여전히 피로가 쌓인 얼굴이었다.

간단하게 짐을 챙긴 그가 마지막으로 소람을 확인하려 침실 안으로 들

어왔다. 머리부터 발끝까지 갑옷처럼 두른 슈트와 아무것도 느껴지지 않
는 표정은 무심해 차가워 보였다. 하지만 소람을 쓰다듬는 손길은 다정하
고, 눈빛은 애달팠다.

가슴이 저릿했다. 윤소람과의 거리가 한없이 멀어 몸도 마음도 추웠
다. 한참 소람을 바라보던 그가 협탁 위에 있던 메모지에 간단하게 글을
휘갈긴 후 플라스틱 카드를 내려놓는다. 그런 후 인기척을 죽이며 침실을
벗어난다.

그가 집을 나선 지 얼마의 시간이 흐르지 않아 소람 또한 잠에서 깨어
났다. 그녀의 얼굴 또한 그의 상태와 비슷했다. 사랑하면 닮는다더니, 이
런 것까지 어느 순간 닮아버린 건지도 모른다.

소람은 자리에서 일어나는 대신 시선에 닿는 종이와 플라스틱 카드를
들었다. 태준이 살고 있는 집은 엘리베이터에도 카드를 대야 작동하는 구
조였다. 이곳에 사는 사람이 아니라면 출입이 힘들었기에 첫날을 제외하
고선 늘 그와 함께 집에 들어왔었다.

―네가 필요해.

짤막한 문장은 그의 마음이었다. 더 생각할 것도 없는 문장이었다. 하
지만 소람은 마치 이 속에 뭔가 더 뜻이 숨겨져 있는 것처럼 한참을 보고
또 보았다.

눈을 감은 그녀가 입술을 깨물었다. 이제 이 집에 있는 건 그녀뿐이다.
속 시원하게 눈물을 쏟아도 되는데도 그녀는 울음을 참았다. 그의 체취가
가득한 공간이었기에, 김태준이 아직도 자신을 지켜보고 있는 것만 같아
서.

거친 숨을 들이마신 그녀가 다시 쪽지를 보며 물었다. 답을 해줄 사람

이 곁에 없다는 것을 알면서도.

"당신이 원하는 것만큼 다 주고 나면요?"

그럼 어떻게 되는데요?

그 뒤에 뭔가 더 있나요?

없을 것 같은데.

"봄이 아닌 영원한 겨울이 올 것 같단 말이에요."

"내일 뵙겠습니다."

"수고했어요, 윤 아나운서."

선배 아나운서의 인사를 받으며 아나운서실을 나선 소람은 자신의 뒤를 따라붙는 눈길에 입술을 앙다물었다. 또다. 또 시작이다.

"그 이야기 들었어?"

"아, 대영이랑 윤소람 아나운서 이야기?"

사각사각.

뒤에서 들려오는 말에 멘탈이 갈려 나갔다. 그들은 일부러 들으라는 듯이 큰 목소리로 이야기했다. 제작 지원팀 직원들은 소람과는 대화 한 번 해본 적이 없는 사람들이었다. 하지만 하는 말을 들어보면 평소에도 친목을 가졌던 사람 같았다.

"진짜 깨지 않냐? 순진한 척하더니, 사람은 역시 속을 알 수가 없다니까."

"내 말이."

순진한 이미지는 소람, 본인이 만든 것이었다. 처세술에 뛰어나다는 생각은 해본 적이 없었지만 되도록 타인에게 미움을 받지 않기 위해 노력하며 살아왔다. 덕분에 수없이 많은 새벽 라디오 대타를 뛰었고, 어떨 땐 원하지 않았던 방송까지 출연하기도 했었다. 그건 타인이 자신을 좋게 봐 주었으면 해서 한 행동들이었다. 이를 두고 여우 같다고 말한다면 어쩔 수 없는 노릇이었지만 적어도 그들에게 피해를 준 적은 없다고 자명하며 지냈다.

이제껏 처신을 잘하고 살아왔다고 생각했는데, 이번 일을 경험하면서 그 생각이 바뀌었다. 자신이 만들어낸 '윤소람'은 생각보다 적이 많았다. 그리고 자신은 생각보다 타인의 평가에 민감하다.

도망치듯 빠르게 걸음을 옮긴 소람이 방송국을 멀리 벗어나서야 겨우 걸음을 멈췄다. 손을 들어 이마를 쓰다듬자 날씨와는 맞지 않게 땀이 맺혀 있었다.

"하아."

깊게 한숨을 내뱉은 소람이 허리를 숙였다. 이대로 고꾸라져 버리고 싶을 만큼 정신적으로 피곤했다. 무작정 비난을 보내는 사람들의 멱살을 붙잡고 실컷 욕이라도 했으면 속이라도 시원할 텐데 그렇게 하지도 못했다.

태준과 밖에서 데이트를 하기 시작하면서 함께 있는 모습을 타인에게 보이게 된다면 두 사람이 어떻게 보일지 생각해 본 적이 단 한 번도 없었다. 방송국 앞으로 오겠다는 그를 막은 적도 없다. 생각해 보니 그때부터 였던 것 같다. 자전거를 타던 날. 처음으로 함께 밝은 세상에서 만났던 날. 자신의 마음은 이미 그에게로 향하고 있었으리라. 그랬기에 영악하며 타인의 시선에 민감한 자신이 둔해 빠진 '곰'이 되어버린 것이다.

그녀가 애써 허리를 폈다. 시선을 돌려 주위를 둘러보자 길거리 중심에 서 있는 건 자신뿐이다. 홀로 덩그러니. 마치 약에 취한 사람처럼 몽롱하게 주위를 둘러보던 그녀가 휴대전화를 꺼냈다.

달달.

손이 떨렸다. 누군가에게 연락해 술이라도 한잔 같이하자고 하고 싶었지만 그럴 만한 사람이 없었다. 결국 그의 이름을 검색했다.

악질적인 소문이 시작된 건 일주일 전이었다. 자신이 대영그룹 김태준 본부장의 스폰을 받고 있다는 소식과 함께 그의 결혼 소식도 함께 전해져 자신을 향한 비난은 더욱 거세졌다.

소문은 벌레처럼 여러 갈래로 퍼져 이젠 방송국 내 사람 대부분이 알게 되었다. 어쩜 곧 이쪽 세계의 사람이 아닌 일반 사람들도 알게 될지도 모른다. 소문이란 그렇게 무섭다. 한 번 시작되면 눈덩이처럼 불어나 본래의 형체보다 더 자극적이게 변모한다.

그 사실을 윤소람은 잘 알고 있었다. 그녀 역시 방송국에서 일을 하고 있었고, 초기에 소문을 진화하지 않으면 결국 자신에게 칼날이 되어 돌아와 모든 걸 무너뜨리게 되리라는 것 또한 잘 알고 있다. 하지만 그러기 위해선 김태준과는 더 이상 만나면 안 됐다. 계속 만남을 이어나가면 소문에 진실이 더해져 힘이 생길 텐데, 어쩐 일인지 그녀는 아무런 일도 하고 싶지 않았다. 이 정글 같은 세계에서 살아남기 위해 이를 악물고 버텼으나 드디어 그 힘이 다했는지도 모른다.

그녀가 현재 할 수 있는 일은 자리를 피하는 것뿐이었다. 그것이 결국 독이 되리라는 걸 알면서도 그녀는 최대한 멀리 도망가려는 노력만 했다.

일그러진 얼굴로 휴대전화에 뜬 그의 이름을 바라보던 소람이 한숨처럼 말했다.

"태준 씨……."

나 어떻게 해요?

지키고 싶었던 것들이 한꺼번에 무너져 내리는 기분이에요.

그렇게 속앓이를 하다 보니 지금 그를 보지 않으면 큰일이 날 것만 같았다. 그는 만날 수 없는 머나먼 곳에 있음에도 불구하고.

축축하게 젖은 눈으로 하얀 입김을 힘없이 내뱉던 소람은 곁에서 자신을 알아본 듯 속닥거리는 사람들을 보며 몸을 돌렸다. 가만히 멈춰 있을 수 없으니 어떻게 해서든 앞으로 나아가야 했다. 소람은 집으로 돌아가는 지하철 대신 택시를 붙잡았다. 그리고 태준의 집 주소를 부른 후 눈을 감는다.

그의 집으로 가기로 마음먹은 건 충동적인 결정이었다. 당장 집으로 돌아가 쉬어야 하는 몸 상태였음에도 쉽게 잠들 수 없을 것만 같아 그의 집으로 향한다. 그곳에 가봤자 변하는 건 아무것도 없다는 걸 알면서도. 아니, 어쩌면 더 악화되리라는 것을 알면서도.

소람은 요즘 들어 다시 약에 손을 대기 시작했다. 이를 태준이 알면 분명 화를 낼 것이란 걸 알고 있었음에도 잠이 오지 않아 어쩔 수가 없었다. 피곤함에 몸은 찌들었지만, 정신은 창밖에서 동이 터올 때까지 너무 명료해서 더 미칠 것만 같았다. 그렇게 지내다가 결국 의지가 꺾였다. 변명이라고 할지도 모르지만 불면의 밤을 의지만으로 견디기엔 상황이 너무 좋지 못했다.

지금도 마찬가지다. 따뜻한 온기에 몸이 녹아 잠이 올 것 같더니 끝끝내 차가 목적지에 도착할 때까지 눈만 감고 있었다.

"감사합니다."

택시비를 지불한 소람이 차에서 내렸다. 그리고 호화로운 건물 외관을 넋 놓고 본다.

평범한 인간은 하늘에 닿을 것 같은 위치에 가지 못한다. 특별한 몇몇 자들만이 그곳에 갈 수 있고 닿을 수 있다.

높은 건물은 김태준, 그 자체였다. 그는 늘 평범한 사람들은 절대 닿을 수 없는 그곳에 있었다. 태어나는 그 순간부터 지금까지. 어쩜 앞으론 더욱 높은 곳으로 갈지도 모른다.

멍하니 하늘을 올려다보던 그녀가 고개를 뚝 떨어뜨렸다. 발로 대리석을 탁탁 차던 그녀가 움직임을 멈췄다.

그냥 집으로 갈걸. 괜히 여기로 와선.

소람의 눈망울에 눈물이 맺혔다.

요즘은 자신 마음대로 되는 일이 없었다. 이곳에 온 것도 마찬가지였다. 뭘 확인하고 싶어 여기까지 발걸음을 한 것인지 스스로도 이해를 할 수가 없었다. 하지만 손은 어느새 핸드백 안을 휘젓고 있다. 작은 주머니 안에 들어 있던 카드키를 만지작거리던 그녀가 고민하는 얼굴로 회전문을 보았다. 그가 집에 있는 것도 아니었다. 집은 늘 방문했을 때와는 달리 온기도 없을 것이다. 그럼에도 가고 싶다.

소람이 용기 내어 걸음을 옮겼다. 평소 때와는 달리 이제 제 얼굴을 익힌 경비원에게 인사를 한 그녀가 엘리베이터 앞으로 다가간다. 잠금장치에 카드키를 대자 문이 열렸다. 엘리베이터에 타자 자동으로 태준의 집 층으로 향한다. 입주민의 사생활을 보호하기 위해 같은 아파트에 사는 사람들이라도 다른 층으론 갈 수 없었다.

알림음과 함께 내린 소람이 현관문 앞에 섰다. 마지막 관문처럼 긴장한 눈으로 번호 키를 보던 그녀가 카드를 대고 안으로 들어간다. 역시나 예상대로 차가운 냉기가 몸을 감쌌다.

탁.

벗어둔 하이힐이 옆으로 쓰러졌다. 하지만 소람은 집 안으로 들어가며 생경한 눈으로 거실을 본다. 하지만 그사이에도 소람은 걸음을 멈추지 않았다. 관람을 하는 사람처럼 일정한 시간을 두고 걸음을 옮겼다 멈추길 반복했다.

아무것도 없는 거실은 보는 것만으로도 외로운 기분이 들었다. 그리고 지나치게 깨끗했다. 이 남자의 강박이 뒤늦게 눈에 들어왔다.

소람이 오랫동안 걸음을 멈췄던 곳은 그의 가족사진이 놓인 액자였다. 저번에도 이 사진 앞에서 한참 걸음을 떼지 못했었다. 온갖 울화가 다 치밀어 올랐지만 그땐 아무 말도 하지 않았었다. 사진 속 사람들이 너무 우울한 표정을 짓고 있었기 때문이다. 불행해 보였다. 미소를 짓는 사람이 단 한 사람도 없어서 가족이 있더라도 이렇게 불행한 모습일 수도 있구나, 라는 생각을 했다.

태준은 교복 차림이었다. 보아하니 자신이 처음 그를 만났던 그때쯤에 찍은 모양이었다. 곁엔 두 동생이 있었는데, 막냇동생은 나이 차이가 많이 나는 것인지 초등학생 정도로 보였다.

손을 뻗어 자신도 모르게 태준의 얼굴을 쓰다듬던 소람이 뒤늦게 걸음을 뒤로 물린다. 도망치듯 현관으로 내달리던 그녀가 걸음을 멈췄다. 시선은 서재로 향했다.

문을 열고 안으로 들어간 소람은 어릴 적부터 모았다는 자동차 모형을 보았다. 처음 장식장을 보았을 땐 '이게 다 얼마야' 라는 생각부터 했다. 돈이 많은 사람이니 취향 한번 스케일 크다는 생각도 했었다. 하지만 이젠 다른 생각을 한다.

값비싼 장난감을 가지고 노는 어린아이가 떠올랐다. 다른 건 못 가지고 놀아서 자동차 모형만 만지고 있는 어린 김태준이 떠오른다. 얼마나 재미있었으면 어른이 된 지금도 자동차 모형을 모으고 있었다.

이 남잔, 과연 행복했을까……?

눈을 감은 소람이 얼굴을 일그러뜨렸다.

그는 나만큼 불행했다. 눈이 오던 날. 미치도록 추웠던 그날 역시 마찬가지다.

아버지의 죄 때문에 그곳까지 혼자 온 김태준은 장례식장을 멍하니 보고 있었다.

만나보니 김태준에 대해 많은 것을 알게 됐다. 그는 타인의 고통에 아파할 사람이지, 다른 이의 슬픔을 즐기는 남자가 아니다.

소년에게 불행하라고 소리쳤다. 그리고 어른이 된 이후엔 그가 어떻게 살고 있는지 궁금해 거짓으로 다가왔고, 그의 진심을 알게 된 후에도 나쁜 마음을 먹고 곁을 지켰다. 그리고…….

"여기서 뭘 더 달라는 거야?"

그를 울렸다.

강한 남자를 그렇게 무너뜨렸다.

자신의 계획은 성공했다. 그 남자를 자신으로 인해 불행하게 만들어 버렸으니 어릴 적 한 저주가 통한 셈이다. 그런데 왜 이렇게 통쾌하지가 않지? 왜 가슴이 무너져 내리지?

소람이 가슴을 쥐어뜯었다.

"미안해요."

외로움이 가득한 공간에서 소람은 사과의 말을 꺼냈다. 그녀가 이제야 자신이 무슨 짓을 저질렀는지 깨달았다. 자신은 그에게 다가가선 안 됐다. 결국 모두가 불행해졌다. 자신은 알아선 안 되는, 아니, 감당할 수 없는 감정을 알아버렸고, 태준은 진심을 짓밟히게 될 것이다. 자신이 어떤 감정으로 접근한 것인지 그가 알게 된다면 자신도, 그도 지옥에 빠질 것이다.

미래에서 도망치듯 몸을 돌려 집을 빠져나왔다. 살을 에일 듯한 바람 앞에서도 무시무시한 속도로 택시를 잡았고 목적지를 말했다. 빠르게 변하는 차창 밖 세상을 보며 잘 정돈된 손톱을 뜯었다.

딱딱.

지금은 자신에게 시원하게 욕지거리를 해줄 사람이 필요했다. 그런 사람이라면 단 한 사람뿐이었다.

목적지에 도착해서 택시에서 내린 소람은 문이 닫힌 낡은 문구점을 흔들리는 눈망울로 보았다. 마치 길을 잃은 아이처럼 불안한 눈으로 파란색 셔터를 보던 그녀가 허무한 듯 웃었다.

―폐업. 감사했습니다.

직접 손으로 쓴 글씨였다. 주인의 손 글씨를 처음 보았지만 딱딱하고 각이 져 있는 것을 보니 분명 그가 쓴 것이 분명했다.

"매정하게."

입꼬리가 비틀려 올라갔다. 분명 웃는 얼굴이었지만 어찌 된 일인지 우는 얼굴 같았다. 일그러진 얼굴을 그 누구에게도 보여주고 싶지 않아 손으로 가렸지만 원망은 계속해 쏟아져 나왔다.

누군가가 필요한데, 자신의 곁엔 아무도 없었다. 인생을 이따위로 산 건 자신이다. 그러니 누구도 원망할 일이 아니다.

"어디로 가는지 말이라도 해주지."

허무한 듯 읊조린 그녀가 힘없이 자리에 주저앉았다. 그러더니 무릎 사이에 얼굴을 묻으며 한숨을 내뱉는다.

하루는 정말 목 놓아 울고 싶었다. 그런데 부를 사람이 없었다. 다들 '엄마'나 '아빠'를 부르짖으며 울던데, 난 그럴 수가 없었다. 얼굴도 모르는 사람들을 부르며 눈물을 쏟을 수야 없지 않은가.

그래서 눈물을 참았다. 이를 악물고, 턱이 뻐근하게 아파도 참고 또 참았다.

하지만 이젠 참을 필요가 없다. 목 놓아 울며 부를 사람이 있다.

"……김태준."

흔들리는 목소리로 그 사람의 이름을 불러본 소람이 축 늘어져 있던 어깨를 들썩였다. 그러더니 다리가 아픈 것인지 땅바닥에 엉덩이를 붙이고 앉는다.

엉덩이가 시렸다. 큰마음을 먹고 산 코트였지만 지금은 아무래도 좋았다. 순식간에 얼굴을 뒤덮은 뜨거운 눈물과 날카롭게 멘 목이 더 중요하다.

아프다. 참 아팠다.

잘못은 지가 다 저질렀으면서, 라는 생각이 들면서도 온몸을 두들겨 맞는 것만 같은 아픔에 참을 수가 없었다.

"김…… 태준."

다시 한 번 그의 이름을 부른 그녀가 눈을 감았다. 새하얗게 질린 입술이 파르르 떨렸다.

후두둑.

쏟아지는 눈을 닦을 힘도 없다는 듯 팔을 늘어뜨리고 있던 그녀가 고개를 들었다. 눈을 감자 다시 눈물이 쏟아졌다.

흐느낌은 없다. 이렇게 울어본 적은 아저씨의 장례식을 마지막으로 한 번도 없었다. 가슴이 찢길 것 같은 고통도, 숨이 막혀 가슴을 쾅쾅 내려치고 싶은 감각도.

톡.

그때 이마에 닿는 차가운 느낌에 소람이 멍하니 눈을 뜬다.

"……눈이다."

하늘에서 거짓말처럼 눈이 펑펑 쏟아지고 있었다. 올해의 첫눈인데 참 살벌하게도 내렸다. 마치 소람에게 더욱 불행하라는 듯이.

겨울이다.

지독한 계절이 돌아왔다.

"타이밍 한번 죽여주네."

내가 보여

   한 차례 미팅을 끝낸 태준이 다음 장소로 이동하기 위해 차에 올랐다. 우선은 본사에 들어가야 한다. 그 후 한국과 화상통화를 연결해…….

   한국과 시차가 14시간이나 나는 보스턴이었기에 머릿속으로 차근차근 앞으로 해야 할 일을 정리해야 효율적으로 처리할 수 있었다. 눈을 감고 있던 태준은 때마침 개인적으로 사용하는 휴대전화가 울리자 미간을 좁혔다. 가장 먼저 떠오른 생각은 아버지의 건강이었다. 그 일이 아니면 현재 자신에게 올 만한 연락이 없었다.

   떨리는 마음으로 휴대전화 액정을 확인한 태준의 낯빛이 창백해진다. 예상과는 달리 소람의 이름이 떠 있었다.

   머릿속이 복잡해졌다. 당신이 필요하다는 쪽지에 대한 답을 해주려 전화한 것일까. 태준이 불안한 눈으로 전화를 받았다.

   [한국에 눈 와요. 일기예보가 또 틀렸어요. 비 올 거라더니, 왜 눈이 오고 난리람?]

예상과는 달리 밝은 목소리였다. 들뜬 목소리에는 음률까지 섞여 있어 노래를 부르는 것 같았다. 그래서 안심했다. 이 여자가 자신에게 마지막을 이야기하지 않으리란 생각에. 드디어, 살얼음판을 걷던 것 같던 불안한 관계가 종식되리라는 결론에.

"우산은? 있습니까?"

[아니요. 덕분에 이 싫은 눈을 실컷 맞고 있어요. 감기 걸릴 것 같아요.]

입매를 느슨하게 만든 태준이 묻자 소람이 투덜거렸다.

그가 바람처럼 웃자 연신 불만을 털어놓던 목소리가 거짓말처럼 사라졌다.

"안 춥습니까? 얼른 집에 가세요. 감기 걸립니다."

[집에 가라니까 가기 싫네?]

"윤소람 씨."

[화난 것 같으니까 더 들어가기 싫어졌어.]

장난스러운 말과는 달리 목소리는 무감했다. 아무것도 느끼지 못하는 사람처럼 읊조린 소람은 연이어 한숨까지 내뱉는다. 그의 눈썹이 하늘로 치켜올라 갔다. 단순히 그녀가 자신을 놀리는 것 같아 그런 것이 아니다. 연이어 들려오는 말 때문이었다.

[……좋아해요.]

"소람아."

그의 얼굴에 균열이 갔다. 이제야 그는 이상한 낌새를 느꼈다. 한국에서의 마지막 날이 떠올랐다. 참 슬펐다. 일 때문에 출장을 온 와중에도 그 일이 떠올라 심장이 몇 번이고 내려앉았었다.

그런데 갑작스러운 고백이라니. 평소 그녀의 성격으로 보았을 때 더욱 일반적이지 않아 의아한 마음이 들었다.

술을 마신 걸까?

그런 것치곤 목소리가 너무 멀쩡했다. 이쯤 되니 의심되는 바는 단 하나뿐이었다.

[사랑해요.]

덜컹.

이성적이던 머릿속이 백지가 되었다. 숨이 막혀 허덕이기까지 했다.

[알아요? 내가 당신을 얼마나 사랑하는지? 내가 어떤 마음으로 당신의 곁에 있는지?]

"……."

휴대전화를 쥔 손이 부들부들 떨렸다. 심상치 않은 그의 모습에 운전을 하던 기사와 비서가 깜짝 놀라 무슨 일이냐고 묻기까지 했다.

그가 아무 일도 아니라는 듯 손짓했다. 하지만 그사이에도 소람은 말을 멈추지 않고 태준의 심장을 주무른다.

[모를 것 같으니까 계속 말해줄게요.]

사랑해요.

사랑해요, 김태준 씨.

나 당신 엄청 사랑해.

메아리처럼 그녀가 연이어 사랑을 말한다.

"저도, 저도 그렇습니다."

[거짓말.]

"정말입니다. 저 스스로도 믿기지 않을 만큼 당신을 사랑합니다."

깜짝 놀란 시선이 자신에게 날아드는 것이 느껴졌다. 하지만 그것보다 더 중요한 것은 전화 너머로 들려오는 울음소리다.

한국에 있었다면 당장 그녀에게 달려갔을 것이다. 그리고 싫어한다는 눈도 함께 맞춰줬을 것이고, 눈을 마주하고 사랑한다고 말해줬겠지. 하지만 안타깝게도 그는 이역만리 타국에 있었고, 당장 한국으로 돌아갈 상황도 되지 못했다.

그래, 자신이 현재 할 수 있는 건 윤소람의 안위를 걱정하는 것뿐이다. 사랑한다고 말을 하고, 자신에게 울음소리를 들려주는 여잔 멀쩡하지 못했다. 술에 취한 건 아니었으니 약에 취했을 터다.

한국 시간을 계산해 보던 그는 새벽 4시라는 걸 깨닫곤 표정을 굳혔다.

"윤소람, 너 지금 어디야."

[왜요. 와줄 거예요? 나 김태준 씨 보고 싶어.]

강압적인 목소리에도 소람은 울기만 했다. 하지만 지금은 그녀의 투정을 받아주고 있을 때가 아니었다. 아무리 치안이 좋다는 한국이었지만 약에 취해 길거리에서 울고 있는 여잘 가만히 둘 만큼 안전하진 않다. 그가 다시 한 번 강요했다.

"어디인지 말해."

[몰라. 여기가 어딘지 모르겠어요. 여기가 어디지?]

소람이 더 당황한 어투였다. 하지만 그의 마음만 하겠는가. 비서에게 손을 내민 그는 휴대전화를 달라며 눈짓했다. 그의 요구를 정확하게 눈치 챈 비서가 휴대전화를 건네자 그가 빠르게 한국에 있는 김 비서의 번호를 눌렀다.

"전화 끊지 마."

다급하게 말한 그는 전화 너머로 웅얼거리는 목소리가 들려오자 표정을 굳혔다.

[여보세요?]

"김 비서님, 접니다."

[본부장님……?]

"네."

무슨 일이냐고 묻는 김 비서에게 소람을 찾아봐 달라고 그가 부탁했다. 이번에도 역시나 개인적인 부탁을 해서 미안하다는 말을 덧붙였다.

분명 집에서 잠을 자다가 나간 것일 테니, 소람의 집 주변부터 잘 찾아봐 달라고 말하자 김 비서는 알겠다는 말과 함께 전화를 끊었다. 그사이, 다행히도 소람은 전화를 끊지 않았다.

[길 잃어버렸나 봐요. 웃기죠? 나이가 몇 살인데 길을 잃어. 나도 참 바보 같아.]

"전혀 바보 같지 않아."

[정말요? 김태준 씨가 그렇게 말하니까 정말 그런 것 같네요. 우울했는데, 기분이 괜찮아졌어요.]

소람이 킬킬 웃었다. 다소 신경질적인 소리에 태준의 시선이 휴대전화로 힐끗 향했다. 전화를 끊은 지 1분도 되지 않았는데, 조급증이 생겨 김비서에게 당장 전화를 넣을 것만 같았다.

김 비서가 소람을 찾을 때까지 어떻게 해서든 통화를 계속 이어나가야 했다. 그리고 그녀의 위치를 정확하게 파악하기도 해야 한다. 그가 다시한 번 '지금은 어디인지 알겠어?'라고 물었다. 그러자 소람은 헤헤 웃기만 하며 아무런 답도 하지 않는다.

그녀는 실성한 사람처럼 웃기만 했다. 그녀는 횡설수설하다가 이성적으로 대화하길 반복하고 있었다. 졸피뎀의 부작용 중 하나였다.

"……약에 다시 손댔습니까?"

[어떻게 알았어요? 김태준 씨, 귀신이야.]

"전 윤소람 씨에 대해선 뭐든 알고 있습니다."

[정말? 아닌데. 아닐 거 같은데?]

"왜 그렇게 생각합니까?"

[그럼 우리 첫 만남 기억해요?]

빵— 빵빵—!

살벌한 클랙슨 소리에 태준은 '조심해!' 하고 소리쳤다. 하지만 소람은 놀라지도 않았는지 차분한 목소리로 말을 잇는다.

　[나 중학교 2학년 때 태준 씨 처음 만났어요. 교복 입은 거 봤어. 그때 태준 씨가 나한테 코트도 줬어요.]

　역시나. 그 일 때문에 의도적으로 접근한 게 맞군.

　이제껏 어렴풋 예상만 하던 일에 확신을 가진 태준은 고개만 끄덕였다.

　[내 사정 알죠? 말 안 해도 알겠지. 내가 얼마나 비루하게 살았는지 알아요? 새 옷은 설날에 사람들이 적선해 준 것만 입어봤어. 생일 축하를 받은 건 대학교 입학한 후고. 그런데 그 생일도 가짜 생일이야. 진짜 내 생일은 일주일 전이야.]

　"소람아."

　[가출하고 싶었어요. 아니, 가출이라고 할 것도 없지. 고아원은 내 집이 아니었으니까. 하지만 왜 그곳을 떠나지 않은 줄 알아요?]

　거길 떠나면 난 더한 시궁창에 굴러야 했으니까.

　한숨처럼 이어진 말에 태준의 시선이 창밖으로 향했다. 무어라 말하지 않았다. 지금 그녀가 원하는 것은 위로가 아닌 이야기를 들어주는 것이기에, 그는 입을 꾹 다물고 처음으로 그녀가 꺼내놓는 과거에 귀만 기울였다.

　[그러면 잘 곳도 없고, 먹을 것도 직접 구해야 하니까. 결국 할 수 있는 일은 성매매 정도뿐이겠더라고요. 내가 똑똑한 게 얼마나 다행이야. 그때 다 싫다고 자포자기해 버렸으면 난 여전히 길 어딘가를 헤매고 있었겠죠.]

　그렇게 생각하던 차에 나타난 사람이었어요.

　[나보고 가족이 되어주겠대. 처음엔 뭔 이런 변태가 다 있나 했어. 그런

데 아니었어요. 그 사람은 내게 진짜 가족이 되어주고 싶었던 거야.]

그녀가 기가 막힌다는 듯이 웃었다. 지금 생각해 봐도 정말 말이 안 되는 일이었다며.

그 뒤로 잠시의 침묵이 흘렀다. 그래서 그는 그녀가 자신의 반응을 기다리고 있다는 생각에 겨우 한마디를 내뱉었다.

"좋았겠습니다."

상처는 새살이 돋지 않고 피고름이 고였다. 십수 년 전의 일인데도 윤소람에게 있어 그 일은 너무 절망적이었기에 아직도 어제의 일처럼 생생한 모양이었다.

이해한다.

그 말을 할 수가 없었다. 염치없이 '감히' 그녀를 위로할 말도 하지 못했다. 그저 들었고, 가슴에 쌓여 있는 그녀의 슬픔에 동화되어 함께 슬퍼했다.

[좋기보단 얼떨떨했어요. 가족이 뭔지도 몰랐어. 부모님이 뭔지도 몰랐고, 무조건적으로 사랑을 주는 어른도 만나보지 못했어. 그런 사람을 드디어 찾았다고 생각했어요. ……그런데 부숴 버린 거예요. 당신의 아버지가.]

무슨 말을 해야 할지 몰라 그는 잠자코 듣기만 했다. 그러는 사이 소람은 막힘없이 말을 잇는다.

[원장님께 들었어요. 내가 매일 아저씨를 기다리는 눈치니까 슬쩍 말해주더라고요. 그러면서 나한테 뭐라고 했는지 알아요? 그 사람, 다시는 안 나타날 거야. 단념해. 사업이 망했대. 다 빼앗겼대. 그렇게 말했어요.]

그리고 그게 지금의 대영전자의 모태라는 것도 소람은 잘 알고 있었다. 어찌 모를 수가 있겠는가. 윤소람처럼 똑똑한 여자가.

[그래서 장례식장 앞에서 만난 당신에게 화를 낸 거야. 그 사람을 직접

벌할 수 없었고, 당신은 좀 만만해 보였거든.]

"알고 있었습니다."

[……언제부터?]

"저보고 불행해지라고 했죠? 그래서 그렇게 지냈습니다."

그의 말에 전화 너머로 울음과 비슷한 숨소리가 들렸다. 울고 있나? 모르겠다.

"그런데 당신을 만나고 보니."

울컥.

감정이 치밀어 오르자 그가 말을 멈췄다. 목이 메어 말이 나오지 않았다.

하지만 말을 해야 한다. 그녀가 오늘의 일을 기억하지 못한다 하더라도 자신의 감정을 분명히 전해야 했다.

눈시울이 붉어졌다. 울컥 눈물이 터질 것 같았지만 그는 참았다. 그랬더니 이번엔 목소리가 떨렸다.

"나보다 더 불행하게 있잖아. 그런데 어떻게 보고만 있어."

가여운 여잘 어떻게 가만히 둘 수 있겠는가!

자신의 아버지 때문에 불행해진 여잔데! 아버지 때문에 한 사람이 죽었는데!

그가 떨리는 손을 들어 얼굴을 가렸다. 지금 보니 그 일은 그녀뿐만 아니라 자신에게도 트라우마가 되었나 보다.

실컷 울면 마음이 좀 괜찮았으려나. 그 무렵의 자신은 이미 마음대로 울 수 없는 위치에 있다는 걸 알았다. 자신에게 얼마나 많은 시선과 관심이 닿는지도 알고 있었다. 그래서 아무것도 할 수 없었다.

[그건 동정이에요.]

나지막한 음성에 그가 미소 지었다.

안다. 시작은 동정이었다. 그러니까……

"당신도 날 동정해 주십시오."

지금부터라도 제대로 하면 된다. 아니, 자신은 이미 제대로 하고 있다. 그녀만 제대로 다가와 주면 된다.

[내가 어떻게 당신을 동정해요? 감히, 어떻게 내가? 응? 동정?]

다시 횡설수설하기 시작한 그녀가 배가 고프다고 했다. 한국에 가면 맛있는 걸 사주겠다고 하는 순간, 들고 있던 다른 휴대전화가 울렸다. 전화를 받자 김 비서가 거친 숨을 내뱉으며 본론부터 꺼냈다.

[찾았습니다, 본부장님.]

"집까지 데려다주세요."

[알겠습니다.]

짧은 통화를 마치자 다른 전화에서 김 비서와 소람이 대화를 나누는 소리가 들렸다.

[김태준 본부장님이 보냈습니다. 윤소람 아나운서 되시죠?]

[네, 그런데요?]

[댁까지 모셔다 드리겠습니다.]

깍듯한 음성에 소람이 '네네?' 하며 되묻는다. 두 사람의 대화 소리를 듣던 태준이 이마를 더듬는다. 취한 사람처럼 불분명한 발음에 걱정이 깊어질 때였다.

[태준 씨, 사람 보냈어요?]

"네. 얌전히 집에 가세요."

[응. 알았어요. 잘됐네. 어떻게 돌아가야 할지 몰랐는데.]

그럼 내일 봐요.

마지막까지 현실과 동떨어진 말을 한 소람이 전화를 끊었다.

힘없이 팔을 떨어뜨린 그가 뒤통수를 등받이에 기댔다. 그리고 깊은 한숨을 훅 하고 내뱉는다. 뒤늦게 눈물이 흐를 것 같았지만 참았다. 소람과 멀리 떨어져 있는 그가 할 수 있는 일은 고작 그 정도뿐이었다.

"아!"

두통은 끔찍한 숙취 같았다. 두개골이 두 개로 쪼개지는 느낌에 연신 관자놀이를 꾹꾹 누르던 소람이 허리를 틀어 협탁 위에 올려둔 진통제를 집어 들었다. 그녀는 물이 없음에도 익숙한 듯 알약을 꿀떡 삼켰다. 알약이 목에 걸려 아팠지만 그것도 잠시, 그것보다 더한 고통에 소람의 시선이 아래로 내려갔다.

그녀가 당황한 얼굴로 발을 만진다. 여기저기 긁힌 상처가 가득했다. 피가 굳어 떡이 져 있었고, 상처가 벌어져 안이 고스란히 보였다. 발바닥도 새까맣게 더러워서 지난밤 약에 취한 상태에서 자신이 어떠한 일을 했는지 대충 예상할 수 있었다.

또 좀비처럼 돌아다닌 건가?

소람이 휴대전화부터 확인했다. 약에 취했을 때 가장 걱정되는 것이 폭음과 폭식이라면 가장 쪽팔리는 일은 상대에게 전화해 속에 있던 말을 두서없이 하는 거다. 그전에도 약에 취해 길을 배회하고, 쓸데없이 정아에게 전화해 오만 잡소리를 한 적이 있었다. 하지만 마치 이런 일을 처음 겪는 사람처럼 소람은 멍한 표정으로 한참 휴대전화만 보고 있었다.

예상대로 통화 내역이 남아 있었지만 상대는 정아가 아닌 태준이었다. 소람의 얼굴이 종잇장처럼 일그러졌다. 20분에 가까운 시간 동안 통화를 했다고 찍혀 있는데 미치고 팔짝 뛰게도 기억엔 없었다.

정아에게는 미안하다는 말과 함께 지난밤 자신이 했던 말은 모두 잊어 달라고 할 수 있었다. 하지만 그는 다르다. 어떤 이야기를 했냐에 따라

'헛소리'를 '진심'으로 둔갑시킬 수 있을 만큼 태준은 원하는 답을 유도하는 일에 능숙했다.

어쩌지? 어떻게 해야 하지?

어떤 개소리를 했는지 알아야 대책을 세울 수 있었음에도 물어보기가 겁이 나 선뜻 연락을 할 수가 없었다. 침대에 털썩 주저앉은 소람이 한참 휴대전화를 노려보았다.

그에게 이런 실수를 했다니. 믿을 수가 없었다. 아니, 믿고 싶지 않았다. 힘겹게 손가락을 움직인 소람이 힘겹게 키판을 눌렀다.

「미안해요.」

한참 액정을 노려보던 소람이 눈을 질끈 감으며 전송 버튼을 눌렀다. 허억허억. 100m 달리기를 한 사람처럼 거친 숨을 내뱉은 소람이 자리에서 벌떡 일어났다. 보내놓고 나니 온몸이 간질거리는 느낌에 가만히 있을 수가 없었다.

일단 씻어야지. 그래, 출근을 해야 해.

쳇바퀴처럼 도는 삶이었다. 평일엔 방송국에 나가 사람들의 시선을 받아내고, 자신에게 닿을 듯 닿지 않는 소문과 싸워야 한다. 소람이 막 자리를 뜨려던 찰나, 문자 도착 알림음이 그녀의 뒷덜미를 덥석 붙잡는다.

"도대체 무슨 말을 했기에……."

당황한 소람이 숨을 왈칵 들이켰다. 사과의 말을 한다면 분명 어제 무슨 일이 있었는지 이야기를 해줄 줄 알았다. 그런데 도착한 문자는 건조하고, 의문을 하나도 풀어줄 수 없는 것이었다.

「한국에서 봅시다.」

도전장 같았다. 크게 혼을 낼 거라는 경고처럼 보이기도 했다. 직접 얼굴을 봐야만 지난밤 통화 내용을 알 수 있을 것 같기도 했다.

눈을 가늘게 뜬 그녀가 지난밤에 있었던 일을 떠올려 보려 애를 쓰다

결국 포기한다. 기억을 하지 못하는 게 차라리 나을 수도 있다. 쪽팔려 죽는 것보다야.

휴대전화를 집어 던진 소람이 밖으로 나왔다. 출근 준비를 서두르기 위해 바쁜 걸음을 옮기던 그녀는 애초에 가려던 욕실 대신 부엌에서 멈춰선다.

"골고루 한다."

식탁 위를 바라보던 그녀가 기가 막힌 듯 헛웃음을 뱉었다. 퉁퉁 불어 있는 라면과 굳어버린 떡볶이, 다 녹아버린 아이스크림을 보며 얼굴을 일그러뜨렸다. 또 걸신 들린 사람처럼 먹어댔나 보다. 발에 채는 빈 캔 맥주를 본 소람이 힘없이 자리에 앉았다.

"흉터 남을 거 같은데, 괜찮으시겠어요?"

실밥을 다 뽑은 의사가 발을 보며 말했다. 하이힐을 오래 신으면 발가락에 변형이 오기 마련이다. 하지만 소람은 보통 사람에 비해 곧고 예쁜 발가락과 발볼 또한 적당히 넓어 예뻤다.

굳이 성형외과까지 찾아 봉합을 하고 실밥을 뺐음에도 결국 흉터가 남을 거라는 말에 소람은 '발인데요, 뭐'라고 말했다. 흉이 안 남았으면 좋았겠지만 그녀는 며칠간 신고 다녔던 슬리퍼와 안녕을 고하는 게 더 기뻐 가볍게 넘겼다.

신고 온 넓적한 슬리퍼를 봉지 안에 넣은 소람이 하이힐을 꺼냈다. 한동안 패션을 포기하며 신발장 앞에서 수없이 한숨을 내쉬었던 일을 보상받으려는 듯이 힐은 화려했고, 굽도 높았다.

구두에 발을 밀어 넣는 순간 봉합한 곳이 구두의 옆면에 쓸려 아팠지만 그녀는 신발을 벗지 않았다.

높고 예쁜 구두에 어울리는 사람이 되려고 노력을 해왔다. 여자에게 높은 하이힐은 낮았던 자존감을 높여주는 수단이 되기도 해서 지금 기분에선 꼭 필요했다.

"감사합니다."

의료진에게 마지막 인사를 건넨 소람이 절뚝절뚝거리며 병원을 나섰다.

살벌한 바람에 소람이 옷 속으로 목을 파묻었다. 귀가 떨어져 나갈 것 같았다. 종종걸음을 치던 그녀가 때마침 신호등 앞에 세워져 있는 택시를 발견하곤 올라탄다. 이대로 집에 도착할 때까지 편히 잠들고 싶었지만 마음과는 달리 정신은 명료해졌다.

불이 밝혀진 도심을 바라보던 그녀가 천천히 눈을 감았다. 고른 호흡을 내뱉으니 비로소 천근같이 무거웠던 몸에 힘이 풀렸다. 하지만 이런 평화는 얼마 지나지 않아 전화 한 통으로 깨진다.

태준의 전화였다. 받을까, 말까, 몇 번을 고민하던 그녀가 통화 버튼을 눌렀다.

[어디십니까.]

인사 대신 그는 현재 자신의 위치부터 묻고 있었다. 한국에 가서 보자는 문자가 인사치레로 한 말은 아닌 모양이다. 소람의 입매가 굳어졌다.

"어디긴요. 집이죠."

오늘이 태준의 입국 날이라는 것도 알고 있었고, 한국에 도착하자마자 그가 전화를 하리라는 것도 예상했다. 이날이 오지 않았으면 하고 바라면서도 한편으론 그가 보고 싶은 마음에 뒤숭숭한 마음으로 시간을 보냈었다. 나름 마음의 준비를 마쳤다고 생각했는데 이제 보니 아니었나 보다. 마음과는 달리 말부터 먼저 해버린 소람이 입술을 깨물었다. 어쩌다 보니 거짓말을 해버렸다.

[지금 윤소람 씨 집 앞입니다만.]

"……."

결국 이렇게 들킬 것을.

부끄러움이 몰려와 귀까지 빨개졌다. 괜한 거짓말이었다. 굳이 하지 않아도 될. 어차피 그를 한 번은 만나야 했고, 약에 취해 있었던 일을 확인해야 했다.

평소의 나답지 않아.

의기소침해진 본인의 모습에 괜스레 짜증이 난 그녀가 숨을 탁 하고 터뜨렸다.

"외출 중이에요."

[기다리고 있겠습니다.]

가타부타 인사도 없이 끊긴 전화를 바라보던 그녀가 창밖으로 고개를 돌렸다. 휴대전화를 쥔 손에 힘이 들어간다. 그녀는 지금 도망치고 싶은 충동을 억제하느라 무던히 애를 쓰고 있었다.

지금이라도 택시 기사에게 다른 곳으로 가달라고 말하고 싶어졌다. 하지만 그렇게 해선 안 된다는 걸 그 누구보다 윤소람, 그녀가 가장 잘 알고 있다. 껄끄럽고 마주치고 싶지 않았지만 그를 봐야 한다는 것. 어떻게든 이 어중간한 만남을 정리해야 한다는 것도.

빠르게 달리던 차가 목적지에 도착했다. 낯익은 차가 시동이 켜진 채서 있는 것을 본 그녀가 택시비를 지불한 후 차에서 내렸다. 감사합니다. 인사도 잊지 않았다.

하지만 그에게 하는 인사는 잊었다. 멀찍이 떨어져 차에서 내리는 그를 바라보던 그녀가 한 걸음도 다가가지 못한 채 멈춰 섰다.

서 있는 것만으로도 발이 아팠다. 하지만 그것보다 더 아픈 것은 마음이다.

마치 영화의 한 장면처럼 캐시미어 코트를 걸친 그가 느릿하게 차에서 내렸다. 차분한 표정으로 겨울바람을 온몸으로 맞고 있는 그가 멀찍이 떨어져 코트에 손을 찔러 넣는다. 그도 많이 추운 모양이다.

그래, 겨울이야. 겨울이니까 추운 건 당연하지.

몸뿐만 아니라 마음까지 추운 계절이었으니 그의 얼굴이 얼어붙는 것도 당연하다. 그러니까, 괜히 쫄 필요 없어, 윤소람.

소람은 자신에게 곧장 다가오는 그에게서 도망치지 않기 위해 다리에 힘을 주었다.

"함께 갈 곳이 있습니다."

인사 대신 그는 소람의 손목을 잡으며 본론부터 꺼냈다. 지금 함께 어딘가로 가자고.

소람이 피곤함이 그득한 시선을 아래로 내렸다. 자신의 손목을 붙잡고 있는 커다란 손을 바라보던 그녀가 작게 고개를 내젓는다.

"내일 아침 일찍 출근해야 해요. 그러니까 다음에……."

"아니요. 꼭 오늘이어야 합니다."

강압적으로 말한 그가 소람의 의사를 묻듯 얼굴을 보았다.

갈 때까지 뭐라고 할 거면서.

불쑥 치솟는 짜증에 소람이 입술을 깨물었다.

삐뚤어진 자신이 싫다. 지금 이 순간에 짜증을 내야 할 건 그였다.

시차가 반대인 나라로 출장을 떠났으니, 그는 일하는 도중에 자신의 전화를 받았을 것이다. 그리고 횡설수설하는 자신을 20분 동안이나 받아줬다. 그러니 자신은 사과를 해야 할 입장, 그는 화를 내야 할 입장이다.

소람이 다시 한 번 사과의 말을 하려 입술을 달싹였다. 하지만 말은 미처 나오지 못한다. 그가 소람의 팔목을 붙잡아 차 쪽으로 향했기 때문이다. 그가 보조석 문을 열며 말을 잇는다.

"타시죠."

그가 보조석을 힐끗 곁눈질했다. 차에 오르지 않는다면 지질한 말싸움이 계속될 것이라는 듯 표정은 한 치의 물러섬도 없었다.

아무것도 느껴지지 않는 그의 표정을 가만히 올려다보던 소람이 졌다는 듯 차에 올랐다. 그러자 그는 매너 좋게 차 문을 닫아준 후 운전석으로 향했다. 그가 옆자리에 앉아 문을 닫았다. 서늘한 바람 냄새가 코를 찔렀다.

"어디 가는 건데요?"

"가보시면 압니다."

그는 부드럽게 핸들을 조작해 아파트 단지를 벗어나고, 앞을 가로막는 차들을 피해 도로를 달렸다. 목적지가 어디인지 말해줄 생각이 없어 보이는 그를 힐끗 바라본 소람이 무릎 위에서 손을 힘껏 모아 쥐었다.

참 오랜만에 만났는데 할 말이 없었다. 예전엔 어떤 대화를 나눴는지 고민하던 소람이 고개를 돌려 매끄러운 턱선을 보았다. 표정이 굳어 있었다.

음악이라도 틀면 침묵이 불편하게 느껴지지 않을 텐데. 차 안엔 아무런 소음이 없어 불안했다. 그래서 그녀는 하지 않아도 될 말까지 나불댔다.

"무슨 일 있었어요?"

자신 때문이라는 걸 알고 있으면서도 소람은 물었고, 태준은 가볍게 고개를 저었다. 더 이상은 질문하지 말라는 뜻이었다.

차는 한참을 더 달렸다. 그와의 침묵을 즐길 만큼의 시간을 함께 있었는데도 오늘따라 엉덩이가 들썩였다. 몸을 주체할 수가 없자 소람이 고개를 돌려 그를 보았다. 좁은 골목 안으로 부드럽게 차를 돌리는 태준은 생각에 잠겨 있었다.

무슨 생각을 하는 걸까.

그의 머릿속이 궁금해졌다. 하지만 곧 차가 멈춰 서는 느낌에 소람의 시선이 정면으로 향했다.

황무지였다. 그 너머로는 새까만 하늘과 건물이 보였다. 소람의 얼굴이 창백하게 굳힌다. 입에선 옅은 신음까지 흘렀다.

이 장소를 소람은 이미 알고 있었다. 아주 예전에 단 한 번 와보았지만 그래도 인에 박혀 잊히지 않은 기억 속에 여전히 남아 있다. 하지만 그는 몰라야 했다. 아니, 잊어야 했다. 그가 자신을 이곳으로 인도해서는 안 됐다.

"당신 여긴 어떻게……."

"내리세요."

소람의 물음에도 태준은 먼저 차에서 내려 황무지를 바라본다. 인간의 손길이 닿지 않은 땅엔 잡초가 무성하게 자라 있었다. 그때보단 마른 풀도 많았고, 쓰레기도 쌓여 있었다.

하지만 분명 '그곳'이 맞다. 윤소람과 김태준이 처음 만났던 장소. 이곳에서 두 사람은 함께 눈을 맞았다.

"안 내립니까?"

차 문을 연 태준이 고집스러운 표정을 보았다. 정면을 노려보는 소람은 그의 얼굴을 손톱으로 긁어버릴 듯 날카로운 모습이었다.

"싫어요."

"뭐가 싫습니까?"

"지금 나랑 뭐 하자는 거예요? 여긴 어떻게 안 거예요? 아니, 여긴 왜 온 거야? 설마 뒷조사라도 한 거예요?"

불쾌한 감정을 숨기지 않는 소람은 살벌하기까지 한 표정을 짓고 있었다. 그리고 그가 어떻게 자신의 과거를 알아냈든, 아니, 두 사람의 연결고리를 알아냈든 간에 절대 차에서 내리지 않겠다는 듯 결연하기까지 하다. 그녀는 한 번 한다면 하는 여자였다.

하지만 이런 그녀의 고집도 다음에 이어진 그의 말에 눈처럼 녹아내렸다.

"오늘이 박원태 사장의 기일입니다."

"……뭐?"

고개를 든 소람이 태준의 얼굴을 멍하니 올려다보았다. 오늘이 아저씨 기일이라고? 소람의 마음이 한없이 아래로 내려앉았다.

멍청하게도 까마득하게 잊고 있었다. 그래선 안 되는데. 어쩜 이날을 잊을 수 있단 말인가!

잊지 말아야 할 날을 잊고 있었다는 충격도 잠시. 그가 모든 걸 알고 있다는 듯 흔들림 없이 자신을 내려다보아, 두 번 놀랐다.

이러지도, 저러지도 못한 채 몸을 굳히고 있던 그녀는 자신을 이끄는 손길에 차에서 내렸다. 그의 힘에 질질 이끌려 장례식장이 한눈에 보이는 곳으로 향한 그녀가 입술을 앙다물었다. 윤소람이 중2였을 때, 김태준이 고2였을 때, 함께 서 있었던 자리에 도착한 둘은 서로를 마주 보았다.

"이번엔 제가 먼저 고백하겠습니다."

'이번엔' 이라니.

'먼저 고백' 하겠다니.

흔들림 없는 눈망울에 소람이 사색이 되어 뒷걸음질 쳤다.

사방이 뚫려 있는 곳이었기에 칼바람을 고스란히 맞던 소람이 바람에 떠밀려 비틀거렸다.

그가 입고 있던 코트를 벗어 소람에게 내밀었다. 아주 오래전, 추위에 떨던 소녀에게 코트를 내밀었을 때처럼.

어렸던 그녀가 얼어 죽을까 봐 코트를 받았던 것처럼 소람 역시 그의 호의를 받았다. 코트를 어깨에 걸치자 어깨가 아래로 내려간다. 무게가 상당했다.

그가 얼어버린 입가를 애써 움직여 미소를 지었다. 그에게도 무릎까지 내려오는 코트였던 터라, 소람은 마치 아빠 옷을 빼앗아 입은 아이 같았다.

"윤소람 씨와 처음 만났던 건 고2 겨울, 바로 이곳입니다."

그의 말에 소람이 고개를 비스듬히 내렸다. 듣고 싶지 않다는 완곡한 표현이었지만 그럴수록 그는 오기를 부리며 소람에게 다가간다.

그가 손을 뻗어 소람의 고개를 가볍게 들어 올렸다.

"들어요."

"아니요. 싫어요, 안 들을래요."

완강히 거부한 소람이 연이어 고개까지 저었다. 더 이상 들을 것도 없다는 듯이. 아니, 듣기가 무섭다는 뜻이다. 그가 비난의 말을 한다면 기꺼이 들어야 한다는 것을 알면서도, 가만히 듣고 있으면 자신을 지탱하고 있던 기둥이 무너져 내릴 것만 같았다. 그래서 그녀는 더 표독한 표정으로 자신의 말만 했다.

"다 알았다는 거잖아요? 그 성격 더러운 여자애가 나라는 것도. 그리고 아저씨를……."

죽게 만든 사람이 당신의 아버지라는 것도.

애써 뒷말을 삼킨 소람이 눈을 질끈 감았다. 허공에 손을 들어 올린 채 굳어버린 그를 차마 바라볼 수가 없었다.

이런 자신이었는데. 아저씨의 죽음만 생각하며 살아왔던 자신이었는데. 병신 같게도 그런 사람의 죽음을 잊었다. 이제껏 아저씨가 세상을 떠난 후로 단 한 번도 잊지 않고 눈이 많이 오던 그날을 떠올렸다. 겨울이 오기 직전, 늦가을부터 항상 슬퍼했었다. 그런데 왜 올해는…….

시간이 흐름에 따라 슬픔이 퇴색되었다고 할 수도 없었다. 김 회장의 건강 이상설을 들었을 때도, 김태준의 소식을 뉴스로 전할 때도 여전히 아팠다. 심장 한편이 떨어져 나갈 것만 같은 고통을 타인에게 들키지 않기 위해 얼마나 애를 썼던가. 자칫 잘못하면 방송 도중에 눈물을 터뜨릴 뻔도 했었다. 늘 짓던 거짓 웃음에도 사람들이 눈치를 챌 만큼 티가 났었는데 어째서. 어째서.

소람의 얼굴이 혼란스럽다는 듯 굳어지자 태준이 무겁게 닫고 있던 입술을 달싹인다.

"미안합니다."

한숨처럼 내뱉은 말에 소람은 빠르게 고개를 저었다.

"김태준 씨가 사과할 일 아니에요."

그래, 정말 그가 사과할 일은 아니었는데.

울컥 눈물이 치밀어 올랐다. 처음에 이 남자에게 저주를 퍼부었던 그날의 일을 사과해야 했는데, 한마디도 내뱉을 수 없었다. 의도적으로 접근한 일 역시 사과해야 한다. 그의 진심을 알고서도 떠나지 않은 일 역시. 온통 김태준에게 사과할 일 뿐이었다.

하지만 그녀는 사과의 말을 할 수가 없었다. 자신을 바라보는 올곧은 시선을 마주하는 것만으로도 몸이 떨렸고, 머릿속은 백지가 되었다.

미안하다는 말 대신 다른 진심을 전하고 싶어졌다. 그러니까 이제껏 믿지 않았던, 홍역처럼 치른 그 감정 말이다. 하지만 입에선 전혀 다른 말이 흘러나왔다.

"다 알았다고 하니 이젠 소용없겠네. 나 당신이 불행해지길 바랐거든요. 행복하게 살면 어쩌나 걱정했는데…… 지금 당신 표정 보니, 이젠 됐어요."

충분히 불행해 보이니까.

소람이 몸을 돌렸다. 더 이상 이 자리에 있고 싶지 않았다.

"돌아갈래요."

지금 당장은 이곳을 벗어나고 싶었다. 이곳에선 이성적인 생각을 할 수 없을 것 같았다. 감정이 가득한 말만 내뱉을 것 같다.

걸음을 옮기려던 소람은 자신의 팔목을 붙잡는 손길에 고개를 돌렸다.

"다시는 만나지 말아요. 연락도 하지 말고요."

짙은 눈망울을 피해 그녀가 걸음을 옮겼다. 그에겐 이야기할 시간을 주지 않은 채.

울퉁불퉁한 길을 걷던 그녀가 돌부리에 발이 걸려 비틀거린다. 서둘러 걸음을 옮기다가 신발이 벗겨져 버렸다. 저 뒤에 떨어져 있는 하이힐을 보자 그것이 마치 자신의 신세처럼 느껴져 비참한 기분이 들었다.

왜 일이 이렇게 되어버렸을까.

정말이지 죽고 싶어졌다.

앞으로도, 뒤로도 나아갈 힘이 없다는 듯 자리에 멈춰 선 소람을 가만히 바라보던 그가 뒤늦게 걸음을 옮겼다. 그는 바닥에 떨어진 하이힐을 주워 소람에게 다가간다.

그녀는 그가 자신의 앞에 멈춰 섰음에도 거친 숨을 내뱉기만 했다. 뿌연 입김이 세상을 가르고 흩어졌다.

"그냥 미친개한테 물렸다고 생각해요. 그래도 화가 안 풀리면…… 그래도 안 풀리면……."

뭐라도 하라고 말하고 싶은데 아무것도 떠오르지 않았다. 한 대 때리라고 하고 싶었지만 여잘 때릴 사람이 아니었다.

그가 한쪽 무릎을 굽혔다. 사랑 앞에서 천하의 김태준도 자존심을 내려놓는다.

제 앞에 무릎을 꿇고 앉은 그를 놀란 눈으로 바라보던 소람은 그다음 그가 흙으로 엉망이 된 발을 손으로 탁탁 털어주는 걸 보며 주먹을 움켜쥐었다.

"사랑합니다."

무심한 목소리엔 감정 한 터럭 느껴지지 않았다. 하지만 작은 발을 바라보는 눈빛엔 슬픔이 가득했다. 최근에 다친 상처를 무던히 바라보던 그가 신발을 신겨준 후 고개를 들었다.

"미안합니다. 더 빨리 말하고 싶었는데, 그러질 못했습니다. 제가 이렇게 보여도 겁이 좀 많습니다."

"다 알고 있는 거 아니에요? 나는……!"

"처음부터 알고 있었습니다. 아니, 윤소람 씨에게 관심이 갔던 때에 당신의 과거를 보며 알게 되었습니다."

"……."

예전부터 눈치채고 있었단다.

이제껏 자신은 무얼 해온 것일까. 허탈한 감정이 들었다.

"불행했습니다. 어쩜 윤소람 씨가 보기엔 배부른 소리라고 할지도 모르지만, 제 나름대론 그렇게 지냈습니다. 그러니까 가여워해 주세요."

조금 더 당황할 법도 했지만, 소람은 처연한 표정을 지었다. 자리에서 일어나 흔들림 없이 자신을 불쌍하게 여겨달라는 그의 말에도.

눈을 감은 그녀가 단편적으로 떠오른 기억에 거친 숨을 몰아쉬었다.

"당신을 만나고 보니. 나보다 더 불행하게 있잖아. 그런데 어떻게 보고만 있어."

전화 너머로 들려오는 말에 그건 자신을 동정하고 있는 거라고 말했던 것도 기억이 났다.

그런데 지금 그의 표정을 보니 '동정'이라는 단어가 떠오르지 않는다. 그의 눈빛은 불행했지만 확신으로 차 있었고, 어설픈 웃음을 머금고 있는 입술은 슬펐지만 자신의 답에 따라 환히 바뀔 것 같기도 했다.

"사랑해 주세요."

"싫어요."

그의 얼굴이 종잇장처럼 일그러졌다. 거친 숨을 토해내고, 눈동자가 핏빛으로 변해가는 걸 바라보던 그녀가 말을 이었다.

"우린 여기까지 해야 해요."

'왜?'

그가 입술을 뻐끔거렸다. 하지만 충격 때문인지 말은 나오지 않았고, 허탈한 웃음을 내뱉기까지 했다.

그녀는 우린 여기까지라며 선을 그었다. 평생에 걸쳐 쌓아 올린 커리어가 무너질 판이다. 여기서 함께 더 있어봤자 서로에게 독만 될 뿐이다. 그 사실을 소람은 그가 출장을 떠나 있는 동안 뼈저리게 깨달았다. 그러니까 여기까지. 우린 그만 만나야 했다.

"지금 당장은 죽을 것 같잖아요? 그래도 조금만 참다 보면 또 괜찮아져요. 그게 인생이야."

"윤소람 씨도 절 사랑하잖습니까. 그런데 왜 싫다는 겁니까."

"……."

그래. 그에게 사랑한다고 말했었다. 그것이 무엇인지 잘 모르지만, 이 감정의 종착지가 어디인지는 알았다.

그래서 이제 와 후회했다. 그리고 눈앞의 남자 역시 멍청하다고 생각했다. 이별밖에 없는 이 관계에 왜 감정을 담아버렸는지.

그녀가 절망으로 표정을 굳혔다. 그에겐 다른 여자가 있었고, 사업상의 결혼이라 할지라도 어찌 되었든 한 가정을 꾸려야 한다. 그에게 자신은 불필요한 장애물이자 짐이었다.

그러니 여기까지만. 여기까지만 해야 한다. 평생 느껴보지 못할 뻔했던 '사랑'이 어떤 건지 알게 된 것만으로도 충분했다.

"결혼할 분이 계시잖아요."

"제가요? 제가 누구랑 결혼한답니까?"

"뭐……?"

멍하니 되물은 소람이 커다랗게 눈을 떴다. 그는 거짓말을 하는 기색이 아니었다. 그래서 자신이 들은 이야기를 순순히 실토한다.

"Do그룹 회장 딸이랑…… 결혼한다고 들었는데…….

"저한테 들었습니까?"

소람이 순순히 고개를 저었다. 그에게 '결혼'에 대해서 들은 적이 한 번도 없었다.

"제가 결혼을 하게 된다면 그건 윤소람 씨일 겁니다. 현재 만나고 있는 이성은 윤소람 씨뿐이니까요."

뒤늦게 소람은 자신이 믿고 있던 사실이 뜬소문이었다는 걸 깨달으며 고개를 비스듬히 아래로 내렸다. 민망한 마음에 오히려 더 당황한 그의 얼굴을 보고 있을 수가 없었다.

겁쟁이 윤소람이 드디어 껍질을 깨고 밖으로 나왔다는 걸 본능적으로 눈치챈 그가 소람의 어깨를 붙잡아 자신의 쪽으로 끌어당겼다.

"제 말만 듣고 제 말만 믿으세요."

순순히 제 품에 안기는 소람을 힘껏 끌어안으며 그가 고개를 내렸다.

"아직도 싫습니까?"

안 된다고만 하지 말고, 이제 긍정적인 답을 들려주세요.

그의 말에 소람이 고개를 끄덕였다.

빙빙 돌아 겨우 여기까지 왔다.

드디어 마음이 통했다.

집으로 돌아오는 길.

신호 때문에 차를 세워야 할 때면 그는 어김없이 입을 맞췄다. 뜨거운 입술로 립스틱이 발린 입술을 한입에 집어삼켰고, 힘껏 빨아들였다. 타액으로 입술은 물론이고, 턱까지 번들거렸지만 찝찝하다는 감정이나 닦아야겠다는 생각 대신 그가 더 입을 맞추고 사랑해 주었으면 했다. 모든 걸 받아들이니 자신은 스스로도 받아들일 수 없을 만큼 많은 것들이 변해 버렸다.

검은 눈동자가 자신을 핥듯이 바라보자 쾌감이 척추를 타고 흘러 온몸으로 퍼져 나가는 기분이 들었다. 이대로라면 아주 대담하게 차에서 그에게 안길 수 있을 것 같았다.

다행히도 두 사람의 몸이 뜨겁게 달아오를 무렵, 차가 소람의 집 앞에 도착했다. 차에서 내려 서로의 손을 붙잡은 두 사람은 달리듯 집으로 향했고, 현관문에 들어서서야 거칠게 입을 맞추었다. 그의 입술을 되돌려주던 소람은 자신의 옷이 한두 꺼풀 벗겨지자, 그녀 역시 그의 옷을 찢을 듯 벗겼다.

툭. 툭.

간간이 시선을 내려 작은 셔츠 단추를 풀어나가던 소람이 그의 손길에 이끌려 침실로 향했다. 그들이 지나간 자리에 외투와 셔츠, 나시가 차례대로 툭툭 떨어졌다.

침대에 누운 소람은 자신을 무릎 사이에 가둔 그가 셔츠를 벗어 던지

는 것을 보았다. 이대로 그의 목을 끌어안고 벨벳처럼 보드라운 살결에
이를 박아 넣고 싶었다. 좀 더 가까이 다가와 줬으면. 그녀가 그런 바람을
품을 때였다. 그가 몸을 아래로 내려 묵직한 무게를 싣는다.

"아!"

그녀가 태준의 목을 끌어안으며 거친 숨을 내뱉었다. 다리 아래가 뜨
거워졌다. 삐그덕, 삐그덕. 매트리스가 울음을 터뜨리며 더욱 그녀를 부
추겼다.

그와는 지독한 관계를 가졌다. 서로가 부서질 만큼 가졌고, 안았으며,
갈구했었다. 하지만 결단코 오늘처럼 몸을 섞기 전 기대감으로 이성이 날
아간 적은 단 한 번도 없었다. 그건 태준 또한 마찬가지다. 그는 늘 함께
절정에 닿을 수 있도록 그녀의 안을 손가락으로 휘저었고, 혀로 맛보았었
다. 하지만 마주한 시선을 보니 오늘은 그럴 여유가 없나 보다. 잘생긴 얼
굴에 긴장감이 뚝뚝 흘러내렸다.

벌써부터 달콤한 애액 냄새가 그를 유혹하고 있었다. 몸을 아래로 내
린 그는 새하얀 허벅지 사이로 파고들어 사타구니를 보았다. 검은 숲엔
동글동글 애액이 맺혀 있다. 그건 마치 생명수처럼 보여서 꼭 한입 맛보
고 싶게 만든다.

검은 숲에 코를 묻은 그가 말캉한 혀를 안으로 밀어 넣었다. 애초에 그
녀를 당장이라도 뜨겁게 가질 줄 알았던 태준은 그녀의 안에 자신을 묻는
대신 달콤한 액을 맛보기로 한 모양이다. 혀로 말캉하고 여린 살결을 휘
젓고, 뿜어져 나오는 비릿한 액을 힘껏 들이마셨다. 뱀처럼 집요하게 날
름거리는 혀에 소람이 자신의 등에 손톱을 박아 넣어도 물러서지 않았다.
아니, 힘껏 빨아 당긴 후 여성의 중간에 동글동글한 욕망 덩어리를 혀로
자극하기까지 했다.

"응!"

간드러지는 신음을 내뱉은 소람이 허리를 비틀었다. 허벅지로 그의 얼굴을 떼어내고 싶었다. 이러다간 머리가 이상해져 버릴 것 같았다.

엉덩이 골을 타고 액체가 흘러내리는 느낌에 소람이 하체를 들썩였다. 이제 그만하라는 뜻이었다. 집요한 입술을 아래가 아닌 입에 맞춰달라는 듯 그녀가 태준의 머리카락 사이에 손가락을 찔러 넣은 후 위로 잡아당겼다.

그가 엄지손가락으로 번들거리는 입가를 닦아낸 후 질척하게 입을 맞췄다. 양옆으로 저어지는 고개를 따라 그의 입술도 함께 옮겨졌다. 턱을 잡아 입술을 훑던 그가 다정한 호흡을 되돌렸다.

쪽.

짧게 입을 맞춘 그가 소람의 입술을 닦아준 후 미소 지었다. 소람은 얼이 빠진 사람처럼 멍하니 그만 올려다본다. 몸은 들썩였지만 정신은 그렇게 날아가 버렸다.

그가 급할 것 없다는 듯 손을 내려 여성 안으로 손가락을 밀어 넣었다. 흥건하게 젖어 있던 여성이 그의 손가락을 쫀쫀하게 조인다.

"윽!"

쾌감은 점차 고통으로 바뀌고 있었다. 힘없이 내려져 있던 팔을 허우적거리던 소람이 넓은 등에 손톱을 박아 넣었다. 자신만 이 고통을 겪을 수 없다는 듯이. 하지만 그의 신경은 온통 그녀의 여린 살결로 향해 있었다. 손가락을 끊어버릴 듯 조이는 여성에 그가 이를 악물었다.

착! 착!

액이 튀는 소리와 함께 소람의 신음도 함께 높아졌다. 으응, 으아앙! 짐승의 울부짖음과 비슷한 소리를 내지르던 그녀가 게슴츠레 뜬 눈으로 태준을 보았다. 차가운 표정을 짓고 있을 줄 알았는데, 아니다. 그 역시 그녀의 감각에 취해 달뜬 표정이었다. 바라보는 것만으로도 페니스가 터질 것처럼 부풀었다.

땀으로 번들거리는 뜨거운 살결에 소람의 눈이 질끈 감겼다. 그는 불덩어리 같았다. 하지만 놀랍게도 커다란 이 품속에서 그녀는 '욕망'과 함께 '보호'를 받고 있다는 생각을 동시에 했다. 상반되는 감정임에도 불구하고.

그녀는 이제껏 사람에게 믿음이란 걸 느껴보지 못했다. 충족 또한 마찬가지다. 아저씨를 좋아했지만 언제 자신을 떠날지 모른다고 의심했었고, 고아원의 선생님들 역시 직업 때문에 자신에게 다정하다는 생각을 했었다.

하지만 태준은 다르다. 이 사람은 참 우습게도 자신의 곁에 늘 있어줄 것만 같았다. 지금과 같은 모습으로. 이젠 익숙해져 버린 이 사람의 존재감에 무서워질 때도 있었지만, 더 이상 두려워하지 않기로 했다.

이 남잔 날 배신하지 않아.

이 남자의 감정은 진짜야.

평생 느껴보지 못했던 안정감을 태준이 주고 있었다.

굵은 손가락을 타고 여성 안에 샘처럼 고여 있던 애액이 흘러 밖으로 흘러나왔다. 침대 시트가 흥건하게 젖었다.

뚝.

뚝.

뚝.

세워두었던 무릎이 아래로 떨어지며 파르르 떨렸다. 잘게 진동하는 가느다란 허벅지를 바라보던 그가 손가락을 혀로 핥았다. 달다. 이 여자의 모든 건 달았다. 단맛은, 중독된다.

작게 벌어져 연신 잇새로 숨을 내뱉는 그녀를 바라보던 그가 충동적으로 입을 맞췄다. 그사이 그는 손바닥으로 가슴을 문지르며 애무를 멈추지 않았다.

"태, 태준 씨."

그녀의 부름에 태준이 시선만 옮겨 흐트러진 꽃처럼 아름다운 소람을 보았다.

"빨리…… 안으로. 안으로 들어와 줘요."

그녀가 애원했다. 허무하고 텅 빈 자신을 채워달라고. 조금 더 친밀하고, 뜨거운 체온을 느끼고 싶다고.

무릎을 세운 그가 팬티를 벗어 던진 후 소람에게 다가갔다. 페니스는 위협적일 만큼 컸고, 굵었다. 그게 소람의 몸 안으로 들어간다는 게 믿기지 않을 만큼.

아프면 더 좋을 것이다. 그럼 더 짜릿하겠지. 그의 존재감이 더 크게 느껴질 것이다.

이제 그녀의 안으로 들어갈 일만 남은 페니스를 붙잡은 그가 낭패라는 듯 표정을 굳혔다. 일그러진 얼굴을 바라보던 그녀가 눈을 깜빡였다.

"왜, 왜 그래요?"

소람이 더듬거리며 물었다. 무슨 일이냐고. 그러자 그가 이불을 들쳐 소람의 몸을 가려주며 말했다.

"콘돔이 없어."

피임은 성관계 시 남성이 여성을 배려하는 최고의 방법이었다. 집엔 소람과의 관계를 생각해 콘돔 박스가 통째로 있었지만, 이곳은 소람의 집이었다. 콘돔이 있을 리가 없었다.

그가 숨을 크게 들이마셨다가 내뱉었다. 가슴이 들썩이자 맺혀 있던 땀들이 아래로 우수수 쏟아져 내린다.

이 순간에도 태준은 무시무시한 절제력을 발휘했다. 이를 으드득 깨문 그가 다시 한 번 심호흡해 봤지만 불이 지펴진 욕망은 쉬이 사그라들지 않았다. 이럴 때 필요한 건 냉수라는 걸 너무 잘 알고 있었기에 그가 자리에서 벌떡 일어났다.

씻고 오겠다고 말을 하려 했다. 하지만 태준이 그리 말하지 못한 건 자신의 손목을 붙잡는 소람 때문이다.

그가 고개를 돌렸다. 그러자 소람은 이불을 들어 가슴께를 가리며 고개를 젓는다.

가지 마요.

그녀의 눈동자가 애원했다. 그래서 위험하다는 걸 알면서도 그는 끝내 유혹을 이기지 못하고 소람의 곁으로 돌아간다. 엄지손가락으로 페니스 끝에 맺힌 쿠퍼액을 닦아낸 후 여성의 겉면에 문질렀다.

처음으로 생살이 여린 속살에 닿았다. 살짝 밀어 넣은 것만으로도 쫀쫀하게 감싸 순간 파정할 뻔했다.

이를 아드득 깨문 그가 허리를 움직여 안으로 슬금슬금 들어간다.

"윽."

"아! 아아……!"

그는 괴로움에 억눌린 소리를 낸다. 충분히 늘렸다 생각했음에도 아직 그녀의 안은 너무나 좁았다. 하지만 소람은 그를 완벽하게 받아들인 이 순간이 견딜 수 없을 만큼 행복하다는 듯 연신 비명을 지른다.

이제야 그녀는 '나란 사람'이 어떤 부류의 인간인지 알게 되었다. 이제껏 혼자서도 괜찮다고 생각해 왔는데, 만족스러운 싱글의 삶을 살고 있다고 생각했는데 아니었다.

사랑받고 싶었나 보다.

그러질 못해서 이제껏 불행했나 보다.

몸이 하나로 결합되는 순간, 소람은 자신의 안에 빠져 있는 부분을 깨달았고 그것이 드디어 채워졌음을 알았다.

앞으론 그에게 사랑을 배우고, 그 속에서 행복을 알아갈 것이리라. 작은 일로도 소소한 행복을 알게 되겠지.

벌써부터 기대가 됐다. 함께 만들어갈 시간들이.

제 4 장

무엇이
행복인가

봄으로 향하는 길

또각, 또각.

걸음을 옮기던 소람이 로비 한가운데서 걸음을 멈췄다. 사람들이 설치되어 있는 텔레비전 앞에 모여 있었다. 집중해서 뉴스를 보는 사람들을 지나쳐 소람 역시 텔레비전 앞에 멈춰 섰다. 2시 뉴스였다. 최근 연일 정치권에서 국민을 경악하게 만드는 소식이 들려오다 보니 1시간 내내 날씨를 제외하고선 청와대와 여야권의 뉴스로 가득했다. 하지만 오늘은 달랐다.

—오늘 대영그룹 김태준 본부장이 임시주총을 통해 사내이사로 오르며 본격적으로 경영 일선에 나서게 되었습니다. 작년 11월, 김철환 회장의 건강이상설이 전해진 지 꼬박 1년 1개월 만입니다.

화면에 비친 태준의 모습을 가만히 바라보던 소람이 팔짱을 꼈다. 영상은 김 회장이 쓰러지고, 뉴욕 지사에 있었던 그가 급히 입국했을 때의 모습이었다. 소년에서 어른이 된 태준을 처음 저 모습으로 보았다.

안감이 여우 털로 된 핸드 메이드 캐시미어 코트는 한동안 '김태준 코트'로 불리며 사람들의 입에 오르내렸었다. 수백만 원에 달할 만큼 비싼 옷이었지만 몇 달 동안 계속 완판 상태였기에 미리 예약을 하지 않으면 구입할 수 없었다.

군살 하나 없이 코트를 소화해 낸 모습이나, 수많은 카메라 플래시에도 눈 하나 깜짝하지 않은 남자는 기업의 CEO보단 연예인 같았다. 범접할 수 없는 분위기가 흐르는 남자를 말없이 바라보던 소람이 몸을 돌린다. 입가엔 보드라운 미소가 맺혀 있다.

마음이 이어진 후에도 두 사람은 한동안 만날 수 없었다. 그가 임시주총을 준비하면서 내부 단속을 하느라 국내외 지사는 물론이고, 해외 출장까지 잡혀 있어 정신없이 바빴다. 간혹 문자와 통화를 하는 것이 전부였지만 그래도 좋았다. 점심과 저녁 메뉴는 뭔지, 시간이 날 땐 무얼 할지, 가벼운 일상을 이야기하고 앞으로의 일들을 이야기하는 것만으로도 즐거웠고, 그 시간들이 기대됐다. 세상이 자신을 중심으로 돌아간다고 생각했던 지난날들에 비하면 바쁜 그의 스케줄에 맞춰 기다려 주는 것 역시 그녀에겐 놀라운 변화 중 하나였다.

사랑은, 소람을 그렇게 변화시키고 있었다.

그래도 보고 싶은데. 만나고 싶은데.

특별하게 하는 것 없이 만나서 시시한 농담을 나누고, 같은 공간을 공유하고 싶었다. 임시주총이 끝났어도 내년 초까진 그가 눈코 뜰 새 없이 바쁜 걸 알면서도 만나고 싶다고 조르고 싶어진다.

안 돼, 윤소람. 10대 소녀도 아니고, 일을 방해해서야 되겠어?

세상에 어쩔 수 없는 일이라는 걸 너무나 잘 아는 나이였다. 더욱 그에게 지금 이 시기가 얼마나 중요한지도 알고 있다. 그가 양해를 구했고, 자신은 이에 대해 이해한다고 말을 했다.

하지만 회의실에서 오늘의 뉴스를 선정하고, 방송을 준비하는 그 순간까지도 휴대전화에서 시선을 떼지 못했다.

잠시, 얼굴이라도 볼 수 있을지 물어볼까?

바쁜 것인지 연락 한 통 없는 그가 미운 것도 잠시, 소람은 자신을 부르는 소리에 자리에서 벌떡 일어났다. 시간이 되면 자신을 좀 도와달라는 말에 소람이 고개를 끄덕였다. 뉴스 준비로 정신이 없는 박 앵커를 돕기 위해 자료실로 뛰어 내려간다. 그러는 와중에도 소람의 손엔 휴대전화가 들려 있었다.

센서 등에 반짝, 불이 들어왔다. 최대한 인기척을 죽인 소람은 현관에 가지런히 놓인 구두를 보았다. 집 안은 당연하게도 조용했다.

어둠을 헤치고 조심스럽게 걸음을 옮기던 그녀는 입고 있던 외투와 가방을 소파에 내려놓은 후 침실로 향했다. 문을 열고 안으로 들어가자 태준이 지쳐 곯아떨어져 있었다.

오늘 포항 일정을 마치고 곧장 집으로 돌아간다고 했다. 좀 쉬어야겠다는 말에 만나고 싶다는 말은 꺼내보지도 못했지만, 그녀는 멋대로 그의 집을 찾았고 소리를 죽이고 잠든 태준을 바라만 보았다.

엎드린 채 잠든 태준의 곁에 앉은 소람이 이불을 끌어다가 덮어주었다. 작게 숨을 내뱉는 그를 보자 만지고 싶은 충동을 참을 수가 없었다.

이게 며칠 만이지?

셀 수 없을 만큼 오랫동안 그를 그리워했다. 혹여 자신만 그를 보고 싶은 건 아닌가, 자존감은 바닥에 닿아버렸지만 그래도 만나러 오지 않을 수가 없었다. 상대를 좋아하고 함께하고 싶은 마음은 억제할 수 없는 감정이었다. 소람은 이를 태준을 통해 배웠다.

"······얼마나 보고 싶었는지 알아요?"

그를 보고 있는 와중에도 그리움은 쌓여만 가는 것 같았다.

많이 피곤했구나.

손을 뻗은 그녀가 태준의 얼굴을 손가락 끝으로 쓰다듬는다. 오랜만에 보는 그가 반가우면서도 까칠한 피부에 마음이 안 좋았다.

살짝 얼굴만 보고 돌아갈 마음이었는데, 당초의 계획과는 달리 조금 더 머무르고 싶어졌다. 그녀의 손길이 좀 더 노골적으로 변해갔다.

탁.

"아."

커다란 손이 얼굴 위를 노닐던 손을 붙잡는다. 깜짝 놀란 소람이 입을 벌리자, 여전히 눈을 감은 그가 어느 날 그녀가 했던 말을 똑같이 따라 한다.

"마음대로 손대시면 곤란합니다."

몽롱한 눈빛이 그녀를 향했다. 그녀가 미안하다고 하자, 그는 부드럽게 웃으며 답했다.

"순순히 인정하시면 더 곤란합니다."

붙잡은 손을 자신의 쪽으로 힘껏 잡아당긴 그가 등을 끌어안았다. 그녀의 목에 코를 묻고 숨을 크게 들이마셨다. 그녀의 체향이 몸속 깊은 곳까지 전해진다.

"보고 싶었습니다."

"그럼 먼저 보자고 말해줬으면 좋았잖아요."

그녀가 심통 맞은 목소리로 읊조렸다. 하하, 그가 바람 빠지는 소리를 내며 웃는다.

"윤소람 씨가 먼저 이렇게 와줄 줄 알았습니다."

"우와, 약았어. 김태준 씨 그렇게 안 봤는데."

연신 투덜거리면서도 소람은 커다란 그의 품이 좋아 더욱 몸을 밀착했다.

자신의 등을 쓰다듬어 주는 커다란 손을 느끼며 소람이 나지막하게 신음을 뱉었다. 굳어 있던 몸에 힘이 풀려 아래로 축 늘어졌다. 이대로 잠들수 있을 만큼 평온한 기분에 소람의 입술에 나른한 미소가 걸렸다.

"앞으로 이사님이라고 하면 되나요?"

그녀가 장난스럽게 묻자 태준이 나지막한 음성으로 답했다.

"안 그래도 오늘 인에 박힐 정도로 들었으니까 소람 씨까지 그러지 마세요."

"왜요? 좋잖아요. 김태준 이사님. 우와, 엄청 대단한 사람 같아."

"그렇습니까?"

그의 물음에 소람이 상체를 일으켜 내려다본다. 몸에 힘을 뺐는데도 그는 무겁지도 않은지 편안해 보였다.

"그런데 제 주위엔 생각보다 이름으로 불러주는 사람이 없습니다. 그러니까 소람 씨가 열심히 불러주세요."

진중하고 낮은 음성에 소람이 천천히 고개를 끄덕였다. 사회생활을 하면서 만난 이들 대부분은 호칭을 붙인다. 이름만 부르는 사람은 가족이나 오래된 친구 혹은 잘 모르는 이들이 누구누구 씨, 라고 하는 경우뿐이다.

그렇구나. 이름을 들을 일이 별로 없구나.

새로 알게 된 사실에 고개를 끄덕이던 소람이 눈을 반짝였다. 얼굴에 순간 장난기가 흘렀다.

"김태준. 태준아. 태준아."

그의 이름을 부르며 소람이 개구쟁이처럼 웃었다. 손은 자연스레 그의 뺨을 쓰다듬고 있지만 쭉 뺀 엉덩이는 금방이라도 도망갈 수 있도록 만반의 태세를 취하고 있었다. 이를 모를 리 없는 태준이 소람의 어깨를 붙잡아 곧장 돌렸다.

털썩.

순식간에 뒤바뀌어 버린 자세에 소람이 눈을 크게 떴다. 위협적으로 느껴질 만큼 큰 몸이 소람을 지그시 압박했다.

"오빠를 붙여야지."

"오빠는 무슨. 우리나라 남자들 이게 문제야. 그 호칭이 뭐가 좋다고 다들 오빠……."

그가 투덜거리는 입술을 한입에 집어삼킨다. 입술을 힘껏 빨아들이고, 핥는 와중에도 그의 손은 다정하게 소람의 머리카락을 쓸어내리고 있었다.

그녀가 숨을 왈칵 내뱉자 태준은 입술을 떼어낸 후 소람을 내려다본다. 농밀한 키스에 소람은 벌써 반쯤 취한 모습이었다.

"생각이 조금 바뀌었나?"

"……진짜, 홀딱 깨요. 태준 씨도 오빠라는 호칭이 좋은 거예요?"

"태준아, 보단 낫지."

"미안해요. 태준 씨로 통일해요."

본전도 못 건진 소람이 항복을 선언하자 그가 작게 웃음을 터뜨렸다. 하지만 소람은 그를 따라 웃을 수가 없었다. 유쾌한 표정과는 달리 그의 손은 미끄러지듯 아래로 내려가 그녀가 입고 있던 셔츠를 풀고 있었다.

툭, 툭.

보지도 않고 능숙하게 셔츠 단추를 모두 푼 그가 등 뒤로 손을 밀어 넣었다. 브래지어 버클을 손쉽게 푼 그가 컵을 위로 들쳐 올리며 물컹한 가슴을 쥐었다. 몸을 움찔 떠는 소람을 가만히 바라보던 그가 입술을 내렸다. 혀로 그녀의 뺨을 핥고 몸을 아래로 미끄러뜨려 내린다. 새하얀 살덩어리가 그의 손가락 사이사이를 채웠다. 부드러운 촉감에 나지막한 한숨이 나왔다. 바짝 선 가뭇한 정점이 그의 손바닥을 찔렀다. 그녀의 흥분을 느끼자 말로 표현할 수 없을 만큼 뜨거운 욕정이 그의 몸을 휘감았다.

그녀의 목에 이를 박아 넣은 그가 잘근잘근 하얀 살결을 짓이겼다. 혀에 닿는 피부가 너무 달콤해 설탕처럼 느껴졌다. 그가 혀를 길게 빼내 튕기듯 젖꼭지를 핥았다. 가볍게 닿았다 떨어지는 혀에 소람의 허리가 활처럼 휘었다. 고개가 자연스레 뒤로 젖혀지고, 가슴이 들썩였다. 숨을 허덕허덕 내뱉는 사이, 그가 가슴을 모아 사이에 코를 묻는다. 숨을 크게 들이마시자 소람의 발가락이 동그랗게 말렸다.

"으응."

바르작, 작은 새처럼 몸을 떤 소람은 가슴을 핥고 있는 태준의 머리카락 사이로 손가락을 찔러 넣었다. 손은 이제 그만해 달라고 애원을 하고 있었다. 하지만 그는 집요하게 가슴을 핥고 가슴골을 타고 아래로 내려가는 타액까지 핥는다.

이젠 익숙해질 법한 관계에도 도통 적응이 되지 않았다. 생경한 촉감처럼 느껴져 몸에 소름이 돋았고, 솜털이 일어섰다. 이 정도면 충분하다는 생각이 들었음에도 그는 아직 모자라다는 듯이 몸 위에 붉은 수를 놓는다. 그녀가 자신의 것이라는 듯, 영역 표시를 남긴 그가 혀를 굴려 아래로 내렸다.

치마와 스타킹을 한꺼번에 벗겨낸 그가 숲 가운데에 손가락을 밀어 넣었다. 거친 털엔 벌써부터 애액이 맺혀 있었다. 그녀가 완벽하게 준비를 마친 것을 확인한 그가 소람의 이마에 다정하게 입을 맞춘다. 아직 결합을 하기 전이었으나 모든 게 완벽하다는 생각을 했다. 이렇게 좋을 수가 없다고.

끈질기게 입을 맞추던 그가 몸을 떼어낸 후 티셔츠부터 벗어 던졌다.

힘이 빳빳하게 들어간 상체가 드러나고, 근육이 춤을 추듯 움직였다.

뜨거운 숨을 훅 뱉어낸 그가 바지와 팬티까지 한꺼번에 벗은 후 소람에게 다가간다. 그리고 서랍에서 콘돔을 찾은 후 이로 찢었다. 그사이 그는 관음증 환자처럼 소람의 몸을 보았다. 집요한 시선에 소람이 몸을 비스듬히 기울여 자신의 몸을 숨기려 애썼다. 이로 인해 그가 더욱 달뜨는 것은 모른 채.

아름다운 곡선에 다시 한 번 입을 맞추고 싶었다. 잘록한 허리를 숨결로 간질이고 싶었고, 움푹 파인 배꼽엔 혀를 밀어 넣고 싶기도 했다. 하지만 이미 한계였다. 지금은 그녀의 안으로 들어가는 일이 더 급했다.

조금은 성급하게 페니스를 붙잡은 그가 여린 속살에 대고 문질렀다. 그런 후 잠시의 틈을 두고 부드럽게 안으로 밀어 넣었다. 뿌리까지 집어삼키는 여성은 뜨거웠고, 보드라웠다. 이러다간 자신의 몸이 녹아버리는 건 아닐까, 헛된 생각이 들 정도로.

"아!"

"으으."

나지막하게 신음을 내뱉은 그가 움직임을 멈추고서 자잘하게 떨리는 그녀의 몸이 멈추길 기다렸다.

"아, 아아. 태준 씨."

그녀가 울먹이며 그를 불렀다. 자신의 몸이 마치 제 것처럼 느껴지지 않아 당황한 기색이 역력했다.

쉬이.

그가 소람의 귓불에 입술을 지분거리며 바람 소리를 냈다. 그러자 소람이 숨을 훅 하고 뱉어낸다. 하지만 몸의 떨림은 더욱 커져 갈 뿐이다.

몸을 떨며 눈물을 흘리는 소람을 가만히 바라보던 그가 이마를 쓰다듬어 주었다. 맺혀 있던 땀 때문에 손바닥이 미끌거렸지만, 그 자리에 다시

한 번 입을 맞추고 사랑을 속삭인 그가 '힘들어?'라고 묻자 소람은 고개를 내저었다.

"나, 나도…… 왜 그런지…… 모르겠어요."

소람이 숨을 할딱할딱 뱉었다. 스스로도 왜 이렇게까지 흥분을 했는지 이해를 하지 못해 당황한 모습이었다.

손을 내려 태준을 힘껏 끌어안은 소람이 거친 숨을 내뱉었다. 눈앞을 어지럽히는 살결을 가만히 보고 있기 힘들어 그가 한입 베어 문다. 순간 힘이 잔뜩 들어가 있던 소람의 몸이 힘없이 침대로 내려앉는 것을 느꼈다.

그의 이마에서 땀방울 하나가 흘러 소람의 얼굴 위로 떨어진다. 한계다. 그렇게 생각하는 순간 그가 허리를 힘껏 움직여 뒤로 뺐다가 안으로 밀어 넣었다.

"끅!"

천천히 빠져나왔다가 순식간에 파고드는 남성에 소람이 숨을 억눌렀다. 그의 몸짓에 소람의 몸이 힘없이 위로 쓸려 올라갔다 내려가길 반복하자, 태준이 가느다란 허리를 힘주어 붙잡았다.

후두둑.

주체할 수 없는 눈물이 쏟아진다. 그녀가 하염없이 눈물만 흘리자 그의 입술이 소람의 뺨에 닿는다. 다정한 입술이 사랑을 속삭였다.

홀로 거실에 서 있던 소람은 자신의 집과는 어울리지 않는 그림을 말간 눈으로 보았다. 벽에 걸린 그림이 낯설면서도 좋아 소람이 손을 뻗었다. 손가락 끝에 닿는 유화 특유의 촉감에 그녀가 웃었다. 〈사계〉는 그가 자신에게 해주고 싶은 다정한 말처럼 느껴졌다.

어느 남자가 여자에게 그림을 준단 말인가.

참 고상한 선물이라는 생각을 하면서도 소람은 아침과 저녁에 한 번씩 그림 앞에 서서 섬세한 붓 터치를 보고 또 보았다. 작가가 전하고자 하는 감성보다 이 남자가 자신에게 이 그림을 통해 하고 싶은 말이 느껴져 계속해 웃음이 나왔다.

바구니에서 사탕을 꺼낸 소람이 껍질을 까 입에 쏙 넣었다. 입안에 퍼지는 불량스러운 맛에 히죽 웃은 그녀가 사탕 바구니를 보았다. 사탕이 몇 개 남지 않았다.

처음에 아저씨한테 받아올 땐 참 많아 보였는데. 어쩜 그만큼 시간이 흘렀다는 반증처럼 느껴지기도 해 씁쓸한 마음이 들었다. 이젠 이 사탕을 구입할 장소가 없었다. 물론 근처에 있는 다른 문구점에 가면 같은 것으로 구입할 수 있겠지만, 타인에게 구입하는 건 의미 없었다.

말없이 어디로 간 건지.

폐업이라고 적힌 문구점 앞에서 주저앉았던 날이 떠올랐다. 그날도 눈이 왔었다. 생각해 보면 인생에서 최악이라고 꼽을 만한 날엔 늘 눈이 왔다.

선배의 부탁을 받아 다섯 시 라디오 진행을 해줘야 했기에 주말임에도 불구하고 소람은 출근을 해야 했다. 칼날처럼 날카로운 바람에 몸을 움츠린 소람이 주차해 둔 차에 올랐다. 되도록 대중교통을 이용했지만 오늘처럼 추운 날엔 어쩔 수 없이 차를 이용하게 됐다.

차에 시동을 켠 소람은 찬바람이 나오자 몸을 오들오들 떨었다. 금세 예열이 되어 뜨거운 바람으로 바뀌었지만 냉한 공기는 좀처럼 따뜻해지지 않았다.

곧장 출발을 하려던 그녀가 문자 도착 알림음에 휴대전화를 꺼냈다.

「오늘 저녁에 뭐 하십니까?」

태준에게서 온 연락이었다. 답장을 하는 대신 통화 버튼을 누른 소람이 조심스럽게 차를 움직여 아파트 단지를 벗어났다. 원고를 미리 받아 급할 건 없었지만 되도록 20분 전에 도착해 게스트와 인사를 나누는 것이 좋겠다는 생각에 마음이 급해졌다.

그때 전화를 받은 태준이 '네, 소람 씨'라고 말한다. 낮고 진중한 음성에 소람의 표정이 밝아졌다.

"태준 씨, 지금 통화 가능해요?"

[가능합니다.]

"저 지금 방송국 가는 길이에요. 다섯 시 라디오 진행 부탁 받아서요. 태준 씨는요?"

[사무실입니다. 다섯 시 라디오면 일곱 시쯤 퇴근하십니까?]

"네."

[방송국 앞으로 가겠습니다. 초대권 받은 게 있습니다.]

"오늘 차를 가지고 와서요. 집 앞에서 만나면 안 될까요?"

[알겠습니다. 소람 씨 집 앞으로 가겠습니다.]

알겠다고 답한 소람이 전화를 끊은 후 정면을 주시했다. 올림픽대로를 올라오자마자 차가 꽉꽉 막혔지만 짜증이 나질 않았다. 벌써부터 그와 만날 생각에 기쁨으로 몸이 달떴다.

방송국에 도착한 사람은 호감과 악감을 동시에 느꼈다. 어떤 이들은 그녀의 소문을 떠들어댔다. 웃고 있는 그녀의 얼굴에 더욱 배알이 꼴리는 것인지 싫다는 감정이 노골적으로 드러난 표정들이었다. 한편 어떤 이들은 웃고 있는 그녀를 보며 몇 번이고 '좋은 일이 있냐'고 물었다. 소람은 그때마다 아니라며 고개를 저었다. 편견 없는 눈빛에 소람은 금방 위로를 받고 라디오 부스 안으로 들어간다.

방송을 실수 없이 잘 마친 소람의 발걸음이 더할 나위 없이 가볍다.

꽉꽉 막히는 도로를 빠르게 내달린 소람은 빈 공간을 찾아 주차를 마쳤다. 그리고 집 앞으로 가기 위해 차에서 내리기 전, 립스틱을 바른 그녀가 거울 속에서 실없이 웃고 있는 여자를 보며 따끔하게 말한다.

"표정 관리 좀 해라."

이렇게 좋다는 티를 내서 남자가 매력을 느끼겠냐며 한 소리 한 그녀가 차에서 내린다.

얼어버린 땅에 미끄러지지 않도록 종종걸음을 옮기던 그녀가 이마에 닿는 차가운 물체에 고개를 들었다. 까만 하늘에서 하얀 눈송이가 쏟아지고 있었다.

"와."

함박눈이었다. 올해는 눈도 참 살벌하게 쏟아진다.

걸음을 멈춘 그녀가 눈을 감고서 피부에 닿는 차가운 눈을 느꼈다. 안면이 얼어버릴 것 같았다.

순식간에 눈이 쌓였다. 아스팔트길에도, 나뭇가지 위에도, 소람의 어깨에도. 뽀얀 눈은 세상을 집어삼킬 것처럼 무시무시한 속도로 내렸다.

예전엔 이 눈이 참 싫었었다. 추워 죽겠는데, 금방 녹아버리는 이 눈이 추위를 더하는 느낌이어서 싫었다. 더욱 내릴 땐 그럭저럭 봐줄 만한데 다음 날이 되면 흙탕물처럼 더럽게 떡이 진 상태에서 얼어버려 미끄러질 뻔했던 일이 한두 번이 아니다. 그래서 참 싫어했는데…… 오늘은 달랐다. 왜 그런지 모르겠지만 마음이 들떴고, 곧 있을 크리스마스에 이 눈이 내리면 트리와 참 잘 어울릴 것 같다는 생각도 들었다.

이래서 사람들은 눈을 좋아하는구나.

그걸 서른둘이 된 지금에야 알게 되었지만, 나쁘지 않았다. 지금이라도 알게 되어 다행이라는 생각도 들었다. 입술 끝이 하늘 위로 올라갔다.

그때 아파트 단지 안으로 차가 한 대 들어왔다. 얼마 가지 않아 소람의 곁에 멈춰 선 차에서 태준이 내렸다. 그가 이상하다는 듯 소람을 바라보더니 이내 빨갛게 얼어버린 뺨을 보고선 서둘러 목도리를 풀었다. 그가 소람에게 자신의 목도리를 내어준 것이 벌써 두 번째였다. 목도리를 둘러준 그가 걱정스레 묻는다.

"안 춥습니까?"

"추워요."

"그럼 왜 눈을 맞고 있습니까?"

여전히 눈을 감고 있던 그녀가 고개만 돌려 태준을 보았다. 그의 얼굴이 여러 감정으로 복잡한 걸 보며 그녀가 해사하게 웃는다.

"처음으로 눈이 싫지 않게 느껴져서요."

"그래도 감기 걸리면 어쩌려고."

"와, 나 지금 혼나는 거 맞죠?"

"그럼 이게 칭찬으로 들립니까?"

소람이 맑은 소리를 내며 웃었다. 그리고 다시 눈을 감고 고개를 들자 그가 소람의 머리와 어깨에 쌓인 눈을 손으로 툴툴 털어주었다. 그래도 마음이 놓이지 않는 것인지 끼고 있던 장갑을 벗어 소람의 손에 끼워주기까지 했다.

"지금 뭐 하는 거예요?"

"들어가라고 해도 말 안 들을 테니까."

자신에겐 지나치게 큰 가죽 장갑을 보던 소람이 힘차게 고개를 끄덕였다. 그의 말을 들을 생각이 없다는 듯이. 그러면서 신이 나 그의 손을 붙잡았다.

"우리 좀 걸어요."

그가 답을 하기 전에 소람이 먼저 걸음을 옮겼다. 그녀에게 이끌려 걸음을 옮기던 그가 성큼 걸음을 옮겨 소람의 곁에 어깨를 맞댄다. 고개를 돌린 그녀가 웃자, 그도 웃었다. 그녀와 함께 눈을 맞아주던 태준이 그녀의 어깨를 끌어안아 자신의 품으로 잡아당겼다.

아파트 단지를 벗어나 어두운 길을 한참 걷던 두 사람은 눈이 그치고 나서야 걸음을 멈췄다. 그도, 소람도 물에 흠뻑 젖어 꼴이 말이 아니었다.

그가 웃음을 참는 얼굴로 소람의 머리 위에서 녹아버린 눈을 툭툭 치워주며 말했다.

"이 꼴로 전시회는 못 가겠군요."

"다음에 가면 되죠."

소람의 말대로였다.

두 사람에겐 다음이 있다.

고요한 밤. 거룩한 밤.

어디를 가든 캐럴이 들린 지 정확히 일주일 뒤, 연인에게 있어선 최대의 이벤트인 크리스마스이브가 찾아왔다. 종교적인 의미를 떠나 모두에게 축제인 날. 방송국도 역시나 크리스마스 분위기로 흠뻑 젖어 있었다. 로비엔 대형 트리가 세워졌고, 주위엔 모형 선물 상자들이 쌓여 있었다.

대부분의 방송은 미리 사전 녹화를 떠놓기에 일주일 전부터 산타 모자를 쓰고, 루돌프 코를 한 방송인들이 돌아다녀 정작 이브 당일엔 차분한 느낌마저 들었다. 자료를 끌어안고 트리를 바라보던 소람이 걸음을 옮겨 엘리베이터로 향했다. 이제껏 요란법석 시끄러운 이날을 참 싫어했다. 거리엔 사람들로 넘쳐 나고, 도로는 주차장을 방불케 해 피곤하기만 했었는데, 올해는 느낌이 조금 달랐다.

오늘은 뮤지컬을 보기로 했다. 크리스마스이브였지만 그는 용케 메인 연기자가 출연하는 티켓을 예매했고, 소람 역시 좋아하는 뮤지컬이었기에 기쁜 마음으로 함께 하기로 했다. 저녁은 근처에 있는 김치찌개 집으로 가기로 했다. 평소에도 맛집으로 소문이 나 있는 곳이라 오늘 같은 날엔 음식이 코로 들어가는지, 입으로 들어가는지 모를 만큼 바쁘겠지만 대학 시절부터의 추억이 서려 있는 곳에 그와 함께 가고 싶었다.

회의실로 돌아온 소람은 들고 온 파일을 내려놓았다. 기획 뉴스로 내보낼 자료들이었다. 20년 전 오늘 어떠한 뉴스가 시청자들에게 전해졌는지, 그중에선 다룰 만한 것들이 있는지 보던 소람은 조용한 분위기 속 휴대전화가 울리자 미안하다는 말과 함께 자리에서 일어났다.

회의실을 나선 소람이 휴대전화 액정을 보았다. 저장되어 있지 않은 번호가 떠 있었다.

전화를 받을까, 말까 고민하던 소람이 통화 버튼을 눌렀다.

[저…… 윤소람 아나운서 휴대전화 번호 맞나요?]

"네, 맞는데요?"

[아, 안녕하세요. 저 장동호 씨라고 아세요?]

중년 여성의 말에 소람은 노인을 떠올렸다. 알다마다. 갑자기 사라져 버린 아저씨의 이름을 이렇게 들을 줄 몰랐던 소람이 한 템포 늦게 '네'라고 답했다. 그러자 여잔 다행이라는 듯 웃는다.

[아버지 수첩에 연락처가 남아 있어서 연락드렸어요. 윤소람 아나운서 이야기를 몇 번이고 했거든요.]

아버지.

그 호칭에 소람은 장 씨 아저씨의 딸이라는 걸 알았다. 하지만 아저씨 딸이 왜 자신에게 전화를 한 것인지 이해하지 못했다. 아저씨가 직접 하는 거면 몰라도.

소람이 아무 말도 안 하자 여자가 본론을 꺼냈다. 여잔 자신이 왜 전화를 하게 되었는지 이야기를 해주었다. 하지만 통화가 이어지면 이어질수록 소람은 이해를 하지 못해 멍한 표정을 짓는다.

내가 지금 무슨 이야길 들은 거지……?

한국말인데도 마치 외계어처럼 들렸다.

[지금 제 말 듣고 계세요?]

"네, 아, 네."

[아버지께선 연락하지 말라고 하셨지만, 그래도 해야 할 거 같아서요. 혹 기분이 나쁘시다면…….]

"어디죠?"

무심한 물음에 중년 여성은 위치를 알려준 후 전화를 끊었다.

툭.

힘없이 팔을 아래로 내린 소람은 안에서 자신을 부르는 소리에도 한참 정면만 주시했다.

내가 지금 제대로 들은 게 맞나?

꿈인가?

아, 어쩌면 여자가 자신에게 장난을 한 것일지도 모른다. 그래, 아저씨도 장난을 잘 거셨으니까, 아저씨 딸도…….

힘없이 손을 든 소람이 이마를 꾹 눌렀다. 두통이 몰려왔다.

어떻게 회의를 준비하고, 카메라 앞에 섰는지 몰랐다. 어제만 해도 정치 뉴스로 가득했던 것과는 달리 오늘은 희망을 전하고, 도움의 손길이 필요한 사회 구석구석을 조명했다. 인사 또한 박 앵커와 즐거운 크리스마스이브 되라고 고개까지 숙였지만 정신은 다른 곳에 있었다. 방송이 끝나고 카메라에 불이 꺼지자마자 소람이 자리에서 벌떡 일어났다.

"수고하셨습니다. 수고하셨습니다."

인사를 건네며 소람이 빠르게 걸음을 옮겼다. 다들 약속이 있었기에 서두르는 소람을 이상하게 보는 이는 없었다.

집으로 가 옷을 갈아입어야 한다는 걸 알면서도 소람은 곧장 전화에서 들었던 곳으로 향했다. 아직 아무것도 믿을 수가 없었다.

병원 앞에서 택시가 멈추자 소람은 현금을 건넨 후 내렸다. 응급실 맞은편 건물 앞에 멈춰 선 소람은 안으로 들어가지 못한 채 호흡을 골랐다.

아직, 아직은 아니야.

병원도 다른 곳과 마찬가지로 크리스마스 분위기로 들떠 있었다. 캐럴까지 틀어놓진 않았지만 나무에 조명을 설치해 놓았다. 반짝이는 조명을 바라보던 그녀가 애써 정신을 붙잡으며 입고 있던 흰색 코트를 벗었다. 장례식장 안으로 들어가는 발걸음은 결연하기까지 했다.

지하로 내려온 소람은 호수 밑에 적혀 있는 이름 중 장동호 이름 세 글자를 발견하곤 입을 꾹 다물었다.

진짜야? 진짜 아저씨가 죽었다고? 왜? 왜 이렇게 갑자기?

한글을 모르는 사람처럼 이름을 읽고 또 읽었다. 그리고 변함없는 사실을 받아들여야 한다는 생각을 함과 동시에 신음을 뱉었다.

"뭐야. 진짜잖아……."

머리는 여전히 이해를 하지 못했지만 심장은 이해했나 보다. 뭔가가 심장 양쪽을 붙잡고 쥐어짜는 것만 같았다. 갈기갈기 찢겨지고, 바닥에 내쳐져 짓밟히는 것 같기도 하다. 혼이 빠진 얼굴로 3호실로 향한 그녀는 영정 사진을 보는 순간 들고 있던 가방과 코트를 바닥에 떨어뜨렸다.

"오셨어요?"

소람은 흐트러진 머리카락을 깔끔하게 빗어 넘긴 여자가 자신에게 전화를 한 아저씨 딸이라는 걸 알고는 고개를 끄덕였다. 하지만 이상하게도 눈물은 나오지 않았다. 아저씨의 죽음을 받아들였는데도 혼이 빠진 것만 같은 느낌만 들 뿐, 슬프지는 않다.

새로 향을 피운 소람이 절을 했다. 바닥에 엎드리고 일어서길 몇 번, 무릎을 꿇은 소람이 영정 사진을 멍하니 올려다본다.

"고약한 노인네."

소람의 말에 상주가 몸을 떨었다. 하지만 소람은 말을 멈추지 않았다.

"진짜 나쁜 사람이야. 어떻게 나한테 연락하지 말라는 말을 할 수가 있어?"

영정 사진 속 노인은 소람이 처음 만났을 때처럼 젊었다. 영정 사진인데도 참 환하게 웃고 있었다. 그래서 더 속이 쓰렸다.

힘없이 자리에 앉아 있던 소람이 힘겹게 일어났다. 그런 후 상주와 마주 보고 고개를 숙였고, 다가오는 중년 여성을 보았다.

"여기까지 와주셔서 감사합니다. 바쁘실 텐데."

"아니에요. 연락 주셔서 감사합니다. 나중에 알았으면…… 힘들었을 거 같아요."

어설프게 웃음 짓는 소람을 보며 여인은 식사하고 가라며 구석진 자리를 안내했다. 따뜻한 국과 밥이 놓였다. 찬으로 나온 것들은 모두 차가운 것들뿐이다. 다 식은 전을 먹은 소람은 소주를 가져다주자 마침 잘되었다는 듯 뚜껑을 돌려 땄다.

콸콸콸.

넘치도록 소주를 따른 소람이 숨도 쉬지 않고 들이켰다. 목을 타고 아래로 내려가는 강한 알코올 향에 얼굴이 일그러졌다. 갑자기 들어간 술 때문일까, 심장이 입 밖으로 튀어나올 것처럼 뛰었다.

텅 빈 테이블을 보던 소람이 다시 한 번 소주잔을 채운 후 마셨다. 오늘따라 참 술이 썼다.

말없이 소주 한 병을 다 비운 소람은 뒤늦게 휴대전화를 확인했다. 부재중 두 통과 네 통의 문자가 와 있었다. 모두 태준에게서 온 연락이었다. 뒤늦게 그와의 약속이 떠올랐다.

통화 버튼을 누른 소람은 얼마 지나지 않아 태준의 음성이 들리자 표정을 일그러뜨렸다. 그의 목소리를 듣는 것만으로도 위안이 되었다. 뒤늦게, 슬픔이 몰아닥친다.

"태준 씨."

[괜찮습니까?]

이 남잔 뭘 알기에 괜찮냐고 물어보는 것일까. 소람은 새 소주를 가져다주는 여잘 보며 고개를 끄덕이며 물었다.

"왜요?"

[목소리가 안 좋습니다.]

참 귀신같다. 어쩜 자신보다 제 상태를 더 잘 아는 것인지 신기하기까지 하다.

그의 말에 소람은 그제야 제 목소리가 지나치게 가라앉아 있다는 것도, 눈시울이 붉어졌다는 것도 알았다. 슬픔을 참기 위해 입술을 짓이겼다. 새하얗게 질릴 때까지 입술을 깨물던 소람은 한참의 시간이 지나서야 힘겹게 말했다.

"……아저씨가 죽었대요. 많이 아팠다는데 잘 모르겠어요. 나한텐 그런 말 없었는데. 건강에 대해 말해주지 않을 만큼 보잘것없는 관계였던 걸까요?"

그래, 그러니까 말할 기회가 있었음에도 말해주지 않았던 것이다. 문전박대하고, 다신 문구점에 오지 말라고 했던 것이다.

뒤늦게 폐업이 된 문구점을 보고 얼마나 마음이 쓰렸던가. 마치 거부당한 느낌에 자리에 주저앉기도 했었다.

[장례식장입니까?]

"네."

[어딥니까? 지금 가겠습니다.]

당장 오겠다는 말에도 소람은 '제발요'라고 말하며 부탁했다. 이렇게 힘들 때 그가 곁에 있어준다면 버틸 수 있을 것 같았다.

전화를 끊은 그녀가 곧장 잔을 채워 소주를 들이켰다. 두 번째 병을 말끔하게 비워낸 소람은 자신의 맞은편에 앉는 중년 여성을 보았다. 위태로워 보였던 것인지 그녀는 손도 대지 않은 국을 소람의 앞에 밀어놓았다.

"좀 드세요."

말없이 그릇을 바라보던 소람이 플라스틱 수저를 들어 국물을 한입 떠먹었다. 미지근해졌지만 제법 먹을 만했다. 그녀가 한술 더 뜨자 중년 여성은 이제야 한시름 놓았다는 표정이다.

"아버지가 생전에 윤소람 아나운서에 대해 많이 이야기했어요. 처음 뉴스에서 윤소람 아나운서를 보고 얼마나 기뻐하셨는지 몰라요."

"……그러셨어요?"

그런 티를 전혀 내지 않아 몰랐다. 아저씬 방송국은 월급 많이 주냐고 넌지시 물어보기만 했었다. 그러다가 뉴스에 나온 자신을 확인한 후엔 잘 봤다는 말을 했다. 다른 말은 없었다.

"네. 내가 대학에 입학했을 때보다 더 기뻐하셨다니까요? 그래서 제가 심통 나서 누가 보면 윤소람 아나운서가 아버지 딸인 줄 알겠다고 했더니 진짜 그런 느낌이라고 하시더라고요. 딸자식 같긴 한데, 사랑을 많이 못 준 딸자식 같다고."

"……."

아저씨가 자신을 그런 식으로 보는 줄은 몰랐다. 매일 퉁명스럽게 말을 하고, 문구점에 갈 때면 올 데가 여기뿐이냐고 타박을 하기에 싫어하는 줄만 알았다. 끈질기게 문구점을 찾은 건 자신이다. 휴대전화 번호를 수첩에 따로 기록해 둔지도 몰랐다. 번호를 가르쳐 줬지만 생전 자신에게 먼저 연락한 적이 없었다. 그래서 자신은 아저씨의 연락처를 몰랐다.

"그래서 윤소람 아나운서는 아빠로 생각 안 할 거라고 했었어요."

소람이 심란한 얼굴로 국을 떠먹었다. 뭐라도 입에 쑤셔 넣어야 할 것 같았다. 아니면 원망의 말을 쏟아낼 것 같아서.

우적우적.

그녀가 밥까지 말아 먹는 것을 본 여성이 물 잔을 내밀었다.

"아버지…… 너무 원망하지 말아주세요."

"진즉에 말씀해 주시면 좋았을 거예요. 그럼…… 마지막 인사 정도는 할 수 있었을 테니까."

"그 마지막 인사가 힘들어서 그러셨어요. 마지막까지 편히 눈감지 못하셨어요. 내색은 안 하셨지만……. 임종 때 굳이 윤소람 아나운서에게 말하지 말라는 말씀을 하시는 게 꼭 말해달라는 것처럼 들리더라고요. 그래서 연락드린 거였어요."

숟가락을 내려놓은 소람이 국그릇을 힘껏 노려보았다. 표정은 살벌하기까지 했다. 그런 거였다면 더 자신에게 연락을 했었어야 했다. 뒤늦게 죽음을 알려 속을 뒤집어놓을 생각이었다면 적어도 면전 앞에서 원망의 말을 하게 했었어야 했다.

손을 든 소람이 얼굴을 가렸다. 시원하게 욕지거리라도 뱉었으면 좋겠다. 어쩜 이런 식으로 마지막 인사를 하게 만드냐며 어른이 어른답지 못하다고 한 소리 하고 싶었다. 하지만 그렇게 하지 않았다. 입을 꼭 다물며 참았다. 중년 여성이 손님을 맞이하러 갔음에도 소람은 아무 말 없이 속으로 분노를 삼켰다.

자리에서 일어난 소람이 술을 꺼내왔다. 마셔야 할 것 같았다. 오늘은 취해야만 버틸 수 있을 것 같은 하루다. 생각을 멈추지 않으면 뇌가 터질지도 모른다.

술잔을 채우고 비우길 몇 번. 앞에서 들리는 인기척에 고개를 들었다. 중년 여성이 다시 돌아왔나 했다. 하지만 의외의 사람이 앉아 있었다.

"……."

"저도 한 잔 따라주세요."

태준이 잔을 내밀었다. 평온한 표정에 소람의 얼굴이 일그러졌다.

"태준 씨, 알고 있었어요?"

"네. 전에 만났을 때 말씀해 주셨습니다."

"……왜 나한테만 말 안 했대? 하다못해 한 번밖에 안 만난 태준 씨에게도 말했는데."

"윤소람 씨여서 말을 못하셨을 겁니다."

"왜요? 내가 뭘 어쨌다고?"

그의 말을 이해할 수가 없어 소람이 뾰족하게 되물었다. 성질머리가 더러운 걸 아저씨가 알고 있어서 말을 안 한 걸까? 아무리 자신이라도 아픈 사람에게 패악질을 할 만큼 쓰레기가 아니라는 걸 아저씨도 알고 계실 텐데.

소람이 혼란스러운 얼굴로 바라보자 태준은 이 이야기를 해도 될까, 잠시 망설였다. 하지만 이내 그녀는 자신이 납득할 때까지 이 문제를 집요하게 붙잡고 늘어지리라는 것을 깨닫는다.

그가 소주잔을 비웠음에도 소람은 말간 눈으로 태준을 바라보기만 했다. 자신이 원하는 답을 들을 때까지 시선을 떼지 않을 기색이자 그가 한숨처럼 말했다.

"소람 씨, 주위를 한번 둘러보세요."

그의 말에 소람이 시키는 대로 주위를 둘러보았다. 몇몇 테이블이 차 있었고, 구석에서 고스톱을 치는 사람들까지 차례대로 훑어본 소람이 콧잔등을 찌푸렸다. 특별할 것이 없는 모습이었기에 그가 자신을 놀리고 있는 건 아닌가, 하는 생각마저 들었다.

"자식들보다 윤소람 씨가 더 슬퍼 보입니다. 이별에 익숙하지 않은 사람이라고 걱정했습니다."

"……단순히 그 이유 때문에?"

"안 그래도 힘든 게 많은 사람이라서 자신까지 보태고 싶지 않다고 했습니다."

"……"

이유를 들었는데도 이해할 수가 없어 소람이 미간을 좁혔다. 그래, 단순히 그런 이유에서라면 더더욱 말해줬으면 좋았을 것이다.

이렇게 갑자기 당하는 것보단 더 좋았을 거라고 말하려던 소람이 입술을 달싹이다 말고 손을 들었다.

눈물이 볼을 따라 흘러내리는 게 느껴졌다. 그가 자신을 안쓰러운 눈으로 바라보자 소람이 고개를 푹 숙인다. 눈물이 코끝에서 모여 아래로 떨어진다. 믿을 수가 없었다. 머리는 이해를 하지 못했는데, 가슴은 이해했나 보다.

손을 든 소람이 눈을 가렸다. 그러더니 힘겹게 한마디를 뱉었다.

"슬퍼요. 두렵고."

아무와도 헤어지고 싶지 않아요.

힘겹게 이어진 뒷말에 태준은 자리에서 일어나 그녀의 곁에 다가가 섰다. 사람들의 시선이 소람에게 닿았다. 호상이라며 자식들조차 아비의 슬픔을 받아들였는데, 소람만은 받아들이지 못했다. 그녀 혼자 엉엉 울음을 터뜨렸다.

눈가가 뜨거워졌고, 숨은 금방이라도 넘어갈 것 같았다. 힘껏 끌어안아 위로해 주는 사람이 있자 눈물은 한도 끝도 없이 쏟아졌다. 이대로 몸에 있는 수분이 모두 빠져나가는 건 아닐까, 걱정이 되었다. 정신없이 울다 보니 올라탄 차가 집에 도착했다는 것도 모르고 있었다.

그의 품에 안겨 집으로 돌아온 소람은 사탕 바구니를 보았다. 바구니가 텅 비어 있다. 이제 어디에서도 구입할 수 없는 사탕은 이 세계에 존재하지 않는 게 되어버렸다. 어디에서도 그 사탕을 구할 수 없다.

멈췄던 눈물이 다시 쏟아졌다.

툭. 툭.

"……왜 다 떠나는 거야."

나만 남겨두고.

추위가 몰려와 눈물마저 얼려 버릴 것 같았다.

이별이 쉬운 사람은 없다. 사람마다 정도의 차이는 있겠지만 만나고 싶을 때 만나고 당연히 곁에 있을 거라고 믿었던 상대가 사라지면 타격을 받는다. 단순히 그 사람과 다퉈도 안절부절못할 때가 많은데, 죽음으로 인한 이별은 더더욱 아프다. 정말 끝이니까.

소람에겐 그 이별이 더 힘들었다. 애초에 주위에 둔 사람도 적었고, 마음에 둔 사람은 더더욱 적었다. 그걸 오랜 시간 곁을 지켰던 노인은 알았던 것이다. 그 시간을 허투루 보내지만은 않았을 테니까.

위로의 말을 할 수도 없어 곁을 지켰다. 소람을 집에 데리고 와 침대에 눕히고 난 후에도 한참 침대맡에 앉아 있었다. 잠든 소람을 가만히 바라보던 그가 손목시계를 확인했다. 밤이 깊었다. 평소라면 침대에 몸을 누이고 잘 시간이었지만 잠이 오지 않았다.

손을 뻗어 머리카락을 쓰다듬어 준 태준이 한숨을 내뱉었다. 속이 숯검댕이가 되어버린 기분이다. 소람의 감정에 동화되어 버린 태준은 깊은 밤을 무던히 흘려보냈다.

세상 밖은 아기 예수의 탄생을 축하하며 축제 분위기인데, 이 집만은 죽음의 그림자로 무겁게 가라앉아 있었다.

시끌벅적한 세상도 새벽이 되자 조용해졌다. 기다란 다리를 꼬고서 눈을 감고 있던 그가 손목시계를 확인하곤 한숨을 내뱉었다. 인기척에 소람이 천천히 눈을 떴다. 그녀가 상체를 일으키며 물었다.

"안 가셨어요?"

"아무 데도 가지 말라면서요."

"……."

소람이 입술을 꾹 깨물었다. 막 잠에서 깨어난 사람이라고 하기엔 표정도, 목소리도 너무 또렷했다. 깨어난 지 좀 됐나 보다. 아니, 어쩌면 그녀도 잠들지 못했을지 모른다.

아직도 감정이 갈무리되지 않은 표정에 그가 몸을 돌렸다. 우는 모습을 보여주고 싶지 않아 한다는 걸 알고 있다. 옆에서 괜스레 말을 해봤자 속에 있는 것을 쏟아내지 못할 테니 몸을 돌려 그녀가 진정이 될 때까지 기다려 줬다.

부스럭거리는 소리만 침묵을 깰 뿐, 아무 말 없이 서로 다른 곳을 볼 때다. 소람이 말없이 손을 뻗어 태준의 옷자락을 붙들었다. 늘 주름 하나 없던 슈트가 구겨져 있었다.

그녀의 손길이 무슨 말을 하고자 하는지 빠르게 알아챈 그가 깊은 한숨을 뱉는다. 그녀의 감정 수준은 어린아이와 비슷했다. 타인과 감정을 나누고 이를 받아들인 것이 많이 늦었고, 그건 태준 또한 마찬가지다. 연인 사이에 밀당이라는 것도 있어야 한다지만 두 사람에겐 너무 어려운 기술이어서 돌리는 것 없이 솔직하게 말했다.

"아무 데도 안 가. 소람이 네 곁에 있을 거야."

"……나 엄청 추한 것 같아요."

이 나이가 되었는데도 감정을 컨트롤하지 못하고 눈물을 줄줄 흘리는 모습이 마음에 들지 않나 보다. 그녀가 코를 훌쩍이며 꼴불견이라는 듯이 말하자 태준은 그제야 몸을 돌려 소람을 보았다.

빨간 코가 루돌프 사슴을 떠올리게 만든다. 그 모습을 보고 마냥 예쁘다고 할 순 없었다. 가슴이 내려앉아 아픈 걸 보니 사랑스럽다고 할 수도 없다. 그래서 적당한 답을 찾아보았다. 어떻게 말을 해야 할까. 그러다가 하나의 답을 찾곤 진중한 목소리로 말한다.

"제 앞에선 추해도 됩니다."

"싫어요. 이제 안 그럴래요."

고개를 내저은 소람이 침대에서 내려왔다. 한동안 계속 가슴에 쌓여 있던 것들을 털어내서 그럴까. 마음을 많이 추스른 모습이었다. 아이처럼 손등으로 얼굴을 닦아낸 소람이 걸음을 옮기다 말고 고개를 돌린다. 그러더니 침대에 앉아 있는 태준을 보며 희미하게 웃었다.

"아침 먹을래요?"

"좋죠."

"참고로 말씀드리면 전 태준 씨처럼 잘은 못해요."

"뭐든 좋습니다."

"맛없다고 뭐라고 하기만 해봐."

콧잔등을 찌푸린 소람이 방을 빠져나갔다. 하지만 태준은 여전히 그 자리에 머물러 있다. 허리를 돌려 방금 소람이 베고 있던 베개를 손바닥으로 쓰다듬은 그가 미간을 좁혔다. 베개가 축축하게 젖어 있었다.

함께 아침을 먹었다. 아침 메뉴는 토스트에 블랙 커피였다. 집에 음식을 할 만한 식재료가 없었으니 식탁은 초라했다. 하지만 태준은 접시를 깨끗하게 비웠고, 마지막엔 맛있다고 이야기까지 해줬다. 설거지는 그가 했고, 아홉 시도 되지 않아 그는 집으로 돌아갔다. 일이 있다고 했다. 함께 있어주지 못해 미안하다고도 했다. 이에 소람은 고개를 저었다. 그러며 감사의 인사를 건넸다. 함께 있어줘서 고마워요.

태준이 집을 나서자 소람은 깨끗하게 씻은 후 검은 옷을 입고 집을 나섰다. 차에 올라 운전을 하면서 내비게이션의 도움을 받아 잘 모르는 길을 달렸다. 간간이 낯선 사람과 통화를 하기도 했다. 거의 다 와가요. 목적지까지 1km가 남았을 때, 소람은 상대에게 그렇게 답했다.

그녀가 도착한 곳은 경기도 근교에 있는 화장터였다. 요즘은 화장터를 잡기도 힘들단다. 그래서 머나먼 곳까지 와 마지막 인사를 건네야 한단다.

"굳이 여기까지 오시지 않아도 되는데."

어제 대화를 나누었던 중년 여성은 소람의 손을 붙잡으며 그렇게 말했다. 눈빛은 고마움이 가득했다. 윤소람이 이 정도로 자신의 아버지를 생각해 줄 줄은 몰랐다는 반응이었다. 이에 소람은 고개를 저었다. 그리고 발인이 시작되었다는 소식에 함께 걸음을 옮겨 안으로 들어갔다.

다갈색 관이 뜨거운 불구덩이로 밀려들어 간다. 옆에 선 사람들은 최대한 엄숙하게 진행하고 있었지만 쇠꼬챙이로 힘껏 미는 것을 보니 안에 든 것이 시신이 아닌 물건 같았다. 두꺼운 철문이 닫혔고 곧 작은 창에 불꽃이 타오르는 것이 보인다. 화장터에 와본 것도, 누군가의 마지막을 지켜보는 것도 처음이었다. 그래서 처음엔 무엇을 생각해야 할지 몰라 가족들의 곡소리를 멍하니 듣고만 있어야 했다.

난 왜 여기까지 왔나. 무엇을 확인하고 싶어서.

지난밤, 잠들지 못해 눈 밑이 시커멓다. 차라리 잠을 잤다면 더 도움이 되었겠지만 굳이 여기까지 찾아왔다. 자신의 마음을 알아차리기 위해. 오래 걸린다는 소식에 하나둘 자리를 뜨는 사람들과는 달리 소람은 다리가 아플 때까지 그 자리에 서 있었다. 그러다 곧 사람들이 모두 사라지고 나서야 눈을 감는다.

이제야 알았다. 그래서 눈물이 흘렀다. 그녀는 미처 하지 못한 마지막 인사를 하기 위해 이곳까지 왔다. 자신은 이별을 할 줄 모르는 사람이라 굳이 병에 대해 알리지 않았다는 아저씨의 말에 원망의 말을 쏟아내려 여기까지 왔다.

하지만 소람은 아저씨에게 원망의 말 대신 서글픈 눈물을 보였다. 나쁜 사람이라고 화를 냈었는데, 어느 순간 미움은 그리움으로 바뀌었고 곧 자신의 부족함을 절실히 깨닫는 마음으로 바뀌었다.

"……아저씨."

힘겹게 그를 불러본 소람이 숨을 할딱거린다. '딸'이라 생각해 주었다는 걸 미리 알았다면 더 좋았을 것이다. 그럼 더 많은 일들을 함께할 수 있었을 텐데. 아저씨와 함께할 수 있었던 것은 낡고 좁은 문구점 안에서 대화 몇 마디를 나누는 것이 전부였다.

"나도 아저씨를 가족이라고 생각했어요. 그래서 미역국 대신 아저씨한테 사탕을 사러 갔던 거예요."

많은 이야기를 나누었다면 서로의 마음을 미리 눈치챌 수 있었을 것이다. 그게 못내 아쉽다.

"강해지고 싶어요. 누군가가 갑자기 떠나게 될 때, 내가 나약하다는 이유로 그 사람들과 마지막 인사를 나누지 못하는 건 너무 힘들어요."

그러니까 용기를 주세요.

강해지게요.

울고 싶은 순간에도 웃게 해주세요.

옆에 있는 사람이 슬퍼할 때 안아줄 수 있는 넉넉한 품도 가질 수 있도록 도와주세요.

부탁이 너무 많다고요?

지금 나한테 '욕심 많은 년'이라고 욕하고 계시죠?

아저씨는 그래도 들어줘야 해요.

"난 아저씨 딸이니까."

힘없이 자리에 주저앉은 소람이 손을 들어 눈을 가렸다. 손바닥이 축축해졌다.

오늘만 울리라.

내일부턴, 강해지리라.

소람은 몇 번이고 다짐하며 아이처럼 울음을 터뜨렸다.

어두침침한 분위기의 무대. 소람은 무대 위에 선 배우를 기대감에 찬 눈으로 바라보고 있었다. 하지만 태준은 아니다. 그의 시선은 소람을 향해 있다. 반짝반짝 빛나는 눈망울 바라보던 그가 입술을 길게 늘어뜨리며 시선을 돌렸다.

자신을 '돈키호테'라고 믿는 미친 노인네와 돈을 주면 남자와 기꺼이 자고, 아버지가 누구인지도 모르며, 자존감이 낮은 여자의 이야기는 국내에서 많은 사랑을 받는 뮤지컬이었다. 자신의 인생을 한없이 바닥으로 보며 자존감도, 꿈도 없이 살아가던 그녀는 어느 날 미치광이 노인네를 만나면서 자신 역시 사랑받을 가치가 있구나, 라고 생각하며 위안을 받는다.

판타지 소설이나 다름이 없었지만 소람은 이 이야길 가장 좋아했다. 뾰족하게 세상을 살아가는 여자주인공을 자신에게 대입하기도 해가며 극에 푹 빠졌다. 셀 수 없이 많이 본 작품인데도 배우가 표현하는 감정에 동화되어 얼굴을 일그러뜨리기도 했고, 간혹 눈물짓기도 했다.

예전엔 뮤지컬을 보며 내게도 미치광이 돈키호테가 나타났으면 하고 바랐던 적도 있었다. 미친놈이라도 좋으니 나에게 그런 사람이 나타났으면 좋겠다고. 하지만 난 미치광이는커녕 더 좋은 사람을 만났다. 자신의 옆에 있는 김태준은 늘 자신을 위해주고, 배려해 주며 사랑을 준다. 미치광이 노인이 알돈자에게 dulcinea라고 그랬던 것처럼, 그 역시 자신을 그렇게 말해준다. 자신이 싫어했던 면까지 이해해 주며 사랑을 주는 남자의 곁에 있으면 나 역시 꽤 괜찮은 여자라 생각하게 만든다. 이런 멋진 남자에게 사랑받는 걸 보면 나 역시 좋은 사람이 아닐까 하고.

만족스러운 얼굴로 극장을 나온 두 사람은 근처에 있는 카페에 들어가 커피를 사이에 두고서 자리를 잡고 앉았다. 맛있는 김치찌개로 두둑하게 배를 채웠고, 함께 즐거운 공연까지 봤다. 모두 소람이 원하는 것들이었고, 만족스러운 시간이었다.

아직도 싱글벙글 웃고 있는 소람을 보며 그가 손을 뻗었다. 그리고 테이블 위에 얹어져 있던 소람의 손등 위에 제 손을 겹치며 묻는다.

"그렇게 좋았습니까?"

"네. 오랜만에 보니까 엄청 좋네요. 배우 목소리도 너무 좋고, 연기도 좋았어요. 이제껏 제가 본 것 중 손가락 안에 꼽혀요."

배우를 바꿔가며 공연이 올라올 때마다 혼자서라도 뮤지컬을 보러 온다는 소람은 특히 오늘 공연이 재미있었다고 말했다. 이렇게까지 좋아하자 진즉 같이 오지 못했던 게 후회가 되면서도 뿌듯했다.

"같이 본 사람 때문입니다."

"……엑."

뭐라고 말을 해야 할지 모르겠다는 듯 소람이 표정을 굳혔다. 이런 실없는 소리를 하는 사람이던가, 라는 표정이었다. 그가 장난꾸러기처럼 웃자 전염병처럼 소람의 입가에도 웃음이 맺혔다.

따뜻한 커피를 한 모금 마신 소람이 태준을 보았다. 어느 순간 눈동자가 반짝이고 있었다.

"뭐, 틀린 말은 아니네요."

"……진짭니까?"

깜짝 놀라 그가 되물었다. 하지만 답을 해주어야 하는 소람은 빈 커피 잔을 쓰레기통에 넣은 후 걸음을 옮긴다. 태준이 재빠르게 그 뒤를 따랐다.

먼저 갔을 줄 알았던 소람이 카페 앞에 서 있었다. 그녀뿐만이 아니라 다른 사람들 역시 말간 눈으로 하늘을 올려다보고 있었다.

"와, 눈이다."

어떤 누군가가 눈꽃송이를 보며 말했다. 언제부터 내렸을지 모를 눈이 바닥에 쌓여 있었다.

"좀 걷겠습니까?"

그의 제안에 소람이 고개를 끄덕이며 '좋죠'라고 말했다. 태준이 먼저 걸음을 옮기자 소람이 그 뒤를 따른다.

뽀드득. 뽀드득.

신발에 짓눌린 눈이 비명을 지른다. 하지만 소리가 나는 것이 재미있는지 소람은 자리에 멈춰 서 구둣발로 집요하게 비비기까지 한다. 발이 시리지도 않은지 맑게 웃기까지 했다.

그 모습을 멀찍이서 바라보던 태준은 소람이 이번엔 바닥에 설치된 매립형 할로겐 전등 위를 걷자 함께 걸음을 옮긴다. 바닥에서 빛이 은은하게 올라오고 있었다. 파란 빛이 흘러와 소람을 비추었다. 눈 때문에 빛이 꺾여 그 모습이 참 예뻤다.

일정한 거리를 두고 걸음을 옮기던 두 사람이 어느 순간부터 어깨를 맞대고 걷기 시작한다.

옆으론 차들이 쌩쌩 달리고, 건물도 올라가고 있어 삭막했지만 두 사람이 함께 있는 공간만큼은 따뜻한 기운이 흘렀다.

상쾌하게 느껴지는 겨울바람에 소람이 숨을 크게 들이마셨다.

크리스마스는 끝났지만 곧 연말이다. 2016년도 이렇게 끝난다는 아쉬움도 잠시, 소람은 조심스럽게 제 손을 붙잡는 태준을 보았다.

가을에 그를 만나 겨울을 함께 보내고 있다. 한 살 더 먹는 게 부담스럽긴 하지만 함께 보낼 2017년 봄 때문에 나쁘지만은 않다. 늘 자신을 붙잡아줄 것 같은 커다란 손을 내려다보던 그녀가 순하게 웃었다.

"다음엔 뭘 할까요?"

"저한테 선택권을 주시는 겁니까? 윤소람 씨가 싫어하는 일일 텐데."

"……설마 스키장 가자는 건 아니죠?"

그녀가 설마 하는 눈으로 그를 바라보았다. 활동적인 남자에다가 눈까지 내리고 있었으니 딱 떠오르는 게 스키장이었기 때문이다. 그가 의뭉스러운 웃음을 짓자, 소람이 양손을 휘저었다.

"스키만 아니면 돼요."

"그럼 보드로 합시다."

"그게 그거잖아요."

소람이 울상을 지었지만 그는 유쾌하게 웃음을 터뜨렸다.

참 많은 것이 다른 사람인데도 좋았다.

강남 네거리에 위치한 거대한 서점은 최근 도서시장이 힘들다는 말이 무색하게 많은 사람들이 자리하고 있었다. 1층에 있는 외부 카페는 물론이고, 안에 있는 커피숍에도 긴 줄이 늘어져 있다. 한가한 곳이 있다면 음반을 파는 매장과 화구를 파는 곳뿐이었다.

소람은 한국소설 베스트셀러가 꽂혀 있는 곳을 한참 두리번거렸다. 책을 찾고 있는 모양이었다. 하지만 원하는 책을 찾을 수 없었던 모양인지 걸음을 옮겨 검색 컴퓨터로 향했다. 그녀가 한참을 집중해 같은 제목으로 여러 권 뜬 내역을 보고 있을 때였다.

—문어 집[품절].

소람의 얼굴이 일그러졌다. 품절이라니. 몇 년 전에 선풍적인 인기를 얻은 책이라 품절이라곤 생각하지 못했다. 혹시나 해서 직원에게 물어보았는데도 사려면 중고를 구입해야 한다는 답만 들었다. 소람이 허탈한 표정으로 지하주차장으로 내려왔다. 주차해 둔 차에 오른 소람이 핸드백을 보조석에 올려둔 후 미간을 좁혔다.

오늘은 태준과 함께 책을 읽기로 한 날이었다. 특별하게 서로 책을 추천해 주자는 제안을 먼저 한 건 소람이었다. 태준에게 어떤 책을 추천해 주면 좋을까. 생각을 하는 순간 가장 먼저 떠오른 것은 5년 전에 읽었던 〈문어 집〉이란 책이었다. 다 읽은 책은 대부분 처분을 하지만 이 책은 아직도 소람의 책장 한편을 차지하고 있었다.

책을 구입한 후 바로 태준을 만나러 갈 계획이었지만 자신의 책이라도 줘야 할 것 같았다.

전화를 건 소람은 태준이 전화를 받자마자 울상부터 지었다. 태준의 목소리가 들리자마자 앓는 소리부터 나온다.

"저 집에 갔다 가야 할 것 같아요. 책이 품절이래요."

[난 새 책보다 당신 책이 더 좋습니다.]

세상 억울했던 소람은 태준의 말을 듣는 순간 생각을 바꿨다. 그녀가 한껏 밝은 어조로 말했다.

"그거 다행이네요. 얼른 갔다가 집으로 갈게요."

[데리러 갈까요?]

"피곤한데, 굳이 그렇게 할 필요까지 없어요. 아, 나 전에 당신이 해준 핫초코. 그게 마시고 싶어요. 만들어줄 수 있어요?"

[얼마든지. 천천히 오십시오. 기다리겠습니다.]

난 당신을 기다리는 시간이 가장 좋습니다.

'좋습니다.'

요즘 그가 가장 자주 하는 말이었다.

인생을 살면서 이렇게까지 행복한 적이 있었던가, 생각해 보면 단숨에 아니라고 답할 수 있었다. 사람마다 인생 전반을 틀어 행복과 운이 같다고 생각해 본 적이 없는데, 최근 들어선 자신 역시 다른 사람들처럼 사소한 것에 웃고 행복할 수 있는 걸 보면 그럴지도 모른다는 생각을 한다. 자신에겐 부모는 없었지만 자신을 어여쁘다 말해주는 남자가 있었고, 잠 못들며 불면에 시달렸던 과거와는 달리 요즘은 침대에 누워 하루를 되돌아보는 일도 꽤 즐겁게 느껴졌다.

작게 콧노래를 부른 소람이 빠르게 집으로 향했다. 모서리도 조금 닳고 종이색도 바랜 책을 가지러 가기 위해.

집에 도착하자마자 현관문 앞에서 구두를 휙휙 벗어 던진 소람이 곧장 책장으로 뛰어들어 갔다. 그리고 가장 잘 보이는 위치에 꽂혀 있는 책을 뽑아 든 후 책상으로 향한다.

소중히 아꼈던 책이다. 지난 5년 동안 가장 많이 읽은 책이기도 하다. 이 책을 선물 받는 태준도 소중히 여겨줬음 했다.

미소 띤 얼굴로 메시지를 적은 그녀는 차로 향하는 대신 큰 길에서 택시를 잡아탔다. 그리고 오랜만에 〈문어 집〉을 펼쳐 든다.

소설은 '문어'의 습성을 고스란히 담고 있었다. 문어는 돌 사이에 숨어 있으면서도 밖에서 무슨 일이 있으면 슬쩍 내다볼 만큼 호기심이 많고, 자신의 집 주위는 깨끗하게 치운다. 조개를 먹이 삼아 배를 채우면 깨끗이 닦아 집 주위에 둘 만큼 깔끔쟁이여서 아무리 더러운 물속이라 하더라도 문어 집을 쉽게 찾을 수 있다.

이 책을 샀던 20대 후반, 자신은 참 불행하다고 생각해서 밝은 글은 볼 수가 없었다. 소설보단 주로 인문학이나 실용서 위주로 읽었었다. 이 책은 그 시기에 읽은 거의 유일한 소설이라고 할 수 있다.

여자주인공은 문어처럼 깨끗한 곳에 혼자 산다. 청소는 강박적일 만큼 꼼꼼하게 했고, 매일 쓸고 닦는 게 일이었다. 문어처럼 세상에 대한 호기심은 많지만 돌 틈 사이에서 주위를 보듯, 여자주인공 역시 그랬다. 두려움에 앞으로 나서질 못했고, 늘 움츠리고 살았다. 그녀는 문어처럼 마지막까지 깨끗한 곳에 홀로 산다. 긴 글이었지만 여잔 변화하지 못했다. 마지막에 조금씩 사람들을 받아들인다고 열린 결말처럼 글을 맺었을 뿐이다.

책장을 넘기던 소람은 그때 당시에 이 책이 왜 그렇게 재미있었는지 모르겠다고 생각했다. 기억 속에서 미화됐나 보다. 이럴 줄 알았으면 다른 책을 추천할 것을.

하지만 이미 때는 늦었기에 소람은 익숙한 거리를 보았다. 최근 들어 자신의 집보다 태준의 집에서 더 오랜 시간을 보내는 것 같다. 침대 오른쪽 자리는 자신의 지정석이 되었고, 옷장 한 켠엔 미리 가져다둔 속옷과 편안한 트레이닝복도 있었다. 예상치 못한 외박을 생각해 투피스 정장도 하나 가져다 놓았다. 그의 개인 공간에 자신의 흔적이 그렇게 많이 남았다.

택시비를 지불하고 차에서 내린 그녀가 로비 안으로 들어섰다. 손엔 자연스럽게 가방 안주머니에 있는 카드키를 꺼냈다. 그와의 거리가 가까워지자 소람의 얼굴에 점차 웃음이 스몄다. 그리고 열려 있는 현관문을 보고서 웃음은 더욱 진해진다.

기다리고 있었던 모양인지 그가 현관과 가까운 소파에 앉아 있었다. 자동키가 잠기는 소리와 함께 자리에서 일어난 그의 손엔 머그잔이 하나 쥐여져 있었다.

"핫초코."

그가 건넨 머그잔을 멍하니 바라보던 소람이 킬킬 웃음을 내뱉었다.

"일단 앉아서 마시면 안 돼요?"

간혹 이 남자가 참 귀엽게 느껴진다. 그리고 사소한 행동 하나로 자신을 기쁘게 만들 수 있는 그의 존재가 놀랍다.

간혹 이 행복이 찰나의 순간에 사라져 버리면 어떻게 하나, 라는 생각을 하기도 했다. 난생처음 이런 행복을 맛봐 지키는 것도 잘하지 못할 텐데, 라며 의기소침해하기도 했다.

하지만 이제 알 것 같았다.

이 남자는 자신이 건넨 호의를 기쁘게 받아주면 좋아한다는 것을.

"아, 맛있다."

선 자리에서 핫초코를 마시는 소람을 보던 그가 해사하게 웃는다.

이 남자가 참 좋았다. 그리고 더 좋아진다.

소람은 책이든 아니면 공연이든 주인공의 감정에 대입해 자신을 바라볼 때가 많았다. 그걸 태준은 뮤지컬을 함께 보며 알았다. 뮤지컬 속에서 더러운 잿빛으로 뒤덮인 여주인공이 예전엔 자신과 비슷하다고 생각했었다고 말을 해줬다. 이 책 역시 그럴까. 태준은 소람이 선물해 준 책의 마지막 페이지까지 읽은 후 덮었다.

여자주인공은 참 외롭게 사는 인물이었다. 하지만 자신이 외롭다는 것도 모른 채 살았다. 좁은 원룸에서 항상 부산스럽게 움직였고, 일을 하고 돌아오면 대부분의 시간을 청소를 하는 것에만 보냈다. 항상 늘 깨끗하게 유지되는 집을 보며 뿌듯해했다. 사람과의 만남보단 혼자 집에 있는 것을 좋아하는 여자주인공의 모습에서 태준은 과거의 소람이 이랬을까, 생각했다.

마지막에 어질러진 집을 보고서 정신이 번뜩 들었다는 듯 빨랫감을 주워 드는 것으로 글은 끝난다. 혹여 자신이 놓친 것은 없나, 책 표지를 보던 그가 미간을 좁혔다. 작가가 어떤 이야길 하고자 이 책을 썼는지 도통 이해가 되지 않았다.

머리말이 있었던 것을 떠올린 그가 다시 표지를 펼쳤다. 그러다가 제일 앞에 있는 면지에 적힌 글자를 보고서 눈을 가늘게 뜬다.

자주색 면지여서 검은색으로 쓰인 글자가 잘 보이지 않았다. 책을 가까이 가져온 태준은 정갈한 글씨를 읽었다.

　—한 번 보면 고개를 기울이고,
　두 번 보면 외로워 보이고,
　세 번 보면 조금씩 이해가 되고,
　네 번 보면 안쓰럽고,
　다섯 번 보면 사랑스러워지는 이야기예요.
　제가 그랬던 것처럼 태준 씨도 그랬으면 좋겠어요.

책을 펼칠 때만 해도 못 보고 지나쳤다. 소람도 딱히 문구가 있다고 말을 해주지 않았고, 자신이 읽지 못하고 넘어갔을 때도 아무 말을 안 해서 이렇게 정성 들여 글을 써놨을 줄은 상상도 못했다.

그녀가 정성 들여 쓴 글귀를 읽던 그가 고개를 돌려 소람을 본다. 그녀는 실오라기 하나 걸치지 않은 채 이불을 덮은 채 책을 읽고 있었다. 턱을 괴고서 꼼짝도 하지 않고 있는 그녀를 바라보던 태준이 입가를 부드럽게 휘며 웃었다. 그녀의 말대로다. 처음 읽었더니 고개를 기울이게 되었다. 두 번째 보면 그녀의 외로움이 좀 더 잘 보일까? 그러다 더 읽으면 이해가 되고, 안쓰럽고 사랑스러워질까?

생각하던 그가 책과 소람이 참 닮았다는 생각을 했다. 그녀를 처음 만났던 날, 그는 고개를 기울였다. 그리고 다시 만나 소녀가 소람이었다는 걸 알게 되었을 때 그녀의 외로움을 뼈저리게 이해했고, 그녀를 이해하도록 노력했었다. 악을 쓰며 살아가는 그녀가 안쓰럽다가 사랑에 빠졌다.

그 역시 실오라기 하나 걸치지 않은 모습이다. 위협적이게 보일 만큼 넓은 어깨에 힘이 들어갔다. 책을 옆으로 치워둔 그가 소람의 등에 가슴을 겹친 후 소람의 어깨에 코를 문질렀다. 코끝이 찡했다.

"왜 그래요? 벌써 다 읽었어요?"

그가 이상하다는 듯 소람이 고개만 돌려 제 뺨 옆에 와 있는 태준의 정수리를 보았다. 그러다 그가 아무런 말도 하지 않자 손을 뒤로 돌려 그의 머리를 쓰다듬어 준다.

"애 같아요, 태준 씨."

"누가 할 소리."

"어머, 이 남자 보게? 지금 내가 얼마나 어른스럽게 당신 머리를 쓰다듬어 주고 있는지 알기나 해요? 내가 이렇게 자애로운 사람인지 몰랐다니까?"

"칭찬이 너무 과한 거 아닙니까?"

그가 고개를 돌려 그녀와 시선을 마주했다. 한쪽 눈썹을 치켜올리며 장난스럽게 묻는 그를 보며 소람이 헛기침을 '허!' 하고 내뱉었다.

"당신이 얼마나 무거운 줄 알아요? 그런데 지금 꾹 참고 있잖아요. 얼마나 자애로워."

굵은 팔뚝을 소람의 턱 밑에 끼운 그가 도망가지 못하도록 몸을 묵직하게 내렸다. 소람이 '꽥!' 소리를 내며 엄살을 피웠지만, 그는 엉덩이 골 사이로 손가락을 밀어 넣어 촉촉하게 젖어 있는 여성을 찾았다.

움찔!

손가락이 닿자 소람이 몸을 떨며 나지막한 신음을 내뱉었다. 뜨거운 숨을 내지른 소람이 천천히 눈을 감는다. 손길이 익숙해질 법했지만 아직도 낯설다. 관계 역시, 항상 처음 같이 당혹스럽고, 부끄럽다.

눈을 질끈 감은 소람을 슬쩍 바라본 태준이 여성을 휘저으며 다른 손은 소람의 입안으로 밀어 넣었다. 손가락 끝이 소람의 혀에 닿았다. 낯선 감각에 몸을 떨길 잠시. 마치 굵은 손가락이 그의 페니스라도 되는 양 그녀가 할짝할짝 핥기 시작했다. 입으로 힘껏 머금었다가 혀로 밀어내길 반복하던 그녀는 손가락 끝에 입을 맞춘 후 나른하게 웃었다. 여성을 휘젓는 손길에 몸이 나근나근하게 녹았다.

그녀의 웃음을 본 태준이 미간을 좁혔다.

"지금 웃었습니까?"

"아니요. 지금 녹는 중이에요."

고개를 돌린 소람이 굳어 있는 태준의 입가에 입을 맞췄다.

"그러니까 더 사랑해 주세요."

그가 소람의 허리를 붙잡아 침대에 눕혔다. 그리고 반짝이는 눈으로 자신을 올려다보는 소람을 빤히 내려다본다. 눈에서 사랑이 뚝뚝 떨어졌다. 행복해하는 그녀의 모습에 태준 역시 행복해지는 기분이 들었다.

그는 사업가였다. 기업의 이득을 위해 움직이는 사람이었고, 회사에 소속된 사람들에게 복지를 베푸는 것 역시 일의 능률을 높이기 위해서였다. 상대의 행복보다는 이윤을 따져 움직이던 그가 소람의 일에 있어서만은 예외로 굴었다.

고개를 내려 이마와 콧방울, 눈꺼풀과 입술에 차례대로 입을 맞춘 그가 새하얀 허벅지를 들어 거뭇한 사이를 보았다. 핥으면 달콤할 것이다. 군침이 돌았다.

우우웅.

우우우웅.

약한 속살을 바라보던 그가 신경을 잡아끄는 소리를 애써 무시했다. 하지만 소람이 어깨를 툭툭 두드리는 바람에 푸스스 김이 샜다. 마음에 들지 않는다는 표정으로 협탁 위에 있던 휴대전화를 집어 들었다.

"여보세요?"

액정도 확인하지 않은 채 전화를 받았다. 다급한 상대의 목소리에 그의 얼굴이 창백해지자, 소람이 이불로 몸을 가리며 상체를 일으켜 세운다.

"……많이 안 좋습니까?"

힘겹게 나온 한마디에 소람은 누가 전화를 했는지, 그리고 통화 내용이 무엇인지 대충 예상했다.

그녀가 태준의 표정을 살폈다. 애써 감정을 추스르는 남잔 괴로워 보였다. 붉어진 눈시울을 바라보던 소람이 고개를 돌린다. 그의 슬픔을 바라볼 수가 없었다.

"알겠습니다. 지금 가겠습니다."

전화를 끊은 태준이 고개를 돌려 소람을 보았다. 빤히 자신을 바라보는 그를 보며 그녀가 말했다.

"저 신경 쓰고 있을 겨를, 없으시잖아요. 어서 가보세요."

"미안합니다."

사과의 말을 한 그가 욕실로 향하자 소람 역시 바닥에 떨어져 있는 속옷을 주워 들었다. 걸음은 자연스럽게 그의 드레스룸으로 향한다.

왜 그런진 몰랐지만 소람은 깨끗한 와이셔츠와 넥타이, 슈트를 꺼냈다. 한쪽에 있는 구두까지 꺼내온 그녀는 그사이에 샤워를 마치고 로션을 바르고 있는 그에게 다가갔다.

소람이 건네는 옷가지를 받아 든 태준이 그녀를 빤히 바라본다. 그의 눈망울이 슬픔으로 일렁이는 것을 본 소람이 그 어떠한 위로도 하지 못한 채 몸을 돌렸다. 아무런 말도 할 수가 없었다.

소람이 준비해 준 옷을 입고 밖으로 나온 태준이 침대에 앉아 등을 돌리고 있는 소람을 보았다.

"연락하겠습니다."

"네, 알았어요."

짧은 답에 태준이 빠르게 방을 벗어났다. 현관문이 닫히는 소리에 소람은 몰아쉬고 있었던 숨을 훅 하고 뱉어냈다.

사람 좋은 웃음을 짓던 남자가 떠올랐다. 그리고 마지막 순간까지 자신에게 지병을 알리지 않았던 꼬장꼬장한 노인의 죽음도 떠오른다. 애써 잊고 있던 것들이다.

이기적인 년.

행복이 거짓말처럼 손가락 사이로 빠져나가는 기분이 들었다.

뉴스를 진행하고 있던 소람은 카메라맨 옆에 서 있던 PD가 손을 흔드는 것을 보았다. 막 문화계 뉴스를 전하던 소람은 프롬프터에 뜬 글자에 가지런히 모으고 있던 손을 힘주어 맞잡았다.

—속보. 대영그룹 김철환 회장 별세!

몸이 뻣뻣하게 굳는 느낌이었으나 프롬프터 제일 위엔 자신의 이름이
떠 있었다. 3초 이상 침묵을 지키면 방송 사고다. 더욱 다른 뉴스를 진행
하고 있던 찰나였기에 이번 뉴스까지 잘 마무리해야 했다.

빠르게 뉴스를 마무리한 소람이 숨을 크게 몰아쉬었다. 흔들리는 모습
을 시청자에게 전할 수야 없다. 최대한 냉철하고 이성적이게. 소람은 흔
들리는 감정을 갈무리하려 애썼다. 하지만 눈시울이 붉어지는 것까진 막
을 수 없었다.

"속보입니다. 대영그룹 김철환 회장이 향년 71세의 나이로 별세했습니
다."

카메라맨과 PD가 이상하다는 듯 그녀를 보고 있었다. 카메라에 잡히
지 않은 박 앵커조차 소람을 보며 고개를 기울인다. 그녀만이 자신의 표
정이 지금 어떠한지 모르고 있었다.

김철환 회장이 최근 상태가 많이 좋지 않았으며 합병증까지 겹쳐 지난
밤에 심정지가 왔다는 소식을 전하는 순간 그녀가 저도 모르게 눈을 질끈
감아버렸다.

다 당신 때문이야.

늘 비열하고 잔인한 모습으로 있었어야지.

그럼 엄한 사람 잡으려고 내가 헛짓거리도 하지 않았을 거 아니야.

조금 더 오래 살지.

조금 더 오래 살아서…….

꼴깍.

침을 삼킨 그녀가 다시 눈을 떠 화면을 보았다. 뉴스는 어느 순간 다음으로 넘어가 있었다. 이 뉴스가 끝나면 날씨를 전할 것이다.

아직도 김철환 회장에 대한 분노는 잊히지 않은 채 마음속에 남아 있다. 그를 향한 울분으로 자신의 인생을 지탱했다고 해도 과언이 아닐 정도로 그 남자가 너무 미웠다.

하지만 그와 상반된 감정이 그녀를 괴롭힌다. 그 옆을 지켰을 태준이 떠올랐다. 그리고 이로 인해 어쩔 수 없이 변할 두 사람의 관계도.

그래, 뉴스가 끝나면 병원으로 가보자. 그래서 태준 씨에게 우리 관계는…….

소람이 손을 들어 얼굴을 가렸다. 어느 순간 이렇게 변해 버린 것일까. 분노보다 앞선 사랑을 느낀 순간 울고 싶어졌다. 왜 그런지는 몰랐지만…….

톡톡.

'괜찮아?'

날씨가 나가는 동안 박 앵커가 입만 뻥긋거리며 소람에게 괜찮냐고 물었다. 퍼뜩 정신을 차린 그녀가 원고 위에 빠르게 글을 휘갈긴다.

―괜찮아요.

그렇게 쓰긴 했으나 전혀 괜찮지 않았다. 이제껏 태준의 곁에 있기 위해 애써 잊고 있었던 것들이 하나둘 떠오른다.

바쁘게 살았다.

그래서 나를 돌아볼 시간도 없었다.

아니, 돌아보면 당장이라도 이 지랄 맞은 인생이라며 엎을 것 같아서 보지 않았다. 필요의 정도에 따라만 과거의 자신을 보았고, 미래의 자신을 생각해 봤었다. 그 미래에 김 회장의 죽음이 있었다. 그가 죽으면 어떨까. 생각해 봤을 때 기쁘기만 했었다. 꼬시다고 이야기해 주리라. 그렇게 생각했었다.

하지만 그의 죽음을 전하는 순간, 소람은 울고 싶어졌다.

돌아보니, 김 회장의 죽음에 슬퍼해 줄 여력이 생겼나 보다.

뉴스에서 한 번쯤 봤던 대기업 회장들과 정치인들이 장례식장으로 들어가는 게 보였다. 취재진들과 조문객들로 도떼기시장을 연상케 하는 장례식장을 멀찍이서 바라보던 소람이 검은색 핸드백을 힘주어 쥐었다.

원래라면 들어가 볼 생각이었다. 그리고 태준과 대화를 나누지 못한다 하더라도 멀찍이서 지켜볼 생각이었다. 하지만 발바닥이 바닥에 붙어버린 듯 한 발자국도 움직일 수가 없었다.

한 시대를 주름잡았던 CEO의 죽음에 세상은 침통한 분위기로 휩싸였다. 태준이 전면에 나서 기업을 경영하고 있었지만 아직도 그의 능력에 대해 의구심을 표현하는 이들이 많았고, 뉴스에선 연일 대영그룹의 미래가 대한민국의 미래라는 듯 떠들어대고 있었다.

죽은 사람을 그리워하고 슬퍼해 줄 사람이 참 많다. 그녀가 겪었던 이별들과는 다른 분위기였다.

아저씨의 장례식, 그날을 떠올리면 아직도 슬프다. 멍하니 있을 때면 그가 떠올라 눈물을 쏟기도 했다. 하지만 슬퍼하지 않기 위해 애를 썼다. 잊진 않더라도 마음속에 좋은 추억으로 남겨두기 위해 그렇게 발악을 했다. 강해지고 싶었다. 강해져서 누군가가 자신과 갑작스러운 이별을 어쩔 수 없이 해야 할 때 그 곁을 지키고 싶었다. 더욱 자신의 눈물에 슬퍼하는 그를 보고 있을 수만은 없었다. 그래서 애써 꾹꾹 참았고, 그가 없을 때면 간혹 눈물을 흘렸다.

자신은 아직 강해지지 못했다. 노력은 하고 있지만 한계다. 타인이 보내는 위로도 제대로 받지 못하는 자신이 누군가를 위로할 수 있을 리가 없다. 더욱 태준의 아버지는 자신이 너무나 미워하던 상대였다. 그 사람의 죽음을 진심으로 슬퍼해 줄 수 있을까?

멍하니 생각하던 소람이 몸을 돌렸다.

그와 함께 보내기로 했던 연말, 연초를 소람은 홀로 보내야 했다. 김 회장의 죽음으로 인해 대영그룹 주식이 널을 뛰었고, 내부 단속을 미리 해둔다고 해두었지만 직원들의 동요가 심해 태준은 정말 말 그대로 눈코 뜰 새 없이 바빴다. 그러면서 연락도 자연스럽게 소원해졌다. 처음엔 틈이 날 때마다 하루에도 몇 번씩 문자와 전화를 했었다. 그러다가 이틀에 한 번씩 하기 시작했고, 지금은 사흘에 한 번씩 연락을 주고받기도 힘들었다.

기다림이 길어졌다. 틈만 나면 휴대전화를 보았지만 먼저 전화를 하진 않았다. 아니, 하지 않은 게 아니다. 못했다는 표현이 정확했다. 간혹 언론을 통해 본 그의 어깨가 유난히 굳어 있었지만 그래도 하지 못했다. 무서웠다. 두려웠다. 정확히 왜 그런 생각을 하는지도 모른 채 몸을 떨었다.

이래서 처음에 태준을 받아들이는 게 힘들었다. 외적인 조건들도 자신의 목을 조였지만 내면 역시 그와 그만 만나라고 충고했다. 따스함을 알아버리면 그와 헤어지면 더 힘들어질 거라고.

인간의 세계는 정글과 다름이 없다. 속엔 아주 강한 육식동물이 살고, 그것들에게 잡아먹히는 초식동물 또한 산다.

소람은 늘 태준을 보며 날카로운 이빨을 가진 맹수라고 생각했다. 무작정 힘으로 몰아붙이는 맹수가 아닌 적당한 회유와 따스함으로 자신을 위협하는. 그리고 그와 멀어진 지금 자신의 예감이 틀리지 않았다는 걸 깨달았다.

그러는 사이 대영그룹과 Do그룹의 결합 소식이 전해졌다. 태준과 가연의 결혼 기사를 통해 대영 주식은 오히려 예전보다 올랐다. 곧이어 아니라는 정정 기사가 나왔지만 다들 이를 믿지 않는 구석이었다. 소람은 이 기사가 나가는 순간 주식 그래프가 상승 곡선을 그리는 것을 보며 태준과 어울리는 여잔 조가연이라는 걸 인식했다.

아, 그렇구나.

그래서 내가 무서웠구나.

그에게 자신은 잠시의 유희일 뿐이다. 불량식품이 몸에 좋지 않으면서도 좋아하는 아이들이나, 믹스커피가 몸에 나빠도 자극적이어서 마시는 어른들처럼, 그에게 있어 자신은 불량식품이나 믹스커피 같은 존재였다.

그가 그의 자리로 돌아갈 시간이 되었다는 생각에 소람은 더 이상 태준의 연락을 기다리지 않게 되었다. 모든 걸 초연하게 받아들였다.

이젠 서른셋.

사랑에 질질 짤 나이도 아니었고, 세상의 이치도 아는 나이였다. 그를 붙잡고 싶은 마음에 잠을 이루지 못해도 소람은 이를 악물고 견뎠다. 왜 이래, 윤소람? 어지껏 살아왔잖아. 힘들어도 참아. 그렇게 스스로를 타일렀다. 태준에게 추한 모습을 보이고 싶지 않았다. 늘 그랬던 것처럼 예쁜 윤소람으로 남고 싶다. 자신이 현재 지킬 수 있는 건 그것뿐이리라, 그렇게 마음을 정리하고 있었다.

"방송 봤어?"

"아니, 뉴스는 못 봤는데 그때 있었던 PD한테 들어보니까 가관도 아니었다더라. 김 회장 죽는 소식 전하면서 울었다던데?"

"진짜? 그럼 진짜 김태준 이사랑 뭔가 있다는 거네? 혹시 저 옷도 김태준 이사가 사준 거 아니야?"

자신의 뒤에 바짝 따라붙으며 입방아를 찧어대는 여자들의 얼굴을 확인해 보고 싶어졌다. 그리고 당당하게 말하고 싶었다. 내 돈으로 산 거거든!

하지만 폐부를 찌르는 목소리에도 걸음은 멈추지 않고 앞으로 나간다. 소문은 자극적인 방향으로 불어나고 있었다. 예전보다 더 노골적으로 변한 시선에도 소람은 뻔뻔하게 웃으며 경비원에게 인사를 건넸다.

내가 질 줄 알고?

그녀의 얼굴에 오기가 서렸다. 변한 건 없다. 태준을 만나기 전으로 돌아갔을 뿐이다. 세상엔 그녀의 적이 산적해 있었고, 차갑다. 자신을 도와줄 사람은 없고, 이해를 해줄 사람도 없다. 소람이 사는 세상이 그러했다.

손등이 하얗게 변할 정도로 주먹을 쥔 그녀가 방송국 로비를 벗어나자마자 우뚝 걸음을 멈췄다.

"후욱, 후."

숨을 힘껏 들이마셨다가 내뱉은 그녀는 겨울바람에 몸이 으슬으슬 떨리자 이를 악물었다. 표정이 일그러졌다는 걸 스스로도 인식을 할 정도로 아팠다. 칼바람에 마음도, 몸도 얼었다.

고개를 치켜든 그녀가 네이비색 하늘을 보았다. 서울의 밤하늘은 밝다. 이게 낮인지, 저녁인지 알 수 없을 만큼. 밤이 늦어도 불이 켜져 있는 곳이 많아 하늘 또한 밝히는 것으로 열심히 일을 하는 것일지도 모른다.

"……이렇게 끝인가."

자신도 모르게 혼잣말을 내뱉은 그녀가 울상을 지었다. 바보 같게도 눈물이 날 것 같았다.

태준과는 이렇게 자연스럽게 이별을 하는 것일지도 모른다. 그는 자신에게 어울리는 사람에게로 떠나고, 자신은 늘 그랬던 것처럼 혼자 남는 거겠지.

그가 자신에게 준 사랑과 추억. 심장이 터질 듯한 감각과 눈물이 날 정도로 다정한 손길을 떠올려 보면 자신에게 있어서도 나쁜 시간은 아니다. 태준이 아니었다면 애초에 그런 것들을 모르고 살아갔을 테니, 그걸 알게 된 것만으로도 다행일지 모른다. 세상을 살아갈 힘이 될지도 모르니까. 어쩜 다음에 또 어떤 정신 나간 남자가 자신을 사랑해 줄지도.

"소람아."

그래, 그러니까 힘내자. 윤소람.

혼자서도 잘할 수 있어.

"소람아. 윤소람."

"이젠 환청까지……."

말을 잇던 소람이 끝맺지 못한 채 입을 꾹 다물었다.

김태준이다. 그가 자신의 앞에 있다.

"귀신이라도 본 표정입니다?"

"네. 지금 김태준 씨가 귀신같아요."

늘 그랬던 것처럼 금욕의 상징인 신부처럼 보이는 남자를 바라보던 소람이 시선을 내렸다. 이젠 그의 트레이드마크처럼 느껴지는 스트레이트 팁 구두에 그녀의 눈동자가 흐려졌다. 하지만 태준 역시 지금은 그녀의 감정을 어루만져 줄 상태가 아니었다. 마치 대치를 하는 적장처럼 일정한 간격을 두고서 두 사람은 서로에게 향하지 않았다.

소람의 정수리를 바라보던 태준이 얼굴을 흐리며 마찬가지로 고개를 숙였다. 그러더니 커다란 손을 들어 얼굴을 가린다.

"……힘듭니다. 위로해 주시겠습니까?"

어깨에 짓눌린 삶의 무게가 그를 괴롭혔다. 숨을 쉬고 싶었는데 쉴 공간이 없었다.

진심으로 존경하고 좋아했던 아버진 아니었지만 가족이 죽었다. 그가 서글퍼진 것은 큰 기둥이 되어주던 가장의 죽음보단 슬퍼하지 않았던 동생들의 모습과 자신의 모습 때문이었다.

울고 싶었는데, 자신을 향한 시선들에 그럴 수가 없어 미친 듯이 바쁜 와중에 그녀를 찾았다. 이러다간 자신이 만든 어둠에 깔려 죽어버릴지도 모른다는 생각까지 했다. 그 순간, 윤소람이 생각났다. 그녀가 간절해졌다.

"제발 위로해 주세요."

나에게 얹어진 수많은 잡념들이 날아갈 수 있도록.

제발.

그의 부탁에 땅에 박힌 듯 붙어 있던 발이 천천히 떨어진다. 소람은 조심스럽게 걸음을 옮겼고 그의 앞에 섰다. 커다란 남자는 아이 같았다. 축 늘어진 어깨와 일그러진 얼굴을 보던 그녀가 팔을 활짝 벌려 태준을 안는다.

"힘 빼요."

"……."

"당신이 죽도록 노력하고 고민해도 머릿속에 가득 찬 그 일들은 해결되지 않아요. 그러니까, 걱정 말아요."

"……정말입니까?"

"내가 이미 다 경험해 봤다니까?"

장난스럽게 말한 소람이 태준의 등을 두들겨 주었다.

토닥토닥. 토닥, 토닥.

넓은 등을 두드리는 손이 떨렸다. 하지만 그보다 태준의 몸이 더욱 떨린다.

❖

점심을 먹은 직원이 하나둘 아나운서실로 모여들었다. 하지만 소람은 점심식사를 건너뛴 것인지 멍하니 손을 내려다보고 있다. 그녀가 손가락 끝을 동그랗게 말아 주먹을 쥐었다. 아직도 손에 그의 떨림이 남아 있는 기분이 들었다. 강한 남자였기 때문에 그렇게까지 힘들어할 줄은 몰랐다. 뭐든 척척 해내는 사람일 줄 알았는데. 김태준도 인간이었다. 힘들고 아플 땐 타인의 체온이 필요한.

어쩜 그 슬픔에 자신 또한 포함되어 있을지도 모른다는 생각에 마음이 스산해졌다.

평소라면 방송국 내에 있는 헬스장을 찾아 운동을 할 시간이었지만 소람은 자신의 자리를 지켰다. 지금 밖으로 나가봤자 사람들의 따가운 시선 때문에 운동은커녕 샤워도 제대로 할 수 없다는 걸 알고 있기 때문이다.

그녀가 괜스레 컴퓨터 모니터를 뚫어지게 바라보고 있을 때였다. 멋들어진 슈트를 입은 박 앵커가 곧장 소람의 자리를 찾았다. 방금 전 보도국장의 부름에 국장실을 찾았다는 걸 알고 있었기에 소람이 의아하게 그를 볼 때였다.

"윤 아나운서, 잠시 나 좀 볼래?"

"네? 아, 네. 선배님."

아나운서실을 벗어난 박 앵커가 사람들이 거의 드나들지 않는 오래된 휴게실로 향하는 걸 보았다. 바로 아래층에 작년에 새로 만든 휴게실이 있었기에 구 휴게실을 이용하는 직원들은 거의 없었다.

왜 굳이 이곳으로 자신을 데리고 온 것일까.

소람은 말없이 그의 맞은편에 앉은 후 박 앵커가 먼저 입을 열길 기다렸다. 하지만 그는 도통 말할 생각이 없어 보였다.

그렇게 하기 힘든 말인가?

혹 방송국 내에 도는 소문 때문에 그가 자신을 부른 건가 싶어 소람이 이에 대한 변명을 생각하고 있을 때였다. 박 앵커가 다른 말 할 것 없이 그녀의 앞에 자신의 휴대전화를 밀어놓았다.

"이런 이야기, 참 민감해서 윤 아나운서가 기분 나빠할 수도 있다고 생각은 해. 하지만 이미 상부에서 이를 심각하게 받아들이고 있어서…… 윤 아나운서도 알잖아. 뉴스를 진행하는 아나운서에게 작은 결점도 있어선 안 되는 거."

박 앵커가 변명을 하듯 이야기를 이어 나갔지만 귀에 하나도 들어오지 않았다. 소람의 관심은 오롯이 그의 휴대전화로 향해 있었다. 1월 달에 새로 업데이트된 찌라시였다.

—청순하고 비단결처럼 고운 마음씨로 소문난 아나운서 C양.

그런데 알고 보니 대기업 3세에게 스폰을 받는다?

처음 소문을 들었을 땐 모두 못 믿는 눈치였으나 대기업 3세가 직접 방송국으로 C양을 찾아가기도 하고, 또 금수저와는 어울리지 않는 곳에서 데이트 장면도 속속들이 목격이 되었다고 한다.

거기에다가 고아인 C양이 따르던 사람이 죽자 장례식장에도 나타났다는 소식까지! 아직 결혼을 하지 않은 대기업 3세이지만 곧 화촉을 밝힐 거라는 기사도 있었고, 거기에다가 C양은 공개적으로 다정하고 평범한 남자친구까지 있다고 고백해 두 사람의 소문이 더욱 사실처럼 들린다.

이 외에도 꽤 흥미로운 내용들이 많았다. 일반 사람들에겐 필요가 없는 정보들까지 들어 있는 것을 보니 돈을 주고 개인이 받아보는 찌라시 같았다.

어떤 멍청한 놈일까.

어떤 멍청한 놈이 굳이 돈을 내고 받아보는 고급 정보를 인터넷 뉴스에 올라가도록 만들었을까. 뒤틀린 마음과는 달리 소람의 얼굴이 창백해졌다.

스폰서와 아나운서는 모두 스펠링으로 표현이 되어 있었다. 하지만 누가 보아도 아나운서는 윤소람, 자신이었고 스폰서는 조금만 생각해 보면 김태준이라는 걸 모두가 알 정도였다. 밑에 달린 덧글들을 보니 사람들도 눈치를 챈 것인지 베스트 덧글에 자신과 태준의 이름이 동시에 언급되어 있었다.

—이야, 윤소람 아나운서 그렇게 안 봤는데 대영 돈 받고 호의호식하고 살았네?

—역시, 없어본 사람이 돈의 간절함을 안다.

—순진한 척하더니 뒤통수 대박! 고아니까 제대로 가정교육도 못 받았겠지. ㅉㅉ

이 외에도 차마 입에 담지 못할 욕들이 많았다. 자신뿐만 아니라 태준 또한 돈을 주고 여자를 산 파렴치한이 되어 있었다.

모두 확인도 안 된 사실을 믿는 눈치였다. 아니, 믿지 않더라도 욕을 할 대상이 필요해 자신과 태준을 물어뜯고 있는 것일지도 모르겠다.

"……진짜야?"

박 앵커의 물음에 소람은 휴대전화를 그의 앞으로 밀어두었다. 자신을 잘 알고 있는 그조차 이 이야길 믿는데, 다른 사람들이야 오죽할까. 소람이 처연한 웃음을 지었다.

"제가 왜요. 벌 만큼 버는데."

"아니, 그게 아니라……."

"김태준 이사가 왜요. 돈 주고 여자를 사야 할 만큼 궁한 사람이 아닌데."

"윤 아나운서, 그럼 김태준 이사를 개인적으로 알긴 아는 거야?"

"……."

이런 물음이 나오도록 만든 건 자신이었다. 방송국 내에서 그와 자신을 두고 어떻게 말을 하는지 안 후에도 꾸준하게 그를 만났다. 그러니 이 상황에서 악질적인 소문에 무어라고 대응을 해봤자 변명밖에 되지 않는다.

지끈.

끔찍한 두통이 몰려왔다. 그와 함께 속도 미식거렸다. 그러고 보니 최근에 제대로 먹지도, 자지도 못했다. 몸 컨디션이 개판인 것은 너무 당연하다. 몸은 아주 솔직하니까.

"혹시 선배님이 국장실에 가신 것도 이번 일 때문이에요?"

소람의 물음에 박 앵커가 무어라 말하지 못하고 입을 꾹 다물었다. 소람의 반응에 오히려 그가 더 당황한 모습이었다. 사실, 당연하게 아니라고 펄쩍 뛸 줄 알았는데 그것도 아니어서 어떻게 반응해야 할지 모르겠다는 모습이었다. 그래서 소람은 희미한 웃음을 지으며 그를 보았다. 박 앵커를 본 지 올해 11년째였다. 어리바리한 신입 시절부터 그에게 많은 도움을 받았고, 든든한 선배가 돼주었다. 그러니 그렇게 나쁜 사람으로 기억되고 싶지 않아 용기를 닥닥 긁어모았다.

"좋아했어요. 실제로 만났고."

"윤 아나운서 남자친구는 평범한 회사원……."

"아니에요. 김태준 씨였어요."

"……."

그와의 관계를 정아를 제외하고선 처음 말해본다. 예상했던 대로 너무 놀란 표정이어서 그녀는 분위기와 맞지 않게 웃어버렸다.

손을 든 그녀가 마른세수를 했다. 웃음은 어느 순간 앓는 소리로 바뀌었다.

"사람들이 말하는 것처럼 그 사람한테 집을 받은 적도 없고, 명품을 받은 적도 없어요. 돈 한 푼 받지 않았고, 평범하게 만났어요. 호화로운 데이트, 해본 적 없어요. 바쁜 사람이니까. 숨어서 만난 것도 아니에요. 다 뚫린 곳에서 만났고, 절 데리러 방송국에도 왔었어요. 스폰서라면 그렇게 만나지 않았겠죠. 하지만 저도 알아요."

소람은 거기까지 말한 후 입을 꾹 다물었다. 그 뒤의 말은 가슴이 너무 아픈 것이어서 차마 할 수가 없었다.

아무도 내 말을 믿어주지 않으리라는 걸. 근거 없는 소문도 아니니까.

거의 울먹임에 가까워진 목소리에 박 앵커의 표정이 걱정스럽게 변했다. 하지만 소람은 그에게 걱정 말라고 웃어준다. 그 웃음조차 우울감이 가득해 박 앵커의 표정이 더욱 일그러졌다.

"위의 결정은 뭔가요?"

"징계위원회 전까지 방송엔 나오지 않는 거로."

"알겠습니다."

방송은 이제 그녀의 삶이 되었다. 뉴스에서 손을 떼는 건 삶의 전반을 내려놓는 거나 마찬가지였다. 하지만 그녀는 슬퍼 보이지 않았다.

결론이 너무 싱거워 소람은 쉽게 받아들였다. 이미 그쯤은 태준과 소문이 돌면서부터 예상하고 있었다.

하지만 오늘 당장 그럴 줄은 몰랐던 터라 정신에 타격이 왔다. 백지장처럼 새하얗게 얼굴이 변했고, 입술은 보라색에 가까워졌다. 머리를 부여쥔 소람이 얼굴을 일그러뜨렸다.

"선배님, 너무 죄송한데 오늘은 먼저 들어가 봐도 될까요? 조퇴계 내겠습니다."

"아니, 아니야. 오히려 내가 미안하지. 윤 아나운서, 힘내. 좋아한다면 이번 일로 흔들리지 말고."

드르륵.

의자를 끌며 자리에서 일어난 소람이 박 앵커를 바라보았다.

"고맙습니다."

이 와중에 자신을 믿어주는 사람이 있다고 생각하자 조금 힘이 났다.

선배의 말대로 용기를 내볼까?

선배에게 용기를 냈던 것처럼 그에게도 그렇게 하면 우리…….

멍하니 생각에 잠긴 소람은 따갑게 내리꽂히는 시선에 고개를 빳빳하게 들었다. 이렇게 한들 아무 소용도 없겠지만.

자리로 돌아가 책상 위에 있던 물건을 대충 가방 안으로 쓸어 넣은 후 재빨리 아나운서실을 벗어났다. 최대한 당당한 표정으로.

하지만 방송국을 어느 정도 벗어나고 난 후, 한꺼번에 에너지를 끌어모아 쓴 덕에 힘없이 자리에 주저앉는다.

"아!"

신음을 내지른 소람이 서둘러 입을 틀어막았다. 헛구역질이 올라와 토를 할 것 같았다.

"저…… 괜찮으세요?"

누군가가 곁에 다가와 물었지만 소람은 답을 할 수가 없었다.

그대로 눈앞이 뿌옇게 변했고, 정신이 아득해졌다.

깜빡. 깜빡.

커다란 눈을 연신 깜빡이던 소람이 코끝을 찌르는 알코올 냄새에 미간을 좁혔다. 굳이 자신이 어디에 누워 있는지 물어보지 않아도 알 수 있었다. 힘겹게 상체를 일으킨 그녀는 당연히 연결되어 있을 줄 알았던 수액줄이 없자 주위를 둘러보았다. 소람이 깨어난 걸 본 여의사가 다가왔다.

"환자분, 일어나셨어요?"

"아, 네."

"길에서 쓰러지셨어요."

흰 가운을 입은 의사는 자신을 알고 있는 눈치였지만 최대한 이성을 유지하고 있었다. 마지막 기억이 광장이었던 걸 떠올린 소람이 고개를 끄덕였다. 졸피뎀을 복용하지 않은 지 오래였다. 마지막으로 복용을 했던 게 두 달 전이다. 그와 연락이 되지 않는 와중에도 끝끝내 약엔 손을 대지 않았던 터라 소람이 이상하다는 듯 표정을 굳혔다. 몸이 안 좋다고 해서 갑자기 쓰러질 수 있나? 소람이 의사를 빤히 보자 그녀는 주위를 둘러보더니 걸음을 옮겨 소람에게 가까이 다가갔다.

"산부인과로 가보시면 됩니다."

"……네?"

"모르셨어요? 검사했을 때 임신 반응 보여서 아무런 처치도 못했는데……."

그녀가 유명인이라는 것을 배려한 의사가 거의 속삭이는 목소리로 말했다. 하지만 소람은 여전히 믿을 수 없다는 표정이었다.

임신? 그게 가능한가?

그와 관계를 가질 땐 대부분 피임을 했다. 단 한 번을 제외하고선.

의사의 안내를 따라 4층에 있는 산부인과로 향한 소람은 대기자 없이 곧장 진료실로 들어갔다. 그리고 얼마의 시간이 지나지 않아 나온다. 진료실을 벗어난 그녀는 혼이 나간 얼굴이었다.

비틀, 비틀.

휘청거리며 걸음을 옮긴 그녀가 얼마 가지 못하고 대기의자에 앉았다. 벽에 뒤통수를 기댄 소람이 허탈하게 웃는다.

"이런 건 부모 닮았나 보네."

정글에 홀로 내던져진 기분이었다.

지금 이 순간 그녀는 가장 먼저 태준을 떠올렸다. 그에게 알려야 했다. 고민할 여지 없이 아이의 아버지는 김태준, 그 사람이었으니까. 하지만 소람은 그에게 전화를 거는 대신 다른 이에게 전화를 걸었다.

"김 비서님, 윤소람입니다. 혹시 저 기억하시나요?"

지난번, 약에 취해 돌아왔던 날 남아 있던 번호로 전화를 건 그녀가 눈을 감았다.

"드릴 말씀이 있습니다. 시간 되시면 뵐 수 있을까요?"

'징계 위원회 날짜가 잡히기 전까진 집에서 쉬어. 알지? 윤 아나운서 배려하는 결정이라는 거.'

그 말을 들은 지 일주일이 지났다. 그사이 소람의 휴대전화는 방전된 것처럼 단 한 번도 울리지 않았다. 태준은 여전히 바빴고, 유일한 친구라고 할 법한 정아도 페이퍼 컴퍼니 회사 취재차 해외에 나가 있어 한국에 들어오자마자 연락을 하겠다는 문자 정도만 받았다.

쉬라는 대로 쉬었다. 집 밖으로 한 발자국도 나가지 않았다. 혹여 그 기사를 본 사람들이 자신에게 욕을 할까 싶어, 스스로를 집에 가뒀다. 간혹 냉장고가 텅 비어 외출을 하게 될 때면 마치 공황장애에 걸린 사람처럼 길 한가운데 웅크리고 앉아 시간을 보낼 때도 있었다. 몸 상태가 엉망이었지만 그녀는 꾸역꾸역 식재료를 사 직접 음식을 만들어 먹었다. 자신의 뱃속에서 자라고 있는 불쌍한 아이를 위해.

인터넷에서 레시피를 뒤져 전복죽을 만들었다. 속이 더부룩해서 선택한 메뉴였지만 비릿한 향에 너무 어려운 걸 선택했나, 라는 생각부터 들었다. 하지만 그녀는 꾸역꾸역 죽을 떠먹었고, 결국 마지막엔 화장실로 뛰어가기까지 했다.

"웩!"

변기통을 붙잡은 소람이 먹었던 음식을 고스란히 토한 후 멍하니 천장을 보았다. 어쩌다 일이 이렇게 됐나 싶다. 어쩜 제 인생은 왜 이렇게 기구한가 생각을 하다가도, 자신보다 뱃속의 아이가 더 불행하다는 생각에 애써 마음을 다잡았다.

그냥 주저앉을 순 없었다. 주저앉아 버리면 아무런 죄도 없는 아이가 벌을 받는다.

아이를 함께 책임지자고 그에게 말할 수가 없다. 계획에 없던 아이였다. 그렇다고 아이를 지울 수도 없다. 그가 원하든 원하지 않든 김태준의 아이였다. 자신에게 찾아온 아이를 무정하게 보낼 수 없었다. 그렇다고 아이를 낳을 수도 없었다. 정상적인 가정이 아닐 테니까. 고아로 자란 그녀에게 가족은 무척 순결하고 중요한 존재였다. 그런데 아이를 홀로 키우다니. 도저히 자신이 없었다.

아직 아이를 낳아야 할지, 아니면 인간이면 해선 안 되는 잔인한 결정을 내려야 할지 아무것도 정해지지 않았다. 그래도 소람은 아이를 위해 부엌으로 돌아가 맛없는 죽을 떠먹었다. 몸엔 좋을 거라는 생각에.

그릇을 깨끗하게 비운 소람이 설거지를 했다. 집에만 있으면서 무료한 시간을 보내기 위해 최선을 다하는 중이었다. 빨래도 생기면 그때그때 해치웠고, 설거지도 그랬다. 싱크대까지 마른행주로 깨끗하게 닦은 소람은 방에서 들리는 휴대전화 벨 소리에 빠르게 걸음을 옮겼다. 혹 태준 씨일까? 저도 모르게 기대감에 젖은 눈으로 휴대전화를 본 그녀는 모르는 번호에 표정을 굳혔다.

「조가연이라고 합니다.」

문자 한 통이었다.

혹 모르는 번호라면 전화를 받지 않을까 봐 미리 문자를 보낸 모양인 것인지 곧바로 전화까지 걸려왔다.

벨 소리로 지정해 놓은 팝송이 울리는 걸 들으며 그녀가 눈을 감는다.

불행은 한꺼번에 찾아온다.

소람은 그 말을 오늘 절실히 깨달았다.

[반가워요. 아, 이 인사는 좀 아닌가? 조가연이에요.]

"……무슨 일이신가요."

전화를 받아 든 소람이 고저 없는 목소리로 말했다. 그녀의 말대로 다정하게 인사를 나눌 사이는 아니었기에 본론부터 말하라는 뜻이었다. 뾰족한 반응에 전화 너머에서 잠시 침묵이 흐른다. 입술을 비튼 소람이 눈을 감는다. 자신이 듣기에도 참 싸가지 없는 목소리라는 생각을 하며.

"전화를 하신 이유가 있을 거 아니에요."

[네, 물론 있죠.]

"혹 기사 나간 것 때문에 전화하신 거라면 그러실 필요 없어요."

[무슨 말씀이신진 모르겠네요. 다만 만나서 이야기를 하면 어떨까, 해서 전화드렸어요.]

서로가 껄끄러울 텐데. 자신과는 달리 가연은 참 속이 좋은 사람인 모양이었다.

"……제가 지금 조가연 씨를 만날 상황이 되지 못합니다. 하실 이야기가 있다면 전화로 해주시겠어요?"

[전화로 하기엔 좀 그런데…….]

말끝을 흐린 가연은 곧 '좋아요' 라고 말을 끝맺었다.

얼마나 대단한 이야길 하려기에 이렇게 뜸을 들이는 것일까. 휴대전화에 온 신경을 집중한 소람은 곧 이어지는 말에 입술을 꾹 깨물었다.

[김태준 씨가 말했던 사람이 윤소람 아나운서라는 걸 기사를 통해 알았습니다. 온갖 저질스러운 말로 가득한 기사였죠. 이 때문에 김태준 씨는 곤혹스러워하고 있고요. 아시죠? 대영그룹이 현재 어떤 상황인지.]

소람의 눈동자가 힘없이 흔들렸다. 의자에 앉아 있지 않았다면 그대로 주저앉았으리라.

하지만 소람은 멍청하게 가연의 말을 믿지 않기로 했다. 그가 하는 말만 믿을 거다. 그렇게 다짐했으니까.

[많이 힘들어요. 그런데 전 그 사람에게 힘을 실어줄 수 있어요. 윤소람 아나운서와는 달리. 이 세계는 윤소람 씨가 생각하는 것보다 더 보수적이에요. 타인을 배척하고요. 윤소람 아나운서와의 소문으로…….]

"그래서, 지금 하고 싶은 말이 뭔가요? 조가연 씨, 빙빙 돌리지 말고 직설적으로 말해주세요. 보수적인 곳에 사는 사람들은 다 그런 건지도 모르겠지만, 전 그쪽에 사는 사람이 아니잖아요?"

[……제가 태준 씨를 도울 수 있게 해주세요.]

"……."

[그런데 소람 씨 때문에 도울 수가 없어요. 제 도움을 받을 사람도 아니

고. 가만히 있을 수가 없어서 연락을 드린 거예요.]

말을 마치자마자 가연은 침을 꼴깍 삼켰다. 그 소리에 소람은 눈을 감았다. 긴장이 역력했기 때문이다.

[태준 씨와 헤어져 주세요.]

떨림이 고스란히 담긴 말에 소람의 머릿속이 엉망이 되어버렸다.

왜 긴장을 하고 그래? 왜 두려워하냐고.

여자의 감정이 진심이라는 걸 알아채는 순간 기분은 한없이 아래로 추락했다. 흔히들 말하는 그 세계의 거래를 위한 관계였다면 기분이 이 정도로 처참하지는 않았으리라.

"참 직설적이긴 한데……."

말꼬리를 늘인 소람은 부러 웃음을 터뜨렸다. 이 웃음으로 조가연이 기분 나빠했으면 좋겠다. 아니, 분명 기분 나빠하리라. 지금 자신의 기분만큼은 아니겠지만.

손을 아래로 내린 소람은 저도 모르게 배를 감쌌다.

아가야, 엄마가 사실은 그렇게 나쁜 사람은 아니란다. 그러니까, 지금 이 말은 한 귀로 듣고 한 귀로 흘려. 이 여자가 엄마를 먼저 공격해서 그래. 내가 또 당하고만은 못 있거든.

눈을 빛낸 소람이 부러 밝은 목소리로 말했다.

"그 말은 태준 씨가 제게 할 말이지, 조가연 씨가 할 말은 아닌 것 같네요."

[전 힘들어하는 태준 씨를 볼 수가 없어서…….]

"볼 수 없다면 보지 마세요. 그 남자 내 거예요."

아가야, 이 말도 듣지 마.

……거짓말일지도 모르니까.

"그런 이야기 하실 거면 이만 끊겠습니다."

전화를 끊은 소람이 숨을 몰아쉬었다. 그리고 자리에서 일어나 허리에 손을 얹고 집 안을 서성인다. 얼굴에 열이 올랐다.

쉼 없이 손으로 부채질을 하던 소람은 휴대전화가 다시 울리자 테이블 위를 노려보았다.

이 여자가 아직도 정신을 못 차리고 자신에게 전화를 한 것일까.

"그런 이야긴 김태준한테 하라고. 나한테 하지 말고!"

악을 쓴 그녀가 성큼성큼 걸음을 옮겨 휴대전화를 집어 들었다. 그리고 액정에 적힌 이름에 울상을 지었다.

"어, 정아야."

위로가 필요하던 찰나에 잘되었다는 생각이 들었다. 술은 마실 수 없지만 정아와 이야기를 하다 보면 응어리진 마음이 조금은 풀리지 않을까, 라는 생각에 반갑게 전화를 받은 소람은 곧 들려오는 날카로운 고함에 입을 꾹 다물었다.

[너 어디야! 이 정신 나간 기지배야!]

아무래도 그녀에게 위로를 받기는 무리일 것 같았다.

바닥에 빈 와인 병이 쌓였다. 소람의 취향을 알고 정아가 특별히 구입해 온 것들이지만 대부분은 정아가 마신 것으로 테이블 위에 있는 음식들 또한 마찬가지였다.

벌게진 얼굴로 소람의 이야기를 듣고 있던 정아가 빈 와인 잔을 채운 후 소람의 앞에 놓인 잔을 보았다. 그녀의 잔은 아직도 가득 찬 상태였다. 술자리가 시작되면서부터 잔이 빈 적은 단 한 번도 없었다.

"벌 받는 거야, 나. 사람 마음 가지고 장난쳐서. 이제껏 거짓말로 살아 왔던 인생이라 아무도 안 믿어주는 것뿐이야. 양치기 소년처럼."

그 말에 정아가 절대적으로 공감한다는 듯 고개를 끄덕였다. '네가 여자들의 적처럼 군 적이 많지'라는 말에 소람이 희미한 웃음을 지었다. 반박할 말이 없다는 듯이.

거짓말을 많이 한 양치기 소년의 마지막 '진실'을 믿어주지 않았듯이, 사람들도 평소에 그녀가 인터뷰나 방송에서 '평범한 남자'와 연애를 한다고 말을 해왔기에 스폰서라고 철썩 믿는 분위기였다. 그녀가 모두 뿌린 씨앗이었다. 원망할 것도 없었지만 다른 '사실'이 그녀를 아프게 했다.

"그런데 웃긴 게 뭔지 알아?"

"그걸 내가 어떻게 알아."

"이 순간에도 김태준이 나로 인해 피해를 받지 않았으면 하는 거야. 어떻게 하면 그 더러운 소문이 사라질 수 있을까."

자신으로 인해 김태준이 피해를 받았다는 것. 그게 마음에 아팠다. 김태준은 처음부터 진심으로 자신에게 다가왔고, 아낌없이 사랑을 주었는데. 손을 들어 얼굴을 가리는 소람을 보며 정아가 '미친년'이라고 욕을 했다. 지금 누가 누굴 걱정하고 앉았냐며. 하지만 소람은 고개를 절레절레 젓는다.

"없이 살아서 돈이 가장 중요한 거 맞아. 고아라서 가정교육도 못 받은 거 맞아. 여우도 맞고, 당신네들 속였으니 욕먹어도 되는 것도 맞아."

하지만 김태준은 아니야.

"나 지금 그 남자가 너무 걱정돼."

소람이 손을 내려 자신도 모르게 배를 감쌌다.

이 아이도 김태준과 마찬가지로 불쌍하다. 눈시울이 붉어졌다.

실컷 신세 한탄을 하고, 하고 싶은 말을 쏟아낸 소람은 제 앞에 놓여 있는 잔을 손가락 끝으로 쓰다듬었다. 그녀의 모습을 빤히 보던 정아가 얼굴을 일그러뜨렸다.

"윤소람. 난 그 남자는 상관없어. 잘 알지도 못하니까."

하지만 소람은 다르다. 그녀는 자신의 친구였다. 고등학교에 입학하면서부터 알아 서른셋이 된 지금까지 수많은 시간을 함께했다. 싸운 적도 많았고, 웃었던 적도 많다. 과거를 돌아보면 억겁처럼 쌓인 추억이 많다. 하지만 그 기억 중에 지금의 윤소람처럼 작고 초라한 그녀는 없었다. 윤소람답지 않은 생각과 행동에 정아는 굳은 얼굴로 그녀의 앞에 놓인 잔을 보았다.

"……널 걱정해야 하는 상황은 아니지?"

시선은 오렌지 주스로 향했다.

오랜 친구였고, 그만큼 오랜 시간을 함께했다. 애초에 정아에게 숨기는 것은 생각도 안 했다.

소람의 입술이 벌어졌다. 웃음도, 울음도 아닌 애매한 표정에 확신한 듯 정아의 눈시울이 붉어졌다.

"들켰어?"

"……너 정말."

탕!

테이블을 치고 자리에서 일어난 정아는 욕을 한 사발은 할 것 같은 표정이다. 실제로 쌍욕을 한마디 내뱉기도 했다. 소람의 배를 힐끗 보고 무시무시한 인내력으로 참아냈지만.

욕을 들은 소람은 평소라면 이에 맞받아쳤을 것이다. 아무리 자신이 잘못한 일이라도 뻔뻔하게 대응을 했을 그녀지만 어찌 된 일인지 이번엔 잠자코 듣고만 있었다.

한참 그녀가 아무런 반응도 보이지 않자 정아가 허탈한 표정으로 의자에 털썩 앉았다. 알딸딸하게 올랐던 알코올이 순식간에 증발해 버린 기분이었다.

넋이 나간 정아를 바라보던 소람이 힘겹게 입꼬리를 끌어 올리며 웃었다. 그러더니 '거 봐' 라는 표정으로 말한다.

"어때. 김태준 그 사람 정말 불쌍하지 않아?"

툭.

눈물이 흘렀다.

욕망이난망

일요일 오전.

다른 사람들은 모두 늦잠을 잘 시간에 태준은 사무실에 나와 있었다. 그건 김 비서 또한 마찬가지다. 실과 바늘처럼 두 사람은 함께 있었다.

사락사락.

서류를 넘기는 태준의 얼굴이 엉망으로 일그러져 있었다. 늘 깔끔하던 태준의 책상이 마치 폭격을 당한 곳처럼 엉망이 되어 있다. 각기 지사는 물론이고 부처에서 올라오는 보고를 받느라 그는 하루에 두 시간도 채 자지 못하고 있었다. 사업을 정리한다고는 했으나 아직도 문어발처럼 펼쳐져 있어 아직은 정신없이 바빴다. 잠은 차나 비행기에서 잠시 눈을 붙이는 것이 전부였다. 침대에서 편하게 잤던 게 언제더라. 까마득하게 느껴지는 옛날에 그가 피곤한 눈가를 비빌 때였다.

새로운 파일을 가져온 그는 그 안에 적힌 내용을 읽고서 앞에 서 있는 김 비서를 힘껏 노려보았다.

"이걸 왜 이제야 보고하시는 겁니까?"

"대응은 이미 법무팀과 홍보팀에서 하고 있습니다."

"전 지금 왜 이제야 보고했는지 묻고 있습니다."

그의 표정이 살벌하게 변했다. 당장이라도 욕지거리를 내뱉을 거 같은 표정이었다. 아마 평생 전반에 받아온 교육이 아니었다면 그러했을 것이다. 아니, 책상 위에 있는 물건 중 하나를 집어 던졌을 것이다. 그건 다음 말을 듣는 순간 더욱 강해졌다.

"……윤소람 아나운서가 부탁했습니다. 이사님은 최대한 이 사실을 늦게 알게 해달라고요."

"김 비서는 윤소람 씨 비서입니까?"

"……."

그는 처음으로 자신의 몸에 내재되어 있는 짙은 폭력성을 알게 되었다. 손에 들고 있는 물건을 김 비서에게 던지고 싶은 강렬한 충동을 억누르느라 손톱이 손바닥에 박히도록 힘주어 주먹을 쥐어야 했다. 하지만 적어도 겉으론 그런 내색을 하지 않으려 애썼다. 이도 곧 무너졌지만.

"윤소람 아나운서의 말에 동감했기 때문입니다. 내부적으로 혼란스러운 시기에 이런 일로 마음 쓰는 건 좋지 않다고 판단……."

"그 판단은 김 비서나 윤소람 씨가 하는 게 아니라 제가 해야 하는 겁니다. 제 일인데도 모르고 있다는 게 말이 됩니까?"

"……."

태준의 말에 김 비서가 '죄송합니다'라고 말한 후 고개를 숙였다. 하지만 표정은 잘못을 인지하지 못한 듯 평온했다.

아드득.

이를 악문 그가 힘겹게 김 비서에게서 시선을 뗐다. 턱관절이 움찔거리며 깊은 볼우물이 생겼다. 김 비서에 대한 처분은 소람을 만나고 난 후에 해도 늦지 않는다는 생각이 들었다. 더욱 그는 결국 이 사실을 자신이 알기 전에 먼저 보고하지 않았던가. 얼빠진 자신을 일깨워 줬으니 정상참 작을 할 부분도 있다. 하지만 그녀는 다르다. 화는 김 비서에게서 윤소람 에게로 향했다.

왜 그녀는 자신에게 아무런 말도 하지 않은 것일까.

어쩜 자신을 걱정하느라 언급할 가치도 없는 부탁을 김 비서에게 한 것일지도 모른다.

외투를 챙겨 든 그가 사무실을 나서자 김 비서가 뒤를 바짝 따랐다. 지 금은 그에게 어떤 소리를 할지 몰라 그가 눈빛으로 따라오지 말라고 경고 를 했다. 김 비서가 자리에서 멈춰 서자 그가 빠르게 걸음을 옮겼다. 예전 엔 자신을 위해 미리 잡아두는 엘리베이터나 로비에 대기하고 있는 차량 같은 것들이 부담스러웠던 때가 있었다.

하지만 지금은 그 일들이 무척 고맙고 감사하게 느껴졌다. 운전수에게 내리라고 말한 그가 운전석에 올랐다. 이젠 내비게이션 없이도 소람의 집 을 찾을 수 있었다. 아직 서울 지리가 꽤 낯선 그였지만 그녀에게 향하는 길만은 익숙하다.

빠르게 도로를 달리던 그가 시선을 조금 올려 하늘을 보았다.

햇살이 어느새 따뜻해져 있었다. 그러고 보니 다음 주면 3월이었다. 개 구리가 겨울잠에서 깬다는 경칩이 코앞이다. 소람과 함께하기로 한 봄이 성큼 다가와 있었다. 시간이 가는 줄도 몰랐다. 그러고 보니 마지막으로 통화를 한 것이 일주일 전이었다.

아차.

불안함에 그가 빠르게 속도를 올렸다.

주말 낮 시간에 꽉꽉 막히는 도로를 요리조리 피해 소람의 집 앞까지 달려온 그는 인터폰 앞에 멈춰 서서야 가쁜 숨을 몰아쉬었다. 하아, 하아.

턱 끝까지 숨이 찼다.

침을 꼴깍 삼킨 그가 순간 소람에게 전화를 했으면 일이 더 쉬웠을 뻔했다는 생각을 했다. 참 바보 같게도 앞만 보고 다가왔다는 사실에 헛웃음이 나오는 것도 잠시, 그가 초인종을 눌렀다.

딩동.

초인종 벨 소리에 가슴이 쾅쾅 뛰었다.

틱.

인터폰을 받았다는 불빛에 태준이 화면 가까이 얼굴을 가져다댔다. 말도 안 되는 더러운 기사가 나왔으니 할 일 없는 기자들이나 방송국 사람들이 그녀를 찾아왔을지도 모른다는 생각에서 한 행동이었다. 예상대로, 얼굴을 들이대자마자 소람의 목소리가 들렸다. 하지만 반응은 그가 예상했던 것과는 정반대의 것이었다.

—돌아가 주세요. 당신이 여기에 있는 걸 다른 사람이 본다면 제가 더 힘들어져요.

문이 열리지 않았다.

그녀가 자신을 거부했다.

분명 마지막에 만났을 때 그녀는 자신을 위로해 주었다.

아, 언제 만났더라?

가물가물한 기억에 그의 눈썹이 하늘로 치켜올라 갔다.

"왜 힘들다는 겁니까. 우린 함께 있어야 합니다. 왜 제가 돌아가야 합니까."

—생각이 정리되지 않았어요.

"어떤 생각 말입니까? 윤소람 씨. 제 말만 듣고, 제 말만 믿으라고 하지 않았습니까?"

—제 자신에게 의문이 들어서 그래요. 내가 당신한테 어울리는 사람인

지도 모르겠고.

대화를 나눌수록 화가 치밀어 올랐다. 하지만 그는 최대한 이성을 유지하려 애를 썼다. 정신이 드륵드륵 갈려 나가는 기분이었지만 그래도 지금은 그렇게 해야 했다. 그녀가 이런 생각을 할 동안 자신은 곁을 지켜주지 못했으니까.

"내게 어울리는 사람을 왜 윤소람 씨가 정하는 겁니까?"

—…….

막힘없이 답을 하던 소람이 처음으로 입을 닫았다. 무거운 침묵이 흘렀고, 거친 숨소리만이 복도에 울렸다. 하지만 아직 할 말이 남았다. 그녀가 똑똑히 알아야 할 사실이었다.

"내 여잔 내가 결정합니다."

그의 말에서 인터폰 너머로 '훅' 하며 숨을 내뱉는 것이 들렸다. 호흡하나에 일희일비하던 그가 눈을 감았다.

그녀는 자신을 책망하는 것이리라. 그 짧은 사이에 마음이 바뀔 리가 없었다. 두 사람은 진심으로 서로를 사랑했고, 바라봤다. 함께했던 추억은 여전히 빛나고 있었고, 뇌리에 확연히 박혀 있다.

그런데 이렇게 짧은 시간에 그녀의 마음이 바뀐다고?

그럴 리가 없다. 윤소람은 자신의 울타리 안으로 들어온 사람을 쉬이 내치지 못한다. 이별을 힘들어하는 그녀가 정말 진지하게 자신을 거부하고 있을 리가 없다고 그는 믿었다.

하지만 불안하다. 행복했던 시간만큼 달콤했던 추억은 얇은 설탕물을 굳혀 만든 것처럼 나약해 보였다. 두 사람 사이에 깊은 신뢰감과 믿음이 쌓이기엔 너무나 짧았던 시간에 그가 평소답지 않게 발로 바닥을 탁탁 내려칠 때였다.

—사랑받고 싶었어요. 그래서 노력했어요.

그녀의 말에 귀가 쫑긋 섰다. 한 자도 놓치지 않기 위해 집중하던 그는 그다음에 이어진 말들에 손을 들어 얼굴을 가렸다.

─좋은 사람이 되고 싶었고, 당신에게 어울리는 사람이 되고 싶어 늘 밝은 생각만 하려 애썼어요. 방송국에서 사람들이 뒤에서 개소리를 떠들어대도 상관없다며 넘겼어요. 김태준 씨만 옆에 있어준다면 된다고.

인터폰 너머에서 그녀가 자신을 보고 있을 터였다. 이런 괴로운 표정은 보이고 싶지 않았다.

그녀의 괴로움은 아주 오래전부터 시작된 것이었다. 자신은 이제야 안 일을 그녀는 아주 오래전부터 겪어왔다. 소문에 민감한 곳에서 일을 했으니 조금만 더 생각했으면 쉬이 눈치챘을 일을. 자신이 너무 안일했다.

─하지만 지금은 아니에요. 지켜야 할 게 있어요.

지켜야 할 것을 '커리어'로 생각한 그가 입술을 깨물었다. 일이 먼저냐, 사랑이 먼저냐를 물을 만큼 그는 어리숙하지 않았다. 서로의 세계를 존중해 주는 것 역시 사랑하는 연인 사이에선 꼭 필요한 일이라고 믿고 있었다.

─돌아가 주세요.

인터폰에 불이 꺼졌고, 복도는 또다시 깊은 침묵으로 휩싸였다. 하고 싶은 말은 수천, 수만 가지인데도 그는 다시 인터폰을 누를 수가 없었다.

"아무와도 헤어지고 싶지 않다며. 소람아, 네가 그랬잖아. 나한테. 나도 그래. 나도 그렇다고."

그저 문이 열릴 수도 있다며, 이렇게 쉬이 끝날 관계가 아니라는 희망 고문을 하며 해가 저물 때까지 자리를 지킬 뿐이다.

태준의 안색이 파리하다. 며칠 사이 많은 일이 있었더니 견딜 수 없는 모양이다. 아니, 예전 같으면 일로 받는 스트레스쯤이야 당연히 감당해내야 할 일이라고 생각하며 꼿꼿하게 굴었겠지만 지금은 아니었다. 위로받을 수 있고, 마음을 나눌 수 있는 상대가 생기자 당연한 것들조차 견딜수 없게 되었다.

그녀와 함께 있으면 많은 것들이 무(無)로 돌아갈 것 같은데, 그녀가 곁에 없다. 그 사실이 뼈에 사무치도록 느껴져 잠시의 안식조차 찾을 수가 없었다.

창밖을 바라보고 있던 우울감이 가득한 눈동자가 습기를 머금었다. 저녁이 찾아오면서 세상은 트리처럼 반짝이는데 그가 있는 곳만 어둡다. 참아이러니한 일이다. 사무실은 LED 등으로 적당하게 밝았음에도 마음에 어둠이 찾아오자 실제로도 한 치 앞도 보이지 않는 느낌이었다.

소람에게 거부를 당했다. 예전에야 그녀가 마음의 문을 닫고, 자신의 마음을 애써 밀어내고 있었던 상황이라 각오를 하고 있었다. 몇 번이나 거부하겠지. 사람으로 인한 상처가 깊은 사람이었으니 자신을 받아들이는데 많은 시간이 걸릴 거라고 생각했었다. 그저 그가 그때 생각했던 건 자신의 마음이 언제 받아들여지냐가 아니라 어두운 길목, 술에 취해 비틀거리며 위태로워 보이던 그녀를 어떻게 해야 지킬 수 있을까, 였다.

하지만 지금은 다르다. 그녀는 마음을 완전히 열었다. 더 숨길 것도 없고 잴 것도 없는 상황이었다. 그런데도 그녀가 자신을 밀어낸다. 그건 마음으로 온전히 밀어낸다는 것이다.

힘들었을까. 많이 괴로웠을까. 그녀는 왜 자신에게 아무런 이야기도 해주지 않았던 걸까. 내가 내 말만 믿으라고 했는데. 내 말만 들으라고 했는데. 왜 그렇게 하지 않았을까.

아.

그녀는 내가 못 미더웠구나.

김태준이란 남자가 자신을 지켜주지 않으리라 생각하고 그리 행동한 것이구나.

그런 결론에 도달하자 자신의 존재가 한없이 작게 느껴졌다.

트리처럼 반짝이는 도심의 야경을 바라만 보고 있던 그가 손목시계를 확인했다. 마침 뉴스 시간이라 소파로 가 TV를 튼다.

한동안 계속 뉴스를 걸러야 했다. 세상의 소식은 모두 비서진들을 통해 알았다. 뒤늦게 찾아본 기사에선 소람의 욕으로 가득했다. 자신의 욕은 아무렇지도 않았으나 소람에 대해 심하게 욕을 한 덧글에선 그의 몸이 뻣뻣하게 굳기까지 했다. 어떤 이들은 길에서 소람과 태준이 함께 있었다는 걸 본 적이 있다는 목격담까지 올려놓았다. 그래서 소문은 기정사실처럼 바뀌어 버렸다.

그는 그제야 후회했다. 밖에서 소람을 만나는 일이 후에 이런 식으로 되돌아올 줄 몰랐다. 다른 이들처럼 평범하게 연애를 하고 싶었는데. 사랑하는 사람과 가고 싶은 곳은 어디든 가고, 좋은 시간을 보내고 싶었을 뿐인데. 참 안일했었다.

늘 깔끔하고 뻣뻣한 슈트만 입고 있던 그가 최근에는 흐트러진 모습을 보일 때가 많았다. 예전엔 걷어붙인 셔츠에 주름이 신경 쓰여 여분으로 가져다 둔 옷으로 갈아입는 일이 많았는데, 요즘엔 그럴 시간도 없었다. 주위에서 혀를 내두를 만큼 완벽하게 자기 관리를 했던 그였지만, 최근엔 책상 앞에서 대부분의 시간을 보내야 했기에 면도를 하지 못할 때도 많았다. 그가 조금씩 무너지고 있었다.

8시 뉴스가 시작되었지만 그리운 이의 얼굴이 보이지 않았다. 그녀 대신 앉아 있는 낯선 여자를 바라보던 그가 자신도 모르게 휴대전화를 들었다. 소람에게 전화를 걸었지만 받지 않았다.

"아."

그녀가 자신의 전화를 받지 않으리라는 것을 뒤늦게 깨달았다. 그래서 무작정 사무실을 나섰고, 방송국으로 향했다.

타인의 시선을 의식해 차에서 내리지 않은 그가 방송국 로비를 뚫어지게 보았다. 일일이 나오는 사람들의 얼굴을 살폈지만 개중에서 소람은 보이지 않았다. 퇴근 시간이 지나고, 야근하는 직원들이 야식을 사 들고 들락날락거리는 게 보였다. 시계를 확인하니 새벽이 된 시간이다. 이제야 그녀가 방송국에 출근하지 않았을지도 모른다는 생각을 했다.

몸에 스산한 바람이 불었지만 그는 빠르게 차를 몰아 소람의 집으로 향한다.

딩동.

현관문 앞에 선 태준이 초인종을 눌렀다. 몇 번이나 이 문 앞에서 돌아섰는지 모른다. 하지만 오늘도 그는 소람의 답을 기다린다.

'돌아가 주세요'가 아닌 '들어오세요'라는 답을.

"죄송합니다."

소람이 흰 봉투를 박 앵커 앞에 내밀었다. 봉투 앞엔 사직서라는 글자가 커다랗게 쓰여 있었다. 당연한 수순이었지만 박 앵커는 놀란 눈으로 소람을 올려다보았다. 눈빛은 마치 '괜찮겠어?'라고 말하는 것 같았다.

"불미스러운 일로 그만두게 되어 죄송합니다. 그동안 감사했습니다. 선배님께 많은 걸 배웠습니다."

"……그래. 지금은 좀 힘들겠지만 소문이란 게 그렇잖아? 사람들의 관심에서 멀어지면 금방 사라져."

정말 그럴까요?

소람은 그렇게 묻고 싶었지만 희미한 웃음만 지을 뿐이다. 절대 그렇지 않을 것이다. 남자의 경우엔 어떨지 모르겠지만 여자의 경우엔 이런 '섹스 스캔들'은 평생을 따라다닌다. 이건 방송국을 그만두고 뉴스에 나오지 않는다 하여 사라지지 않을 것이다. 일상생활을 할 때, 잘 모르는 사람을 만나게 되었을 때도 끈질기게 따라붙겠지. 어쩔 수 없는 일이었다.

힘내라는 말과 함께 꾸벅 허리를 숙인 소람이 몸을 돌렸다. 그리고 자리로 돌아가 얼마 없는 짐을 챙기기 시작했다. 저번 달에 바꾼 칫솔부터 시작해서 근무하기 시작하면서부터 작성했던 다이어리도 열한 권이나 되어 생각보다 짐이 묵직했다. 서랍 하나하나를 비울 때마다 오만 가지 감정이 다 들었지만 무엇보다 자신을 향하는 동료들의 따가운 시선이 가장 많은 생각을 하게 만들었다.

이제 자신이 퇴사를 하면 소문은 사실이 되어버리겠지.

뭐든 상관없었다. 지금은 그것보다 더 중요한 것들이 많았다.

서랍을 정리하던 소람은 북커버에 싸인 책을 보며 고개를 기울였다.

이게 뭐지?

기억에 없는 책을 펼친 소람은 3p에 적힌 제목을 보았다.

—욕망에 관하여.

이제야 기억이 난다. 이 책을 통해 용기를 얻어 그에게 달려갔던 일이. 자신의 감정을 인정했던 일이. 연애를 글로 배우면 안 된다는 사실을 통감하게 만들었던 기억이 떠올랐음에도 소람은 말없이 책장을 넘겼다. 급할 건 없었다.

—지독한 외로움에 시달리는 이가 있다면 주위를 돌아보아라. 지독한 외로움을 느낀다는 건 과거든 혹은 현재든 곁에 함께 있는 즐거움을 알려준 이가 있다는 뜻이다.

그래. 나에게도 있다.
그런 이가.
눈부신 LED 조명 때문일까. 갑자기 눈이 시큰거렸다.

—채워지지 않는 외로움을 다른 사람과 동등하다고 생각하며 살이지 마라. 그건 스스로를 병들게 만드는 것이다.

그래. 그렇게 난 병들었다.
그리고 그로 인해 함께 있어 얻을 수 있는 것들을 알게 되었다.
사람의 체온이 얼마나 따스한지도 알게 되었고, 속 편한 사람들이 하는 줄 알았던 사랑이 뭔지도 알았다. 다른 사람들은 이 좋은 걸 다 알고 있었던 걸까. 뒤늦게 억울해지기도 했다.

—끝없이 애정을 갈구해라. 이를 자존심 상해하지 마라. 마음에 쌓인 감정은 스스로 해결할 수가 없다.

그래. 스스로 해결할 수가 없어 아팠다.
그리고 그로 인해 강해지는 법을 알았다. 무너져 내려 자신의 앞에 나타났던 태준이 떠올랐다. 그를 안아줬던 일도 기억이 난다. 그는 나로 인해 위로를 받았을까. 그가 내게 주었던 것만큼은 주지 못했을 것이다. 김태준은 자신에게 늘 한계치 이상의 것들을 주었으니까.

작은 도움이라도 되었으면.

그렇게 바랐다.

─누군가에게 애정을 갈구해야 하는지 보이는가?

그래. 보인다. 내가 애정을 갈구해야 하는 상대가.

하지만 그에게 달려가지 못하는 건, 자신 또한 애정을 쏟아야 하는 상대가 생겼기 때문이다. 나만 생각하기엔 상황이 녹록지 않았다.

마지막 페이지까지 읽은 소람이 책을 덮었다. 그런 후 쓰레기통에 책을 넣는다.

이젠 활자에 사로잡혀 자신의 인생을 바라보지 않을 것이다. 우울하고 괴로운 상황 속에 놓인 뮤지컬 여자주인공에게 자신을 대입하지도 않을 것이다. 자신은 그런 것들에 위로받고 있을 시간이 없었다.

"감사했습니다."

박스를 든 그녀가 사람들에게 일일이 인사를 건넨 후 아나운서실을 나왔다. 복도에서도 낯익은 사람들에게 마지막 인사를 했다. 그녀의 인사를 받은 사람 중 인사를 되돌려주는 사람은 없었다. 그녀를 하찮은 벌레를 보듯 경멸의 시선도 느껴졌다.

돈에 자신의 인생을 판 여자.

그들에게 윤소람은 그 정도로 보일 것이다. 하지만 소람은 당당하게 걸음을 옮겼고 차에 올랐다.

"잘했어, 윤소람."

당당해지자. 난 잘못한 게 없으니까. 강해지기로 했잖아? 아저씨가 하늘에서 도와주실 거야.

혼자선 아무것도 할 수 없는 상황이었다. 하지만 뭘 하든 간에 가장 먼저 해야 할 일은 자신이 정말로 원하는 '결정'을 내리는 것부터다.

빠르게 차를 몰고 집으로 돌아온 그녀는 박스를 내려놓은 후 한숨을 내뱉었다.

'……그런데 뭐부터 해야 하지?'

소람이 텅 빈 집을 둘러보다가 거실로 향했다. 그리고 벽에 걸려 있는 〈사계〉를 본다. 그녀의 시선이 향해 있는 곳은 〈봄〉이었다. 벤치에 앉아 배를 감싸고 있는 여자를 소람은 한참이고 보았다. 깊은 생각에 잠긴 얼굴로.

딩동.

초인종이 울렸다. 하지만 소파에 앉아 있는 소람은 눈 하나 깜짝하지 않은 채 책을 읽고 있다. 그녀가 읽고 있는 건 어울리지 않게 동화책이었다. 개구쟁이 토끼와 겁이 많은 토끼가 달로 올라가기 위해 계획을 세우는 장면에선 웃음이 나왔다. 요즘 동화는 어른들이 읽어도 재미있구나. 소람의 입가에 보드라운 미소가 맺혔다.

딩동.

다시 한 번 초인종이 울리자 소람의 시선이 그제야 인터폰으로 향했다. 태준일 것이다. 그는 바쁜 와중에 시간이 나면 집 앞을 찾아왔다. 전화를 꺼두었다는 걸 알면서 그의 방문은 집요하게 이어졌다. 대부분 늦은 시각이었다. 새벽도 있었고, 아주 이른 아침도 있었다. 잠잘 시간도 없다는 듯 그는 피곤해 보였고, 간혹 아파 보이기도 했다. 하지만 소람은 단한 번도 문을 열어주지 않았다. 그저 돌아가라는 답만 해주었을 뿐이다.

오늘도 그에게 돌아가라고 입씨름을 해야 할 것 같았다. 인터폰을 켠그녀가 막 밖을 살필 때였다.

쾅쾅—

"안에 아무도 안 계십니까!"

문을 두드리는 소리는 현관문에서, 낯선 남자의 고함 소리는 인터폰에서 들렸다. 깜짝 놀란 소람이 뒤로 더듬더듬 물러났다.

"뭐, 뭐야."

동그랗게 뜬 눈으로 인터폰을 본 소람은 바글바글 모여 있는 낯선 이들을 보았다. 저들은 누구지? 알 수가 없어 눈을 동그랗게 뜬 소람이 몸을 떨며 침대로 향했다. 그리고 일을 그만둔 이후로 한 번도 켜지 않은 폰을 찾았다.

휴대전화를 켜자 부재중 전화와 문자가 한꺼번에 쏟아졌다. 개중에서 정아의 번호를 찾은 소람이 달달 떨리는 손으로 전화를 걸었다. 몇 번의 통화음이 흐른 후 정아의 목소리가 들렸다. 왜 이렇게 연락이 안 되냐는 말에 소람은 다짜고짜 본론부터 꺼냈다.

"집 앞에 사람들이 와 있어. 무슨 일 있어? 그 기사 때문에 그래?"

소람의 물음에 정아가 한숨을 탁 터뜨렸다. 세상과 담을 쌓고 살았던 그녀라 밖에서 일이 어떻게 흘러가고 있는지 하나도 모르고 있었다. 그녀는 단순하게 자신이 뉴스에 나오지 않고, 언론에 나오지 않으면 더러운 섹스 스캔들이 조금은 잠잠해질 줄 알았다. 그래서 기다렸을 뿐이다. 뱃속에서 아이는 무럭무럭 자라고 있었지만 자신에 대한 관심이 수그러들어야 다음 행동을 취할 수 있을 거라 생각했는데 아니었나 보다.

[방금 전에 그 일에 대해 대응 기사가 나왔어. 알지? 이런 소문에 기업에서 대응하는 일은 좀처럼 없다는 거.]

"……어떤 반응이 나왔는데?"

[오너의 개인적인 사생활이라고. 다만 소문과는 달리 진지하게 만나고 있는 사이니까 억측은 더 이상 하지 말아달라고 했대.]

사실상 두 사람의 관계를 인정하는 말이었다. 개인인 소람은 수많은 언론에 대처할 수 없었지만 그는 차근차근 들불처럼 번지는 악성 루머를 잡기 위해 애를 쓰고 있었다.

손을 든 소람이 입을 가렸다. 잇새로 신음이 흘러나왔다.

[그리고 너에게도 더 이상 피해가 가지 않았으면 좋겠다고 했다는데, 도대체 일이 어떻게 돌아가고 있는 거야? 김태준 씨와 이야기 안 해본 거야?]

처음 기사를 접했을 때 정아는 두 사람이 합의하에 이런 대응을 보인 것인 줄 알았다. 하지만 전화를 해보니 그것도 아닌 모양이다.

[아직도 이야기 안 했어? 윤소람, 나는 이제껏 네가 네 앞길 정도는 알아서 할 수 있는 사람이라고 생각했거든? 그런데 요즘 보니까 아니야. 내가 알던 그 친구가 맞나 하는 생각마저 든다고. 갑작스러운 아이라는 건 알지만, 그래서 아직 아무것도 결정하지 못했다는 건 알지만, 그래도 김태준 씨는 알아야 해. 그 사람은 아이의 아빠니까. 그 아이, 네 소유물 아니야.]

정아의 충고에 소람은 눈을 감았다. 자신도 알고 있었다. 아이는 혼자서 만들 수 없다. 그 역시 이 일에 대한 책임이 있었다. 하지만 지금은 그것보다 더 중요한 게 있었다.

"⋯⋯그럼 지금 밖에 있는 사람들이 기자란 말이야?"

[아마도.]

"⋯⋯."

가슴이 철렁 내려앉았다. 정아는 일단 집을 나오는 게 좋다고 말했지만 소람의 머릿속은 백지가 되었다. 그때 또다시 초인종 소리가 들린다.

달칵!

깜짝 놀라 휴대전화를 떨어뜨렸다. 소람의 얼굴이 백지장이 되었다.

떨어진 전화에서 연신 소람을 부르는 목소리가 들렸다. 전화가 끊길 때까지 멍하니 서 있던 그녀가 다시 휴대전화를 주워 든 것은 그 후로 몇 분이 흐른 후다. 도착한 문자메시지를 뒤지던 그녀가 결국 태준의 이름을 검색했다. 너무 많은 연락이 와 있어 그의 이름을 찾기가 힘들어 그랬던 것인데, 바보처럼 가장 최근에 도착한 문자였다.

「혼자 힘들게 안 놔둬.」

짧은 문자를 바라보던 그녀는 앞서 왔던 문자들도 차례대로 읽었다. 대부분 연락을 해달라는 말들이었다.

「보고 싶어.」

곳곳에 적혀 있는 그 말에 소람 또한 자신도 모르게 입을 가리며 되뇌었다. 자신 역시 그가 너무 보고 싶었다. 보고 싶어 미칠 것만 같다.

쾅쾅—!

문을 두드리는 소리에 소람은 퍼뜩 정신을 차린 듯 빠르게 걸음을 옮겼다. 방으로 뛰어들어 간 그녀는 작은 기내용 캐리어를 꺼내 짐부터 챙겼다. 우선 집을 떠나야 했다. 하이에나처럼 모여든 저들에게 아이의 존재를 들키면 안 된다. 아이를 지켜야 한다. 그 생각만이 머릿속에 가득 찼다.

빠르게 짐을 챙긴 소람은 깊은 새벽이 되어서야 집을 나섰다. 그리고 목적지도 없이 무작정 차에 오른다.

태준의 얼굴이 얼음장처럼 굳어졌다. 살기를 띤 눈동자가 번들거린다. 처음으로 본 그의 모습에 김 비서는 자신도 모르게 걸음을 뒤로 물리기까지 했다. 그에게선 위험한 냄새가 흠뻑 났다.

"정말입니까?"

"네, 네. 댁에 안 계신 지 좀 됐다고 합니다."

김 비서가 답지 않게 더듬더듬 답했다. 살벌한 분위기에 입을 떼기도 힘들었으니 답을 한 것도 칭찬을 해줄 만하다. 그만큼 지금의 태준은 무슨 짓을 저질러도 이상해 보이지 않았다.

그가 자리에서 벌떡 일어났다. 성큼성큼 걸음을 옮기던 그가 머리카락을 거칠게 쓸어 올렸다. 대응에 대한 답이 이것이란 말인가.

태준은 소람과 함께 있기 위해 자신이 할 수 있는 일은 모두 하는 중이었다. 생각 같아선 생각 없이 덧글을 싸지르는 인간들을 모두 고소하고 콩밥을 먹이고 싶었다. 하지만 그는 인내심을 닥닥 긁어모아 이를 참아냈다. 소람에게 오히려 안 좋은 반응이 되돌아올 거라는 주위의 충고 때문이었다.

하지만 각 신문사와 언론사에 경고를 하는 건 잊지 않았다. 앞으로 이에 대해 억측성 보도를 했다간 법정에서 만날 거라 분명히 말했다. 그래서인지 하루가 멀다 하고 쏟아져 나오던 기사도 줄었고 세상은 조금씩 평온해져 가고 있었다. 다만, 그는 소람의 부재로 인해 잔악해졌지만.

소람에게 극도의 잔인감을 표출할 수 있을 만큼 그는 화가 났다. 이 여자가 말도 없이 사라졌다. 자신을 무시하는 것까진 어떻게든 참아낼 수 있었으나 찾지 못하는 곳으로 사라지는 건 다르다. 그가 김 비서를 보며 나지막한 목소리로 말했다.

"찾으세요. 어떻게든 찾아서 제 앞에 데려다주세요."

"이사님……?"

어조는 '부탁'이었으나 표정과 행동은 그렇지 못했다. 이를 으드득 악문 그가 화를 삼키기 위해 애를 쓰고 있었지만 썩 효과적이진 못했다. 그의 일거수일투족을 챙기는 김 비서조차 그가 두려웠으니까.

"어떻게 해서든 내 앞에 데려다놔야 할 겁니다."

경고가 다분한 말이다. 그래서 김 비서는 고개를 숙인 후 빠르게 걸음을 옮겼다. 그의 말대로 어떻게 해서든 윤소람을 김태준 앞에 데려다 놓지 않으면 큰일이 벌어질 것 같았다. 그는 매너 있고, 자신의 힘을 과시하지 않는 사람이었다. 하지만 이번 일에 있어서만큼은 예외일 것 같았다.

❖

계절이 급격하게 변했다. 얼마 전까지는 제법 쌀쌀한 바람이 불었는데 이젠 따뜻하기만 하다. 소금기가 섞여 있는 바람을 이젠 제법 즐기게 되었다.

뒤뚱뒤뚱.

계절과는 어울리지 않은 두툼한 옷을 입은 여자가 발이 푹푹 빠지는 모래사장을 걷고 있다. 사람들의 시선은 여자를 이상하다는 듯 보았다.

여잔 겨우 콧방울만 보일 정도로 모자를 푹 눌러쓰고 있었다. 얼굴이 드러나면 안 되는 연예인이나 범법자 같았다. 하지만 사람들이 여자에게 크게 관심을 두지 않은 건 입고 있는 패션이 너무 최악이어서 연예인이라고 생각이 들지 않았고, 여리여리한 몸은 범죄를 저지른 사람이라기엔 너무 약해 보였다.

그냥 정신 나간 여자겠지.

사람들이 이내 관심을 끄고 제 갈 길을 간다.

힘겹게 걸음을 옮기던 정신 나간 여자는 사람이 거의 없는 해변으로 향했다.

휘휘—

주위를 둘러보는 시선이 꽤 긴밀하다. 주위에 아무도 없다는 사실을 알게 된 여자가 모자를 벗었다. 안에 돌돌 말려 있던 머리카락이 흘러내렸고, 화려한 이목구비가 드러난다. 윤소람, 그녀였다.

아직도 사람이 많은 곳이 꺼려졌지만 오늘은 바다까지 나왔다. 바다를 보고 싶었고, 파도 소리를 듣고 싶었다. 두툼한 옷을 벗은 소람은 애초에 그런 용도였다는 듯 모래사장에 깔았다. 검은 패딩이 더러워지는 건 상관하지 않았다. 그저 자신은 푹신한 곳에 앉아야 하고, 체온을 유지해야 한다는 생각뿐이었다.

패딩 위에 앉은 소람이 멍하니 바다를 본다. 바닷바람에 굽슬굽슬한 머리카락이 요동을 친다. 그리고 이와 비슷하게 심장 또한 뛰었다.

부산에서 갓난쟁이 때 발견되었다고 하는데 당연히 기억엔 없었다. 그 후로 우연히 서울에 살던 부부에게 입양이 되었고, 일평생을 서울에 살았다. 중간에 부산에 올 일이 있었지만, 보육원 원장에게 자신이 부산에서 버려졌다는 사실을 들은 이후론 이 도시로 눈도 돌리지 않았다. 바다는 강원도나 인천이 전부였는데 부산 바다도 참 예뻤다. 사람들이 왜 여름휴가만 되면 해운대로 몰려드는지 알 거 같았다.

따뜻한 봄 햇살을 즐기던 그녀가 갑자기 백사장에 벌러덩 누웠다. 조심성 없이 누워 머리카락 사이로 모래가 파고들었다. 모래는 생각보다 부드럽지 않았다. 하지만 아무래도 좋다는 듯 그녀가 하늘을 올려다본다.

눈이 부셔 눈을 감았다. 따뜻한 햇살에 몸이 노곤노곤하게 녹는다. 이대로 잠들면 딱 좋겠다. 그녀가 한량처럼 자신에게 산적해 있는 일들을 잊는다.

살길은 막막했고, 숙제 또한 태산처럼 쌓여 있었다. 하지만 애먹이는 것 없이 잘 자라주는 아이와 함께 살아가기로 한 것만은 확실하게 정해졌다.

천천히 눈을 뜬 소람이 양옆으로 벌리고 있던 손을 배 위에 올려놓았다. 아직은 아주 작은 생명이었다. 병원에서 실제로 본 아이는 아직 사람이라기엔 모자랐지만 심장은 뛰고 있었다.

자신에겐 두 개의 심장이 있다.

두 사람의 인생이 현재 자신의 어깨 위에 얹어져 있다.

그러니까 너무 불행하게 생각하지 말자. 평생 내 편이 생긴 거야.

"앞으로 치열하게 잘살아보자."

배를 어루만진 소람이 미소 띤 얼굴로 눈을 감았다. 그 순간 잊고자 해도 잊히지 않고, 계속해 떠오르는 남잘 떠올렸다.

"아빠가 우리랑 살아줄까?"

마음이 차분하게 내려앉는다.

그에게 하고 싶은 말이 참 많았다. 그리고 해야 할 말도 많다. 이미 다 했었어야 했던 말이지만 도망쳐 버렸다. 그래선 안 되는데.

서울에서 무작정 도망쳤던 날을 떠올리면 아직도 가슴이 철렁 내려앉았다. 아이의 존재를 알리면 안 된다는 생각에 부산으로 곧장 내려왔지만 지금 생각해 보면 참 바보 같은 결정이었다.

그때 태준에게 갔어야 했다. 그에게 '아이'의 존재가 어떤 식으로 받아들여지던 모든 걸 토로하고 함께 타인의 비난을 견뎠어야 했다.

괴로운 시간을 그 혼자 견디고 있다. 자신은 멀찍이 떨어져 있는 방관자가 되어버렸다. 자신은 방송을 그만둬 버리면 그만이었지만, 그는 아니다. 다 그만둬 버리기엔 그의 어깨에 올려져 있는 짐은 컸고, 무거웠다.

그걸 난 알고 있었는데.

다 알고 있었음에도.

힘든 순간에 자신을 찾아왔던 그가 아직도 눈앞에 선연하다. 괴로움을 나눠달라 부탁하던 그가 떠올랐다. 그랬어야 했다. 자신도.

눈을 뜬 소람이 하늘을 올려다보았다. 태양의 강렬함에 다시 눈을 감아버렸지만 입술은 부드럽게 휘어 있었다.

미소를 지은 그녀가 손을 들어 배를 쓰다듬었다.

"내일 아빠 만나러 갈까?"

그를 만나러 가야겠다. 그리고 그와 만나 부산에서 홀로 정리했던 마음들을 토로할 생각이다. 그 후의 결정은, 그를 만나고 난 후에 해도 늦지 않는다고 생각한 그녀가 따스한 볕을 받았다.

봄이다.

그와 함께하기로 했던 그 봄이 절정에 달했다.

태준이 비틀거리며 걸음을 옮겼다. 애써 흩어지려는 정신을 붙잡고, 가물가물 감기는 눈에 힘을 주었다. 집이 코앞이다. 조금만 더 힘내면 된다고 생각을 하면서도 걸음은 천근만근 무겁다.

현관문 앞으로 다가온 그가 전자키 앞에서 숨을 크게 몰아쉬었다 내뱉었다. 알코올 향에 오히려 더 취하는 기분이었다.

과음을 했다. 최근에 부쩍 이런 자리가 늘었다. 굳이 자신이 눈치를 볼 사람은 없었다. 어떤 모임이든, 어떤 자리든 갑은 김태준 그였다. 하지만 분위기를 망치고 싶지도 않았고, 최근엔 술이 필요하기도 했다. 몸도, 페이스도 망가지고 있다는 생각은 했지만 거기까지였다. 괴로움에 알코올만큼 좋은 것도 없었으니까.

태준이 머리를 부여 쥐었다. 술자리가 길었다 보니 도중부터 술이 깨 두통이 몰려왔다. 끔찍했다. 머리가 쪼개지는 느낌에 그가 빠르게 비밀번호를 누르고 집 안으로 들어갔다.

소파에 털썩 앉은 그가 눈을 감았다. 시선은 자연스럽게 자신의 옆자리로 향했다. 집은 더 이상 그에게 안식을 주지 못했다. 집에 들어와도 윤소람의 흔적을 자연스럽게 찾는다. 그가 요즘 들어 술을 찾는 이유였다.

가을을 보내고, 춥지 않은 겨울을 함께하자고 했다. 그리고 그는 다가오는 봄까지 함께 있고 싶다고 했다. 소람도 이에 동의했고, 새 생명이 피어나는 따스한 계절에도 서로의 곁을 지키고 있을 줄 알았다. 그런데 아니다. 소람은 곁에 없었다. 그의 마음에 여전히 차가운 바람이 부는 이유였다.

물먹은 솜처럼 몸이 축축 처졌다. 요즘 무슨 정신으로 일을 하고 일상을 보내는지 모를 만큼 태준은 얼이 빠져 있었다. 덕분에 평소라면 하지 않았을 실수도 했다. 김 비서는 옆에서 그를 불안하다는 시선으로 보았다. 그는 김태준 같지 않았다.

늘 소람이 앉아 있던 자리를 어루만지던 그가 손을 들어 눈을 가렸다.

"어디 있는 거야, 윤소람."

술을 진창 마셨는데도 잠이 오지 않았다. 알코올이 좀 더 필요할지도 모르겠다. 그럼 이 괴로운 생각을 잊고 잠들 수 있겠지. 잠들지 못하는 괴로움이 얼마나 큰지 최근에야 알았다. 소람에게 속 편하게 운동을 해 약을 끊으라고 했던 자신이 이제 와 바보처럼 느껴진다. 몸을 움직이는 것만으로 잠을 잘 수 없다는 걸 알았으니까. 긴긴 불면은 몸의 피곤과는 상관이 없는 것이었다.

자리에서 벌떡 일어난 그가 바 테이블로 향했다. 그리고 반쯤 마신 양주 병을 들고 부엌으로 향한다.

얼음도 없이 크리스털 잔에 술을 따른 그가 숨도 쉬지 않고 들이켰다. 실제로 술이 그렇게 강한 편은 아니었기에 한 잔을 더 마시는 것으로 알딸딸해졌다. 하지만 정신은 더욱 또렷해진다. 그가 다시 술잔을 채운 후 갈증을 느끼는 사람처럼 술을 들이켰다. 식도가 타들어가고, 내장이 그대로 녹아내린 기분이다.

털썩.

의자에 앉은 그가 이마를 짚었다. 이젠 헛웃음까지 나온다. 윤소람이
제게 있어 중요한 사람이라는 건 인식하고 있었지만 이 정도일 줄은 몰랐
다. 스스로가 한심해진다. 마음 하나 다스리지 못해 흔들리는 제 모습에
병신처럼 웃음만 나온다.

손으로 눈을 가린 그가 킬킬 웃음을 터뜨렸다.

미쳐 가고 있는 건지도 모르겠다.

깜빡깜빡, 원목 책상 위에 놓인 서류를 뚫어지게 바라보던 그는 건조
한 눈이 아파 고개를 들었다. 그러고 보니 뒷목과 팔꿈치도 아팠다. 시간
을 확인해 보니 새벽 4시가 지나 있었다.

"하아."

급하지 않은 일까지 모두 끌어다 했지만 결재를 모두 해버렸다. 다른
일은 뭐가 있을까, 생각을 하던 그가 멍한 눈으로 책상을 훑었다. 그러다
문득 깨닫는다. 아무리 일을 붙잡고 있어도 현실은 바뀌지 않는다는 것
을.

현실도피를 하던 그가 유난히 조용한 공기를 느끼곤 자리에서 일어났
다. 창 앞에 서자 세상은 번 아웃이 되어버린 것처럼 어두웠다. 도로를 밝
히는 가로등불만이 세상을 비추고 있었고, 길거리엔 사람 하나 없었다.
그만큼 늦은 시각이다. 하지만 사람이 없는 도심이라니. 현실 같지가 않
아 그는 한동안 창밖을 보고 있었다. 척추를 타고 서늘한 기운이 올라왔
다.

윤소람은 그림자 하나 보이지 않았다. 김 비서가 사람들까지 사서 그
녀를 찾고 있었지만 거기까지다. 얼마나 잘 숨었는지 수백 명의 사람들이
전국으로 흩어져 그녀를 찾았지만 그가 만족할 만한 소식을 전할 수는 없

었다.

도대체 어디에 숨은 거야, 윤소람.

이젠 그 이름을 입에 올리기도 힘들었다. 입에 담는 순간 목이 멘다. 이젠 그녀에게 화가 나기는커녕 제발 앞에 나타나 주었으면 하는 마음뿐이었다.

매정한 여자.

직접 얼굴 보이기 싫으면 꿈에라도 나타나 주지.

자신의 마음처럼 어두운 세상을 내려다보던 그가 얼굴을 일그러뜨렸다. 그리운 이름을 입에 담지 않았는데, 그냥 목이 멘다. 실핏줄이 터져 눈동자가 붉어졌다. 금방이라도 눈물을 쏟아져 내릴 것만 같았지만 그는 울지 않았다. 그리움으로 몸도 마음도 엉망인데, 슬픔은 말라 버렸다.

이대로 눈을 감으면 졸도한 것처럼 잠들 것 같았다. 집으로 돌아가 잠시 눈을 붙이거나 근처에 있는 대영호텔에 들러도 됐지만 그는 다시 책상으로 향했다.

일이 없다면 만들어서 하면 된다. 이로 인해 그의 밑에 있는 직원들은 아침부터 비상이겠지만, 상관없다. 지금은 지질한 이 시간들을 보내는 게 더 중요했다.

보류해 둔 파일 중 하나를 끌어온 그가 문화엔터 사업을 집어 들었다. 문화엔터 사업 같은 경우엔 대영그룹이 유일하게 손을 대지 않은 곳이었다. 다만 동생 중 한 명이 현재 광고 사업을 하고 있었고, 막냇동생은 CF 감독으로 일하고 있었다. 사업성이 적어 대주주들의 반대도 있었지만, 대영그룹의 딱딱한 이미지는 많이 쇄신시켜 줄 것 같았다.

보고서에 파고들 것처럼 집중을 하던 그는 곧 뺨이 뜨거워지자 고개를 돌렸다. 블라인드를 걷어두었더니 한쪽 벽면 전체에서 강렬한 빛이 쏟아져 들어오고 있었다.

자신도 모르게 홀린 듯 창가로 다가간 그가 떠오르는 해를 멍하니 보았다.

또, 윤소람이 없는 하루가 시작되고 있었다.

"이거 놔요!"

우당탕!

시끄러운 소리에 태준의 시선이 문으로 향한다. 그의 사무실 근처는 늘 조용했다. 직원들 역시 최대한 조심스럽게 행동했고, 외부 손님 또한 그와 약속을 해야만 올라올 수 있었다.

그런데 바깥에서 앙칼지게 소리치는 여자와 약속한 적이 없다. 두 시간 후에 동생이 사무실에 잠시 들르기로 되어 있는 것이 오늘 약속의 전부였다.

뭐지?

의아함에 그가 자리에서 일어났다. 문을 열고 밖으로 나가자 편안한 캐주얼 차림의 여자가 악을 쓰고 있었다.

여잔 힘이 장사였다. 곁에 달라붙은 남자가 셋이나 되었지만 쩔쩔매고 있다. 간혹 '꺅, 어딜 만져!' 라고 소리치기도 한다. 연기 또한 일품이었다.

"아, 글쎄. 여긴 어떻게 올라온 거냐니까?"

참다못한 비서 하나가 소리쳤다. 그러면서 여자를 어떻게 해서든 사무실에서 멀리 떼어놓기 위해 애를 쓴다. 하지만 여잔 콧방귀도 뀌지 않으며 운동화를 신고 있는 발을 번쩍 들어 올렸다. 사정이 여의치 않으면 당장 걷어찰 기세였다.

흥미로운 모습에 무감했던 그의 표정 위로 호기심이 머물렀다. 그가 문을 열고 나왔지만 정신없는 상황 속에서 태준을 발견한 사람은 아무도 없었다. 문틀에 어깨를 기댄 그는 여자가 어디까지 할지 두고 볼 요량이었다.

"난 안에 있는 남자랑 볼일이 있지, 당신들이랑은 없다니까요? 김태준 보러 왔으니까 이거 놔요! 아, 안 놔? 아프다고!"

"누군 안 아프나!"

비서가 소리를 지르며 여자의 멱살을 잡았다. 생각보다 험해지는 분위기에 태준은 자신이 나서야 할 타이밍이라는 것을 알았다. 그가 손을 들어 문을 노크하듯 똑똑 두드렸다.

"무슨 일이십니까?"

그의 말에 부사장실 앞은 순식간에 침묵에 휩싸였다.

김 비서가 다가와 별일 아니라며 안으로 들어가라고 했지만 여잔 기회를 틈타 멱살을 쥔 손을 힘껏 내려쳤다.

짝!

살벌한 소리에 맞은 비서가 악을 썼지만 여잔 곧장 태준에게 다가온다. 마치 그녀가 위험한 바이러스라는 듯 김 비서가 앞을 막아섰다.

"계속 이러시면 경찰 부르겠습니다."

"금방 끝나요."

여자가 다부진 표정으로 말한 후 구겨진 명함을 김 비서 어깨 너머로 불쑥 내밀었다. 종이엔 '한국일보 김정아'라고 적혀 있었다. 역시나 모르는 이름에 태준의 미간이 좁혀졌다.

"김태준 이사님. 아, 지난주부터 부사장님이 되셨죠? 한국일보 김정아 기자입니다."

"기자님이 여긴 어쩐 일이십니까."

"어쩐 일이긴요. 취재하러 왔죠. 이 파렴치한!"

여자가 꽥 소리를 지르자 비서들이 그녀에게 달라붙었다. 뒤늦게 달려온 경비까지 합세해 정아의 옷을 붙잡고 힘껏 잡아당긴다.

우드득!

옷이 찢어지는 소리가 들렸지만 정아의 시선은 남자들 사이로 보이는 태준에게 향해 있었다. 살벌한 눈빛에도 태준은 눈 하나 깜짝하지 않은 채 몸을 돌렸다.

흥미가 식어버렸다. 막무가내인 여자는 잠시 지켜볼 정도는 되었지만 딱 그만큼이었다. 그가 막 사무실 문을 닫으려 할 때다.

"내가 처음부터 윤소람, 그 기집애 말렸어야 했어! 이렇게 될 줄 알았다고! 혼자 잘 먹고 잘살아봐! 내가 대영이라면 눈 시퍼렇게 뜨고 봐줄 테니까!"

"잠깐."

엘리베이터 쪽으로 질질 끌려가던 정아가 외친 말에 태준의 몸이 돌아갔다. 여러 사람이 뒤엉켜 그의 목소리를 못 들을 법도 했지만 모두 순식간에 걸음을 멈추고 태준을 본다. 개중 가장 놀란 것은 김 비서였다. 정신 나간 여자의 입에서 나온 '윤소람' 그 이름 때문에.

성큼성큼 걸음을 옮긴 태준은 사람들이 떨어져 나가자 제 옷을 탁탁 터는 정아를 보았다. 태준의 표정이 살벌하게 굳었다.

"지금 윤소람이라고 했습니까?"

"왜요? 벌써 잊었어요? 그래, 잊었겠지. 그냥 한때 만난 여자니까 쉽게 잊었……."

"윤소람 씨, 지금 어디 있습니까."

그의 말에 정아의 표정이 멍하게 변했다.

뭐, 뭐?

뻐끔뻐끔거린 입술이 그렇게 물었던 것 같기도 하다. 그녀는 지금 자신이 들은 이야기가 맞냐는 듯 그를 보았고, 이내 헛숨을 뱉었다. 그는 아무것도 모르는 표정이었다. 그래서 기가 찼다.

"······이 미친 기지배를 그냥! 내가 찾으면 진짜 아주 작살을 내줘야지, 아오!"

발까지 쾅쾅 굴린 그녀가 온몸으로 분노를 표현했다. 소람에게 집을 떠나라고 말한 것은 자신이었다. 그리고 태준에게 모든 사실을 털어놓으라고도 했다. 소람은 그날 새벽, 집을 떠났고 방금 전 부산에 있다고 연락이 왔다.

부산? 부산에 있어?

정아는 당연히 친구가 태준에게 간 줄 알았다. 하지만 파리해진 남자의 안색을 보아하니 아닌가 보다. 아니, 아닌 게 아니라 이 남자에게는 잠수 중인가 보다.

그녀가 속으로 멍청한 제 친구를 욕했다. 이 미친년. 멍청한 년. 똑똑한 줄 알았더니, 아주 병신이었어.

차마 입에 담을 수 없는 욕을 줄줄 내뱉던 그녀는 곧 태준이 위협적인 표정으로 어깨를 붙잡자 눈을 동그랗게 떴다.

"어디 있냐고요, 지금!"

"아, 아아······!"

어깨가 너무 아파 신음을 내뱉은 그녀가 얼굴을 와자작 일그러뜨렸다.

"김태준 부사장님이 피해자인 건 잘 알았지만 이 일에서 가장 큰 피해자는 저거든요? 이거 아주 맹랑한 친구 년 때문에 내가 지옥 불을 경험했단 말이에요."

"······"

태준의 손을 털어낸 그녀가 한숨을 와락 내뱉으며 고개를 치켜들었다.

한참을 더 자신이 겪은 마음고생에 대해 이야기를 해주려 했는데 그렇게 하지 못했다. 자신보다 김태준, 그가 더 아파 보였다.

"아니, 방금 한 말 정정할게요. 지옥 불은 당신이 경험했네요."

그에게 묻고 싶었던 말도, 하고 싶었던 욕의 종류도 많았다. 하지만 그의 표정을 보니 굳이 할 필요는 없을 거 같았다. 자신이 해왔던 의문들은 모두 착각이었고, 욕을 먹어야 할 대상은 그가 아닌 윤소람 그 기집애였으니까.

"자세한 건 그 미친 기집애한테 직접 들어요. 위치만 말씀드릴 테니까. 난 여기서 빠질래요. 더 끼어들어 봤자 멘탈만 너덜너덜해질 것 같네요."

이래서 타인의 연애엔 상관하지 않는 거라고 하나 보다. 애초에 빠졌어야 했는데.

"부산에 있어요, 지금. 모텔을 말해주긴 했는데, 직접 가보진 않았고요."

"부산……."

"네. 걔가 부산에 있다기에 더 화나서 앞뒤 안 보고 달려들었던 거예요. 죄송합니다."

허리를 숙여 사과의 말을 건넨 그녀가 옆에서 두 사람을 멀뚱멀뚱 보고 있는 김 비서에게 말했다.

"메모지와 펜 좀 빌릴 수 있을까요?"

그녀의 부탁에 김 비서가 서둘러 펜과 노트를 건넸다. 빠르게 모텔 이름을 적은 후 태준에게 내민다. 그녀는 어색하게 웃고 있었다.

"제대로 된 인사는 다음에 드릴게요. 소람이와 같이 만나요."

"감사합니다."

종이를 받아 든 그가 사무실로 돌아가 차 키와 지갑을 챙겨 나왔다. 바람처럼 사라지는 그의 뒷모습을 보며 정아가 한숨을 푹 내뱉었다.

저 양반도 고생이 참 많다.

고개를 절레절레 저은 정아는 지금 이 순간 친구가 무척 창피했다. 일을 어쩜 이렇게까지 만들 수 있지? 이해가 안 된다고 생각하던 그녀는 곧 자신을 바라보는 시선들을 느끼며 얼굴을 붉혔다.

"죄송합니다!"

아무것도 모르면서 미친년처럼 날뛰어서 죄송합니다!

일하시는데 방해해서 죄송합니다!

죄송합니다! 죄송합니다!

허리를 폴더처럼 접은 그녀가 주위에 있는 사람들에게 사과를 건넸다.

지금은 윤소람 그녀보다 자신의 행동이 더 부끄러웠다. 발가락이 오그라들었다.

달달 떨리는 손으로 핸들을 붙잡은 그가 헛손질을 했다. 자동차에 시동을 켜는 것도 힘들었다. 손을 들어보자 사시나무처럼 떨리고 있었다.

당장 소람에게 달려가야 했다. 그리고 오랜 시간 그녀에게 하고 싶었던 말들을 쏟아내야 한다. 가슴속에 응어리진 것들을 쏟아내고 왜 갑자기 사라졌냐, 물어야 했다. 그리고 그리움을 채워야지. 그녀의 얼굴을 보지 못한 게 너무 오래됐다. 그녀의 체취도 잊을 시간이다.

싫다고 해도 붙들어둬야지. 오지 않겠다고 해도 서울까지 질질 끌고 올라올 생각이었다. 그리고 가둬두리라. 한 발자국도 나가지 못하게.

핸들에 이마를 기댄 그가 심호흡을 했다. 우선 흥분을 가라앉힐 필요가 있었다. 복잡한 머리로 핸들을 잡았다간 사고 나기 십상이다. 실타래처럼 엉킨 생각을 풀어내기 위해 애를 쓰던 태준은 창문을 두드리는 소리에 고개를 돌렸다. 김 비서가 그를 내려다보고 있었다.

"김 비서님?"

"제가 운전하겠습니다."

태준은 마치 한국말을 모르는 사람처럼 김 비서의 얼굴을 빤히 바라보았다. 그러다 이내 운전석에서 내린 후 고개를 숙인다.

"……고맙습니다."

김 비서는 놀란 듯 그를 보았다. 최근 까칠했던 김태준을 떠올리면 기함을 할 만큼 놀라운 반응이었다. 고개를 숙이다니.

"아닙니다."

두 사람이 차에 올랐다. 태준은 생각에 잠겨 창밖을 보았다. 가끔 눈을 질끈 감는 것을 보니 어떠한 미래를 떠올리는지 대략 예상은 되었다. 간혹 힐끗 그를 돌아보던 김 비서가 몸을 짓누를 듯 무거운 침묵을 깨뜨렸다.

"공항으로 가겠습니다. 가장 빠른 비행기 편으로 예약해 뒀습니다."

이 역시 감사한 일이었기에 태준은 '고맙습니다'라고 짧게 답했다.

차는 빠르게 김포공항으로 향했다. 공항에 미리 일러두었던 터라 바로 비행기에 탑승할 순 있겠지만 그래도 시간이 빠듯해 평소보다 더 빠른 속도로 차를 몰아야 했다. 그러면서도 김 비서는 태준을 살피는 일을 잊지 않는다.

그는 자신의 자랑스러운 상사였다. 젊은 나이였지만 거대한 기업체를 이끌어감에 있어 손색이 없는 능력과 인품을 가졌다. 너른 품을 가지고 있어 제일 밑에 있는 인턴까지도 품을 수 있을 것 같은 그가 외로운 섬처럼 변한 건 한 여자 때문이었다. 그 여자가 자신의 상사의 인생에서 사라지면 어떠한 일이 생길까. 상상만 해도 끔찍한 상황에 그가 몸을 떨었다.

"하나 말씀드려도 됩니까?"

"……말씀하세요."

한 박자 늦게 답한 태준이 그를 바라본다. 그의 얼굴엔 피곤함이 그득해 잔소리를 하고 싶진 않았다.

하지만 하지 않을 수가 없다. 자신은 상사가 행복하길 진심으로 바라고 있으니까.

"우선 들어주십시오. 결혼 생활 10년에 깨달은 진리입니다."

"듣고 난 후엔요?"

여기까지는 질문을 해올 줄 몰랐던 터라 김 비서가 몸을 움찔 떨었다. 그리고 자신의 경험을 떠올려 본다. 항상 반응은 달랐다. 하지만 귀결되는 결론은 늘 하나다.

"그건 듣고 난 후에 결정하십시오. 전 보통 참는 편이었습니다."

"못 참겠으면요?"

"참으실 겁니다."

차가 김포공항 앞에 부드럽게 멈춰 선다. 태준은 여전히 모르겠다는 표정이었지만 김 비서는 용한 점쟁이처럼 웃었다.

"잘 다녀오십시오."

분명 참게 되리라.

그리운 이의 얼굴을 보게 되면.

차에서 내린 태준이 공항 안으로 빠르게 사라지는 것을 끝까지 바라본 김 비서가 부드럽게 차를 출발했다. 이제 자신이 할 일은 상사가 말없이 부재할 시 일어날 일들을 미리 대비하는 것이다.

오늘, 내일 부사장님 일정이 어떻게 되더라?

김 비서의 머릿속이 빠르게 돌아갔다.

서울에서 부산으로 가장 빨리 내려가는 법은 비행기를 이용하는 법이다. KTX도 나쁘진 않았지만 타인에게 너무 많이 노출이 되었고, 혹 냄새를 맡은 기자들이 제보를 받고 따라붙을 수 있었기에 최대한 조심히 움직였다.

작은 비행기에 오른 그는 얼마의 시간이 지나지 않아 김해공항에 도착했다는 안내에 눈을 감았다. 이제부터는 소람을 만나 어떻게 행동해야 할지 결정해야 한다. 일단 화를 내야겠지. 왜 내 눈 앞에 사라져 버렸냐고. 그다음엔 달콤한 말로 그녀를 설득해 함께 올라와야 할 것이다. 자신은 그녀를 보지 않고 살아갈 수 없었으니까. 그건 해양 생물에게 물이 필요한 것과 같은 이치였다.

김해공항에 도착한 그는 곧장 택시에 올랐다. 정아가 가르쳐 준 모텔로 향하는 동안 창밖을 보았다. 부산의 도심은 다른 도시들보다 훨씬 정돈이 덜된 느낌이다. 구불구불한 길도 많았고, 갑자기 급감속을 해야 하는 구간도 많았다. 그래서일까. 그녀에게 가는 이 시간이 더디게 느껴졌고, 그럴수록 조급증이 일었다.

언덕에 있는 모텔 앞에 도착한 그가 차에서 내렸다. 아스팔트길이 아닌 대충 시멘트를 발라놓은 길과 아파트. 허름한 지붕을 올려놓은 낮은 주택이 어지럽게 얽혀 있는 동네를 보던 그가 미간을 좁혔다. 윤소람은 왜 이곳으로 온 것일까. 세상 사람들이 자신을 찾을 수 없는 곳이어서? 그래, 이런 곳에 윤소람이 숨어 있으리라곤 생각하지 못했다. 그녀는 꽤 화려한 취향이었고, 어지럽고 더러운 모텔에서 며칠이나 묵을 위인은 되지 못했다. 우연히 이곳저곳을 헤매다가 이곳에 왔다고 하기에 동네는 너무 일상적이었고, 거주하고 있는 주민들 또한 많은 곳이었다.

호실까지는 몰랐기에 우선 카운터에 가 물어볼 작정이었다. 붉은색 벽돌로 만들어진 모텔을 말간 눈으로 올려다보던 그는 앞에서 느껴지는 인기척에 고개를 내렸다.

드륵드륵.

바퀴를 끄는 소리가 들렸다. 그리고 끙끙 앓는 소리도 들린다. 누군가가 모텔에서 나오고 있었다. 두꺼운 옷과 모자를 깊이 눌러쓴 여자를 본 순간 그의 표정이 얼음장처럼 굳어졌다.

얼굴은 보이지 않았다. 그렇다 하여 그가 윤소람을 알아보지 못할 리가 없다. 그가 소람의 앞을 가로막았다.

"또 어디로 도망가십니까?"

고개를 든 소람이 그를 놀란 표정으로 바라본다. 표정은 마치 '당신이 여긴 어떻게' 라고 말하는 것 같았다. 하지만 얼굴을 일그러뜨리고 턱을 움찔거리는 그는 그녀의 물음에 답해줄 여력이 없었다. 속에 찬 울분이 너무 많았다.

"왜. 여기까지 쫓아와서 질렸습니까?"

"당신에게 가는 길이었어요."

"거짓말. 거짓말하지 마세요. 안 속습니다."

"정말이에요."

소람의 말에도 그는 가볍게 고개를 저었다. 무슨 말을 하든 믿지 않겠다는 완곡한 표현이었다.

그러자 소람은 손을 들어 모자를 벗었다. 화장기 하나 없는 얼굴은 청초했다. 피부가 조금 상하긴 했지만 그래도 빛이 난다. 사랑이 만들어낸 콩깍지였지만 이 순간조차 예쁜 그녀에게 태준은 화가 났다. 난 힘들었는데. 그녀는 힘들지 않았던 것 같다. 앞으로 그녀에게 자신이 겪은 그 지옥을 똑같이 경험하게 해주고 싶었다. 못난 마음이 그렇게 하라며 종용했다.

"정말 당신한테 가는 길이었어요."

거짓말. 거짓말이야.

우선 이 상황을 피하기 위해 하는 말일 뿐이야.

윤소람은 그런 여자니까.

날 사랑하는 척, 내게 모든 걸 준 척 굴다가 갑자기 사라질 수 있는 여자니까.

그래, 다 거짓말이야.

그의 눈시울이 붉어졌다. 속으로 생각했던 수많은 말들을 하나도 뱉을 수가 없었다. 그렇게 생각하자 마음이 울렁거렸다. 토악질을 하고 싶어졌다. 하지만 참는다. 그녀의 앞에서 나약한 모습을 보이고 싶지 않았다.

"여긴 어떻게 왔어요?"

"정보원이 있었습니다."

"정아군요."

침묵을 지키는 태준을 보며 소람이 고개를 끄덕였다. 마치 상관없다는 표정이어서 그는 참고 또 참았던 말 한마디를 겨우 내뱉었다.

"화가 납니다."

분노에 뇌가 녹아버린 기분이다. 머릿속이 뿌옇게 변해서 그녀를 상처내야 한다는 생각만이 가득했다. 나만 아플 수는 없어. 받은 만큼 되돌려줘야 해. 슬픔으로 겹겹이 쌓인 생각이 그렇게 하라고 했다. 하지만 태준은 무작정 그녀를 욕하지 않았다. 그저 자신의 생각을 말할 뿐이다.

"여기까지 오면서 많은 생각을 했습니다. 당신을 만나면 무엇부터 해야 하나. 아무리 생각해 보아도 원망밖에 없고, 분노밖에 없었습니다."

"……"

"그래서 화가 납니다. ……화를 낼 수 없는 내가. 내 처지가. 너무 화가 납니다."

절대적인 약자가 되는 게 사랑이라면 하지 않을 것을 그랬다. 제발 함께 있어달라고 빌고 싶어진다. 이대로 나와 서울로 올라가자고. 그리고 내 곁에 있어달라고.

하지만 마지막 자존심이 그렇게 하지 못하도록 막는다. 주먹이 힘껏 쥐여졌다.

몸을 부들부들 떤 그가 어깨를 살짝 틀어 고개를 돌렸다. 그리고 손을 들어 얼굴을 쓸어내린다. 자신의 마음을 종잡을 수가 없었다. 울고 싶은 마음과 화를 내고 싶은 마음이 동시에 충돌해 몸이 떨렸다.

바보 같았다. 자신이 이렇게 못나고 약한 사람인 줄은 몰랐다.

"불량식품이에요, 나."

고개를 돌린 태준은 그녀가 어느 날 했던 수많은 말들을 떠올렸다. 그녀는 값싼 사탕에, 믹스커피 하나에 자신을 대입해서 보았다. 아니, 그렇게 보는 건 아닌가 생각을 했었다. 이런 자신의 생각이 틀리지 않았나 보다. 그녀는 웃고 있지만 보는 것만으로도 가슴이 무너져 내릴 것처럼 슬퍼 보였다.

"부모가 아이에게 못 먹게 하는 그거요. 제작 과정도, 유통 과정도 믿기 어려워서 소중한 사람은 그만 먹었으면 하는 거. 나 그런 사람이에요. 누가 부모인지 모르고, 어떤 과정을 거쳐 여기까지 왔는지 당신은 모르잖아요."

"요즘은 불량식품도 허락하에 파는 세상입니다."

그의 말에 소람은 웃음을 탁 터뜨렸다. 예상하지 못한 답이라는 듯이. 하지만 그는 거기서 말을 멈추지 않고 빠르게 말을 이었다.

"윤소람 씨의 부모가 누구인지 모릅니다. 하지만 당신이 엄청난 노력으로 그 자리에 올랐는지 예상할 수는 있습니다."

그래서 소녀를 다시 만났다는 걸 알았을 때, 그리고 제 곁에서 순진하게 웃으며 속을 숨긴 채 살아가는 여자를 알았을 때 아팠다.

"누구보다 노력했겠죠. 노력하지 않았다면, 당신은 지금과 같은 모습으로 내 앞에 나타나지 못했겠죠."

"정말 그렇게 생각하세요?"

소람의 물음에 태준이 고개를 끄덕였다. 그녀가 수십 년 동안 쌓아왔던 그 많은 것들을 폄하할 생각은 없었다. 화가 나는 이 순간에도.

"당신에게서 가족을 빼앗았다는 생각을 하는 순간부터, 당신에게 가족이 해야 할 일들을 대신해 주고 싶었습니다. 당신이 원래 받아야 했던 것들이니까."

이게 솔직한 마음이다. 그는 많은 것들을 소람에게 주고 싶었다. 그리고 함께하고 싶었다. 그도 가족이란 것이 무엇인지 모르고, 아버지의 따뜻한 품을 어머니의 다정한 손길을 몰랐다. 그냥 이런 것이 아닐까, 라고 막연하게 생각하며 그녀를 품어주었고, 쓰다듬어 주었다. 그렇게 노력했다.

그런데 이 여잔 자신에게 어떻게 행동했던가.

아버지가 돌아가셨다. 그래서 힘들었다.

하지만 소람 역시 소중한 사람을 잃었잖아?

너무 바빠서 연락에 소홀했을 뿐이다. 자신 또한 소람이 그립고 보고 싶었다.

하지만 소람은 혼자 그 비난을 겪어내고 있었잖아?

상반되는 마음이 떠올라 마음을 어지럽힌다. 그가 나지막하게 신음을 뱉을 때였다.

캐리어를 세워둔 그녀가 천천히 걸음을 옮긴다. 그리고 허술하게 만들어놓은 턱 쪽으로 다가간다.

턱은 3cm도 채 되지 않았다. 그 밑으로는 몇 미터나 되는 깎아질 것 같은 절벽이 있었다. 그가 자신도 모르게 성큼성큼 걸음을 옮겨 소람의 팔목을 붙잡았다. 표정은 당황한 기색이 역력했다.

위험하다는 듯이 굳힌 표정을 보며 소람은 미소만 지었다. 그러더니 많은 것을 담고 있는 동네를 내려다보며 묻는다.

"태준 씨, 이곳이 어딘 줄 알아요?"

그걸 태준이 알 리 없다. 그녀가 말해준 적이 없었으니까. 그가 고개를 젓자 소람은 가벼운 농담을 하듯 말을 이었다.

"내가 주워진 동네예요."

"……아."

눈을 커다랗게 뜬 그가 그녀를 내려다본다. 괴로운 과거이면서도 소람은 웃고 있었다.

이 웃음도 거짓일까? 생각을 하던 그가 고개를 저었다. 그녀는 지금 진심으로 웃고 있었다. 그렇다면 왜 괴로운 순간이 이곳으로 온 걸까. 이해를 할 수가 없어서 태준은 가만히 그녀를 내려다보기만 했다.

"옛날에 이곳을 소당골 소당자리라고 했대요. 그런데 이곳에 소남나루가 있어서 원래의 이름보단 소람나래라고 불렸다고 하더라고요."

소람나래.

동네 이름에 그의 얼굴이 창백해졌다.

"그래서 내 이름이 윤소람. 그때 함께 있었던 여자애 이름이 윤나래. 참 단순하죠?"

무슨 말을 해야 할까.

위로를 해야 할 것 같았지만 태준은 아무런 행동도 할 수가 없었다. 그 사이 소람은 반짝이는 눈으로 태준을 올려다본다.

"머리가 복잡해지니까 이 동네가 생각났어요. 오고 싶지도 않았고 와본 적도 없었는데, 이 나이가 되어서야 생각이 나더라고요."

"왜 머리가 복잡했습니까? 어디로 도망가야 할지 몰라서? 아무것도 끝나지 않은 상태에서……."

"나 당신에게 고백할 것이 있어요."

땅굴로 파고들 것 같은 기세에 소람이 중간에 말을 잘라냈다. 그러더니 몸을 돌려 그의 양손을 붙잡는다. 불안한 표정과 행동은 마치 그에게 도망가지 말라고 종용하는 것 같았다.

뭐지? 뭐기에 윤소람이 이런 표정이지?

그가 소람의 입술을 뚫어지게 보았다. 빨리 다음 말을 하라며.

그리고 곧 그녀가 잇는 말에 옅은 신음을 내뱉었다.

"임신했어요."

아.

그녀의 머리를 복잡하게 만든 건 새 생명이었다. 그래서 자신이 태어났을 동네로 온 것이다.

태준이 입술을 악물었다. 여자 혼자 감당하기엔 너무 큰일이었다. 그래서 그녀는 자신에게 도망을 친 것이다.

믿지 못했던 거다. 함께 봄을 보내자고 했는데, 그녀는 그 말조차 믿지 못했던 거다. 늘 함께 있고 싶다는 내 말을 믿지 못해 여기까지 온……

"결혼해 줘요, 나랑. 그것밖에 결론이 없어요."

"윤소람 씨."

생각을 이어가던 그가 굳은 표정으로 소람을 보았다. 그 표정은 마치 화가 난 사람처럼 보이기도 해서 소람은 흔들리는 눈망울을 비스듬히 고개를 아래로 내렸다.

소람의 눈에서 눈물이 뚝뚝 떨어졌다. 잘 버티고 있던 그녀는 태준을 보자 안도감을 느끼고 두려움을 쏟아내고 있었다.

"싫다면 아이는 혼자 키울게요. 언론에도 알리지 않고 조용히 키울게요. 양육비도 필요 없고, 머리 아픈 그룹 일에 내세울 생각도 없어요. 다만 나중에 아이가 아버지를 궁금해하면 그때……."

결혼이란 게 그리 쉬운 문제만은 아니다. 어떤 이들은 사랑의 종착점 정도로 생각할 수도 있지만, 실상 들여다보면 시작이다. 그렇다고 사랑만 있어서 될 일도 아니었다. 그래서 소람은 고민했을 것이다. 그가 자신과 결혼을 해주지 않으면? 그럼 아이와 자신은 사회의 편견 속에서 살아가게 될 테니까.

눈물을 뚝뚝 흘리는 소람을 바라보던 그가 두툼한 옷을 보았다. 한겨울에나 입을 법한 옷을 봄에 입고 있었다. 이제야 과한 두께의 옷이 이해가 됐다. 늘 하이힐을 신고 다니던 그녀가 낮은 운동화를 신고 있는 이유도. 그녀는 혼자 애쓰고 있었다.

한 걸음 다가간 태준이 소람을 끌어안았다. 다른 말은 필요하지 않다. 그녀를 힘껏 끌어안아 목덜미에 얼굴을 묻는다. 이젠 왜 아무것도 말해주지 않았냐는 원망의 말이 나오지 않는다. 분노도 눈 녹듯이 사라져버렸다. 그 자리에 머문 것은 미안함이다. 왜 함께 있어주지 못했는지. 왜 연락 한 통 해주지 못했는지. 과거의 자신이 원망스러워졌다.

"……싫지 않아요?"

"싫을 리가 있겠습니까?"

그렇게 물은 태준은 더욱 힘주어 소람을 끌어안았다.

"외로운 건 싫습니다."

그의 말에 소람은 아래로 뚝 떨어뜨리고 있던 팔을 힘겹게 들어 올렸다. 그리고 아이처럼 제 품에 안긴 남자를 내려다본다.

"이제 셋이서 함께 있을 수 있는데, 이보다 더 기쁜 일이 있겠습니까?"

순수하게 기뻐해 주는 그의 모습에 허공에 떠 있던 손이 넓은 등에 닿았다. 커다란 남자가 그녀의 품에 안겨 안도의 한숨을 내뱉는다. 그 작은 소리가 그녀에게 과거에 범했던 과오를 사죄하게 만든다.

"바보였네요, 내가."

그를 끌어안은 소람이 눈을 감았다. 그러자 눈가에 맺혀 있던 눈물이 아래로 떨어졌다.

"이렇게 말해줄 사람이란 걸 알고 있었는데도 너무 고민이 길었어요. 미안해요."

하지만 그녀는 더 이상 슬퍼 보이지 않았다. 그리고 그녀의 품에 안긴 태준은 더 이상 불행해 보이지 않았다.

두 사람은 한참 봄 햇살을 받으며 서로를 끌어안고 있었다. 서로의 체취에 비로소 평화를 느끼며.

띠리리— 쾅.

전자키가 열리는 소리가 들린 후 얼마 되지 않아 문이 닫히는 소리까지 연달아 들렸다. 두 손을 꼭 잡은 채 현관에서 신발을 벗고 있는 두 사람은 마치 유치원생 같다. 선생님이 짝지를 잃지 않기 위해 손을 꼭 잡고 있으라고 해서 그 말을 그대로 따르는 아이.

손을 잡고 태준의 집 안으로 들어온 두 사람은 함께 걸음을 옮겨 침실로 향한다. 누가 먼저랄 것도 없었다. 그냥 자연스러운 수순처럼 그렇게 행동했다.

침실로 들어온 소람은 새삼 그리운 공간을 말없이 훑어보았다. 그사이에 두 사람의 손이 떨어졌다. 소람의 시선에 가장 먼저 닿은 것은 침대 바로 옆에 놓인 협탁 위였다. 그곳엔 책 한 권과 사탕 하나가 놓여 있었다. 두 개 모두 소람이 선물로 준 것이었다. 그리고 그 옆에 놓인 여자 향수 하나. 자신의 것이 아니었기에 소람은 얼굴을 일그러뜨렸다.

이게 뭐지?

명품 회사에서 나온 향수를 집어 든 소람이 그를 획 돌아보며 날카롭게 물었다.

"이거 누구 주려고 산 거예요? 설마…… 조가연 씨는 아니죠?"

"왜 그 사람 이야기가 나오는 겁니까? 당연히 윤소람 씨 주려고 샀지."

분명 향수를 좋아하는 여자에게 선물을 해주려고 산 것이리라 생각했다. 하지만 전혀 의외의 말에 그녀가 커다란 눈을 깜빡이며 물었다.

"향수 뿌린 여자 싫어하지 않아요?"

"그건 또 무슨 말입니까?"

두 사람이 비슷한 표정으로 서로를 보았다. 둘 다 의아한 모습이다.

"아니에요?"

"아닙니다."

소람의 얼굴이 일그러졌다. 정아가 손에 쥐여준 '김태준 보고서'가 떠올랐다. 거기엔 분명 태준은 향수를 뿌리는 여자를 싫어한다고 적혀 있었다.

아니, 이런 것까지 틀려?

그런 정보를 믿고 무작정 태준에게 접근했던 자신의 과거가 멍청하게 느껴짐과 동시에 잘못된 역정보로 자신을 물 먹인 친구에 대한 짜증이 동시에 몰려들었다.

"김정아 이 기지배를 그냥."

작은 목소리로 읊조린 소람이 향수를 원래 있던 자리에 내려놓다 말고 태준을 보았다. 그는 상의 셔츠를 벗고 있었다. 보는 것만으로도 군침이 흐르는 가슴과 넓고 두툼한 어깨가 드러났다.

지금 저 남자가 뭐 하는 거지?

소람이 다시 한 번 눈을 깜빡이며 묻는다.

"그런데 뭐 하세요?"

셔츠를 대충 집어 던진 그가 이번엔 벨트를 푼다. 소람의 얼굴에 열기가 화르륵 끼쳤다.

이 남자가 정말.

짐승. 짐승.

속으로 요망한 생각을 하던 그녀는 곧 이어진 그의 답에 멍한 표정을 짓는다.

"일단 좀 자면 안 됩니까?"

"네……?"

"너무 피곤합니다."

눈을 반쯤 감은 그는 드로즈 팬티 하나만 걸치며 다가왔다. 그러더니 소람의 팔목을 붙잡고 곧장 침대에 눕는다.

"윤소람 씨가 없어서 제대로 못 잤습니다."

닿을 듯 가까운 얼굴에 소람이 침을 꼴깍 삼켰다. 하지만 그렇게 말한 그는 정말 잠이라도 잘 요량인지 눈을 감았다.

어쩐지 목소리가 잠겨 있다 했다.

태준은 얼마 가지 않아 깊은 잠에 빠졌지만 소람을 붙잡고 있는 손엔 힘을 풀지 않는다. 눈 밑에 진 깊은 그늘에 소람의 마음이 푸스슥 가라앉았다.

"나돈데."

그가 없어 슬픔으로 보냈던 밤이 떠올랐다. 그 순간 정말 거짓말처럼 하품이 나왔다.

하아암.

딩동.

초인종이 울렸다. 그러자 소람을 꼭 끌어안은 채 잠들어 있던 태준이 슬쩍 눈을 뜬다.

딩동.

성질 급한 방문객이 다시 한 번 초인종을 누르자 그의 시선은 자연스레 소람에게로 향한다. 다행히도 아직 잠을 깰 기색이 없어 보였다.

그녀의 잠을 방해하고 싶지 않아 그가 조심스럽게 침대를 벗어났다. 의자에 걸쳐 둔 하의를 대충 걸친 그가 거실로 향한다. 지나가는 길에 시계를 슬쩍 보았더니 두 시간 정도 시간이 흘러 있었다.

인터폰 앞에 멈춰 선 그는 화면에 보이는 남자의 모습에 문을 열어주었다. 그와 했던 약속이 떠올랐다. 새로운 사업에 대해 상의를 할 생각으로 불렀는데, 소람 때문에 까마득하게 잊고 있었다.

"누구 왔어요?"

"깼습니까?"

"네."

늘어지게 하품을 하는 소람을 보며 그가 곧장 현관으로 다가갔다. 그리고 문을 열어 남자를 안으로 안내한다.

신발을 벗던 남자도 얼른 숨어야 하나, 말아야 하나 고민을 하던 소람도 서로의 존재에 동시에 얼어붙었다. 세 사람 중 당황하지 않고 평소의 페이스를 유지하고 있는 건 태준뿐이었다.

그가 동생을 보며 말했다.

"인사해. 형수야."

"……"

태준보다는 화려한 분위기의 남자가 얼굴을 일그러뜨렸다. 김현수, 그는 태준의 바로 아래 동생이었다. 광고회사를 운영하고 있는 그는 가족을 지켜야 한다는 의무감에 짓눌린 그와는 달리 자유로운 삶을 살아가고 있는 남자였다. 막냇동생만 하겠느냐마는.

진짜야?

동생이 시선으로 묻자 태준은 고개를 끄덕였다. 그러자 그는 신발을 벗고 빠르게 소람에게 다가간다. 그녀는 그 짧은 사이 손가락으로 머리를 빗고 있었다. 어쩔 줄 몰라 하며 얼굴을 가리는 여잔 예뻤다.

"안녕하세요, 김현수라고 합니다."

소람은 자신의 앞에 불쑥 내밀어지는 손을 보았다. 악수를 청한다는 것쯤은 당황한 와중에도 알았기에 손을 붙잡았다.

"윤소람이라고 합니다."

"네, 반가워요."

사람 좋은 웃음을 지은 그가 고개를 돌려 뒤에 서 있는 태준을 보았다. 그의 시선은 두 사람이 맞잡고 있는 손으로 향해 있었다.

그 손 언제 놓을래?

무심한 표정이 그렇게 말하는 것 같아 현수는 서둘러 손을 놓은 후 물었다.

"근데 형 결혼해?"

"프러포즈 받았어."

마치 일상 인사처럼 가벼운 어조에 현수의 시선이 다시 소람에게 향했다. 소람의 얼굴은 터질 듯이 빨갰다. 하지만 그녀를 기함하게 만드는 말은 거기서 멈추지 않고 이어졌다.

"조카도 생겼어."

"……허."

당황스러운 상황에서 아무렇지 않은 척 표정 관리를 하던 현수도 더 이상 참기 힘든 모양이다. 입을 떡 벌린 그가 소람을 본다. 소람의 얼굴은 어느새 검은색에 가깝게 변해 있었다.

"……"

"……"

시선을 맞춘 현수와 소람이 어색하게 웃었다.

당신이 내 새로운 가족인가요?

마치 그렇게 물으며 잘 봐달라는 듯 웃는 것처럼.

제 5 장

봄이
내게 왔다

귀를 기울여

—대영그룹 김태준 부사장, 윤소람 前아나운서 결혼식 대신 기부! 아름다운 선행.

—김태준 부사장, 윤소람 前아나운서 '나눔으로 결혼합니다'.

두 사람은 결혼식을 올리지 않았다. 호화로운 결혼식을 올리는 대신 그 비용을 사회에 기부했다. 개인적인 재단에 기부한 것도 아니었다. 제3의 단체를 통해 어려운 곳에 잘 써달라고 말했고, 그 금액은 수십억 원에 달했다.

하지만 사람들의 반응은 회의적이었다. 수십억을 기부하긴 했지만 두 사람이 오랫동안 결혼 생활을 유지할 거라고는 생각하지 않았다.

금방 이혼할걸?

야, 결혼도 사실 소문 때문에 그런 거 아니야?

중대사를 쉬이 치부해 버리며 사람들은 비난을 멈추지 않았다. 그러다 곧 두 사람의 2세 소식이 전해지자 다들 그럴 줄 알았다는 반응들이었다.

역시 그럴 줄 알았어.

애 아니면 둘이 결혼했겠어?

사람들의 원색적인 힐난에도 소람과 태준은 개의치 않았다. 힘들게 손에 쥔 행복을 지키기 위해 노력하기로 신 앞에서 맹세했고, 다소 소박한 결혼 사진을 하나 남겼다.

심플하고 하얀 원피스를 입고, 순백의 부케를 든 그녀와 멋진 슈트를 입고 있는 그는 그림처럼 멋있었다. 하지만 사진은 언론을 통해 나가지 않았다. 다른 손님 없이 올린 결혼식은 서로의 마음에만 남아 아름다운 추억으로 남았다.

사람들의 생각과는 달리 두 사람은 7년 동안 결혼 생활을 유지했다. 그 사이 많이 다투기도, 서로를 울리기도 했지만 결론은 하나였다.

서로가 곁에 없으면 잠을 이룰 수 없다.

그렇게 진정한 가족이 되어갔다.

끼이익—

슬쩍 문이 열리는 소리와 함께 소람이 안을 보았다. 태준이 등을 돌린 채 커다란 침대에 누워 있었다. 하루에 한 번씩 아직도 운동을 빼먹지 않고 하는 그는 젊은 시절 그대로의 몸을 유지하고 있었다. 예전엔 넓은 어깨가 참 멋있다고 생각했는데 오늘은 다르다. 토라져 있는 등이 참 보기 싫었다.

벨벳 가운을 여민 그녀는 당연하게 비어 있는 그의 옆자리를 보았다. 오늘 그와 다투었다. 아이의 교육 문제에 관해서만큼은 한 치의 양보도 할 수 없었기에 두 사람은 연애를 했을 때는 물론이고, 7년 동안 이어온 결혼 생활을 통틀어 가장 치열한 부부 싸움을 하고 있었다. 다른 아이들이 하는 것처럼 소람은 미리 선행학습을 해야 한다는 입장이었지만 태준은 필요 없다는 입장이었다.

그러다 바보가 되어버리면 어쩌려고?

요즘 교과서가 얼마나 어려운 줄 알아?

삐죽하게 뜬 눈으로 태준을 노려보던 그녀가 한숨을 푹 내뱉었다. 그의 옆자리에서 잠들고 싶지 않았지만 두 사람 사이에 부부 싸움의 원칙이 있었던 터라 조심스럽게 옆에 누웠다.

두 사람이 정한 부부 싸움의 원칙 하나.

아무리 치열하게 싸운다 하더라도 잠은 함께 잘 것.

두 번째 원칙.

아침 식사는 무조건 함께 할 것.

싸움이 길어지지 않도록 두 사람이 정한 지혜로운 규칙이었다.

부스럭부스럭.

잠이 오지 않아 몸을 뒤척이던 소람이 눈을 질끈 감았다. 이번 싸움은 꽤 길어질 것 같아 마음이 좋지 않았다. 하지만 교육에 있어선 한 치도 물러설 수 없었던 터라 그의 품에 안겨들고 싶은 걸 가까스로 참았다.

이번엔 꼭 이겨야 해.

아무것도 없었던 어린 시절. 교육만이 희망이었던 그녀에게 있어 학교 성적은 행복을 위한 필수 조건 중 하나였다. 자신이 자포자기하고 공부를 하지 않았다면 아나운서도 되지 못했을 것이고, 태준 또한 만나지 못했을 것이다. 더욱 요즘 세상에 스펙이 얼마나 중요한가!

자신이 하고자 하는 일을 이루기 위해선 학교 성적은 기본이고, 어느 대학을 나왔는지가 중요한 그녀에게 있어 이제 학교에 입학하게 되는 아이의 교육에 민감할 수밖에 없었다.

하지만 태준의 의견은 달랐다. 어차피 치열한 입시 경쟁에 뛰어들어야 한다면 그전에 하고 싶은 것들을 다양하게 경험하게 내버려 둬야 한다는 입장이었다. 어차피 이 세계에서 살아가기 위해선 당연히 밟아야 하는 엘리트 코스가 있었고, 그 길을 고스란히 걸어왔던 태준은 그 시간이 얼마나 힘든지 알고 있었다. 하지만 당연히 기업을 이어받아야 한다는 생각 아래 공부만 해왔던 자신과는 달리 되도록 아이가 원하는 미래를 살 수 있도록 다양한 경험을 하게 해주고 싶었다.

소람이 몸을 동그랗게 말았다. 이번만큼은 그가 자신의 뜻에 따를 때까지 한마디도 하지 않을 생각이었다. 하지만 잠들 때 늘 파고들었던 품이 없어 벌써부터 그의 뜻에 따르고 싶어진다.

춥다.

두꺼운 이불이 몸을 짓누를 만큼 무거워도 추위는 가시지 않았다. 눈물마저 삐질 나올 것 같다.

슬쩍 고개를 뒤로 돌린 소람은 인기척 없이 누워 있는 태준을 보았다.

이젠 어른이 되었다고 생각했는데 그에게만은 여전히 아이다. 그가 날 무조건적으로 이해해 줬으면 하고, 내 말에 고개를 끄덕여 줬음 했다. 한 아이의 어머니가 되고 이젠 마흔을 바라보는 나이인데도 그에게만은 여전히 열다섯 고집쟁이 소녀다.

눈을 감은 그녀가 깊은 숨을 몰아쉬었다. 그리고 얼마 가지 않아 고른 숨을 내뱉는다.

코오, 코오.

잠이 든 와중에도 소람은 습관적으로 그의 옷자락을 붙잡았다. 그를 꼭 쥔 손이 아이처럼 느껴져 안쓰럽다.

그 또한 그런 생각을 했을까.

소람이 잠든 지 얼마 되지 않아 그가 몸을 일으켰다. 그는 잠들지 못한 모양이다. 몸을 채 일으키지 못한 그가 소람의 손을 내려다보았다. 그러더니 깊은 한숨을 내뱉는다.

'윤소람, 정말.'

그의 한숨엔 그녀를 향한 원망 비슷한 것도 섞여 있었다. 시윤에겐 다정하고 좋은 엄마가 되려고 애를 쓰면서 자신에겐 어쩜 이렇게 한 번도 안 져주는지 가끔 원망이 들 때가 있다. 아들에게 질투를 하는 몹쓸 아빠가 된 적이 어디 한두 번이던가. 이번에 다툰 것도 그와 비슷한 맥락이었다. 아이의 교육 문제는 인생 전반에 영향을 끼치는 만큼 중요한 문제이기도 했지만 아이를 무조건 끼고 도는 소람의 모습에 화가 나기도 했다.

어쩜 이럴 수 있는가.

두 사람 모두 부모가 된 것은 처음이다. 가족의 형태를 그리려고 애를 쓰는 것도 처음이었다. 당연하게도 서툴 수밖에 없다. 찬란하게 빛나는 반지를 바라보던 그가 깊은 한숨을 연거푸 뱉었다.

움찔.

그의 한숨 소리를 들은 것일까. 곤한 잠에 빠져들어 있던 소람이 얼굴을 일그러뜨렸다.

숨을 참고 소람을 바라보던 그는 연신 꿈틀거리는 미간을 보며 손을 뻗는다.

그의 한숨 소리 때문에 깬 것이 아닌가 보다. 과거의 기억을 꿈에서 만나느라 그녀는 또다시 괴로운 표정인가 보다.

손으로 눈가를 가려준 그가 눈을 감았다.

"소람아, 그거 기억나?"

함께 처음으로 산부인과에 갔던 날. 시윤이 심장 소리를 처음 듣고 얼마나 놀랐는지 몰라. 정말 우리 아이가 당신의 뱃속에 있구나. 눈물이 났어.

함께 손을 잡고 산부인과에 갔었다. 그리고 그곳에서 처음으로 자신에게 온 소중한 보물을 만났다. 그날을 떠올리면 아직도 눈물이 났다. 그리고 소람에게 무한한 고마움을 느낀다.

"밤이면 당신이 먹고 싶었던 음식을 사러 가는 것도 즐거웠어."

다양한 음식과 과일을 공수하기 위해 새벽 거리를 헤맸었다. 그땐 그것도 무척 즐거웠다. 잘 먹는 소람을 볼 때면 자신의 배가 부르는 기분이 들었다.

"그리고 긴긴 고통 끝에 시윤이가 내 품에 안겼을 때…… 그날의 감정을 아직도 잊지 못해."

소람이 12시간에 가까운 시간 동안 산통을 겪을 때 그는 그 곁을 지켰다. 그리고 괴로움에 고개를 젓는 그녀의 모습에, 난생처음 본 그녀의 초췌한 모습에 함께 울었다.

한 아이가 세상에 태어나기까지 산모는 아픈 일도 힘든 일도 많았다. 불러오는 배에 잠들지 못했던 그 시간들이 끝난다는 생각에 단순히 좋아했던 그는 밖으로 나오려는 아이를 다시 안으로 집어넣고 싶은 충동을 느꼈다. 그리고 소중한 보물을 처음으로 미워했다.

왜 이렇게 엄마를 아프게 하니?

아이가 태어나면 혼쭐을 내주리라 생각을 했지만 막상 태어난 약한 존재를 조심스럽게 안고 울었다. 드디어 셋이구나. 우리 평생 행복하게 살자. 자신의 품에서 조용히 잠든 아이를 보며 그렇게 말을 했더랬다.

"당신에겐 고마운 것이 참 많아."

천천히 손을 뗀 태준이 소람을 내려다본다. 그녀는 어느새 평온한 표정으로 잠들어 있다.

동화를 읽듯 자신의 마음을 고백할 때면 소람은 나쁜 꿈도 잊는다. 그래서 나쁜 꿈이 찾아온 걸 알 때면 태준은 그녀에게 고마웠던 과거의 일들을 말해준다.

당신과 나에겐 행복한 추억이 참 많아. 그러니까 괴롭고 힘든 과거는 잊어.

그리고 그 끝의 마지막은 항상 같은 말이다.

"고마워, 소람아."

윤소람에게 고마운 것이 참 많았다. 평생 느끼지 못했을 감정과 환희를 그녀는 자신에게 주었다. 인내심이 미덕이라 생각했던 그를 솔직한 인간으로 바꿔놓았고, 어깨에 얹어져 있던 수많은 부담감에서 해방되도록 만들어주었다.

당신은 기계가 아니에요. 우리의 소중한 가장이지.

고민이 있으면 함께 나누고, 대화를 통해 풀어나가자고 결혼식을 올리는 날 다짐했다. 살아가면서 그게 그리 쉽지 않다는 것을 알아가고 있지만 그래도 해볼 생각이다.

대화를 하자.

태준은 여전히 아름다운 자신의 아내를 보며 그녀가 악몽을 꿀 때면 했던 감사의 인사를 직접 해보기로 했다.

사랑하는 윤소람. 내 말 들어줄래?

냉랭한 분위기가 흐르는 식탁 앞에 세 가족이 도란도란 모여 있다. 그녀가 예전에 간단한 반찬도 만들지 못했던 것을 생각해 보면 식탁에 차려진 음식은 수라상이나 다름이 없다. 그녀의 피나는 노력이 보이는 부분이었다.

반찬 하나를 집어 입으로 밀어 넣는 소람을 태준이 슬쩍 곁눈질했다. 어떤 타이밍에 대화를 시작해야 할지 몰라 그는 연신 눈치를 보는 중이었다.

플라스틱 숟가락으로 밥을 푹푹 퍼먹던 시윤이 뭔가 이상하다는 듯 고개를 기울였다. 아이가 여전히 하얀 쌀밥이 담겨 있는 소람의 밥그릇을 보더니 태준을 보았다. 아빠를 바라보는 아이가 큰일이라도 난 것처럼 눈을 동그랗게 뜬다.

"아빠, 왜 그래?"

"뭐가?"

태준은 아이가 무슨 말을 하는지 몰라 오히려 되물었다. 그러자 아이가 부모의 얼굴을 번갈아 보며 한숨을 푹 내쉰다. 일곱 살의 아이가 쉬기엔 너무 낮고 깊은 한숨이었다.

아이가 플라스틱 젓가락으로 작은 멸치 볶음을 집어 소람의 밥 위에 올려준다. 그러더니 태준이 늘 했던 것처럼 소람을 보며 해사하게 웃는다.

"엄마, 맛있게 먹어."

"아."

태준은 그제야 아이가 왜 이상하다는 듯 자신을 보았는지 깨달은 모양이다. 식사를 시작하기 전, 태준은 자신이 한 음식의 경우엔 소람에게 가장 먼저 맛보라며 숟가락 위에 올려주곤 했다. 거의 식사 준비를 함께했다 보니 이는 거의 식사의 시작과 같은 행위가 되어서 어린 시윤에게도 음식을 올려주지 않는 게 이상하게 보였나 보다.

오늘은 남편 대신 아들이 올려준 반찬을 내려다보던 소람이 시윤을 보며 다정하게 웃었다.

"고마워, 아들."

시윤의 머리를 쓰다듬어 준 소람이 태준을 힐끗 본 후 맛있게 밥을 먹기 시작한다. 늘 다정한 대화가 오고 가던 아침 식탁에 오늘은 아이가 조잘조잘 떠드는 소리만 들릴 뿐 어색한 분위기가 흘렀다.

이대로는 안 된다는 생각에 태준은 아들 쪽으로 몸을 돌렸다. 소람은

쉬이 공략되지 않을 것 같으니 치사하더라도 어린 아들의 마음부터 돌려
놓는 게 좋을 것 같았다.

"아들, 우리 놀러 갈까?"

"어디? 어디?"

예상대로 시윤이 눈을 반짝였다. 아들이 좋아하는 건 뻔했다. 태준은
아들이 절대 거부할 수 없는 달콤한 제안을 했다.

"스키장 어때?"

"좋아!"

아들은 활동적인 그를 닮아 온갖 스포츠는 다 좋아했다. 여름이면 물
에서 살았고, 가을이면 함께 낙엽이 우수수 쏟아진 길과 산을 함께 올랐
고, 겨울이면 작년에 배운 스키를 함께 탔다. 운동신경은 어른인 소람보
다 훨씬 좋아 뭐든 일찍 배웠고 즐겼다.

몸을 쓰는 것에 거리낌이 없는 아이가 활짝 웃으며 그를 바라보자 소
람의 얼굴이 일그러졌다. 태준이 그녀의 눈치를 슬쩍 살핀다.

"난 안 가요."

"아들, 우리 둘만 가야겠는데?"

태준의 말에 시윤이 울음을 터뜨릴 것처럼 울상을 지었다.

이다음은 굳이 자신이 나서지 않아도 된다.

"엄마아! 가자! 응? 시윤이랑 가자! 가자 가자!"

7세 아동의 땡깡이 모든 걸 해결해 줄 테니까.

스키장이 한눈에 내려다보이는 스위트룸에 태준과 소람이 서로 마주
보고 앉아 있다. 시윤은 몸이 근질근질한지 참지 못하고 밖으로 나갔다.

원래라면 태준도 함께 나가 눈이 쌓여 있는 언덕을 시원하게 내려왔겠지만 오늘은 달랐다. 오늘은 특별히 김 비서에게 부탁까지 한 그는 소람과 단둘이 남을 기회를 기다렸고, 부득불 그녀를 자신의 맞은편 자리에 앉혔다.

두 사람 사이엔 뜨거운 녹차 두 잔이 놓였다. 태준은 이 녹차를 다 마실 때까지만 이야기를 하자고 했고, 소람은 이조차 싫은지 뚱한 표정이다.

"시윤이 짐 정리 해야 해요."

3박 4일로 온 일정이었기에 일가족 짐을 다 정리하려면 부지런히 움직여야 한다. 하지만 태준은 급할 것 없다는 듯 작게 고개를 저은 후 물었다.

"아직도 화난 거야?"

"화난 게 아니에요. 당신에게 내 뜻을 주장하고 있는 거지."

몸을 돌려 비스듬히 앉아 있던 소람이 그를 똑바로 바라보았다. 자세 또한 고쳐 잡는다.

"이 시기가 가장 중요해요. 나중에 외국어 배우려면 얼마나 힘든 줄 알아요? 영어 단어 외우다 보면 머리에 쥐가 날 것 같고, 영어 문장도 잘 만들어지지 않아서 외국인들 만나면 몸이 얼고. 엄청 힘들다고요."

"……당신도 그랬어?"

"네."

조금은 낮은 목소리에 태준의 입에서 깊은 한숨이 흘러나왔다. 자신은 교육을 받고 싶을 때 받을 수 있었고, 어릴 때부터 다양한 외국어를 접했다. 자신의 뜻과는 달리 자연스럽게 습득한 것이었고, 현재에 다다랐다. 하지만 소람은 아니다. 그녀는 배우고 싶었는데도 배우지 못했고, 다른 이들보다 힘들게 스스로 많은 것들을 익혀야 했다. 그러니 교육관이 다를 수밖에 없다.

이제야 지나치게 느껴졌던 소람의 주장에 귀가 기울여진다. 그녀의 입장에선 어릴 적부터 많은 공부를 해보고 싶었던 것이다. 그게 되지 않아 원망을 하고 있었는지도 모르겠다.

"너무 힘들었어요. 다른 애들은 10분이면 외우는 거 전 한 시간이 걸렸고, 외국어 영역에서 애들은 손쉽게 1등급 받는데, 난 어떻게 해도 안 되고. 고3 땐 엉덩이가 짓무르는 줄 알았단 말이에요. 미리 해두면 좋아요. 외국어는 무조건 먼저 해야 해요."

"더 바라는 건?"

그의 물음에 소람의 눈이 커다랗게 떠졌다. 태준이 자신의 이야기를 들어주고 있다는 것을 알았기 때문이다. 위로 올라가 있던 눈매가 아래로 내려갔고, 눈동자는 우울한 빛을 가득 담고 있다. 그가 한 걸음 뒤로 물러섰다. 어느 누가 본다면 소람이 승리했다고 생각할지도 모르지만, 그녀의 생각은 달랐다. 또 자신이 졌다는 생각을 한다.

"……시윤이가 행복했으면 좋겠어요."

"나도 똑같아."

고저 없는 말에 소람이 힘없이 고개를 끄덕였다. 그 말을 어떻게 의심할 수 있겠는가. 그는 누구보다 시윤을 사랑하고, 함께 만들어가고 있는 가정을 아끼는데. 토를 달 수가 없었다.

"나도 시윤이가 행복했으면 좋겠어."

"……."

다시 한 번 힘주어 하는 말에 소람이 입을 꾹 다물었다. 표정은 금방이라도 울음을 터뜨릴 것만 같았다.

"미안해요."

사과의 말에 태준이 고개를 저었다. 그러더니 반쯤 식어버린 녹차를 내려다본다.

"아니야. 내가 미안해."

"그렇게 말하면 내가 아주 나쁜 아내가 된 것 같잖아요. 그러지 마세요."

"싫은데?"

"태준 씨."

장난스러운 물음에 소람이 허탈하게 웃었다.

자리에서 벌떡 일어난 소람이 그의 곁으로 다가간다. 그가 뭐냐는 듯이 올려다보자 그녀는 허리를 숙여 태준의 입술에 짧게 입을 맞췄다.

"이렇게 멋있는 남잘 봤나."

"……."

"너무 멋있다 보니 현실감이 없어, 현실감이. 당신 내 남편 맞죠?"

그러면서 눈을 찡긋거리는 걸 보며 태준이 표정을 굳혔다. 소람 나름의 애교였다. 자신을 좀 더 사랑해 달라는 신호이기도 했고.

이를 모를 리 없는 태준은 손을 뻗어 소람의 뒤통수를 붙잡아 그대로 내렸다. 소람의 입술을 한입에 머금은 그가 여린 살을 잘근잘근 씹었다. 신음과 함께 벌어지는 입술 사이로 말캉한 혀가 파고든다. 두 사람의 살덩어리가 하나로 얽혔다.

뜨거운 키스를 하면서도 그는 끝없이 호흡을 불어넣었다. 그와 함께 타액도 그녀의 입안으로 흘러들어 간다.

꿀꺽.

침을 삼킨 그녀가 천천히 떨어지는 입술을 느끼고선 눈을 떴다. 욕망으로 일그러진 얼굴을 보자 벌써부터 쾌감에 몸이 떨렸다. 침대 위에서 그가 얼마나 열정적인 남자가 되는지 알고 있는 소람은 신음이 섞인 목소리로 말했다.

"시윤이 와요."

아쉬운 마음이 들었지만 어쩔 수 없었다. 아들이 태어나면서부터 두 사람은 아이 몰래 밖에서 데이트를 즐기며 함께 꼭 붙어 있는 날들이 많았다. 하지만 오늘은 아니다. 아들이 곧 들어올 테니까.

민망한 모습을 들킬 수는 없기에 소람은 가볍게 태준의 가슴을 밀어냈다. 하지만 손에 들어간 힘은 너무 적어 커다란 몸을 밀어내기엔 역부족이었다.

"해 질 때까진 안 들어올 거야."

실제로 김 비서에게도 그렇게 부탁을 해뒀다. 나이가 나이이니만큼 부탁을 하면서도 못내 미안했지만.

오금 밑으로 손을 찔러 넣은 그가 소람의 몸을 번쩍 들어 올렸다. 자연스럽게 그의 목에 팔을 두른 그녀는 짧은 사이에도 단단한 턱에 입을 맞추고, 혀를 빼내 목젖을 핥았다. 벌써부터 혼이 빠져 나갈 만큼 끔찍한 쾌락과 그 후에 다가올 달콤한 시간에 기대감이 일었다.

등 뒤에 폭신한 매트리스가 닿았다. 그리고 몸 위에 그의 시선이 내려앉는다. 손을 들어 태준의 뺨을 감싸 쥔 소람이 해사하게 웃었다.

"사랑해요, 태준 씨."

웃으며 마음을 전하는 그녀에게 그는 답 대신 키스로 되돌렸다. 뜨거운 손길에 몸이 노곤하게 녹아내린다. 이렇게 행복할 수가 없다.

"으응."

소람의 잇새로 신음이 흘렀다. 커다란 손이 여체를 노니는 순간 체온이 올라가고, 아랫배에서 흥분이 피어올랐다. 소람의 어깨가 움츠러들었다.

그의 손이 집요하게 아랫배를 더듬는 순간 소람의 허리가 비틀렸다. 속옷이 찝찝하게 느껴질 만큼 축축하게 젖어들었다. 긴장이 몰려왔다. 항상 행위가 시작될 바로 이 시점엔 정도의 차이만 있을 뿐 몸이 뻣뻣하게 굳어진다. 그건 아마도 앞으로 자신을 덮칠 쾌락이 얼마나 큰지 알기에 지레 겁을 먹고 그러한 것이리라. 이런 그녀의 마음을 알고 있다는 듯 태준은 소람의 얼굴에 자잘하게 입을 맞춘다.

"간지러워요, 태준 씨."

그녀가 작게 웃음을 터뜨렸다. 손을 들어 얼굴을 가리려는 순간 붙잡혀 다시 얼굴을 내주어야 했다.

꺄르르.

맑은 종소리와 비슷한 웃음소리에 그의 마음도 들뜬다. 두 사람 모두 행복으로 흐트러진다.

가볍게 맞춰졌던 입술이 곧 묵직한 무게를 담고 내려앉는다. 두꺼운 스웨터를 걷은 그가 납작한 배 위와 예쁜 굴곡을 그리고 있는 허리, 브래지어 바로 밑 갈비뼈에 차례로 입을 맞췄다. 뜨거운 입술에 소람이 참다못해 다시 한 번 신음을 흘린다.

그는 어떻게 해야 소람의 몸이 달뜨고, 흥분에 젖는지 잘 알고 있었다. 느리고 정확하게 그녀가 좋아하는 곳만 더듬고 빠는 그 때문에 소람은 이를 악물며 참아냈다. 이젠 익숙한 손길이었지만 매번 이렇게 주체할 수 없을 만큼 흥분하고 만다.

두 사람의 입술이 뜨겁게 마주했다.

거칠게 숨을 몰아쉬던 그녀는 촉촉하게 젖은 눈으로 자신을 내려다보고 있는 태준을 올려다보았다. 이 모든 상황이 비현실적으로 느껴졌다. 마치 꿈결을 걷는 느낌이었다.

치마와 스타킹, 속옷을 한꺼번에 잡은 그가 아래로 끌어 내리자 소람이 엉덩이를 살짝 들어 도와준다. 실오라기 하나 걸치지 않은 소람이 작게 몸을 떨었다.

허벅지가 들리는 느낌과 함께 커다란 손이 발을 쥐었다. 유독 큰 손 때문일까. 소람의 발이 아이의 것처럼 작아 보였다.

"뭐, 뭐 하는……."

수없이 많은 관계 속에서 그가 자신의 발을 쥐었던 적은 없었다. 갑작스러운 행동에 소람은 당황했고, 그는 말없이 발등에 입을 맞췄다. 깜짝 놀란 소람이 비명을 질렀다. 하지만 발등은 입술이 닿자 발가락이 동그랗게 말렸다.

하지만 그사이에도 그의 입술은 바쁘게 움직인다. 가느다란 발목에 입을 맞췄고, 그 후 혀를 빼 가느다란 종아리를 핥았다. 정교한 예술품을 대하듯 조심스럽게 여체를 핥던 그가 맛보면 사탕처럼 녹을 것 같은 가슴을 움켜쥐었다. 고개를 빼꼼하게 내민 가뭇한 꼭지가 그의 손에 농락당한다.

손바닥으로 빳빳하게 고개를 든 유두를 짓누를 듯 문지른 그가 입술을 맞췄다. 사타구니 사이에 달콤한 액이 흘렀고, 허리는 춤을 추듯 연신 들썩였다.

농밀한 입맞춤에 새하얀 허벅지가 떨렸다. 짜릿한 쾌감에 눈물이 흐를 것 같다.

그의 팔목을 힘껏 붙잡은 소람이 고개를 힘껏 내저었다. 얼른 자신을 채워달라는 듯 눈동자가 번들거린다. 그녀는 당장이라도 숨이 넘어갈 것처럼 흥분했으나 그는 달랐다. 소람에게서 떨어진 그는 입고 있던 두꺼운 티와 바지를 지나치게 느리게 벗었다. 그 와중에도 집요한 시선은 그녀에게서 떨어지지 않는다.

소람에게 다가간 그가 허벅지 사이에 자리를 잡는다. 그리고 빳빳하게 고개를 든 페니스를 붙잡고 미끈한 액이 흘러넘치는 여린 속살에 대고 문질렀다.

"아흑."

울음과 비슷한 신음에 그가 허리를 움직여 힘껏 안으로 밀어 들어갔다.

"학!"

거친 숨이 터져 나왔다. 새하얀 가슴은 들썩였지만 여체는 빳빳하게 굳는다.

안을 가득 채운 그의 존재감에 눈물이 흘렀다. 사랑이 동반된 섹스에 감정이 벅차올랐다. 무엇으로도 채울 수 없었을 것 같았던 상실감. 그리고 한없이 이어질 것만 같았던 우울한 날. 인생 전반에 흐르던 슬픔은 그를 만남으로 인해 완벽하게 해소되었다. 예전엔 이 지질한 날이 언제쯤 끝날까, 생각했던 적이 있었다. 그리고 하루빨리 끝났으면 바랐었다. 자신의 인생은 그렇게 불행했다.

하지만 그로 인해 자신의 인생은 완벽하게 바뀌었다. 하루가 충만했고, 미래가 기대되었다. 사랑 아래 나날이 커가는 아들을 보며 가끔 벅찬 감동으로 눈물이 흐르기도 했다. 김태준, 그가 없었다면 이 많은 것들을 모르고 죽었겠지.

얼굴 위로 툭툭 떨어지는 땀에 소람은 파르르 떨리는 눈꺼풀을 힘겹게 들어 올렸다. 몸은 저릿저릿한 쾌감으로 주체할 수 없었지만 시선만은 흔들림 없이 그에게로 향했다.

"으응!"

억눌린 신음을 내뱉은 그녀는 묵직하게 몸을 내리는 태준을 끌어안았다. 넓은 등에 손톱을 박아 넣은 소람이 끅끅 소리를 냈다. 이대로 죽을지도 모른다는 생각을 했다. 뜨거운 체온에 몸이 타들어갈 것만 같다.

누가 먼저랄 것도 없이 서로의 품을 찾고 입술을 맞춘다.

사랑.

이 얼마나 대단한 감정인가.

부족했던 인생이 만족으로 차오른다.

"아저씨, 안 들어가?"

태준을 닮아 또래보다 머리 하나는 큰 시윤이 김 비서를 똘망똘망한 눈으로 올려다보며 물었다. 이젠 몸이 예전 같지가 않은 그였지만 넘치는 힘을 감당하지 못하는 일곱 살 아이와 실컷 놀아주었다. 머리부터 발끝까지 흠뻑 젖어 몸이 오들오들 떨리기까지 했지만 김 비서는 룸 안으로 쉬이 걸음을 옮기지 못한 채 당황한 표정을 지었다.

"들어가야지. 시윤아, 잠시만."

김 비서는 벨을 누르기 전에 전화라도 해봐야 하나 고민했다.

자신의 상사는 참 많이 변했다. 소람을 만나면서 시도 때도 없이 사랑을 표현하는 것에 부끄러워하지 않았고, 간혹 상대는 보이지 않는지 사랑을 속삭이는 것에 여념이 없었다.

하지만 이를 나무라는 사람은 없었다. 감히 대영그룹 김태준 사장에게 불만을 토로할 사람도 없었을 뿐더러 애정과 사랑으로 뚝뚝 떨어지는 눈망울에 대고 '그만 좀 하시죠' 라고 말할 간 큰 이도 없었다.

그런 상사가 자리를 비워달라고 했다. 시윤이 원할 때까지 힘껏 놀아달라는 부탁까지 했다.

안에서 어떠한 일이 벌어지고 있는지 쉬이 예상한 김 비서가 곤란한 표정으로 시윤을 보았다. 일곱 살 아이는 엄마가 보고 싶다고 떼를 쓰고 있었다.

"내가 누를래, 내가!"

아이가 초인종을 보며 연신 떼를 쓰자 김 비서는 '난 몰라' 라는 표정으로 아이를 번쩍 들어 올렸다.

아이고, 허리야.

허리가 지끈 아팠지만 김 비서는 시윤이 초인종을 누를 때까지 힘겹게 기다려 주었다.

딩동딩동!

"엄마! 아빠! 문 열어!"

초인종이 울리고 얼마 후 태준이 문을 열어주었다. 그와 눈을 맞춘 김 비서가 한숨을 푹 내뱉자, 태준은 미안하다는 듯 고갯짓했다. 김 비서는 많이 지쳐 보였다.

아이는 소원대로 엄마를 보기 위해 룸 안으로 뛰어들어 갔다. 소람은 어색하게 머리를 쓸어 올리다 말고 아이와 눈을 맞추고 있었다.

"화해했어?"

시윤의 말에 소람이 뺨을 발그레 붉혔다. 뒤에 서 있던 김 비서와 태준은 두 사람이 무슨 말을 나누나 싶어 고개를 기울인다.

"사이좋게 지내야지."

"뭐?"

가까이 다가온 태준이 황당하다는 얼굴로 아들을 보았다. 이거야 원, 아이를 혼내는 노파 같다. 하지만 시윤은 거기서 멈추지 않고 태준과 소람의 손을 붙잡아 한곳으로 모은다.

"싸우지 마. 알았지?"

시윤의 표정에 뒤에 서 있던 김 비서가 고개를 절레절레 저었다.

그래. 조금만 싸워주면 얼마나 좋겠는가.

김 비서는 이번 여행이 끝나면 태준의 손을 붙잡고 진지하게 이야기할 참이었다. '사장님, 저도 이제 손주 볼 나이거든요?' 라고.

처음으로

제 또래답지 않게 길쭉하게 큰 아이가 혼자 벤치에 앉아 있다. 하는 일 없이 바닥을 툭툭 차는 것으로 시간을 보내고 있는 아이는 뭐가 그렇게도 마음에 들지 않는지 인상을 잔뜩 찌푸리고 있었다. 그럼에도 아이는 예뻤다. 커서 뭐가 돼도 되겠다는 생각이 들 만큼 커다란 눈과 새초롬하지만 붉은 입술이 참 곱다. 일반 가정에서 자랐다면 큰 사랑을 받고 자랐을 만큼 예쁘고 총명한 아이였다.

하지만 안타깝게도 아이에겐 사랑을 줄 부모가 없다. 부모는 스스로 선택할 수 있는 게 아닌데도 아이는 태생적으로 다른 아이들과 시작하는 선상이 달랐고, 이로 인해 너무 큰 상처를 받았다.

아이는 어떻게 하면 오늘도 이 지긋지긋한 고아원에서 벗어날 수 있을지 고민하는 중이었다. 스스로의 힘으로 돈을 벌어 나가기엔 아직은 너무 어리다. 나가서도 뾰족한 수는 없었다. 중학교 2학년. 아직은 의무교육을 받을 나이었지만 소녀는 알고 있었다. 나라에서 당연히 해주겠다는 것에도 돈이 들어간다는 것을. 냄새나고 더러운 그 돈이 없으면 아무것도 할 수 없다는 사실을.

자신 혼자선 아무것도 바꿀 수 없는 인생이었기에 소녀는 늘 화가 나 있었다. 내가 이렇게 태어나고 싶어 태어났나? 내 부모는 도대체 어떻게 생겨먹은 인간들이기에 책임지지도 못할 아이를 낳은 거야? 차라리 낙태를 하지!

독기를 품은 아이는 늘 모든 게 불만이었다. 그리고 자신의 화를 밖으로 풀어내는 것에 거리낌이 없었다.

운동장에서 바람 빠진 축구공을 차는 아이들을 탐탁지 않은 눈으로 바라보던 소녀는 짙은 그림자에 고개를 들었다. 작은 키와 두툼한 옷을 입은 중년 남성이 소녀를 보며 웃고 있었다. 남잔 이 고아원에 오랫동안 봉사활동을 한 사람이었다. 소녀 또한 여섯 살 무렵부터 그를 본 기억이 있다. 하지만 최근엔 그의 방문이 더 잦아졌다.

"아저씨는 뭔데 계속 찾아와요?"

"소람이가 여기에 있으니까."

어른의 말에 소람은 짜증난다는 듯 얼굴을 구겼다. 내가 여기 있어서 온다고? 그 말을 소녀는 믿지 않았다. 그저 이 아저씨는 주위의 눈 때문에 여기에 와 봉사를 하고 있다고. 자신은 이 사람에게 있어 온정을 줘야 하는 불행한 아이일 뿐이라는 자괴감 섞인 생각을 했다.

나도 이렇게 태어나고 싶어서 태어난 게 아닌데. 고아라는 사실이 부끄러웠다. 그리고 잘 알지도 못하는 사람들이 보내는 물건들을 받아야 하는 처지도 짜증이 났다. 누군가에게 온정의 손길을 받아야 하는 존재라는 게, 동정을 받아야 하는 처지라는 게 너무너무 싫었다.

소람은 자신의 옆에 조심스럽게 앉는 남자를 힐끗 보았다. 이 남자도 자신을 동정하고 있었다. 그래서 자신을 현혹시키려는 말을 하고, 가지고 싶었던 문제집을 안겨주었다.

다정하게 바라보는 눈빛에 소람의 얼굴이 일그러졌다.

"아저씨, 몇 살인데 나한테 아빠가 되어주겠대요?"

좋은 학용품과 문제집을 안겨주던 남자는 어느 순간 자신에게 가족이 되어주겠다고 말했다. 그 말을 들은 지 한 달이란 시간이 흘렀다.

처음 그 말을 들었을 땐 가슴이 철렁 내려앉을 만큼 놀랐지만 곧 얼마의 시간이 흐르지 않아 이 남자가 왜 자신에게 달콤한 사탕을 쥐어주려 하나, 고민하기 시작했다. 나름 이성적으로 생각을 한다곤 했으나 삐뚤어진 마음 때문일까. 소녀는 남자를 경계하기 시작했다. 인간은 영악하다. 자신에게 득이 되지 않는 행동은 절대 하지 않는다. 소녀가 바라보는 세상엔 일방적인 도움을 주는 사람 따윈 없었다.

"나이는 상관없어. 난 소람이가 행복했으면 하는 사람이니까 충분히 아빠가 되어줄 수 있다고 생각해. 물론 소람이가 먼저 이 아저씰 좋아해 주어야 가능하지만."

"그런 게 어디 있어. 거짓말하지 마세요."

열다섯 살의 어린 여자아이가 짓기엔 너무 독기에 찬 표정이었다. 남자를 노려보던 소녀는 몸까지 부들부들 떨며 자신의 생각을 토해냈다.

"어른들은 말이에요. 자신에게 이득이 되는 일이 아니면 절대 하지 않아요."

"그래. 어른들은 그렇지. 그래서 소람이와 가족이 되고 싶은 거야."

"아저씨 변태예요? 미성년자 좋아하는?"

소녀의 말에 남자는 상처받은 표정으로 고개를 저었다. 자신을 변태 취급해서 그런 게 아니다. 소람을 둘러싼 우울한 분위기가 그의 마음을 아프게 만들었다.

"소람아, 세상이 아무리 네게 상처를 주더라도 너까지 세상 사람들에게 상처를 주려고 하지 마."

"왜요? 너무 억울하잖아요. 나만 당하면."

똑같이 해줄 거야. 나도.

그렇게 읊조린 소녀가 이를 앙다문다. 자신의 생각을 절대 철회할 생각이 없다는 듯이.

그런 어린 소녀를 바라보던 남자가 힘없이 고개를 저었다. 이렇게 힘을 주고 살다 보면 분명 언젠간 부러질 날이 온다는 걸 그는 알고 있다. 이 거친 사회를 살아가기 위해선 타인의 도움도 필요하니까.

인간은 혼자 살아갈 수 없다. 혼자 살다간 외로움에 사무쳐 메말라 갈 것이다. 소녀가 그러한 인생을 살까 봐 남자는 진심으로 걱정했다.

"남을 미워하는 데 너무 많은 에너지를 소모하면 정작 가까이해야 할 것들을 곁에 두지 못한단다."

"가까이 둘 게 뭐가 있다고요? 부모도 버린 난데. 뭐 어때요."

슬프고 안쓰러운 생각에 남자가 빠르게 고개를 젓는다.

"소람아, 넌 널 조금 더 사랑할 필요가 있어."

"......"

말문이 막힌 소녀가 남자를 말간 눈으로 보았다.

날 사랑하라고?

이해할 수 없는 말에 소람이 고개를 기울였다. 새하얗고 작은 얼굴에도 의문이 가득해 남자가 부드러운 미소를 지었다.

"널 사랑하다 보면 분명 다른 사람도 그렇게 될 거야."

그걸 넌 연습을 해야 해. 자신을 사랑하는 방법을.

타인과의 스킨십을 무서워하지 마.

호의를 보이는 사람이 있다면 너도 고맙게 받아들일 줄 알아야 해.

남자의 말에 소녀의 얼굴이 복잡해졌다.

그는 어려운 단어를 써가며 소녀를 현혹시키려 하지 않았다. 꾸준하게 소람을 찾아와 많은 이야기를 나누었고, 철저하게 거부를 할 때면 일정한 거리를 두고서 앉아 있었다. 그 거리가 많이 좁아졌다는 생각을 한 게 최근이다. 그런데 오늘은 그보다 더 가까워질 모양이다.

"……정말이에요?"

"뭐가?"

"정말 내 가족이 되어줄 거냐고요."

슬쩍 그의 눈치를 살핀 소람이 재빨리 시선을 내리자 남자의 얼굴에 해사한 웃음이 머물렀다. 드디어 소녀가 자신에게 마음을 연 것이다.

"소람이가 원하면 얼마든지. 아저씨는 소람이의 가족이 되어줄 거야."

"……가족이 있으면 뭐가 좋은데요?"

"소람이가 좋아하는 공부를 얼마든지 할 수 있지."

"정말요?"

"그래. 실컷 하게 해줄게. 그게 어른이 해야 할 일이니까."

남자의 말이 무척 기뻤나 보다. 소람의 눈동자가 빛을 머금고 반짝였다.

이제 드디어 됐다는 생각과 함께 남자가 자리에서 벌떡 일어났다. 그러면서 소람을 내려다보며 밝은 어조로 말한다.

"잘해보자는 의미로 악수할까?"

"조, 좋아요."

얼떨결에 답한 소람이 고개를 끄덕였다.

남자가 손바닥을 바지 자락에 힘껏 문지르더니 소람의 마음이 변하기 전에 재빨리 내민다.

"자, 악수. 설마 악수하는 법도 모르는 거 아니겠지?"

소람이 남자가 내민 손을 빤히 보았다. 참 투박하고 못생긴 손이었다.

하지만 무엇이든 힘 있게 잡을 수 있을 것처럼 컸고, 지난날의 노력을 보여주듯 굳은살이 박여 있었다.

이 손을 잡아도 될까?

고민하던 소람이 조심스럽게 남자의 손을 맞잡았다.

꿈틀.

미간을 모은 소람이 천천히 눈을 떴다. 눈동자엔 여전히 감정이 그득하다. 금방이라도 눈물을 쏟을 것처럼 젖어 있었다.

깜빡깜빡.

몇 번이고 눈을 깜빡이던 그녀는 그리운 남자가 아닌 다른 이가 눈을 감고 곤히 잠들어 있는 것을 보았다.

결국 다 꿈이었다. 아직도 떠올리면 가슴이 시린 그날의 기억에 소람이 눈을 감아 맺혀 있던 눈물을 털어버린다.

소람이 숨을 골라냈다. 아직은 모두들 잠들어 있는 시각이었다. 그러니까 다시 잠들어야 한다. 아니, 적어도 태준의 잠은 깨워선 안 된다는 생각에 서둘러 감정을 갈무리하려 했다.

하지만 이런 마음과는 달리 소람은 태준의 얼굴을 빤히 보았다. 아저씨는 태준처럼 잘생기지 않았다. 키도 작았고, 어깨도 아래로 축 늘어져 있었다. 닮은 점을 굳이 찾자면 자신을 바라보던 눈망울과 커다란 손 정도다. 그럼에도 자신의 옆에 잠들어 있는 태준의 얼굴에서 아저씨의 모습을 찾은 그녀는 그리운 그날의 기억을 떠올리며 가슴을 들썩였다.

"……왜 그렇게 봐?"

결국 그의 잠을 깨워 버렸나 보다. 하지만 소람은 그의 눈동자가 반가운 것인지 입술을 길게 늘어뜨리며 웃었다.

"행복해서요."

"음……?"

"눈을 뜨자마자 당신을 볼 수 있다는 것만으로도 너무 행복해요."

잠결을 헤매고 있던 그가 놀란 눈으로 소람을 보았다. 잠에서 깨자마자 왜 이런 소리를 하는지 몰라서.

혹 그녀가 또다시 악몽을 꾼 것일까.

소람의 얼굴을 관찰하던 그는 곧 이어지는 말에 안도의 미소를 지었다.

"과거의 외로움이 모두 잊혀지는 것 같아."

"안 좋은 꿈 꿨어?"

"……아니요."

힘없이 말한 소람이 천천히 눈을 감았다. 그리고 꿈에서 만난 아저씨를 떠올리며 떨리는 목소리로 말을 잇는다.

"아주 그리운 꿈."

그녀의 말에 태준은 너른 품으로 소람을 안아주었다. 정수리에 입을 맞춘 그가 웅얼거리며 물었다.

"그래서 좋았어?"

"네, 좋았어요."

너무 좋아서 눈물이 났어.

웃음이 서린 말에 태준은 조심스레 소람의 등을 두드려 준다.

토닥. 토닥.

김태준 보고서의 실체

김태준 보고서1 : 침대에서 신음성을 터뜨리는 여자를 싫어한다.

김태준 보고서2 : 단정한 차림의 여자를 좋아한다.

김태준 보고서3 : 향수 뿌린 여자를 싫어한다. 무향에 가까운 여잘 선호한다.

김태준 보고서4 : 무식한 여자는 죄악이다. 똑똑한 여자를 좋아한다.

김태준 보고서5 : 적당히 술을 즐기는 여잔 괜찮지만 취하는 여자는 딱 질색한다.

김태준 보고서6 : 여자는 여자다워야 한다. 여잔 기본적으로 살림을 할 줄 알아야 한다고 생각한다.

김태준 보고서7 : 뚱뚱한 여잔 죄악이다. 자기 관리에 실패했다는 거니까.

헛소문처럼 떠도는 '김태준 보고서'엔 총 일곱 가지가 적혀 있다. 몇 가지 되어 보이지 않는 것 같지만 실상 들여다보면 바라는 것도 많고 안 된다는 것도 참 많다. 쉽게 축약해 보면 그가 생각하는 여성상은 전문직을 가질 만큼 똑똑하지만 살림까지 다 잘해야 한다는 거니까. 세상에 어디 그런 여자가 있겠느냐마는 보고서에서 김태준은 이런 사람이 '기본'이라고 말하고 있었다. 실제 김태준과는 거리가 먼 데이터였지만.

그에 대한 첫 번째 오해가 생겼던 것은 그의 나이 스물여덟 때의 일이다.

화려한 원피스를 입은 여자들이 모여 파티를 하고 있었다. 집은 클럽처럼 큰 음악 소리에 옆 사람과의 대화가 들리지 않을 정도였고, 곳곳에 놓인 얼음통엔 맥주가 가득 들어 있었다.

팡— 팡!

스피커가 커다란 음악에 쿵쿵 뛰어댄다. 이에 맞춰 신나게 춤을 추는 사람들은 흥청망청 취해 있었다. 파티가 무르익으면서 음악 소리는 줄었지만 여기저기에 쓰러져 잠든 사람들이 생겨났다. 하지만 파티가 있는 곳이라면 어디든 빠지지 않고 참석하는 한 무리의 여자들은 파티는 지금부터 시작이라는 듯 원형 테이블 주위에 모여 맥주를 마시고 있었다.

금발 머리가 화려한 여자는 녹색의 드레스를 입고 있었다. 풍만한 가슴을 채 다 가려주지 못했고, 술에 취한 남자들이 힐끗힐끗 그녀를 볼 만큼 야했다.

하지만 여잔 개의치 않는 모습이다. 이런 시선이 익숙하다는 듯 앨리는 심드렁한 표정이다. 아니, 심드렁한 표정이라기보다는 침통한 표정이었다.

그녀가 흐트러진 머리카락을 거칠게 쓸어 올렸다. 꿀꿀한 일이 있어 평소보다 더 많은 술을 마셨더니 정신을 차릴 수 없는 모양이다. 이를 보던 셀리나가 떠보듯 물었다.

『너 그 남자랑 헤어졌다며?』

친구의 물음에 앨리의 얼굴이 일그러졌다. 안 그래도 마음에 들던 남자와 이별을 해 가슴이 쓰리던 차다. 아직도 멍하게 있으면 상사병에 걸린 사람처럼 과거 연인의 얼굴이 떠올랐고, 슬픔에 눈물이 삐죽 나왔다.

그의 손을 붙잡고 몇 번이고 다시 생각해 보라고 했지만 남잔 끝내 자신을 두고 떠나 버렸다. 잠자리는 물론이고 돈도 많고 잘생기기까지 해서 되도록 오래가고 싶었건만. 앨리가 깊은 한숨을 내뱉다 말고, 친구를 보았다.

『그 남자와 헤어진 건 맞는데, 어디에서 들었어?』

『한나가 이야기하던데? 너 그 남자한테 차였다고. 그렇게 자랑을 하더니 꼴좋다면서 비웃더라고.』

한나라면 자신의 남자를 노리던 얼빠진 기집애였다. 지금쯤 쾌재를 부르고 있을 모습을 떠올리자 짜증이 울컥 솟았다.

침을 그렇게 흘리더니.

지금쯤 기회를 엿보고 있겠지?

생각을 하는 것만으로도 거친 욕설이 터져 나올 것 같았다. 하지만 이를 악물며 참았다. 여기서 화를 내면 셀리나는 물론이고 그녀의 이야기를 들은 한나까지 고소해할 테니까.

『뭐? 내가 차였다고? 내가? 설마. 농담이라도 그런 말 하고 다니지 말라 그래. 그 남자에게 하자가 있어 내가 찬 거니까.』

도도하게 턱을 치켜올린 앨리가 호기롭게 말했다. 이별을 먼저 고한 건 자신이라고. 거기에다가 지금 떠올려도 군침이 흐르는 열정적인 섹스를 최악이라고 말한 그녀는 콧방귀까지 뀌었다.

자신이 가질 수 없다면 다른 여자도 가지지 말아야 한다. 그래야 쓰린 속이 조금은 달래질 테니까. 한나와 그 남자가 둘이 걷고 있는 걸 생각하는 것만으로도 피가 거꾸로 솟았다.

『하자? 대영그룹 아들이라고 하지 않았어? 돈도 많고, 얼굴도 훌륭하고, 성격도 좋아 보이던데? 그런 남자한테 하자라니?』

『침대에서 최악이야. 좋다고 더! 더! 라고 외치면 입을 틀어막는다고. 신음 소리가 듣기 싫다고. 얼마나 변태인 줄 알아? 아주 제멋대로야.』

『헉, 그게 진짜야?』

셀리나가 경악한 표정을 지었다. 섹스는 연인과의 대화인데 한쪽의 일방적인 취향에 맞춰줘야 한다니. 아주 매너 없는 남자라고 거친 욕을 내뱉은 그녀가 고개를 젓자, 얼마 전까지 남자의 연인이었던 앨리는 더욱 신이 나 떠들어대기 시작했다.

『진짜지, 그럼. 발정난 그 기집애도 섹스 한 번 해보면 나가떨어질걸? 한나에게 전해. 김태준 그 남잔 널 절대 채워줄 수 없을 거라고.』

『헉, 진짜 깬다.』

『어디 그뿐인 줄 알아?』

앨리가 눈을 가늘게 떴다. 그러더니 아주 비밀스러운 이야길 하듯 어조를 낮춘다.

『예쁜 원피스는 입지도 못하게 해. 너도 들어봤지? 한국 남자들 엄청 보수적인 거. 몸이 다 가려져 있는 옷을 입어야 해. 거기에다가 무식한 건 얼마나 싫어하는지 아니?』

패션은 절대 포기할 수 없는 것 중 하나이기에 이 말만큼 한나 그 기집애를 경악하게 만들 것도 없었다. 걘 옷에 천이 좀 모자라야 좋아하는 애니까.

형용할 수 없을 만큼 표정을 일그러뜨린 셀리나를 보며 앨리가 속으로 웃음을 삼켰다.

『이야기하다 보니 한나 그 기집애가 태준과 잘될 일은 없을 것 같네. 걘 뇌가 돌로 만들어졌으니까.』

다 가지지 마.

내가 못 가지면 아무도 가져선 안 돼.

내가 그 남잘 못 가지니까.

『그래도 한나가 좋다면 어쩔 수 없지만.』

앨리가 걱정이 된다는 듯 고개를 절레절레 저었다.

그 남자가 혹시 나중에 내가 이런 헛소리를 떠들어댔다는 걸 알게 되면 고소하지 않을까?

그녀는 잠시 고민했지만 이내 홀가분한 마음으로 경악한 친구의 얼굴을 보았다.

나도 들었다고 딱 잡아떼면 되지, 뭐.

흥!

— Fin

작가 후기

　안녕하세요, 이아현입니다. 이 인사를 드리는 게 근 1년 만입니다. 놀지 않고 꾸준히 글을 쓰고 있었는데도 참 오랜만에 인사를 드리는 것 같습니다. 두근두근합니다.

　이번 작품은 저에게 유독 우여곡절이 많았던 글입니다. 제목이 〈맞춤형 와이프〉에서 지금의 제목이 되었고, 연재 또한 한 번 접어야 했던 글이기도 합니다.
　더욱, 많은 도전이 된 작품이기도 합니다. 그전 글에선 '욕지거리' 정도로 표현하며 직접적으로 욕을 쓴 적이 없었는데, 온갖 풍파를 겪고 성격이 지랄맞아진 윤소람은 조금 달랐습니다. 이로 인해 불편함을 느낄 독자님들도 계시겠지만 글을 쓰는 저에게 무한한 즐거움과 슬픔을 주는 인물이었습니다.
　글을 쓰면서도 참 힘들어서 많이 괴롭기도 했습니다. 재미있게 봐주셨다면 무척 기쁠 것 같은데 아직은 잘 모르겠습니다. 이젠 제 손을 떠나 버린 글에 마침표를 찍어야 하면서도 한동안은 반응 하나하나에 일희일비할 것 같습니다.

마지막으로 처음으로 함께 작업한 라인 출판사 관계자님과 예쁜 표지를 해주신 1984 디자이너님, 멋진 일러스트를 그려주신 페퍼 작가님. 감사합니다. 부족한 글이었지만 여러분들의 도움이 있어 무사히 출간할 수 있었습니다.

그녀의 서재 작가님들과 연재 때 응원을 보내주신 독자님들. 그리고 지금 이 페이지를 읽고 계신 독자님들께도 감사의 인사를 전합니다.

추운 겨울이 끝나면 인사를 드리겠습니다.

아니, 그렇게 되길 바라봅니다.

하루 빨리 따뜻한 봄이 오길 바라며,
이아현 올림.